作者郑洁（左二）、谢吉恒（左三）、张忠浩（左一）
与文友任宝亭（右二）、李培禄（右一）合影

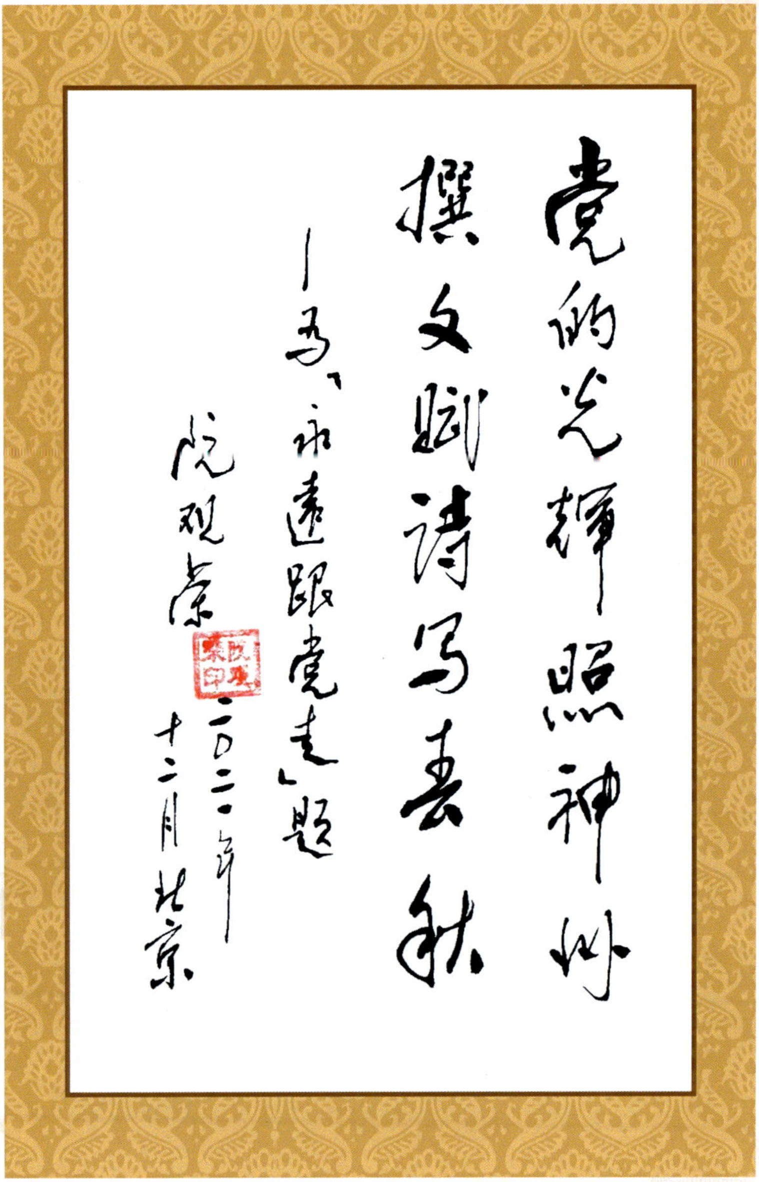

中华全国新闻工作者协会国内部兼学术部原主任、高级记者、“中华大地之光”征文评选组委会主任阮观荣为本书题词

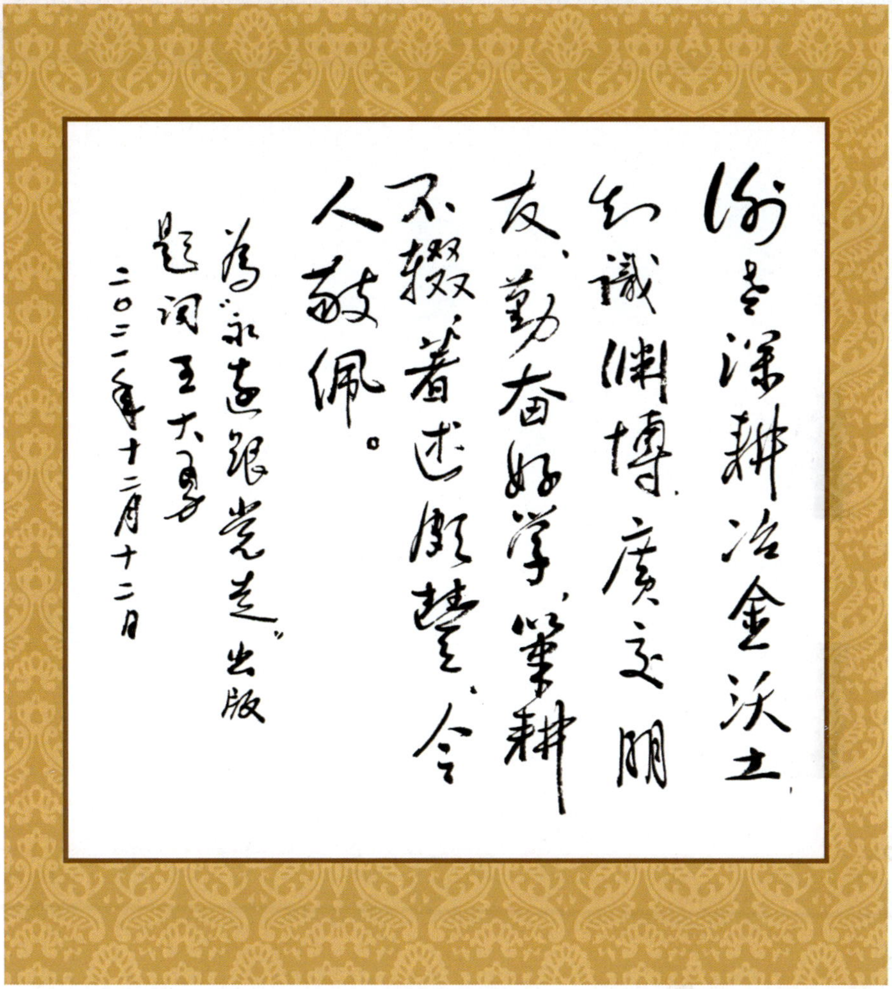

河北省冶金行业协会原副会长兼秘书长王大勇为本书题词，书法家侯宪台书写

（谢老深耕冶金沃土，知识渊博，广交朋友，勤奋好学，
笔耕不辍，著述颇丰，令人敬佩。）

★ 河北津西采风集锦

谢吉恒与王大勇（左三）、陈玉千（右二）、陈晓莉（右一）、刘加军（左一）在津西钢铁留影

谢吉恒与韩敬远（左二）、王大勇（左一）、纪永健（右一）留影

谢吉恒与王大勇（右）于津西留影

谢吉恒与于利峰（左一）、王大勇（右一）留影

谢吉恒与韩力（右）合影

作家采风中国二十二冶金结公司集锦 ★

金结公司外景

金结公司灯光秀

金结公司焊花秀

天车工大赛

金结公司焊工大赛

金结公司重点工程凤凰卫视

★ 作家到河南、江苏文化采风

作家采风洛阳行

采风组在黄河小浪底

田延通（左）与谢吉恒
在老君山

栈道观景

谢吉恒（左一）与王老师、
孙老师留影

采风组赴南京工地采风

采风组到江苏乌镇著名作家茅盾故居文化采风

采风组到河北省唐山、邢台、邯郸采风 ★

采风组与冶建工人一道参观
李大钊纪念馆

采风组到邢台德龙钢铁采风
与公司领导留影

采风组到唐山市迁西县
文化采风

采风组到革命老区太行山
深处扶贫开发采风

采风组到邯郸河北新金集团
“保护生态环境”采风与袁占朋
副总经理（右二）留影

作者采风后与中国二十二冶金结公司
党委书记张立刚（中）、纪委副书记
王晓勇（左）进行交流

谢吉恒（右三）采访中国二十二冶金结公司时
与该公司领导留影

谢吉恒与河北新金集团机动部
王献力部长（右）合影留念

★ 祝贺谢吉恒成为世界汉语作家协会会员暨《永远跟党走》即将出版

文友祝贺留影

山水画家张世才创作《白云山太行菊》作品祝贺

谢吉恒喜获“光荣在党50年”纪念章

谢吉恒先生成为世界汉语作家协会会员

谢吉恒与文友刘国峰（左）留影

谢吉恒与文友王晓勇（左）留影

谢吉恒与文友国海涛（左）留影

谢吉恒与文友谷小光（右）留影

永远跟党走

YONGYUAN GEN DANG ZOU

★★★

喜庆建党百年华诞

郑 洁 | 谢吉恒 | 张忠浩 | 著

北 京
冶 金 工 业 出 版 社
2023

内 容 提 要

本书收集了作者在2018～2021年期间撰写的报告文学、散文等65篇。全书分为传承红色基因，讴歌建党百年；汇聚奋进力量，献礼建党百年；传承初心使命，打造文化精品3个部分。本书内容丰富、取材广泛，将“钢铁元素＋文学元素”融为一体，选用多种体裁，翔实的事例、生动的语言、饱满的热情，全方位多角度反映了河北钢铁、德龙钢铁、津西钢铁、龙凤山铸业、新金钢铁等钢铁企业迈入新时代的光辉历程，展现钢铁人奋斗精神，书写新时代的绚丽画卷。

本书可供冶金行业党建工作者以及广大文学爱好者阅读。

图书在版编目(CIP)数据

永远跟党走：喜庆建党百年华诞/郑洁，谢吉恒，张忠浩著．—北京：冶金工业出版社，2021.12（2023.2重印）

ISBN 978-7-5024-8912-0

Ⅰ．①永…　Ⅱ．①郑…　②谢…　③张…　Ⅲ．①中国文学—当代文学—作品综合集　Ⅳ．①I217.2

中国版本图书馆CIP数据核字(2021)第179878号

永远跟党走——喜庆建党百年华诞

出版发行　冶金工业出版社　　**电　话**　(010)64027926
地　址　北京市东城区嵩祝院北巷39号　　**邮　编**　100009
网　址　www.mip1953.com　　**电子信箱**　service@mip1953.com

责任编辑　李培禄　美术编辑　彭子赫　版式设计　郑小利
责任校对　郑　娟　责任印制　禹　蕊
北京建宏印刷有限公司印刷
2021年12月第1版，2023年2月第2次印刷
710mm×1000mm　1/16；20.25印张；4彩页；323千字；305页
定价99.00元

投稿电话　(010)64027932　投稿信箱　tougao@cnmip.com.cn
营销中心电话　(010)64044283
冶金工业出版社天猫旗舰店　yjgycbs.tmall.com
（本书如有印装质量问题，本社营销中心负责退换）

序一　献给建党百年的颂歌

欧洲上空徘徊着的幽灵，点燃了俄国十月的一声炮响，而这一炮声给苦难的中国送来了马克思列宁主义。仅仅三年多后的1921年，中国共产党在上海呱呱坠地，从此中国革命面貌焕然一新。

从那时起到今天的2021年，整整一百年，在中国共产党的领导下，中国发生了翻天覆地的变化，昔日沉睡的东方巨狮醒来了，中国已经屹立于世界民族之林的前列。

建党一百年，是一个伟大的历史节点，是中华民族发展进程中的一座宏伟的里程碑！

站在这个历史节点上，每一个中国共产党人，每一个中华民族的分子，无不感慨万千，心情激荡。《中国冶金报》文艺部副主编郑洁女士，中国冶金作家、《中国冶金报》资深记者谢吉恒先生，中国散文学会会员张忠浩先生等新老共产党员，心中充满着激动，似乎有种使命感在向他们召唤。我们有幸经历着这一神圣的时刻，我该做点什么？我能做点什么？我必须要做点什么？

“书生报国无长物，唯有手中笔如刀”。于是，他们在党组织的大力支持下，经过精心策划和细致组织，一项“冶金作家建党百年采风行动”拉开了序幕。

这一活动，开启了“中国共产党建立一百周年”历程之旅，从最早在华夏大地上传播马克思列宁主义的李大钊故居、中国共产党第一次代表大会旧址，到延河河畔的宝塔山、北京的天安门……这一活动，唱响了“中国共产党建立一百周年”献礼之歌，有嘉兴南湖红船里传出的誓言，有《党旗在我心中》的肺腑之音，还有《母亲给我讲党史》的谆谆教导；这一活动，抒写了“中国共产党建立一百周年”的文化精品之魂，棋子烧饼的香气，太行菊传奇的神奇，还有“蓼花”、葫芦雕刻、丰润画扇等非遗传承……开启、唱响、抒写、表达了冶金作家群体对中国共产党的无限热爱和忠诚。

他们笔下丰富的篇章，无一不是自己的亲历亲见，无一不是自己的真情实感，这是从心底里淌出的文字，这是发自肺腑的心声。

《从石库门里走出》的作者，为了亲眼目睹革命遗址的真容，获取真实的现场感受，半年多时间里竟前往一大会址四次，每次都有新的体悟。《信仰的力量》作者本来就是生活在冀东大地唐山，但还是陪同青少年一起到乐亭李大钊纪念馆拜谒、学习，将过去的积淀和现场所闻所感汇于笔端。《胸佩在党50年纪念章》一文，既歌颂了一位老共产党员为党勤奋工作大半生的感人事迹，也折射出中国共产党领导社会主义建设和改革开放新时期的奋斗历程。这些真切的笔墨，阅后不能不在读者心中产生强烈的共鸣。

由于冶金作家们采访深入，总是走进火热的第一线，到工人、干部中撷取闪光点，也有不少作者本身就在基层工作，所以，文中选取的事迹都非常典型，具有代表性的意义，准确地回响着我们时代的最强音，也讴歌了在我党领导下进行新时期中国特色社会主义建设的前进步伐。

《马万水精神代代传》就是一篇这样的佳作。中华人民共和国成立初期的第一批全国劳动英模之一马万水同志，抱着对党、对祖国的感恩心情，艰苦奋斗，甘于奉献，带领马万水小组，连创全国冶金矿山掘进新纪录，受到了毛泽东、朱德、周恩来等老一辈党和国家领导人的接见。此后至今，这个英雄集体的人员经历了几代人的更替，但马万水“艰苦奋斗、甘于奉献”“站在排头不让，手把红旗不放”的精神没有变，在新时代建设中国特色社会主义的历史时期，这面永不褪色的红旗更加鲜艳，继续走在时代的最前列。《田延通——最美老交通人》一文，记录了这位从事了一辈子交通运输工作的基层管理干部。他所领导的孟津运输公司和民兵运输连，高调亮出“我是共产党员”的底色，在服务普通民众、优化服务质量、维护社会稳定、抗洪救灾、抗击疫情等重大活动中，都冲锋在前，为党分忧，为民解忧，做出了突出贡献。《新时代冶建人的风采》《忠浩专著打开后》《李建伟——工匠精神成就出彩人生》《我的党员父亲》等篇章，都集中描写了这样一批充满正能量的、积极进取的党员楷模，事迹生动感人，具有强烈的感染力，给人深刻的印象和启迪。

同样由于作者取材于基层和草根的人和事，因此语言朴素而又鲜活，读来平实而顺畅，娓娓道来，会使你感到好读、耐看。高水准的艺术往往是自然通达的，即所谓妙在平淡。本书正具备了这样的特点。

在伟大的中国共产党建党百年之际，以《永远跟党走》为书名的这部书的编辑出版，是冶金人献给党的一份礼物，是编辑和作者们忠诚于党和人民的一种表达。让我们沿着书中的脉络，重温中国共产党百年丰功伟绩，读取中国共产党先进分子的精神世界，在下一个百年梦想的征程中，发出自己的光和热。

建党百年，恰风华正茂；下一百年，正鼓荡东风，让我们一起不负韶华，砥砺前行！

中国华冶集团原党委副书记
河北省民俗文化国学研究委员会顾问　任宝亭
中国冶金作家协会会员
2021年12月19日

序二　豪情健笔写初心

我是一个很早即与冶金行业结缘的人。

我的家乡在冀东山区。还是在我童年时期，忽然一天山里来了钻探队，在东沟搭了高高的塔架搞钻探。伙伴们很好奇，隔三差五邀约了去看热闹。看热闹之余，我们还奢望得到一两节废铁管、一两个废螺丝，能够让我们拿着去山外的代销点换铅笔和作业本。钻探队的叔叔们尽量满足我们，还时而拿出两块糖哄我们，给我们讲故事。这样的情节，至今仍鲜活如初。

当然，他们属于地质勘探部门。但我把他们归为冶金链条的第一环——试问，如果没有地质队员找来的“米”，冶金工业又拿什么“下锅”呢?!

钻探队叔叔们没有白忙活，就在我们脚下，就在我们整天疯跑的大山里，蕴藏了可开采百年以上的铁矿石资源。1984年，春风送暖，在冶金工业部和地方各级政府的指导下，家乡打响了冀东地方铁矿开发的第一炮！随之，铁矿采选、烧结、冶炼企业陆续配套上马，冶金矿山逐步成为经济支柱产业。而我，也正式与冶金矿山结缘，兴冲冲地进了家门口的县办铁矿，从事文秘兼宣传报道工作。那些童年的玩伴，也大多走进县内这家那家矿山采选和冶炼企业的采场、车间、后勤机关。印象很深的是，我所在的企业曾承接全国地方铁矿经验交流会的现场观摩，冶金工业部领导和全国铁矿行业的同仁代表都曾到过我的家乡，而我作为筹备和接待服务人员直接参与其中，多么幸运又令人骄傲啊！还有，我们企业与地方开展文明共建、尾矿造地、引进磁团聚工艺，我们生产的铁精矿粉参加冶金产品博览会获得银杯奖……我的报道稿也被《中国地质矿产报》《中国冶金报》《河北工人报》等媒体陆续采用。这一切，至今回忆起来，还是那么让人兴奋！

虽然后来我离开了那家铁矿，到县里地矿管理部门和广电部门，以及如今专职从事文艺工作，但我并没有走远，我与那些矿山和钢铁企业一直有着较为密切的联系，一直见证着它们的发展、变化。

我说我与冶金行业有缘，这些年来，结识了好多可亲可敬的冶金行业的老师、朋友，譬如，这本书的作者郑洁、谢吉恒、张忠浩。

郑洁，中国作家协会会员、中国冶金作家协会副主席兼秘书长、中国冶金报社新闻中心副主任，多年来在新闻采编、管理和文学创作中都取得优异成绩。对郑老师，我早就慕名，在《中国冶金报》和相关媒体，每每拜读她的杰作。后来，在作家采风活动中，终于有幸与郑老师相见。在活动期间，就文学创作中的困惑，向郑老师求教；就文坛热点、特别是冶金作家中的重要人物和作品，与郑老师交流，郑老师均有独到的见解、精准的评点，让我获益匪浅。还有她的低调、谦和，细心、机敏，富有启迪。

比较起来，我与谢吉恒老师则是老朋友。当年，我在县办铁矿工作的时候就与他结识。说起来，他是我从事新闻宣传和文学写作的“导师”，如果说我今天已有小成的话，一定程度上，也要感谢他的引领。谢老师是《中国冶金报》的资深记者，曾任河北记者站站长。他数十年来初心不渝、本色不改，即便如今也是退而不休，仍在把主要精力倾注到冶金新闻宣传、冶金文学创作和扶掖新人方面。作为一名长年奔走在一线的新闻工作者，作为一名中国冶金作家协会会员、中国报告文学学会会员、中国散文学会会员，他业务精湛，著述颇丰，并多次获奖。特别是在策划、组织相关活动方面，他创意新颖，理念超前，组织严谨，得到有关方面认可和赞同。

张忠浩，论年龄是兄弟，在他身上却有很多值得我学习的地方。作为一名高级工程师，他已有《大跨度钢结构张弦梁施工技术》等著述，在业内广有口碑；同时，难能可贵的是，他还兼有文学写作、活动主持等优长，每每令人刮目相看。

今年是中国共产党成立100周年，在这重要喜庆节点，三位老师将自己最新作品结集为《永远跟党走》一书出版，既是献给建党百年的特别礼物，也是重温初心和使命、坚韧信仰、砥砺前行的承诺和告白。当然，这也是呈现给读者的一份特别惊喜。如此，意义固然不凡。

习近平总书记在中国文联十一大、中国作协十大开幕式讲话中，要求广大文艺工作者“心系民族复兴伟业，热忱描绘新时代新征程的恢宏气象”“坚守人民立场，书写生生不息的人民史诗”“守正创新，用跟上时代的精品力作开拓文艺新境界”“用情用力讲好中国故事”“弘扬正道，在追求德艺双馨中成就人生价值”。总书记的讲话，高屋建瓴、语重心长，使我们倍感亲切、备受鼓舞。让我们以此共勉，不忘初心，牢记使命，进一步深入生活、扎根人民，更好地讲述中国故事、讲述中国冶金故事！

最后，祝贺三位老师新著付梓！

不揣谫陋，聊以为序。

中国作家协会会员
中国民间文艺家协会会员　**王金保**
中国电视艺术家协会会员
2021年12月16日

前　言

百年光辉岁月弹指瞬间，百年披荆斩棘千锤百炼！

1921年中国共产党这只“红船”从嘉兴南湖出发，一路风雨兼程，劈波斩浪，驶向灿烂辉煌的2021。这是中国共产党人创造辉煌、开辟未来的百年，是矢志践行初心的百年。一百年来中国共产党人胸怀千秋伟业，带领中国人民实现从站起来、富起来到强起来的伟大飞跃，创造出彪炳史册的伟大奇迹。在伟大的中国共产党百年华诞之际，撰写出版《永远跟党走》献礼党的百年华诞，即激动又兴奋……。

《永远跟党走》收集了作者2018～2021年间采风撰写的报告文学、散文等作品近70篇，贯穿“学党史，颂党恩，永远跟党走”主题红线，讴歌新时代风采，谱写共产党人光辉形象。《永远跟党走》全书由冶金作协副主席兼秘书长郑洁，冶金行业知名作家、资深记者谢吉恒两位老师，与我这个痴迷文学爱好者三人合作编写。作品集突出三个特点：一是现场亲近感浓郁。三年间作家饱蘸激情到河北、河南、天津、江苏、北京、上海、内蒙古等地进行20余次采风实景记录，具有现场感、亲近感。二是最佳搭档组合好。作品集既彰显领导层——冶金作协讴歌建党百年清晰路径，又闪现作业层——冶金作家献礼建党百年身影，还欣喜乐见学习层——奋发有为青年文友追梦者的佳作。三是凸显钢铁业特色。我国钢铁业高歌猛进，由钢铁大国向钢铁强国跨越，实施高质量发展。众多钢铁企业以文化弘业、文化兴元、文化立德、文化铸魂，为铸就我国钢铁脊梁的洪流中，顽强拼搏，用尽洪荒之力。《永远跟党走》作者塑造作品中的主人公，充满文化自信至文化自觉，成功打造文化品牌，力求突出“钢铁元素＋文学元素”，增强作品的可读性。

《永远跟党走》作者采用报告文学、散文、诗歌等多种体裁，大视野、站点高、上水平，全方位、多角度刻画新时代涌现在身边的敢于创新、勇于拼搏、百折不挠的共产党员动人形象，颂扬一个个奋战在基层一线的共产党人不忘初心、牢记使命、坚定信念的故事。这些故事书写新时代的绚丽画卷。

而今站在新的历史起点，中国共产党人只争朝夕，不负韶华，将以更加豪迈的雄韬伟略赓续属于中华民族的壮丽华章！

我是一个文学爱好者，在文学创作路上是学步者，而且还在路上。此次能有缘与郑洁、谢吉恒两位老师同台著书，十分有幸，机会难得。两位老师又为我提供机会写前言，心情十分激动，忐忑不安。觉得写前言是要大手笔、有资历、有水平的高手来写。自己学识浅，力不从心，难以胜任，更不知该从何处下手。感谢中国冶金作协郑洁主席、作家谢吉恒老师在本书创作中给予我的鼓励和指导，鼓足勇气，增强信心，不辜负老师的厚爱，提起笔来写几句：感谢在写作道路上一直给予我帮助和支持的文友与家人；书中多篇感人作品创作的素材和灵感来自于我工作的中建二局三公司华东分公司项目上的感人事迹，在此对给予我支持和关怀的企业领导与同事表示深深的谢意！

百年恰似风华正茂，百年仍需砥砺奋进。作为新时代的建筑人，应初心不改，继续前行。以青春之热血、青春之激情、青春之动力在广阔的建筑舞台上，书写无愧时代的精彩人生！

张忠浩

2021 年 12 月 19 日

目　录

第一章　传承红色基因　讴歌建党百年

第二章　汇聚奋进力量　献礼建党百年

第三章　传承初心使命　打造文化精品

第一章

传承红色基因　讴歌建党百年

党建引领心如磐

——“十三五”钢铁行业成就系列报道

“十三五”期间，我国钢铁工业紧抓全面深化改革和推进经济结构战略性调整的历史机遇，遵循“改革、调整、绿色、创新”的主线，围绕质量和效益，在新时代中国发展征程上写下浓墨重彩的钢铁篇章。

事业兴衰，关键在党。“十三五”期间，我国钢铁行业以习近平新时代中国特色社会主义思想为指导，全面落实新时代党的建设总要求和新时代党的组织路线，坚持把政治建设摆在首位，坚定不移全面从严治党。全行业各级党组织和广大党员牢记初心使命，强化担当作为，坚持正确政治方向，增强“四个意识”、坚定“四个自信”、做到“两个维护”，构筑起一座座坚强的战斗堡垒，树立起一面面高扬的党员旗帜，留下了全面加强党建工作促发展的坚实足迹。

坚定理想信念，把稳思想之舵

党的政治建设是新时代党建工作统领一切的根本。

中国钢铁工业协会党委书记何文波在《怎样看待钢铁行业全面加强党的建设的作用和路径》一文中谈到，党的十八大以来，全国钢铁企业深入学习贯彻落实习近平新时代中国特色社会主义思想和党的路线、方针、政策，为企业转型升级实现高质量发展提供了强大的政治思想保证和不竭的精神文化动力。这期间，我们经历了化解过剩产能的阵痛，经历了绿色可持续发展的蜕变，战胜了看似不可战胜的困难，办成了许多过去想办而没有办成的大事。梳理其中的经验，“根本的一条就是我们始终坚持中国共产党的领导”。

“十三五”期间，我国钢铁行业各级党组织按照党中央的部署，始终把讲政治摆在党的建设首要位置，坚持用习近平新时代中国特色社会主义思想武装头脑，教育引导广大党员筑牢信仰之基、补足精神之钙、把稳思想之舵，以坚强党性铸就忠诚、干净、担当之魂。

强化思想武装，点亮信仰灯塔

“十三五”期间，中国钢铁工业协会党委把坚决做到“两个维护”作为首要任务，通过召开中心组学习会、常委（扩大）会等形式，学习《中共中央关于加强党的政治建设的意见》《中共中央政治局关于加强和维护党中央集中统一领导的若干规定》等，通过思想引导、行为规范，带领全行业各级党组织和党员干部树牢“四个意识”、坚定“四个自信”、做到“两个维护”，以实际行动和成绩体现对党的绝对忠诚。同时，积极开展理论学习教育活动、政策理论宣讲活动，推动党员干部真学、真懂、真信、真用，推动习近平新时代中国特色社会主义思想深入人心。

中国宝武集团公司党委书记、董事长陈德荣在集团公司党委理论学习中心组举行集体学习研讨时指出，思想是行动的先导，理论是实践的指南。要深刻领会习近平新时代中国特色社会主义思想，要内化于心、外化于行，见诸行动、取得实效。

2016 年 12 月，伴随着“十三五”规划的实施，宝钢、武钢实施联合重组，在全国钢铁企业“去产能”的大背景下拉开序幕。中国宝武联合重组以来，吸纳了宝钢、武钢、马钢、八钢、韶钢、重钢、鄂钢、太钢等企业，形成了中国“钢铁航母编队”，并在 2020 年提前 5 年实现了钢产量超 1 亿吨的目标，在 4 年间重塑了中国钢铁工业的竞争格局。发挥党组织独特优势，改革完善重大事项决策机制，推动企业高质量发展，成为中国宝武这艘“钢铁巨轮”乘风破浪的掌舵法宝。

2016 年 10 月 10 ~ 11 日，全国国有企业党的建设工作会议在北京召开，安钢集团党委书记、董事长李利剑在会上做了《实行“四个三”党建工作法为企业解危脱困转型发展提供动力保证》的典型发言。“四个三”党建工作法，即“三讲”（讲形势、讲任务、讲责任）、“三转”（转思想、转模式、转作风）、“三管”（管党、管人、管思想）、“三大体系”（决策、执行、监督体系），把党的思想政治优势、组织优势和群众工作优势转化为企业的发展优势、竞争优势和创新优势。

近年来，安钢又提出并实践“四五六”党建新格局，被视为加强国企党建的又一次实践创新。

安钢集团“四五六”党建新格局，除了“四个三”党建工作法，还有“五个紧紧围绕”党建工作模式：紧紧围绕企业发展战略抓党建、紧紧围绕生产经营任务抓党建、紧紧围绕基层基础工作抓党建、紧紧围绕党风廉政建设抓党建、紧紧围绕职工思想动态抓党建。“六个贯通”党建工程：研学理论与创新实践贯通，做实“理论武装工程”；政治工作与中心任务贯通，做实“创新引领工程”；党心与民心贯通，做实“同心圆工程”；建强组织与筑牢堡垒贯通，做实“先锋堡垒工程”；干部培养与职工培训贯通，做实“人才工程”；环保提升与园林化建设贯通，做实“生命线工程”。

新时代党的政治建设常抓不懈

“十三五”期间，中国钢铁工业协会与全国钢铁行业各级党组织扎实开展“不忘初心、牢记使命”主题教育，把开展“不忘初心、牢记使命”主题教育同稳增长、促改革、调结构等中心工作结合起来，切实把学习教育、调查研究、检视问题、整改落实融会贯通，着力推动主题教育平稳、有序开展。

在鞍钢展览馆开展的“不忘初心，牢记使命”革命传统教育，是党员干部职工开展主题党日活动的好课堂。跟随讲解员的脚步，听着被誉为“新中国钢铁工业的长子”和“中国钢铁工业的摇篮”的世界500强大型钢企的发展故事……展览就像一本鞍钢史册，它所展示的鞍钢宪法、鞍钢英模等内容，既是鞍钢文化的重要组成部分，也是中国冶金文化的宝贵财富，更是爱国主义教育和“不忘初心，牢记使命”主题教育实践的生动教材，激励着每一个参观者坚定信念，牢记共产党人的初心和使命。

知之愈深，信之愈笃，行之愈实。钢铁行业各级党组织通过持续不断的政治引领、思想“浸润”，全行业党风建设呈现全新气象。“不忘初心、牢记使命是加强党的建设的永恒课题。我们要把主题教育成果切实巩固好，汇聚成推动行业高质量发展和自身建设的强大动力，为全面建成小康社会、实现中华民族伟大复兴贡献新的力量。”何文波说。

加强基层党组织建设，筑牢基层战斗堡垒

党的十九大报告指出“要以提升组织力为重点”，把基层党组织建设成为宣传党的主张、贯彻党的决定、领导基层治理、团结动员群众、推动改革发展的坚强战斗堡垒。

5年来，我国钢铁行业全面加强党的建设向基层延伸，开展创新型党组织示范点创建，培育了一批叫得响、立得住、可推广、能持久的先进典型，党的旗帜在基层阵地高高飘扬。

荣获“全国先进基层党组织”称号的河钢集团党委发挥基层组织和党员的先锋模范作用。河钢党委围绕“市场”和“产品”两大目标，开展了“产线党旗红、创新当先锋”主题活动，河钢集团3.9万多名党员通过“党员责任区、党员示范岗”亮身份、践承诺、作表率，凝聚起一股坚不可摧的强大合力。在河钢集团党委的领导下，基层党组织和广大党员撸起袖子、你追我赶地发挥先锋模范作用，打造了各具特色的基层党建活动品牌，推进党组织、党员量化考评“全覆盖”，不断创新党建工作融入中心工作的新机制。河钢集团党委把党建政治优势转化为发展优势，带领河钢集团向着“跃进世界500强前100位、成为国际一流企业集团”的“十三五”目标奋进。

与此同时，钢铁行业进一步抓好基层党组织标准化、规范化建设，以规范组织体系、明确职责定位、加强制度建设、完善工作程序、落实保障措施为重点，把规范化建设转化为推进基层党组织建设的实际成果。

首钢京唐公司将政治工作与中心任务贯通、专业一线与基层一线贯通，实施“堡垒先锋工程”，增强党建创新活力。围绕企业发展，京唐公司党委运用“严、专、实、真”四字工作法，构建党建工作体系，推进党支部标准化建设。例如，该公司热轧作业部党委强化党建与经营生产深度融合，倡导“精准用好每一秒、杜绝浪费每一秒”的“秒”文化，最大限度地释放热轧产能；运输部党委开展“旗帜领航”“文化护航”“人才助航”特色实践，构建了党支部、党小组、党员责任区与党员群众“心连心”大网络，20个

党小组243名党员犹如星星之火，闪耀在运输部每个站点，涌现出“机车医生”“学习标兵”“创新之星”“铁道卫士”等一批“工作之星”。同时，京唐公司党委开展党员“领跑计划”活动，组织每名党员围绕思想作风、业务技能、岗位业绩、遵章守制和服务群众五大方面，找准问题和差距，确定领跑具体内容；制订可量化评价的《党员积分管理办法》，实现对党员全方位评价。

敬业集团党委以“围绕中心抓党建，抓好党建促发展”为指导原则，投资200万元，建设了党委及支部办公室、党建文化室、党员电教活动室、图书阅览室等党建工作阵地，方便党员学习、活动。在组织设置上，敬业集团坚持一工序一支部、一车间一小组，实现了党组织全覆盖。

5年来，钢铁行业以政治领航抓思想建设，以思想政治工作、文化建设、文体娱乐活动、公益项目等为抓手，加强基层党组织建设，对行业、企业持续健康发展起到了开好路、护好航的作用。

建强队伍“聚能量”，夯实组织保障基础

习近平总书记指出：“办好中国的事情，关键在党，关键在人，关键在人才。综合国力竞争说到底是人才竞争。”

5年来，我国钢铁行业全力抓好人才队伍建设，坚持“党管人才”原则，健全人才工作机制，完善人才政策措施，不断强化对人才的政治引领和政治吸纳，促进人才工作与行业发展紧密结合，大批行业优秀人才凝聚在党的周围，让党员队伍迸发出生机和活力。

包钢党委认为，选好用好干部、选好用好人才，对国有经济发展至关重要。“十三五”期间，包钢充分发挥优良传统，认真落实党管干部、党管人才原则，加强干部队伍建设和创新型人才的培养引进，打造过硬的干部队伍和人才队伍。积极引导广大干部职工大力弘扬企业家精神、劳模精神和工匠精神，努力为建设制造强国贡献包钢力量。

作为江苏省产业工人队伍建设改革项目试点单位，沙钢党委意识到，坚持发挥党建工作的政治引领作用和工会组织的桥梁纽带作用，是打造高素质产业工人队伍、推进产改工作的强力保证。产业工人队伍建设改革工作开展

以来，沙钢充分发挥党建优势，在党总支和分工会中推行交叉任职，以党建带工建、以工建促党建，坚定信念“聚能量”，教育引导广大干部职工坚定不移听党话、矢志不渝跟党走。

“加强思想政治建设和理想信念教育，是贯穿改革始终的第一要求。”沙钢集团党委书记、董事局常务执行董事、有限公司董事长沈彬说。沙钢集团每年开展覆盖全员的总结评比表彰活动，“劳动模范”“先进个人”等荣誉在增强职工成就感、获得感的同时，让建功岗位、努力争先的思想与实践蔚然成风；建立技术、技能、管理“三通道”机制，不拘一格用人才；开好党支部书记、工会干部、职工代表联席会议，以产业工人队伍建设改革为契机，让广大干部职工在理想信念、价值理念、道德观念上紧紧团结在一起。

5年来，钢铁行业各级党组织多维度、多层次、全方位为职工定位，人尽其才、才尽其用的制度优势更加突出。钢铁行业大批高素质人才加入党组织，党员干部以坚定的共产主义信念，正确的世界观、人生观、价值观，成为党的骨干和中坚力量，企业基层党组织不断健康发展和壮大。

重要关头照初心，关键时刻显担当

5年来，在绿色发展、坚决打赢蓝天保卫战、疫情防控阻击战、脱贫攻坚收官战等一系列硬仗前面，钢铁行业广大党员干部敢打头阵，主动担当、积极作为，用行动践行共产党人的初心和使命。

2016年春天，随着一声爆破，“工龄”超过半个世纪的杭钢炼铁厂高炉烟囱应声倒下，这个老工业时代的“巨人”曾走过大发展、高污染的道路，但最后以壮士断腕、凤凰涅槃的勇气和信心向众人挥手作别。

在这场没有硝烟的战斗中，杭钢党员干部勇于唱“主角”，扮演好“指挥官”“宣传员”和“神枪手”3个角色，坚持把责任扛在肩上，目的就是要让蓝天一年比一年多起来。

2020年初，一场突如其来的新冠肺炎疫情袭来。在疫情防控最紧急、最重要的时刻，钢铁行业各级党组织和广大党员干部闻令而动、挺身而出、迎难而上，义无反顾地投身到疫情防控阻击战和保产复产最前线，守好主阵地，当好主力军，以绝对忠诚守护万家平安，以务实行动践行初心使命。

2015年，党中央发出打赢脱贫攻坚战的总攻令。历经8年持续奋斗终得全面胜利的脱贫攻坚战，也凝聚了无数钢铁扶贫人的心血，闪耀着钢铁扶贫人的光荣伟大。

2021年2月25日，全国脱贫攻坚总结表彰大会在北京举行，首钢新闻中心专题室副主任秦俊彪等4名钢铁行业扶贫干部获得先进个人称号，中国宝武钢铁集团有限公司扶贫工作领导小组办公室等7家钢铁企业获得先进集体称号。

这是钢铁人的伟大光荣！是中国人民的伟大光荣，是中国共产党的伟大光荣，是中华民族的伟大光荣！是钢铁行业不断增强党的创造力、凝聚力、战斗力，加强党群干部之间“鱼水之情”，始终保持党同人民群众的血肉联系的重要体现。

从严治党风清气正，净化党内政治生态

打铁还需自身硬。“十三五”期间，钢铁行业坚持把建设过硬的党员干部队伍作为关键，持续增强党员队伍活力，引导广大党员干部以强烈的政治担当和高度的政治觉悟打造风清气正的政治生态。

2016年以来，山钢集团瞄准高质量发展目标，持续全面深化改革，从巨额亏损到跻身世界500强，实现从“求生存”到“谋发展”再到“高质量发展”的跨越，这一历程也与山钢集团持续加强党的领导、全面从严治党不断深化、监督力度不断加大、政治生态持续改善的进程完全契合。

济钢产能调整是山钢集团顺应国家供给侧结构性改革的最大改革。重大任务面前，山钢各级纪检组织不做“旁观者”，结合产能调整进程，制订3项制度文件，划出了6条纪律红线，对职工安置、安全稳定等措施执行情况进行监督，有力保障了济钢产能调整、山钢转型发展的顺利进行。

2020年，山钢集团出台了以《关于加强大监督体系建设的实施意见》为统领、三大基本制度作支撑、18项重要制度保落实的“1318”制度体系，构建起党内监督、职能监督、群众监督“三位一体”的大监督体系，以监督到位推进全集团治理效能提升、政治生态优化，实现国有资产保值增值。

全面从严治党，扛牢政治责任。“十三五”期间，钢铁行业各级党组织

以“严的主基调”推进“不敢腐、不能腐、不想腐”，充分发挥监督作用，不断健全完善制度机制，大力提升监督能力，为行业和企业高质量发展提供坚强的纪律保障。

砥砺奋进正当时，高扬旗帜再出发

在2020年11月16日中国钢铁工业协会举办的党的十九届五中全会精神学习班暨2020年度党建工作培训活动中，中国钢铁工业协会党委副书记姜维说，学习党的十九届五中全会精神，总结回顾党的辉煌成绩，充分彰显了党的坚强领导，增强了广大党员干部的“四个自信”。钢铁行业要在认真总结“十三五”发展经验的基础上，积极制订钢铁行业总体的“十四五”规划。“十四五”期间，钢铁行业要进一步坚持党的领导，坚持以人民为中心，努力做到增强党的意识，坚定理想信念；坚持从严治党，落实管党责任；严明政治纪律，严守政治规矩；坚持党管干部，抓好队伍建设。要强化对新发展阶段、新发展理念、新发展格局的认识，提高基层党组织建设的水平，绷紧纪检监察之弦，筑牢思想防线，增强法治思维、红线意识，实现党建和业务双丰收。

踏上“十四五”新征程，我们坚信：在以习近平同志为核心的党中央坚强领导下，钢铁行业各级党组织和全行业的党员必将矢志不渝守初心，奋发有为担使命；必将以更加昂扬奋进的拼搏精神砥砺奋进；必将以更加严实的作风着墨落笔，坚持以党建引领“十四五”发展，全面提升党的建设质量，以高质量的党建确保党中央各项决策部署高质量落到实处；必将以切实提升组织力为重点，全面夯实党的基层根基，增强基层党组织的领导力、组织力、执行力，把党的政治优势、组织优势、制度优势转化为制胜优势，为全面建设社会主义现代化国家贡献钢铁力量！

（作者：郑洁，原载于《中国冶金报》，2021年3月5日）

踏八百里秦川，赴一场传承红色基因的钢铁文学之约

2018 年 3 月 25 日一早，把当期的《中国冶金报》副刊电子版图片发到了“访延安、看陕钢”工作交流微信群后，便启程去赶 9 点钟从北京开往西安的高铁列车。正如这期副刊上刊登的中国冶金作协副主席、陕煤化集团总政工师李永刚创作的长诗《相约在春天》中所写的，去延安、去陕钢，赴一场传承红色基因的钢铁文学之约。

出发，“钢铁红色文艺轻骑兵”

这场相约起于 2017 年 7 月份。当时，冶金文协、中国冶金作协在陕钢进行了为期 3 天的第三届中国冶金文学奖评选工作。评选前，时任中国钢铁工业协会副秘书长、冶金文协主席、中国冶金作协名誉主席、中国冶金报社社长陆闻言提出，在新的历史条件下，冶金行业广大作家和文学工作者应自觉认真重温《延安文艺座谈会上的讲话》精神，深入学习贯彻习近平总书记的文艺思想，坚持以反映冶金行业发展成果为中心的创作导向，与冶金企业、职工建立深厚真挚的情感。评选过程中，各位评委也深深地感受到，冶金作家要牢记自己的责任和使命，不忘初心，把冶金文学创作理想融入党和人民事业之中，立足冶金行业，推出更多反映时代呼声、展现钢铁精神的优秀作品，为实现中华民族伟大复兴的中国梦、钢铁强国梦提供强大的精神力量。

评选结束后，一则兄弟行业作协开展“重走长征路”采风活动的消息在中国冶金作协微信群里引发热议：“咱们中国冶金作协也可以组织这样的活动。”陕钢的作家留言：“2018 年是改革开放 40 周年，也是陕钢集团的前身龙钢建厂 60 周年，冶金作协可以组织冶金行业作家搞一个‘访延安、看陕

钢’的采风活动。”经过一番筹备，这次相约就定在了2018年的春天。

“‘访延安、看陕钢’采风第一站要去访延安。在革命圣地延安，触摸每一片厚重沉实的黄土，穿越革命先驱们的旧居和窑洞，然后沉思，感悟到精神上的升华，一定会激发采风作家强烈的创作激情。相信采风作家们一定会用自己的慧眼认识陕钢、发现陕钢，挖掘陕钢的文化、生产、生活的精髓，用饱蘸激情的笔书写踏上新征程的陕钢人，歌颂延安精神，讲好陕钢故事，为陕钢创作出一批有筋骨、有道德、有温度的精品力作。”冶金文协常务副主席、中国冶金报社党委书记陈洪飞在此次活动启动会上的一番话语，开启了这支由河钢、中国宝武、中冶集团、首钢、太钢、包钢、重钢等企业16位冶金行业作家组成的“红色文艺轻骑兵”的钢铁之旅。

红色热土上浇灌出“绿色奇迹”

“2017年12月份，陕钢集团党委书记、董事长杨海峰带领班子成员、机关各部门负责人、子公司党政主要领导和部分基层党组织负责人到延安、到梁家河，开展了‘不忘初心、牢记使命’主题党日活动。延安来过多次，每来一次都是一次精神的洗礼。”在从西安去往延安的火车上，陕钢集团党委副书记、工会主席陈敏锋与冶金作家交谈着。“心口呀莫要这么厉害地跳，灰尘呀莫把我眼睛挡住了……手抓黄土我不放，紧紧儿贴在心窝上。几回回梦里回延安，双手搂定宝塔山。千声万声呼唤你——母亲延安就在这里!”董宏量、张忠涛等几位60多岁的钢铁诗人在车厢里不约而同地将《回延安》整段整段饱含深情地背下来。

下了火车，当我第二次踏上延安的土地时，一下被震惊了：没有挡眼的灰尘，而是满眼的绿色，美丽的延安呈现在眼前。首钢作家甄斌老师问当地的领队：“路两边山坡上的窑洞好像没人住呀!”领队说：“这些年，延安实施了退耕还林（草）、居民下‘山’的政策。过去我婆婆家住在山上，要自己打井取水。井越打越深，可水越来越少，用水泵都抽不上来时，就再换个地方打。以前山上净是没水的干井。后来，政府实施居民下‘山’政策，给补贴，老百姓从山上的窑洞搬到山下的新区，都用上了自来水，生活方便多了。山上的窑洞翻修后搞旅游，种树种草搞绿化。延安这地方旱，下雨天数少，加上总刮风，栽种的树木能活挺难的，给树浇水只能靠人背或肩挑。现在你们看到的这满山的绿树，都是延安人用汗水浇出来的哟。”从曾经的“风起黄尘蔽天日，雨落泥沙遍地流”，到而今的“三季有花、四季有绿，城在山中、山在绿中、人在山水中”宜居城市，中国冶金作协副主席、秘书长张欣民老师感叹：“这是全心全意为人民服务、自力更生、艰苦奋斗的延安精神在这片红色热土上浇灌出的‘绿色奇迹’。”

寻着红色根脉的精神洗礼

这片热土上的红色根脉同样滋养了鲜活的革命文学。

在枣园，当时中央五大书记（毛泽东、周恩来、刘少奇、朱德、任弼时）在一起昂首阔步的铜像，5个人各个意气风发的样子，透出即将建立新中国的喜悦。我们拉开“访延安、看陕钢”采风横幅，拍下这次活动的第一张大合影。在毛泽东旧居窑洞前，太钢作家蒋殊摇起了纺车，“吱扭扭”地，仿佛在跟边区纺线竞赛中的“纺线能手”周恩来同志比赛。在延安革命纪念馆里，中国宝钢作家郭凯站在冼星海亲自指挥百余人首次公演《黄河大合唱》大型情景照片前说：“我听到了中国人民为民族求解放的咆哮声。”杨家岭中央办公厅楼里传来《东方红》的合唱声，把我们引进展室。中冶集

采风团全体成员在枣园革命旧址合影（孙超超 摄）

冶金文协原常务副主席、中国冶金报社原党委书记陈洪飞（中），中国冶金作协原常务副主席董宏量（左）等与采风作家一起，在延安枣园革命旧址听取讲解（孙超超 摄）

采风团作家们在枣园毛泽东旧居前查看相关资料（孙超超 摄）

团作家汤晖凝望着墙上丁玲的照片陷入了沉思。丁玲那朝气蓬勃的神态，展露出延安文艺座谈会后，广大文艺工作者纷纷奔向抗战前线，深入工厂、农村、部队，接触群众，体验生活，创作出《白毛女》《兄妹开荒》《夫妻识字》《太阳照在桑乾河上》《暴风骤雨》《王贵与李香香》等一大批反映现实生活、群众喜闻乐见好作品的盛况。

到清凉山时，我和重钢作家、《重钢报》记者何鸿因为穿得少，即刻感受到这里天气的“清凉”，但我们与全体采风作家一样，感受到的是内心的火热，因为这里是新中国新闻事业的发源地。这次采风的作家几乎都曾经或仍是新闻人，这座“红色新闻山”也是革命新闻人的根。依着山势而建的新闻纪念馆，真实还原了新华通讯社、广播电台等我党早期新闻机构当时的工作状况。几孔窑洞、几台油印机，加上一部周恩来同志从苏联带回来的发报机，这构成了延安时期新闻机构的全部设施。那时的新闻工作者就是在这样的条件下守望着自己的精神家园，向外界发出属于新中国的声音，让处于黑暗中的国人不断看到一缕缕光明。

攀登清凉山对面的宝塔山时，身边的陕钢集团工会副主席、女职委主任兰茹说：“去年冬天我们来延安，天特别冷。我们到梁家河，了解了习总书记当时住窑洞、睡土炕、过‘五关’与村民同吃同住的艰难生活，觉得真是一种信仰的力量。”

望着宝塔山下钢筋铁骨的延河新桥和成片的高楼新区，望着身边耸立的巍巍宝塔，让我们找到了中国革命从胜利走向胜利的答案。

做一个为人民书写、为钢铁讴歌的参与者

在延安短短的两天时间里，采风作家们已深切地感受到冶金文协、中国冶金作协和陕钢共同组织这次采风活动的意义所在。包钢作家崔美兰说：

“这次活动的主题‘访延安、看陕钢’这6个字，把访延安放在前面，访太重要了，那是我们红色文化的根基所在。”中国冶金作协副主席李永刚说：“访延安后看陕钢，会让大家更真切地感知陕钢续写现代版长征史的精神内涵。这次活动在全国冶金行业这么多大型钢铁企业中选择到陕钢来，这么多冶金行业优秀作家到黄河边的龙钢、穿过秦岭到汉钢，把陕钢从北看到南，行八百里秦川，最终铸造出好的作品，是推动陕钢走出陕西、走向全国，推进陕钢竞争力追赶工程，打造中国西部最具竞争力高端钢铁材料服务商的重要力量。虽然我离开陕钢了，但我一开口仍离不开钢铁，因为我感激钢铁。从行业的角度，在钢铁行业发展关键期，全行业需要理念的东西。党中央、国务院提出供给侧结构性改革，行业需要解读，冶金文协、中国冶金作协、《中国冶金报》这些传递正确舆论导向的平台就是宣传者、引领者，就是全行业的指路者。优秀的文学艺术在精神上的引领和支撑，不仅让钢铁行业数以千计、万计的文学艺术爱好者有一种归属感，更重要的是把这种归属感带到了本单位，化为一种精神力量，让行业所有的职工感受到钢铁行业的精气神。从个人角度讲，我搞诗歌创作几十年，在煤炭行业近30年、在钢铁行业6年，在我一生中钢铁对我的心灵触动最大，写的钢铁诗也最多、最动情。我毫不讳言，钢铁是让我最骄傲的。”

在返回西安的路上，一张张参观照片发传到“访延安、看陕钢”微信群里。在举起相机对准别人的时候，不经意间也都成为别人镜头下的风景。这次延安之旅，我们是体验者、是朝圣者，体验和感受到精神的洗礼；更是为了做一个合格的时代记录者，做一个为人民书写、为钢铁讴歌的参与者。

（作者：郑洁，原载于《中国冶金报》，2018年4月27日）

牢记嘱托　勇攀高峰

工业发展，钢铁先行。百年来，中国钢铁工业发生了翻天覆地的变化，取得了举世瞩目的成就。从解放初期恢复生产时期，鞍钢工人阶级生产出第一炉“争气钢”，到改革开放以来，中国各大钢厂冶炼出一炉炉“底气钢”，再到新时代中国钢铁站到世界前列，我们看到，自 1921 年中国共产党成立以来，特别是新中国成立以来的 70 余年艰苦卓绝的不懈探索和努力，祖国的钢铁事业的发展令全世界瞩目。

党的十八大以来，以习近平同志为核心的党中央站在党和国家发展全局的高度，擘画新时代中国特色社会主义的发展方略，带领全国人民为实现中华民族伟大复兴的中国梦不懈奋斗。作为国民经济支柱产业的钢铁工业在“创新、协调、绿色、开放、共享”的新发展理念指导下，开始了从数量规模发展向质量效益发展方式的重大阶段性转变，在加快供给侧结构性改革、推动行业高质量发展上取得了许多新成果，为中华民族的伟大复兴贡献出钢铁人的力量。

2020 年 5 月 12 日，习近平总书记在太钢不锈钢精密带钢有限公司考察调研时指出，产品和技术是企业安身立命之本，希望企业在科技创新上再接再厉、勇攀高峰，在支撑先进制造业发展方面迈出新的更大步伐。

习近平总书记在钢铁企业留下的足迹和殷殷的嘱托，激励着新时代中国钢铁人为建设钢铁强国勇攀高峰！

红色足迹，印证了中国钢铁工业的发展及其取得的辉煌成就，闪耀着中国共产党的理论路线方针政策的光辉，凝聚着党中央的亲切关怀和殷切期望；亲历者讲述的殷殷嘱托，印证了党和国家领导人对钢铁工业发展寄予的厚望，积聚起中国钢铁人勇攀高峰的磅礴伟力，更坚定了我们奋进新征程的信心：永远跟党走，用党的建设引领钢铁行业克难攻坚，以百倍信心向着更远大的目标光荣出征！

“时代楷模”河钢塞钢管理团队
——不负重托砥砺前行

2021年4月20日，博鳌亚洲论坛2021年年会开幕，“一带一路”被写入年会主题——“世界大变局：共襄全球治理盛举，合奏‘一带一路’强音”。

此时，我们河钢集团塞钢公司正在召开销售例会，商讨优化产品结构等事宜。这个月，河钢塞钢销售业绩再次实现环比提升。2020年以来，河钢塞钢新开发终端客户近20个，终端客户比例由收购初期的15%提高到95%。

2016年6月19日，习近平总书记亲临河钢塞钢视察，我们有幸见证了这一历史时刻。总书记在这里发表了重要讲话，还来到生产岗位和职工座谈，关心我们是否适应异国生活。总书记特别强调要“言必信、行必果”，将河钢塞钢打造成“一带一路”建设的标志性工程。总书记的重要指示和殷殷嘱托，给予我们极大的鼓舞，也让我们感到责任重大、使命光荣。那一刻，我们深深意识到，运营好河钢塞钢不仅仅是塞尔维亚政府和企业员工对河钢的一种期待，更是践行“一带一路”倡议的沉甸甸的历史使命。我们当时就暗暗下定决心，一定不负重托、不辱使命，完成好总书记交付的这份重任！

“我们每一天，甚至每一小时、每一分钟，都在被巨大的工作量推着向前奔跑。”河钢塞钢总经理赵军说。5年，1800多个日日夜夜，见证着我们走过的历程。在河钢集团引领下，百年钢企——斯梅代雷沃钢厂一步步摆脱了困境，获得了新生。在此过程中，我们与原钢厂5200名职工全部签订了劳动合同，兑现了“钢厂原有职工一个都不能少”的承诺。我们完全依照当地法律、法规实施管理和经营，充分尊重当地和员工的文化习俗，并妥善保留了原有体制和管理模式。我们除投入承诺的资本金之外，还将企业效益主要用于技术改造和增加员工收入，改造或新建了关键生产装备，完善了工艺流程。

河钢塞钢发展历程折射出“一带一路”倡议在欧洲的生动实践。接手前的河钢塞钢，是一家区域性企业，供应链资源局限于巴尔干半岛、中东欧地区，议价能力弱，供应链极为脆弱。依托河钢集团的全球营销资源，塞钢获得了稳定的原料资源和广阔的国际市场，市场覆盖整个欧洲乃至北美发达地区，大宗原料成本持续降低，优质钢材出口到30多个国家和地区。

战疫坚盾，共克时艰。欧盟钢铁配额限制和新冠肺炎疫情迫使河钢塞钢出口减少近50%，河钢集团精准指导河钢塞钢疫情防控和稳健经营，在欧洲企业纷纷裁员应对疫情冲击的形势下，不减薪、不裁员，技术经营指标逆势飘红；全力支持河钢塞钢向塞尔维亚捐赠抗疫物资，取得了疫情防控和经营发展“双胜利”。河钢塞钢的快速发展，承载着成千上万个家庭的获得感、幸福感和安全感。

如今，一座更加绿色、资源配置更加高效的现代化工厂，正在欧洲腹地加速崛起，5年累计产钢663.9万吨，实现销售收入46.59亿美元，连续3年成为塞尔维亚最大出口企业。今年，河钢塞钢与欧洲4家最大的镀锡产品客户签订年度销售协议，为欧洲高端白色家电生产商Gorenje集团供货量提升3倍以上；实现了塞钢历史上汽车钢产品销售零的突破；产品吨钢铁水消耗等指标达到历史最好水平，书写了一份无愧于祖国、无愧于时代的行动答卷，连通了中塞友谊的钢铁桥梁。

在6月29日隆重举行的庆祝中国共产党成立100周年“七一勋章”颁授仪式上，全国“两优一先”表彰对象代表出席颁授仪式。我们团队的优秀代表、获得“全国优秀共产党员”称号的河钢集团塞钢党支部书记、执行董事宋嗣海虽远在塞钢，但他激动之情溢于言表。他动情地对大家说：“河钢塞钢一直备受总书记的亲切关怀，这是我们莫大的荣誉。我们必将牢记总书记的嘱托，更加蓬勃、自信地在‘中国时代’向世界讲述更精彩的钢铁故事。”

中国宝武太钢精密带钢公司科研团队
——我们要再接再厉，勇攀高峰！

2021年5月12日，在中国宝武太钢集团精密带钢公司，0.07毫米超平不锈钢精密带材和无纹理表面不锈精密带钢两项新产品全球首发，手机等高端电子产品将由此变得更易智造、更轻、更耐用。

2020年5月，习近平总书记来到太钢不锈钢精密带钢有限公司考察调研并发表重要讲话，勉励企业要在科技创新上，特别是在不锈钢这个领域再接再厉、勇攀高峰，在支撑先进制造业发展方面迈出新的更大步伐。

殷殷嘱托化作企业干部职工聚焦创新突破的不竭动力。一年来，围绕支撑先进制造业发展的关键钢铁材料和新材料技术与产品难题，我们深入实施创新驱动发展战略，推出了0.015毫米“手撕钢”等市场认可的系列高精尖特产品，让“手撕钢”更薄、韧性更好。

创新是引领发展的第一动力，科技研发攀高峰永不言弃。在我们精密带钢公司，就有这么一支由“60后”到“90后”各年龄段人员组成的9人科技研发团队，分散在生产一线各个部门，跨职能、跨作业区调动各部门技术力量联合攻克技术难关。这支团队便是我们胡尚举创新工作室。

我们创新工作室带头人胡尚举，是位“80后”，兼任设备能源部副部长，负责管理全企业电气自动化。胡尚举常对大伙说：“2020年，习近平总书记来公司考察调研时的重要讲话让我们备受鼓舞、非常振奋。为加快科技创新步伐，咱们创新工作室的伙伴们要一起共同努力，为‘手撕钢’在0.02毫米基础上进一步薄化，为成功轧制0.015毫米产品提供一套新的方案，使张力控制更加稳定。”

2021年5月7日，在精密带钢公司紧张忙碌的生产车间，我们的工作人员正在跟随操控钢卷转运小车，将一卷卷钢材从空中转运至指定位置。胡尚举在操控室对身边的技术人员说：“咱们现在对钢卷转运小车进行智能化改造，届时只需一键输入位置，无须人工跟随，钢卷转运车便可自行将钢卷运送到指定位置，同时还具备避障功能，从而实现无人化、智能化操作，大大提高生产运行效率。”

大家依靠科技创新，不仅让企业不断攻克难关，研制出一个又一个高精尖产品，在企业效益快速增长的同时，也让职工收入如芝麻开花节节高。去年，我们胡尚举工作室仅各项创新成果奖励就拿到数万元。用胡尚举的话说：“大家搞科技研发的精神头儿更足了！”

2020年，精密带钢公司不仅经受住新冠肺炎疫情的考验，实现了精密带钢连续5年完成预算目标任务的好成绩，而且，公司经理王天翔入选山西“十四五”后备院士，山西省委、省政府配套了经费保障、项目支持、团队支撑、平台依托、交流深造等7项支持政策。我们公司确定了充分利用“准院士”政策，发挥平台科研优势，持续推行“研发一代、储备一代、销售一代”的“3个一”品种战略。我们团队带头人王天翔常说：“下一步，公司将坚持市场开拓与技术研发并重，瞄准氢燃料电池、5G手机等新兴行业与领域用钢需求，推进高效新产品规模化生产，不断提升市场竞争能力。咱们不能停步！”

中国宝武太钢山西钢科碳材料有限公司科研团队——乘势而上，建设国内一流碳纤维产业基地

仲夏时节，生机勃勃。当您走进绿树掩映下的山西钢科碳材料有限公司时，现代化的生产车间清洁而静谧。我们会自豪地告诉您，她在悄然间缔造着令人惊叹的业界奇迹。

碳纤维，在工业界享有“黑色黄金”盛誉，是一种在航空航天和国民经济各个领域均具有重要用途的新型纤维材料。4年前，2017年6月22日，习近平总书记来到这座碳纤维产业基地，实地考察调研高端碳纤维研发、生产、应用情况。

由中国宝武太钢集团投资兴建的山西钢科碳材料有限公司，冲破国外对核心技术的封锁和垄断，工艺技术拥有完全自主知识产权，傲然屹立于世界碳纤维产业之林。

“新材料产业是战略性、基础性产业，也是高技术竞争的关键领域，我们要奋起直追、迎头赶上。”习近平总书记的殷殷嘱托，令我们山西钢科碳材料有限公司全体职工备受鼓舞、倍感振奋，加速在新材料产业的创新发展道路上激情奔跑，为建设国内领先、世界一流的碳纤维产业基地不懈奋斗。

2017年，我们团队杨晗是首席工程师，如今已提拔为生产工艺部部长。他常说：“我们要时刻牢记习近平总书记嘱托，推进产学研用一体化模式。”在高端碳纤维产业化制备技术开发中，团队积累了宝贵的经验，逐步培养了一支专业化的科研技术队伍，初步实现了高性能碳纤维产品品种规格多元化、系列化，满足了我国航空航天等领域日益增长的需求。

2020年，我们公司成功开发出TG800G-6K/12K碳纤维功能结构一体化

产品，进一步丰富了高性能碳纤维产品体系。针对下游企业在加工过程中的应用性问题，我们开展技术营销，拓宽产品应用领域迈出新步伐，全年销售收入再次突破亿元大关。

“每每回想起见到总书记时的情形，我总是心潮澎湃。”如今，从操作岗位到基层一线管理岗位，公司“80后”青年职工胡彬感觉肩上的责任更重了。

公司从制度和机制建设入手，开展青年技术型人才拔尖培养工作，助推企业在国产碳纤维“全、优、特”上再攀新高峰。我们在青年技术型人才拔尖培养方面按照“师带徒”的方式，使技术骨干尽快成长，形成了“人才磁场”效应，激发了青年员工的工作热情和向上向好的积极性，形成了操作人员争当技术能手、科研人员勇攀技术高峰、全员创新活动竞相迸发的新局面，为我们钢科公司碳纤维实现精准控制、低消耗运行、产品质量持续提升贡献了力量。

从“奋起直追，迎头赶上”到“再接再厉，勇攀高峰”，习近平总书记对太钢高质量发展寄予的殷切期望，不断鼓舞和鞭策我们钢科公司干部职工乘势而上、久久为功，加快建设国内领先、世界一流的碳纤维产业基地。

中国宝武马钢宛佳旺
——那一天，总书记来到我身边

我叫宛佳旺，今年27岁，是马钢特钢优棒产线上一名基层作业长。

2017年大学本科毕业后，带着对未来的憧憬，从遥远的哈尔滨来到美丽的马鞍山，从此扎根马钢成为一名光荣的钢铁工人。

2020年8月19日，这是一个让我毕生难忘的一天，时至今日每当我回想起那一天，激动的心情仍久久不能平静。

我记得很清楚，那一天，马鞍山万里无云，经过一上午的暴晒厂房内温度直逼40摄氏度。我和几位同事像往常一样通过现场监控查看各区域生产情况。大约在12点22分，我的同事李勇突然从椅子上站了起来，指着Y4门区域监控大喊：“快看！快看！”顺着他手指的方向，通过监控摄像头，我看到一个高大伟岸的身影，是习近平总书记！我们4个人通过监控看着总书记一行人沿着楼梯来到轧线平台，透过玻璃窗我们看到总书记在初轧区停了下来，观看现场轧钢生产。主控室里的4个人这个时候互相打气，总书记今天到现场观看生产，是我们一辈子的荣幸，千万不能掉链子！一想到总书记可能会到主控室来，我心里有千言万语要向总书记汇报，但当他来到主控室的那一刻，我整个人紧张得有些发懵，大脑一片空白，想好的词句一下子都忘记了。这样一位伟人从电视里走出来，来到我的面前，说实话，当时我甚至怀疑我自己是不是在梦里。

总书记来到我身边后，询问我现场的一些生产情况，亲切的言语让我的紧张情绪消失得无影无踪。作为一名一直工作在优棒生产线的调试人员，我特别自豪地向总书记介绍："我们优棒生产线是一条具备一键轧钢功能的自动化生产线，已经实现了一定程度上的自动化生产，职工的劳动强度得到大幅降低。"听到这里，总书记频频点头，能看出来总书记对我们工作非常满意。

随后总书记又问我："你是什么学历？""哪个大学毕业？""其他几名操作人员也是本科么？"在得知我们几位年轻小伙子都是本科毕业时，总书记欣慰地说："操作现场智能化设备确实需要高素质人才。"

紧接着总书记又问我："你工作几年了？""现在收入怎么样？"我都向总书记进行了汇报。整个过程虽然只有短短的几分钟，但总书记的话语，让我感受到亲人般的温暖！总书记离开主控室后，我沉浸在见到总书记的幸福之中久久不能平静。现在让我回忆那个班下来后我在干什么，我已经记不清楚了，我只知道大部分时间我都是一个人一直在笑。下班之后，我赶紧把这个好消息告诉了我的家人，听我妈妈讲，我爷爷知道这个事情之后，高兴得一夜都没睡觉。

曾经有人问过我，上了那么多年大学，来马钢当一名普通工人亏不亏？面对疑惑，我想工作这几年已经用实际行动给出了最好的回答。时光匆匆，距离习总书记考察调研马钢已经过去快1年了。作为中国宝武马钢的一名青年员工，今后我会牢记习总书记嘱托，继续立足岗位，学好本领、夯实基础，不断进步成长，为马钢高质量发展贡献自己的青春力量！

中南大学重金属污染防治创新团队
——为保护绿水青山铿锵前行

2013年11月4日，这是让我们毕生难忘的一天——习近平总书记考察调研中南大学，首站就是我们国家重金属污染防治工程技术研究中心。我们团队的带头人、中心主任、中国工程院院士柴立元教授向习近平总书记汇报工作。

习近平总书记来到中心中试基地，观看了重金属废水生物制剂深度净化中试系统后，一共问了3个问题。

一是“这项技术效果怎么样”。柴立元院士自豪地向习近平总书记报告：中心自主研发的“重金属废水生物制剂深度净化与回用技术”效果很好，重金属废水深度净化后各项指标远优于国家标准限值，而且废水回用率从原有的50%提高到90%以上。在中国最大的锌冶炼企业株冶集团工业化应用，废水处理规模达到每天14400立方米，已成为全国重金属冶炼废水治理的样板和标杆。

二是“这项技术成本怎么样”。这是我们团队从一开始就高度关注的问题。柴立元院士向总书记汇报：这项技术成功实现低成本运行，成本不超过2元/立方米废水，治理的同时实施废水回用与金属回收，综合成本比现行技术低得多。“从资源的角度做治理”，这是创新技术能够广受欢迎与广泛应用的重要理念。

三是“这项技术是否容易放大推广”。这些年，我们团队从实验室到中试，再到工程示范，从创新链的角度对技术开展了系统的研究，完全掌握了关键核心技术，并自主开发了移动式中试装备系统，建立重金属污染防治产业技术创新战略联盟，实现了技术的快速孵化与工程转化。该项技术在株冶集团成功应用后，又在全国最大的铅冶炼企业河南豫光金铅集团、全国最大的铜冶炼企业江铜集团、亚洲最大的铅锌选矿厂中金岭南凡口铅锌矿等一批大中型企业推广应用，被列入《国家先进污染防治示范技术名录》，获2011年国家技术发明奖二等奖。习近平总书记听完后频频点头、嘉许，对中心的创新技术及成果转化模式给予高度肯定，并鼓励我们进一步加强产研结合。

他对我们团队的肯定和重托，给我们带来极大的鼓舞和鞭策，让我们的绿色冶金追梦之路越走越宽。

8 年来，我们牢记习近平总书记嘱托，构筑从末端治理到源头减排的全链条行业技术体系，研发了“有色冶炼含砷固废治理与清洁利用技术”“冶炼多金属废酸资源化治理技术”等一系列创新技术，在国内大中型有色企业应用 300 多项工程，覆盖我国铜铅锌冶炼产能 30% 以上；共荣获国家及省部级奖励 60 余项，其中国家科技奖二等奖 8 项，省部级科技奖一等奖 30 余项，在服务国家战略和经济社会发展方面取得重要成绩。

“十四五”期间，我们将继续探索重金属污染全生命周期控制，让废物实现“生态回归”；进军无废冶金领域；提高砷的高值利用，用前瞻视野开启一个新的资源化时代。

抱一颗赤子之心，肩负党和人民的重托，为保护祖国的蓝天、碧水与青山砥砺前行，我们将以更加有力的行动承担起历史责任，以坚韧不拔的意志勇攀科学高峰，为实现中华民族伟大复兴的中国梦不断做出新的更大贡献。

（作者：郑洁、牛卫星、章利军、陈涛、雷笛）

信仰的力量

——走进李大钊纪念馆

学党史铭记初心，百年潮涌忆先烈。在喜迎中国共产党百年华诞之际，在党史学习教育广泛开展之时，中国二十二冶集团金结公司天柱项目党支部依托党的红色资源，学党史、悟思想、办实事、开新局。2021 年 3 月 27 日，冶金作家与该项目党支部党员代表来到河北省唐山市乐亭县——李大钊故乡，瞻仰这里的“红色地标”李大钊纪念馆，并举行“缅怀革命先烈，传承红色基因”主题党史学习教育。

感悟信仰的力量

李大钊纪念馆所在的乐亭县，文化底蕴丰厚，人杰地灵。这里的评剧、皮影、乐亭大鼓素有“冀东三枝花”之称，是国家级非物质文化遗产。1889 年 10 月 29 日，中国共产主义运动的先驱、伟大的马克思主义者、杰出的无产阶级革命家、中国共产党主要创始人之一李大钊同志出生在这里。

李大钊纪念馆坐北朝南，主体建筑是一座黑、白、灰色构成的 3 层大楼，显得古朴庄重典雅，占地面积 100 余亩。纪念馆四周苍松翠柏，鲜花绿草映衬，纪念馆主楼更显得宏伟壮观。凭借“红色资源丰富”优势，该纪念馆被授予全国首批爱国主义示范基地之一、全国“我最向往的党史纪念地”之一，每年接待来自全国各地及海外的参观者上百万人次。

3 月 27 日 13 时 30 分，冶金作家采风组与天柱项目组 15 名党团员一起，参加党史学习教育。天柱项目党支部书记牛洪涛率队走进李大钊纪念馆大门，零距离亲身感受浓郁红色文化。“欢迎大家来到李大钊的故乡乐亭，来到李大钊纪念馆接受党史教育。2021 年初以来，每天到这里参观学习的人超过2000人次。”纪念馆讲解员介绍说，“李大钊一生主要有八大功绩，领导了五四新文化运动；在中国第一个传播了马克思主义；关心青年成长；创建了中国共产党，是中国共产党的主要创始人之一；领导了北方工农运动；建立革命统一战线，促成国共首次合作；提出党抓武装的军事思想，培养一批军事人才；提出了中国走社会主义道路的理论，为中国昭示了社会主义的发展方向。”大家凝视着8根巍然屹立的功绩柱，肃然起敬。

通往李大钊纪念馆主楼的台阶有38级，象征了李大钊同志走过的光辉而短暂的38年人生。参观团团员牛洪涛说：“今天我们来参观，就是要踏着先驱的足迹，向李大钊同志学习，用他留给我们的宝贵精神财富，激励自己不断奋进。”

据讲解员介绍，李大钊纪念馆有3个展厅、9个专题，天柱项目党团员代表依序参观。纪念馆中，李大钊的生平照片、手稿、书刊、遗物和相关资料，以及陈列柜里已经发黄的《新青年》《每周评论》杂志……这些浸透着李大钊心血和智慧的珍贵文物，是李大钊同志伟大革命者艰辛之路的写照。讲解员指着纪念馆墙壁上“铁肩担道义，妙笔著文章”的著名对联解读说：“‘道义’就是宣传马列主义，宣传共产主义，唤醒中国劳苦大众，推翻压在头上的三座大山，自己当家做主人。‘妙手著文章’就是传播马列主义革命思想。”天柱项目党团员代表认真听、凝神看。

讲解员一一讲述着反映李大钊“信仰的力量”的故事：

李大钊每月工资有240块银圆，他几乎将所有工资都用于革命事业，留给家庭的少之又少，常令妻子为“无米之炊”而烦愁。

1926年12月，奉系军阀张作霖进入北京后，白色恐怖更加严重，李大钊顽强地坚持斗争。在帝国主义支持下，1927年4月6日，张作霖逮捕李大钊等80余人。李大钊虽受酷刑，但他在狱中、法庭上始终大义凛然，英勇不屈。1927年4月28日，凶残的敌人对20名革命者施以绞刑。李大钊从容镇定，视死如归，第一个走向绞刑架。敌人先后3次对李大钊实施绞刑，李大钊从容就义，时年不足38岁。

他发出的“牺牲永远是成功的代价”“试看将来的环球，必是赤旗的世界”誓言，永留人间，光照历史。

“吾辈当以青春，托举强国未来。”正在河北省唐山团市委挂职的中国二十二冶金结公司团委书记霍金鑫特意赶来参加这次党史学习教育。他动情地说："没有前人的求索和'血荐轩辕'的豪迈气概，就没有我们今天的幸福生活。我也正值30多岁的年龄，一定要铭记党的光辉历史，传承红色基因，与青年们一起砥砺奋进，让李大钊精神和革命薪火代代相传。"

心中有信仰，脚下有力量。在展厅内模拟绞刑架前，我们偶遇来自革命圣地西柏坡、年近七旬的冶金作家冀华，并得知不久他将赴上海采写"红船精神"故事。他聆听着讲解员的介绍，久久凝思后哽咽地说："李大钊用他的战斗和牺牲，播下了革命火种……"天柱项目的党团员代表与作家交流学习习近平《在党史学习教育动员大会上的讲话》的体会，深感要用好党的红色资源，深入基层，努力创作更多以学习党史为题材的文艺作品，增强信仰的力量。

两个多小时的参观，大家深切领悟到"人民有信仰，民族有希望，国家有力量"的真谛，思想和精神上受到洗礼！

学习党史，凝聚奋斗力量

走出李大钊纪念馆，应金结公司邀请，作家们驱车约半个小时，到达位于河北省唐山市海港经济开发区的天柱项目工地。一到这里，眼前就展现出一幅壮阔画卷：建设工地热火朝天；路边"一天也不耽误，一天也不懈怠""开局就是决战，起步就是冲刺"的红色条幅，时刻提醒建设者们真抓实干、不断拼搏；建设工地上塔吊林立、车水马龙、机器轰鸣。现场的炼铁、炼钢、烧结等施工区域，大型吊装机械正在忙碌作业，挖掘机、推土机来回穿梭，4000余名建筑工人铆足干劲，日夜奋战在工地上……这就是占地面积5200余亩、正在加速建设中的河北天柱钢铁集团有限公司（简称"天柱钢铁"）项目。

据了解，天柱钢铁搬迁改造项目是唐山市调整钢铁产业布局、实施钢铁企业向沿海搬迁的重点项目之一。中国二十二冶集团金结公司在激烈竞争中中标天柱项目，但项目也面临三大压力，一是工程体量大、工期紧；二是钢材市场货源短缺；三是今年初受新冠肺炎疫情零星反弹影响，造成施工人力紧张。

如何破解这些难题？在与天柱项目团队座谈会上，作家们找到了答案。据天柱项目党支部书记牛洪涛介绍，天柱项目团队集中开展党史学习教育，做到学史明理、学史增信、学史崇德、学史力行。他们通过认真学党史，依托红色资源，以党课的形式读懂“李大钊精神”，传承红色基因。在项目建设中，团队不断攻克技术难关，争分夺秒抢工期，打造精品工程。截至 3 月底，天柱炼钢工程主厂房柱基础、转炉基础、主控楼和高配室主体框架施工完毕，2 座旋流井即将沉井完成，3 座连铸机前段施工已完成 50%……项目上 600 余员工正以奋勇拼搏的精神，从实现一个个小节点目标开始，分秒必夺，争创奇迹。

一幅壮阔画卷正在建设者手中徐徐铺展，建设者们正努力拼搏，以优异的成绩向建党 100 周年献礼！

（作者：谢吉恒、徐晓慧）

从石库门走出

——党的一大纪念馆参观记

2021年是建党100周年，作为一名40年党龄的党员，作为一名做过多年党的基层工作的一员，在这个伟大的历史节点，我特别想到中国共产党的始发地去寻根溯源，探究发端，汲取精神营养，那种朝圣般的情绪一直在胸中酝酿着。

（一）

从今年元月份开始，我已先后去了中国共产党第一次代表大会会址四次，前三次都因正在修缮升级，而未能进入。但这第四次，一大会址围挡已经拆除，里面却仍在施工，但新的一大纪念馆则刚刚开放。我有幸作为最先到达的参观者，先在望志路106号门前伫立良久，随后又进入石库门造型的一大纪念馆详尽参观，这里可以系统地看到中共创建历史的庄严还原，可以更深切地感受中国共产党的初心与使命。

跨入一大纪念馆大厅，就被那宏大而庄严的氛围所震撼！迎门墙面，“伟大的开端”——五个气势磅礴、苍劲有力的毛体大字，展现在你的面前。左侧墙面的巨幅彩绘，画家艺术地组合了天安门、西柏坡、延安、遵义、瑞金、井冈山、石库门等重要历史遗迹。右侧则是同样大的巨幅黄河画作，壶口瀑布的壮观景象，似乎能让你听到那雷鸣般的咆哮。此时的我心情激荡，热血沸腾。从这里进入布置在地下一层的“中国共产党创建历史陈列”。展览以“初心使命”贯穿全篇，共分为序厅、“前赴后继、救亡图存”“民众觉醒、主义抉择”“早期组织、星火初燃”“开天辟地、日出东方”“砥砺前行、光辉历程”和尾厅7个部分。展览以丰富的图片图表、数百件文物实物、油画雕塑、实景还原、多媒体视频等多种形式，形象而生动地再现了中国共产党从这里出发的诞生历程。

气势恢宏的序厅以“历史选择，伟大起点”为主题，正前方，青铜雕塑的13位一大代表从石库门走出来，他们胸怀大志，意气风发，目视远方。位于中部的个子略高的那位熟悉的面孔就是年轻的毛泽东。一百年前，正是这13名中国共产党先驱，代表全国58名党员，在望志路106号，这个石库门里召开了党的第一次代表大会，平均年龄只有28岁的他们酝酿着开天辟地的大事变，就从这里和嘉兴南湖的那个小船启航，中国共产党开始了风雨兼程的历史性前行。真是“其作始也简，其将毕也巨。”毛主席在延安召开的党的第七次代表大会预备会议上，语重心长地引用庄子此句，来比喻我党由小到大、由弱到强的发展历程。这是多么的确切和有预见性。

当年一大会议的场景，以1∶1的比例高度逼真地呈现在纪念馆里，高仿了当时的长方桌、圆凳、两把靠椅，还有茶壶、茶杯、花瓶和吊灯等，并采用沉浸式场景影像技术模拟了会址的外部景象和周边环境。一大共开了七次会议，前六次会议都在这里举行。从另一组围坐在长方形桌子前的13位代表和共产国际的2位代表雕塑身上，从他们穿长衫、穿西装、穿马甲，清净面孔的、留八字胡的、留络腮胡的不同形象和表情中，我们能读出他们当时的热烈讨论和激烈争论的气氛，而这正是他们自觉肩负起“时不我待救中国”的责任感和急迫感的写照，这也正是中国共产党创建时的希望、担当和信念的体现。通过紧张的、激烈的争辩和酝酿，代表们取得了大致统一的意见，最终在南湖舫船上通过了《中国共产党纲领》《关于当前实际工作的决议》，这是“新生儿”的第一声啼哭，标志着不同于中国历史上任何一个党派和组织的中国共产党呱呱坠地了。

中国共产党孕育之中，在理论上、思想上起到直接促生作用的，就是纪念馆的那件镇馆之宝——蜚声中外的《共产党宣言》第一个中文全译本。这本泛黄的红色封面小册子，印有马克思倚案而坐的半身像，几乎占满了整个封面，非常有视觉冲击力。但如果再仔细看，会发现书名《共产党宣言》错排版为《共党产宣言》。这是由早期马克思主义活动家陈望道翻译，以中国共产党早期组织上海社会主义研究社的名义，于1920年8月出版的第一本中文版《共产党宣言》。当时由于秘密出版，印刷仓促，导致封面标题排版错误，成了这首个版本的特殊标志。此后，《共产党宣言》一印再印，纪念馆展出的72种版本的《共产党宣言》就是历史的见证。《共产党宣言》的翻译出版，使许多革命青年逐步树立起对马克思主义的信仰，走上了马克思主义的道路。毛主席曾说“有三本书特别深刻地铭刻在我的心中，建立起我对马克思主义的信仰。我一旦接受了马克思主义是对历史的正确解释以后，我对马克思主义的信仰就没有动摇过。”这三本书的第一本就是《共产党宣言》，它对中国革命和中国共产党的建立起到了极其重要的作用。有了《共产党宣言》等马克思主义的广泛传播和各地马克思主义研究会的组建，中国共产党的建立就呼之欲出了。

（二）

站在中国共产党成立一百年这个历史节点上，我们可以看到，中国共产党已由那时的几十人发展成为拥有9500万党员的世界第一大党，她所领导的中华民族，已由那时的“东亚病夫”，一个积弱积贫、支离破碎的国家，发展成了一个繁荣强盛的巨龙，傲然屹立于世界的东方。

我出生在新中国成立初期，真正是生在新中国，长在红旗下，一直受着党的雨露哺育，又有我的大哥任全保为革命牺牲的影响，我从小就知道大哥是革命烈士，门前挂有“烈士光荣”的牌子，这在我幼小的心灵里就种下了崇尚英雄的种子，因此对党和新中国有着与生俱来的情感。由于不断追求进步，20多岁时我就成为了一名光荣的共产党党员，又在我国冶金工业战线做过多年党的基层领导工作，对党始终坚持的为人民服务的宗旨，对党领导我国人民取得的巨大进步和发展有着切身的体会，也是这个历史时期的见证者，更是一个亲历者和参与者。

当我站在纪念馆的大量图片和实物前，细细品读历史的每一个足迹时，我的心灵则被一次次撞击而震颤，又受到了一次深刻的党史教育，精神世界得到了一次新的洗礼，思想认识得到了新的升华，使我进一步懂得什么叫向死而生，什么叫信仰的力量，什么叫共产党的初心。

这个初心就是为民族谋复兴，为人民谋幸福。为了坚守这一初心，中国共产党人在严酷的环境里，不屈不挠，坚持奋斗，无数革命先烈不惜抛头颅，洒热血，献出了自己的生命，就连伟大领袖毛主席，都先后有六位亲人壮烈牺牲。

在这无数先烈中，就有我的大哥任全保。大哥原在八路军黄崖洞兵工厂工作，抗战胜利后回到家里，后又积极报名入伍，随刘邓大军从太行山出发，千里跃进大别山。在追击敌军途中，于河南商丘柘城县光荣牺牲，年仅24岁，没有留下子女，甚至连一张照片都没有留下。

大哥这次参军时从兵工厂回来不久，刚与妻子团圆，才过上几天安稳的日子，为什么又报名再次参军？那时，一参军就打仗，打仗就意味着随时可能失去生命，大哥和家里人明知如此，但他还是毅然决然地走向了战场。大哥临出发前还用粉笔在墙上写给嫂子两句话："我在前线学习赵占魁，你在后方学习吴满有（这二位都是老区根据地当时宣传的英雄模范）"，他就是这样抱着赴死的决心奔赴前线的。为什么，因为心中有着一种信念，有一种责任，有着为民族为人民的自觉。这也就是我们现在说的中国共产党的初心。

正是靠着这一初心和信仰，一百年来，我们党经历了多少腥风血雨，坎坷曲折，终于夺取了新民主主义革命的胜利，建立了中华人民共和国，中国人民从此站立起来了。

我党顺应历史潮流，选择了社会主义道路，建立了完整的工业体系和经济基础。就拿我工作了大半生的冶金工业战线来说，新中国成立时的1949年，全国钢产量只有区区15.8万吨，非常可怜和落后。新中国成立后，在毛主席"钢铁元帅升帐""开发矿业"和加强三线建设的指示下，钢铁工业的全国布局有了极大的提高和改善，1975年我国钢产量增加到2000多万吨，为中国钢铁工业后来的更大发展打下了坚实的基础。我也就是在20世纪70年代初的三线建设热潮下参加工作，从而成为一名冶金人，而且这一干就是四十多年。退休后，也"位卑未敢忘忧国"，仍然心系冶金，与冶金工业的脉搏在同频跳动。

在改革开放的新的历史阶段，我党坚持以经济发展为中心，大力推进改革开放，建设有中国特色的社会主义，迅速使中国人民富了起来。我们的钢铁工业也随之得到迅速发展，科技创新水平迅速提升，钢铁产量远远走在世界前列，一下跃居全球第一，20世纪90年代后期就突破亿吨大关，到2008

年达到5亿吨。整个世界都望尘莫及。

党的十八大召开后，我党又在新时代中国特色社会主义的道路上取得新的伟大发展，社会文明、生态环境、人文政治都发生了新的重大变化，使中国人民由站起来、富起来，走向了强起来。我国的钢铁产量在一系列限产、优化政策的调节下，在品种、质量、科技创新水平都得以大力提升的同时，仍然发展到2020年的10.53亿吨，占全世界产量的60%，是排在第二位国家的10倍之多。今天的中国，再也不是当年的受人欺凌、歧视，“华人与狗不得入内”的那个病夫了，那个“量中华之物力，结与国之欢心”的屈辱时代，已经一去不复返了。

再看当下之世界，许多国家包括唯一的超级大国，都还长时间地处在新冠疫情的雾霾笼罩之下。而中国共产党领导下的中华民族却“风景这边独好”，独秀于世界民族之林。我们的生活生产早已恢复正常，旅游景点、商场、影院等人流熙攘，气氛祥和；我们的经济迅速发展，成了全球唯一正增长的经济体；我们还以维护人类命运共同体的思维，向各国伸出援助之手。

这一切，正是中国共产党人的初心和使命使然。

（三）

回首百年，瞻望未来。

我们更要坚信我们社会主义制度的优越，增强制度自信。新中国成立初期，我们党选择了这条道路，这是一个伟大的历史性抉择，实践证明这一选择是正确的。近代以来，我们尝试过总统共和制、尝试过资本主义和其他形形色色的所谓主义，但都行不通，在中国，只有社会主义才能救中国，只有社会主义才能将国家和人民引向繁荣富强。百年历史以无可辩驳的事实印证了这一道路的不可替代和唯一性。我们党、我们国家、我们人民，一定要增强定力，任凭风浪起，稳坐钓鱼台。无论敌对势力如何攻击我们，我们都要不改初衷，坚定不移地沿着这条道路走下去。

我们更要坚信，在中国，只有坚持共产党领导，才能实现国家复兴，实现人民富裕，除此之外，没有任何一个党、任何一个团体可以承担此重任。共产党从成立之时，就旗帜鲜明地将为人民谋福祉、为国家谋复兴作为自己的基本宗旨，一百年来，这一宗旨没有变，即使在艰难困苦、白色恐怖笼罩的岁月，在革命处于低潮时期，共产党也没有改变这一初衷，反而死而后生，愈挫愈勇。中国共产党的领导，是历史的选择，是人民的选择，也是历史的必然。中国共产党也经历过曲折，走过弯路，但她有着强大的自我纠错能力，总结经验教训后，继续沿着正确的道路前进，焕发出更大的生机和活力，取得更大的发展和胜利。

我们还要坚持以人为本、人民的利益高于一切的理念，这是任何时候都不可偏离的。这是我们的初心，也是我党一贯的宗旨。一百年来，我们所以能从胜利走向胜利，靠的就是这一初心。习总书记以凝练、生动的语言表达说，“江山就是人民，人民就是江山”“人民对美好生活的向往，就是我们的奋斗目标”。这是对全心全意为人民服务的宗旨作出的新的时代的诠释。党的十八大以来，全党在全力推进经济建设的同时，大力进行反腐败斗争，开展扫黑除恶斗争，并实现了全国农村脱贫致富的奋斗目标。所有这些，无一不是从人民群众最关切的、最希望迫切解决的意愿出发。这一初心，是我们的法宝，我们无论在什么时候都须臾不可偏离，一旦离开了这一法宝，我们就会像安泰离开大地，失去生命力。“江山就是人民，人民就是江山”，让这句话永远回响在我们中国共产党人的耳边！

（四）

从一大纪念馆的石库门出来，天空湛蓝，微风吹拂。

我仰望蓝天，遥想北京天安门，7 月 1 日中共中央将在那里举行建党 100 周年庆祝大会。从石库门到天安门，从 1921 年到 2021 年，这空间、时间的变换，不只是历史的，也是未来的。这是中国共产党回首过去百年奋斗路，启航未来新征程的交汇点。走过百年，恰风华正茂，下一百年，正鼓荡东风。让我们每一个共产党人，都牢记初心，不忘使命，在各自的岗位上，在各自的生活中，为中华民族的伟大复兴，为中国人民的幸福生活发出自己的光和热吧！

（作者：任宝亭）

炉火正红向未来

——读王大勇《百年征途　淬火成钢》有感

拜读了河北省冶金行业协会顾问、河北省政府参事室特约研究员王大勇的《百年征途　淬火成钢——建党100年来河北省钢铁工业的发展之路》一文，爱不释手。该文笔墨精练，条理清晰，点到为止，字字珠玑，宛如一幅河北钢铁人为建设新中国不懈奋斗的历史画卷。

我作为记者供职于《中国冶金报》30余载，肩负河北钢铁工业宣传报道的任务，亲历见证了河北钢铁工业腾飞发展的轨迹，一直得到他的热忱指导和帮助，相互间配合彼唱此和。王大勇的《百年征途　淬火成钢——建党100年来河北省钢铁工业的发展之路》一文读起来非常亲切感人，它像电影蒙太奇一样，记述了河北钢铁发展足迹，使我们举目难忘，感触颇深，浮想联翩。联想我们在采访中那一幕幕历史的瞬间，令人目不暇接，陷入了深深的思考。是啊，100年来河北钢铁工业经过几代人的艰苦奋斗，实现由小到大、由弱到强的发展，为中国钢铁日益走向世界舞台中央，做出了河北钢铁人应有的贡献，演绎出许许多多为之奋斗的精彩故事。

（一）马万水劳模精神

从王大勇的文章里，我们仿佛看到，新中国成立初期新中国百废待兴，钢铁工业艰难起步，先辈们为之奋斗的场景和河北人民建设新中国的高涨热情。

我们在邯郸中国华冶采访，许多人回忆这段往事时，众口不离“矿山铁人”马万水。

那是1949年秋天，国家从全国各地抽调了一批懂矿山技术的干部和工人到河北龙烟庞家堡铁矿工作。当时，在北京门头沟背煤的马万水被选中，成为新中国的第一批矿山工人。马万水被派到掘进五组当组长兼技术指导。河北龙烟铁矿作为华北地区最大的地下黑色冶金矿山和生铁基地，是新中国建设初期第一批恢复生产的大型冶金企业。当时，龙烟铁矿遭到了敌人的严重破坏，坑道坍塌，设备被劫洗一空，剩下的厂房全是断墙瓦砾。矿山没有一间现成的宿舍，马万水和工友就住在土窑、破庙里，上面漏雨，四面透风，吃的是小米饭拌盐面，盖的是百洞千孔的破棉被。劳动条件更为艰苦，不要说机器设备，就连一件像样的工具都没有。他们只好从废渣堆中找来生锈的钢钎和铁锤头，到山坡上砍来树杆当锤把；没有吹风机，他们就脱掉衣服往外扇炮烟。在这块废墟上，马万水和他的战友一起，开始了他的战斗生活。

为了加快矿山建设，为国家快出矿、多出矿，马万水不仅自己拼命干，还毫无保留地向工友们传授技术。他常说："旧社会我是个煤黑子，被迫给资本家干活。现在解放了，我们成了国家主人，再苦再累心也甜。"

马万水到掘进五组后，发现效率不高的原因，不仅是因为工人的技术水平低，而且劳动组织也不合理。当时，全组 18 个人，在一个班里干活，人多地盘小，谁也甩不开手脚，不仅拥挤窝工，而且忙闲不均，影响效率，干一天活，只放一茬炮。于是，马万水倡议分班干活，把 18 个人分成两班，班与班之间开展竞赛。这样，在庞家堡铁矿首创分班干活和开展爱国红旗竞赛活动，不仅解决了窝工问题，而且班与班之间互相促进，大大提高了工作效率。

马万水还亲自到掌子头给工友把钎传授技术。他白天上甲班做技术指导，夜晚上乙班当技术教练。一会儿，给这个看炮眼方向。一会儿，给那个看装药量。还亲自指点把钎、打锤、铲装。经过马万水的传帮带，工友们很快掌握了凿岩技术。仅一个多月时间，掘进五组由月进尺 1.7 米，提高到 6 米，工效提高了四五倍。

随着巷道的延伸，地下水从岩石缝隙中渗漏下来，巷道中像三月的小雨淅淅沥沥下个不停。大家的棉衣淋透了，鞋子里进水了，淋头水浇在工友的身上，痛在马万水的心上。不能让工友们穿着湿衣服干活。

第二天，马万水从伙房借来三条麻袋，当"雨衣"用。但人多麻袋少，轮不过来。他总是把"雨衣"让给工友，自己却站在淋头水最大的地方带头干活。直到今天，“一把大锤、两根钢钎、三条麻袋轮着披、六双胶鞋换着穿、手抡大锤拼命干”的故事，仍然是马万水工程队的“传家宝”。

在马万水同志的带动下，全组同志艰苦奋斗，提前完成了30号石巷的任务。马万水领导的掘进五组于1950年6月创造了手工凿岩独头月进23.7米的全国纪录，掘进五组被龙烟铁矿正式命名为“马万水小组”。马万水被选为全国劳动模范，马万水小组被评为全国劳动模范小组。

马万水小组以惊人的成绩一次又一次刷新着矿山的掘进纪录，20世纪50年代连创9次，在全国冶金矿山的历史上，刻下了一个又一个高度。他所探索的一整套矿山掘进经验，将挖矿的掘进功效提高了43倍，吸引了联合国有关机构对他的先进技术进行专门研讨。60年代，马万水小组继承发扬马万水精神，又6次刷新全国冶金矿山井巷掘进新纪录，从此，以马万水名字命名的“马万水小组”成为河北省乃至全国冶金工业战线一面红旗，为全国冶金矿山建设起到了模范引领作用。

（二）邯邢基地大会战

20世纪末曾有一句话很流行，“80年代看深圳，90年代看浦东”。如果给它前面加一句，那就是“70年代看邯邢”。“邯邢”即邯邢基地，20世纪70年代为加快我国原材料工业发展，国务院和中央军委决定在河北邯郸地区搞“小三线”建设，即规划建设年产钢200万吨、生铁400万吨的邯邢钢铁基地，一个以邯郸为中心的钢铁、煤炭、化工、机械、建材等综合基地。李先念副总理当年称：“邯邢基地完全可以建成‘中国的鲁尔’”。当年，超过10万技术工人、30万人移民邯郸，涌入了邯邢矿山局、中国冶金工业部华北矿山建设集团（中国华冶）、中煤第一建设公司、中煤建安、中国煤炭设计院、中煤水文地质局、中煤第一勘探局等一大批中直单位。1975年8月，马万水工程队奉命调入邯邢基地冶金矿山建设指挥部（中国华冶前身）。

在邯郸，大家回忆起河北钢铁之路历程，忘不了当年参加邯邢基地大会战，许多老工人回忆起当年的情景，仍然激动万分。1977年11月，马万水工程队攀登第20次高峰的战斗打响了。当时已经是冶金工业部副部长的马明，在北京关注着这场硬仗，他实在放心不下，几天后索性亲临现场和工程队一起投入到攀高峰的战斗中。马明这位马万水工程队老队员，虽然是冶金工业部副部长了，却仍然保持着马万水当年那么一股劲，那么一种精神。他一下火车就披着一件草绿色的军大衣，直奔40公里以外的西石门铁矿，到掌子面上去了。马部长谢绝了为他安排好的招待所，而是住在用松木板皮搭成的指挥所里，在坑下的巷道里作调度、当指挥，坚持吃住在工地，感动着攀登高峰的工人们。

这是一次何等紧张的战斗哇！

独头掘进，就是只在一个掌子面施工，不能搞人海战术，在一个断面只有10平方米的掌子面上通过合理地组织生产，比速度、比效率。每天平均要前进42米，每小时要前进1.8米，出碴20多立方米！但马万水工程队就是要创这个奇迹。

他们合理调整劳动组织，做到定人、定机、定员、定位，分工明确配合协调，整个工作面就像一架协调运转的大机器，每个职工就像机器上的一颗螺丝钉。掌子面上同时摆开8台凿岩机，人人定位，同时开动20分钟，2米深的炮眼打成，凿岩机依次撤出。然后6名爆破工一拥而上，清眼、装药、墩炮土、割导火索、点炮，仅十几分钟，人员撤出，炮声隆隆。吹风、出碴，不到一小时，一个循环干净利落地完成了。

30个日日夜夜，他们就是这样以“只争朝夕”的精神争分夺秒地工作着。在攀高峰的最后一天，测量人员经过实测月进尺达到1403.6米，超过当时苏联的功勋队创造的世界纪录166米。这是全国纪录，也是世界纪录！这一成绩引起巨大轰动。

1978年1月1日，中央电视台第一次开播《新闻联播》栏目，第一条重要新闻是邓小平会见外宾，第二条重要新闻就是“英雄的马万水工程队成功攀登第20次掘进高峰”，时长两分钟。

为此，邯邢基地领导小组、冶金工业部、河北省政府，联合在邯郸市工人剧院为马万水工程队举行了隆重的庆功大会，并授予马万水工程队“开发矿业的英雄掘进队”红旗。在那个年代，创造了世界矿山掘进新纪录，并没有给大家发奖金，只是给每人发了一个陶瓷的茶杯作为纪念。

邯邢会战期间，先后开工新建和续建的中小型矿山10个、大型矿山6个，规划目标到1980年邯邢基地年产钢200万吨、生铁400万吨、铁矿石1300万吨。

邯邢基地建设改变了邯郸、邢台的产业结构。邯郸，从此成为全国最重要的钢铁、煤炭产区。不仅让邯郸市主城区增加了一倍的人口，而且大大提升了邯郸的人口素质，从此成为全国水文地质、勘探、矿山建设、设计等专业人才最为集中的城市。同时邯郸也接受了来自全国各地的文化冲击，各种风俗在这里交融，各种观念在这里碰撞。东北人的豪爽大度、南方人的精明干练交汇于此，四川的麻辣烫与陕北的信天游同煮一锅，它们一古脑儿地被邯郸吸收接纳，发酵成新的邯郸人文精神。邯邢基地的交通建设，对整个冀南公路交通的发展作出贡献。1979 年，因国民经济调整，邯邢基地在国民经济调整中下马，邯邢两地的一大批中直单位从此走上了开创性实践和探索企业生存发展的道路。

（三）邯钢经验的诞生

如果说20 世纪五六十年代马万水工程队艰苦奋斗勇攀高峰是全国冶金战线一面红旗的话，那么，90 年代产生的“邯钢经验”则为国有企业实行从传统计划经济体制向社会主义市场经济体制转变、从粗放经营向集约经营转变这两个具有全局意义的根本性转变提供了借鉴，是我国工业战线上的又一面红旗。

我们在邯钢采访过刘汉章，采访过邯钢的高管层，也采访过分厂的领导和炼钢工人，大家对刘汉章对邯钢的贡献异口同声的称赞，他带领邯钢干部职工冲破陈旧思想观念的束缚，创立并推行“模拟市场核算，实行成本否决”的经营机制，形成“千斤重担人人挑、人人肩上有指标”的责任体系。就这样，“大锅饭”被打破了，邯钢 10 万多个成本指标落到了 2.8 万名职工头上。新的经营机制自 1991 年 1 月份实施后，邯钢迅速扭亏为盈。邯钢在随后 5 年内创造的效益超过前32 年的总和。“邯钢经验”被认为是牵住了当时国有企业脱困的“牛鼻子”。1996 年 1 月，国务院专门发出通知，向全国推广“邯钢经验”。“邯钢经验”在全国掀起了一场企业管理模式革命，先后有 2 万余家企事业单位到邯钢“取经”，它促进了全国钢铁生产企业的迅速奋起。

我们看到了，经历了建立社会主义市场经济体制初期的铁、钢年产量迈上千万吨级，经历了进入21世纪的钢铁规模呈现跨越式增长，经历了党的十八大以来的践行新发展理念、走高质量发展之路，河北省钢铁工业砥砺奋进的辉煌历程，为我国快速成为世界钢铁大国做出了不可替代的贡献。

（四）钢铁业迅猛发展

1979～2000年，河北省钢铁工业登上千万吨级台阶。

改革开放以来，河北省钢铁工业凭借资源禀赋优势，乘势而上，对现有钢铁企业完善配套工序、扩大生产规模，迎来了河北省钢铁工业发展的新时期。1994年，河北省生铁产量超过千万吨，1997年，粗钢产量超过千万吨；1999年，钢材产量超过千万吨。期间，我们在河北各地采访，看到的是企业品种质量的大提升，各企业由生产一般棒材、线材、型材转向生产连轧线材、棒材，继而又向生产热轧、冷轧宽带转型。邯钢在原有中板产线基础上，以薄板坯连铸连轧（CSP）为龙头，发展冷轧镀锌带材加工，形成两大宽带基地。原来一直生产生铁的宣钢、邢钢有了炼钢、轧钢工序，尤其是邢钢走上了专业生产线卷材的道路。承钢则以中窄带材为龙头，生产具有高强张力的减径薄壁焊管。石钢生产优质碳素结构钢、合金结构钢、汽车专用棒材。地处河北武安的几个历来作业率高、消耗低的中小型钢厂也不断更新，扩大品种范围。新兴铸管更以其铸管产品享誉国内外。

20世纪90年代后期，河北省各市、县、乡村的集体钢铁企业纷纷被收购改制，以敬业、燕山为代表的民间资本开始涉足钢铁领域。2000年，河北省民营钢铁企业粗钢产量仅为180万吨；2001年，粗钢产量50万吨以上的民营钢铁企业仅有5家，依次为唐山国丰、河北津西、遵化建龙、唐山鸿达、半壁店钢铁厂。

之后，民营钢铁企业顺应我国钢铁需求快速增长的趋势，依托国有钢铁企业的产业基础而迅猛崛起，发展速度和发展规模空前。

我们看到，进入21世纪，中国钢铁工业以迅猛之势发展成为世界钢铁工业的一支重要力量，河北钢铁开始走上“由大到强”的新征程，大步迈开了转型升级的步伐，在不断深化改革中开启了发展新篇章。与此同时，河北省38家国有冶金企业，向国内外先进企业学习，走出一条扩建、配套、改造的快速发展之路，工艺装备技术水平快速提高。

2000年后，河北省先后涌现出唐钢绿色发展经验、新兴铸管模拟法人管理经验等。河北省多家钢铁企业在管理制度与组织结构上逐步完善，建立了规范的、符合现代企业制度要求的公司股权架构。全面质量管理、全员安全管理、目标管理、绩效管理和全面预算管理等比较成熟的管理方法在企业中应用得越来越普遍，风险管理、价值管理和六西格玛管理等方法已在部分企业实施。

河北钢铁企业陆续建成了省级企业研发机构47个和省级技术中心13个，国家级技术中心5个，博士后工作站6个。河北省钢铁行业品种基本实现了全覆盖，部分高端产品已形成规模优势，河钢集团高端产品比例达到51%，家电板、商用车特钢市场占有率为全国第一。2020年，河北省钢材产品中技术含量较高的板带材占比接近60%，高于全国平均水平；钢材产销率达99%。同时，积极开拓海外市场，落实国家“一带一路”倡议。河钢集团成为中国钢铁企业海外发展的领军企业，海外布局欧洲、美洲、非洲等地区，现拥有“四钢二矿一平台”，包括河钢德高、河钢南非矿业公司、澳大利亚威拉拉铁矿、河钢塞尔维亚公司、河钢马其顿中板公司、河钢南非DSP公司、河钢美国克拉赫公司，以及22个海外服务中心。2019年底，河北省海外建成、在建及已备案项目钢铁产能达1295万吨。2020年3月9日，敬业集团成功收购英国第二大钢铁公司——英国钢铁公司，开启河北省民营企业进入西欧主要发达国家钢铁市场的先河；德龙钢铁印尼年产350万吨钢厂1号线全线投产。

（五）高质量发展之路

我们欣喜地看到，党的十八大以来，河北省钢铁工业走上新型工业化道路。河北省积极践行“创新、协调、绿色、开放、共享”五大发展理念，依据市场需求和环保要求，在2013~2018年先后压减落后的炼钢产能8223万吨、炼铁产能7529万吨，体现了河北省钢铁工业坚定不移走新型工业化道路的责任担当和行动自觉。

河北钢铁工业坚持绿色发展，淘汰落后产能和化解过剩产能，坚持走高质量发展之路，取得了较好效果。河北省各钢铁企业秉承绿色发展理念，加大环保投资力度，推广应用节能减排新工艺、新技术，建设节能减排和污染治理项目，加大超低排放改造力度，切实转变高能耗、高排放发展方式。到2017年底，河北省超额完成了国家下达的去产能任务。2020年，首钢京唐、邢台德龙、新兴铸管、河北纵横等钢铁企业已完成超低排放改造和评估监测工作。河钢唐钢、河钢邯钢、敬业钢铁、普阳钢铁、邢台德龙、东海特钢、金鼎重工、新金钢铁、邢钢9家钢铁企业获国家工信部公布的绿色工厂称号。邢台德龙打造的钢铁文化园区被评为国家3A级旅游景区，2018年接待4万人参观游览。2020年9月份，习近平总书记提出了我国二氧化碳排放力争于2030年前达到峰值，努力争取2060年前实现碳中和的目标。钢铁行业是实现碳达峰、推动碳减排的主力军，河北省粗钢产量占比高、资源环境负荷高及特殊的地理位置，低碳发展任务艰巨。河北省政府相关部门已在制定河北省钢铁工业低碳发展路径，部分钢铁企业已根据企业实际情况开始研究企业低碳发展模式。河北省钢铁工业强力推进超低排放成效显著，全行业实现达标排放，一大批企业达到超低排放标准要求，为京津冀大气质量的改善做出了重要贡献。

我们欣喜地看到，河北钢铁工业推进智能制造取得可喜成果。近几年，全面推进互联网、大数据、人工智能和钢铁产业的深度融合，重点培育流程型智能制造、网络协同制造、大规模个性化定制、远程运维等智能制造新模式，加快5G技术、工业机器人、智能物流在生产管理过程中的应用，实现人、设备、产品等制造要素和资源的实时联通，提升企业品种高效研发、稳定产品质量、柔性化生产组织、成本综合控制等能力；推动钢铁企业、上下游用户、现代物流商、科研机构等实现业务协同、信息共享，优化企业内部资源配置，优化生产运营流程；积极运用数字孪生技术驱动智能工厂建设，打造钢铁工业互联网平台。河钢确立了产线智能化和统一大数据平台的中央数字中心为发展方向，河钢数字已进入国家“科改示范行动”企业名单；河钢宣钢1号转炉智能炼钢项目被评为河北省“互联网+”制造业试点示范项目，填补国内空白。

我们还看到，河北钢铁正在坚持高质量发展的战略导向，调整优化产业布局。一是绿色发展，环保治理继续升级；二是兼并重组，提高产业集中度；三是装备升级改造，走工艺技术装备综合配套大型化、信息化和智能化之路；四是调整优化产品结构，由中低端产品向中高端产品转变，不断提高产品和服务质量；五是以市场为导向，优化产业布局。

河北省钢铁工业正在突破低耗高效和洁净钢冶炼、超快速冷却、节能高效轧制及后续处理、协作制造等技术，构建“设计 + 钢铁 + 服务”创新模式，通过强链、补链、延链，打造服务国民经济各领域的钢铁产业链。

文章最后，作者用一组数字，为我们展现了河北钢铁工业为国做出的贡献。河北省钢铁工业不仅在产能规模、品种质量、绿色低碳、智能制造等方面取得了卓越成效，劳动生产率、行业效益也明显提升。河北钢铁工业粗钢产量由1949年的0.37万吨提高到2020年的24976.95万吨，2020年人均产钢完成648.75吨。行业效益由1993年的20.3亿元提高到2020年的590.71亿元。2020年，粗钢产量、行业效益均创历史新高。

征途漫漫，惟有奋斗。如今，河北钢铁工业已经成为河北经济发展的中坚力量。在中国共产党百年华诞的重大时刻和“两个一百年”奋斗目标历史交汇的关键节点，河北钢铁工业的健康发展、高质量发展，承担的任务仍然艰巨，使命依然光荣。

读了王大勇的文章，使人信心百倍，我们为河北钢铁工业发展之路点赞，为河北钢铁工业为中国现代化建设作出的贡献点赞。祝愿河北钢铁工业欣欣向荣、蒸蒸日上！

（作者：谢吉恒、侯宪台）

推进高质量发展，
韩敬远亮出“三板斧”

韩敬远（左）与谢吉恒

2020年，河北津西钢铁集团（下称津西集团）实现年收入超过1000亿元，连续18年跻身中国企业500强（2020年名列第182位），发展成为以5家国家高新技术企业为引领（津西钢板桩公司、青岛汇金通、江苏神通、津西重工、东方晶源）、以3家上市公司为依托（中国东方集团、青岛汇金通、江苏神通）的大型钢铁集团。34年，由一家仅年产14万吨生铁的地方小铁厂，蜕变成为集钢铁、非钢、金融三大板块为一体的大型企业集团，实现了从钢铁一元到多元、从低端产品到高端品牌、从传统产业到新兴产业的蝶变升级，津西集团是怎样做到的？

津西集团董事长韩敬远在接受《中国冶金报》记者采访时介绍了他推进津西集团高质量发展的“三板斧”。

强化科技创新　坚持集群发展

韩敬远说，近年来津西集团面对钢铁产能过剩的严峻形势，充分认识到科技创新对企业的引领作用，不断调优产业及产品结构，强化高新技术企业培育，以“五立足”着力打造高新技术产业集群，助推集团实现高质量发展。

一是立足打造世界最大的型钢、钢板桩生产基地，做精做强特色产品，坚持中高端和差异化发展路径，组建了河北津西钢板桩型钢科技有限公司。该公司拥有钢板桩及超大H型钢生产线，生产U型钢板桩、Z型钢板桩，以及超大、超重、超厚规格H型钢的全系列大规格产品。

二是立足专业生产销售特高压及特高压以下各电压等级输电线路塔基构架产品，收购青岛汇金通电力设备股份有限公司。该公司拥有国内最高等级的特高压输电线铁塔生产供应资质，并通过欧盟CE认证、CWB（加拿大焊接局）焊接认证、ASME（美国机械工程师协会）认证，产品覆盖国家电网、南方电网、五大发电公司（中国华能集团公司、中国大唐集团公司、中国华电集团公司、中国国电集团公司、国家电力投资集团公司）、风力光伏发电、微波通讯等，并出口到加拿大、法国、印度、巴基斯坦、澳大利亚等国家。

三是立足打造中国阀门龙头企业目标，与专注新型特种阀门研究、开发、生产、销售的江苏神通阀门股份有限公司开展合作。该公司建有国家博士后科研工作站、江苏省工程技术研究中心、江苏省核电阀门重点实验室，拥有有效专利109项；通过了美国石油学会API6D、API609认证；主导产品在国内市场占有率达70%以上，核电蝶阀、球阀产品在国内市场占有率达90%以上。

四是立足大型高端装备制造，组建了集冶金建材设备、非标准固件、钢构及设备安装检修于一体的津西集团重工科技有限公司。该公司90%的产品具有自主知识产权，获得国家重点新产品1项、授权专利35项，并在全国同行业内创造了6项第一，CPC（连续复合）高速钢轧辊、H型钢辊环获国家铸造金奖，出口国内最大的轧辊到俄罗斯耶扶拉兹集团。

五是立足先进半导体装备及软件开发，创建了由国际化团队管理，产品及服务涵盖半导体制造、集成电路制造等领域的东方晶源微电子科技有限公司。该公司承担3项国家重大专项（02专项），布局专利近70项，获得“中关村高新技术企业”“北京经济技术开发创新技术中心成员”等称号，并获批设立博士后科研工作站。上述5家国家高新技术企业均在各自领域具有国际或国内领先的技术优势，成为集团发展高端产业的先锋。

据韩敬远介绍，经过近年来的集群发展，津西集团目前拥有境内外控股公司 40 多家，含 5 家国家高新技术企业子公司、1 家香港上市公司和 2 家国内 A 股上市公司。2020 年，津西集团进入中国上市公司 500 强第 233 位、中国民营企业 500 强第 43 位、中国制造业企业 500 强第 75 位、中国制造业民营企业 500 强第 25 位。

优化发展路径　实施“专长高”战略

为持续增强企业发展后劲、建立现代企业制度、扩大竞争优势、提高发展质量，2004 年，控股河北津西钢铁集团股份有限公司 97.6% 股权的中国东方集团控股有限公司在香港联交所主板上市。2007 年，全球最大钢铁生产商安赛乐米塔尔成为该上市公司第二大股东。2010 年 6 月份，江苏神通阀门股份有限公司在深圳证券交易所中小企业板上市，成为国内从事阀门制造的 A 股上市公司。2016 年，青岛汇金通电力设备股份有限公司（津西集团于 2020 年成功收购该公司）在上海证券交易所主板挂牌上市，成为国内领先的从事电力铁塔制造的 A 股上市公司。津西集团通过近年来引进世界先进管理理念、社会资本及集团多元化运营模式，不断与国际接轨，从而为转型升级提供了强力支撑。

面对新形势、新要求，津西集团以“专”深耕 H 型钢及钢板桩领域，做精做强钢铁主业；以“长”延伸产业链，进军四大耗钢产业，探索高质量发展新路径；以“高”进军微电子领域，大力推动产业链延伸、产品迭代升级，打造多元化产业集群，实现了集团高质量发展，业绩稳步提升。韩敬远对“专长高”做了如下解读：

做“专”，即打造全球最大型钢生产应用基地。津西集团扎实推进钢铁主业做“专”，充分发挥世界一流装备和全球顶级孔型技术优势，以 H 型钢和钢板桩高端产品为龙头，深耕型钢领域，推动专业化生产、专业化营销、专业化服务，创中国型钢领域高端品牌。目前，津西集团主导产品钢板桩及 H 型钢，已形成 134 个系列、372 种规格，部分产品填补了世界相关领域空白。产品应用于雄安新区、大兴机场等国内重点工程，远销 33 个国家和地区，其中电气化铁路接触网支柱钢市场占有率达到 90% 以上，H 型钢、钢板桩产销量稳居全国首位。同时，津西集团瞄准行业制高点，着力研发超大H型钢、Z型钢板桩等高端型钢产品，以及高强度轧辊、核电精密阀门等制造业高精尖产品，打造津西国际高端品牌。

做“长”，即延伸产业链，进军四大耗钢产业。津西集团进军装配式钢结构建筑产业，收购北京赛博思建筑设计公司，依托国家级装配式标准化钢结构建筑研究院，成立绿建集团，实施绿色建材PC预制构件、钢结构加工、钢渣水渣深度回收再利用等三大综合项目，建成具备H型钢研发生产、建筑研究设计、钢结构深加工、产品集成供应于一体的装配式钢结构建筑绿色生命周期全产业链；开拓国际绿色桩基产业，与德国科赫公司合资成立欧洲国际钢板桩和绿色基础工程公司，致力于为海内外客户提供以钢板桩、王桩、组合桩等桩基产品为核心的一站式国际钢板桩体系和绿色基础工程解决方案及技术服务，并将津西钢板桩产品推向国际，打造国际桩基和绿色基础工程全流程产业链；面向国家电力产业纵深，利用控股青岛汇金通的机会进军电力铁塔行业，打造从型钢产品到电力输送设备全流程产业链，并发展高端装备制造，以核电精密阀门制造与津西重工辊环制造为核心，在核电和轧辊领域做优做强，打造装备制造产业链。

做“高”，即打造一流高新科技产业集群。津西集团通过5家国家高新技术企业，强化科技创新、产品创新、技术创新，围绕型钢打造全流程产业链，特别是进军微电子领域，创立了东方晶源，自主研发的国产首台电子束芯片检测装备，现已通过产线验证；攻克软件领域制高点，着力解决我国芯片生产“卡脖子”难题。

承担社会责任 坚持“绿色”崛起

多年来，津西集团始终以高度的社会责任感，将自身发展融入到国家经济社会发展中，在实现经营效益稳步提升的同时，勇担社会责任，热心公益事业，积极回报社会，打造最具社会责任感企业，用实际行动与社会共生共荣、和谐共进。

一方面，秉承绿色发展理念，津西集团积极投身蓝天保卫战，以“生产洁净化、建筑艺术化、厂区园林化”为目标，将环境保护与企业发展同规划，增投入、重治理、抓完善，不断提高环保标准，实施环境提升治理项目，全力打造花园式4A级景区工业旅游企业，各项污染物排放指标全部通过河北唐山超低排放验收，厂区绿化率达到30%以上。在此基础上，津西集团投入巨资，大力推进“公转铁”项目，以排放更低的铁路运输替代公路运输，实现从生产到物流各环节、全流程的绿色转型。在实现稳步发展的同时，津西集团坚持“为社会创造财富”的发展理念，累计向国家缴纳税金超过330亿元。

另一方面，津西集团始终热心公益事业，支持社会事业发展，累计投入教育、抗灾、交通和优抚等公益捐款超3亿元，韩敬远被中华慈善总会授予“中华慈善事业突出贡献奖”。其中，支持教育、造福桑梓，为家乡教育事业做出突出贡献，累计捐资助教超5000万元。同时，津西集团被中华全国总工会授予“全国五一劳动奖状”“全国文明单位”等称号。在抗击新冠肺炎疫情期间，津西集团先后3次组织捐款捐物共2000多万元，助力打赢疫情防控阻击战，同时做到疫情防控和生产经营“两手抓两不误”，被河北省委、省政府授予“河北省抗击新冠肺炎疫情先进集体”称号。

（作者：谢吉恒、余海洋、张继军、白小卉，原载于《中国冶金报》，2021年1月12日）

高擎党旗唱响民兵连歌

核心引领，一名党员一面旗，一个支部一座堡垒。

——作者题记

2021年4月30日，交通运输部召开视频报告会，揭晓“2020年感动交通十大年度人物”评选结果。“感动交通年度人物”推选宣传活动已连续开展八年，涌现出一批又一批感动交通、感动社会的先进楷模，成为了弘扬新时代交通精神的生动载体和行业精神文明建设的闪亮品牌，更成为全体交通人共同的精神盛典。河南省洛阳交运集团孟津分公司党支部书记田延通是河南省2020年唯一入选的“感动交通年度人物”。河南省交通行业称赞他是人民交通为人民宗旨的坚定践行者，社会主义核心价值观的有力弘扬者，新时代交通精神的忠实传承者。田延通获此殊荣，应该说是实至名归，这背后有着感人肺腑的故事。

（一）

“滔滔黄河，秀美邙山，我们是人民的民兵运输连”，连续十八载，歌声嘹亮，响彻云霄。这就是黄河岸畔孟津县民兵运输连（以下简称民兵运输连）高擎党旗，唱响连歌，阔步前行。

作者与田延通（右）

（1）民兵运输连谱写英雄而光荣的历史。民兵运输连于2003年2月诞生，出色完成赴藏区反恐维稳运输任务；超卓实现历年的抗洪抢险，到汶川、玉树为地震灾区运输物资；精彩告竣过境部队保障到参与打赢疫情防控阻击战……在推动国防动员建设和服务经济社会发展中发挥了重要作用。

（2）民兵运输连是一群最美的交通人。群星荟萃，锐意创新运输改革，硬是使一个负债千万元、濒临破产的老大难单位，起死回生，蝶变为拥有各类公营车辆120余辆、固定资产6000万元的明星单位。

（3）民兵运输连是光环闪亮的群体。2008年被河南省委、省政府、省军区授予“应急维稳模范民兵连”荣誉称号；2016年被河南省政府表彰为“平安汽车站建设示范单位”；2019年被人力资源和社会保障部、军委政治工作部、军委国防动员部联合表彰为“全国国防动员工作先进单位”。2020年4月民兵运输连党支部书记田延通，被交通运输部评为“2020年感动交通年度人物”。

（4）民兵运输连风展战旗美如画。作为河南省唯一一家获如此众多荣誉的基层民兵组织，在服务地方经济建设的同时，始终不忘初心，时刻牢记使命……他们先后在众多重大事件和紧要关头，出动民兵20000余人次、车辆1000余台次。在车轮滚滚中锻就了招之即来、来之能战、战之能胜的钢铁队伍。

（5）民兵运输连开展党史学习教育。以崭新姿态，阔步前行，喜迎建党百年华诞……

（二）

唯有牡丹真国色，花开时节动京城。四月的洛阳城宛如一幅浑然天成写意画卷，各式各样的牡丹随处可见。今年4月10日第39届中国洛阳牡丹文化节在洛阳拉开帷幕。作家采风“党建教育故事”洛阳行，首站到访孟津民兵运输连采风。连长、党支部书记田延通周密安排，邀请曾热情宣传民兵运输连先进事迹、辛勤笔耕默默奉献十个春秋的《河南道路运输》杂志总编谢永亮先生，专程从郑州赶来与作家采风组亲切交流。作家采风组有缘巧遇闻喜讯，河南省组织部开展建党百年华诞评选先进党支部活动，孟津民兵运输连被列为推荐申报单位榜单。孟津民兵运输连党支部建设经验宛如盛开的牡丹百花园中一朵争芳吐艳的奇葩，分外赏心悦目。我与田延通深入沟通，综观运输连党支部历年坚持以党建为引领，一名党员一面旗，一个支部一座堡垒，认真总结经验突出特点，将孟津民兵运输连创建先进党支部的经验精髓概括为“三下功夫到位有亮点”。

作者采风“党建教育故事”洛阳行

一是在建强组织上下功夫到位有亮点。

民兵运输连各项成绩的取得，得益于在上级领导的关心指导下，建成了一个坚强有力的党支部。党支部严格按照《党章》和《民兵政治工作条例》有关规定要求，遵循“军地兼容、突出指挥、便于保障”的原则，把民兵连和企业两个支部捆在一起建，把两根绳拧成一股劲，既是工作队、战斗队，又是党的政策宣传队。该支部设立 5 名支委，支部书记由民兵运输连指导员、公司总经理兼党支部书记田延通担任，所属 4 名民兵骨干担任支部委员，将 27 名党员按职责任务划分为 4 个党小组，确保有利于开展活动和组织指挥。采取分散抓、灵活管、动中建的方式落实好组织生活制度，每半年结合集中训练和工作总结召开不少于 1 次支部党员大会，听取党员汇报思想，组织党员民主评议；每季度召开不少于 1 次支委会和党小组会；利用中国民兵微信公众号、中原国防微信公众号、手机微信平台等方式开设“微党课”，常态落实党日活动和党课教育；结合执行任务随机召开“碰头会”“战地小组会”“党员汇报会”，不断提升党支部的党建水平和凝聚力。制定《孟津民兵运输连党支部议事规则》，规范形势分析和问题会商制度；建立党群联系制度，每名班子成员和干部党员联系 3 名以上普通党员，每名党员联系 3 名以上非党员民兵，坚持每季一走访、每月一谈心，及时掌握思想动态，确保所有队员都在党支部的管控之下。

二是在融合发展上下功夫到位有亮点。

围绕“双赢双促是企业发展和民兵建设的共同目标”这一建连思路，灵活利用民兵连和公司双重管理体系，把公司管理和民兵教育相结合，把生产任务和民兵训练相结合，推动民兵连建设高质量发展。坚持把习近平新时代中国特色社会主义思想和习近平强军思想纳入公司学习教育内容，详细制定年、季、月、周学习教育计划，统筹安排党团日活动，做到学习教育一体安排，组织活动一体筹划，日常工作一体推进。持续开展“五学习两担当”活动，“五学习”即：学习军队特别讲政治，忠诚于党、忠心报国；学习军队特别能战斗，本领过硬、作风顽强；学习军队特别讲服从，令行禁止、遵规守纪；学习军队特别讲团结，大局为先、使命为重；学习军队特别讲奉献，不计得失、不怕牺牲。“两担当”即：担当民兵运输连应急机动保障任务，担当公司建设发展重任。民兵连党支部战斗堡垒迸发出的强大活力，焕发出昂扬的号召力、向心力。

三是在作用发挥上下功大到位有亮点。

围绕“平时服务、急时应急、战时应战”三时一体的建设目标，强化党支部在应急连当先锋、打头阵中的核心战斗堡垒作用，将应急连打造成后备力量的铁拳头。坚持每年在县人武部的指导下修订应急预案，及时组织方案学习，展开训练演练。严格落实每季度组织一次紧急拉动演练，每半年组织一次队列会操，每年组织一次野外生存拓展训练。先后投入130万元用于基础设施建设和装备器材配备，配齐7类36种应急救援器材，提升保障能力。设置60台战备车辆，编战备序号，选配驾驶技术精的人员定车定位，确保遇有情况30分钟内出动。2014年以来，累计出动民兵280人次、车辆80余台次，圆满完成南部、西部和中部战区部队参加“跨越”系列等演习和朱日和“庆祝中国人民解放军建军90周年阅兵”部队过境保障16次；每年均出动不少于300人次配合驻地舟桥部队开展渡河抢险、转运人员装备训练，圆满完成了国防动员保障任务。积极开展双拥共建、精准扶贫、乡村振兴、黄河流域保护和社会综合治理，与2家驻军单位签订结对互助意向书，

本文获得2021年首届“鲁迅文学杯全国文化精英大赛”金奖

开通6条扶贫专线和3条拥军专线；帮建农户建立香菇、花椒种植，牛羊养殖等特色项目；组织参与黄河植树和湿地保护活动；配合公安局开展“平安孟津”活动，受到地方领导和人民群众的一致好评。

我们深信，孟津民兵运输连党支部高擎党旗，带领交通人不负韶华，弘扬新时代民兵精神，在加快建设交通强国新征程上，谱写更加光辉灿烂的新篇章！

（作者：谢吉恒）

最美老交通人

——记全国道路运输场站优秀站长田延通

河南省军区副司令员习晓军少将（左）到孟津汽车站民兵连检查指导工作（右一为田延通）

2021年国庆节前夕，2021年首届鲁迅文学杯全国文化精英大赛揭晓，我采写的散文《高擎党旗唱响民兵连歌》一文获得金奖，这块沉甸甸的文学作品奖牌，彰显了民兵连的光环和荣耀。作品的主人公就是民兵连带兵人，有着花都美誉的洛阳交通战线，广泛传颂受人尊崇老交通人的闪光业绩：他攻坚克难，逆境突围，誓要单位脱穷根；不忘初心，矢志不渝，只为企业更向好，百姓享福祉；新冠疫情来袭，虽到了退休年龄，依然高擎党旗奔赴疫情防控第一线……他就是刚步入花甲之年的老交通人——洛阳交运集团孟津汽车站站长兼党支部书记、孟津县民兵运输连连长田延通。

今年4月，作家采风“党建教育故事”洛阳行，作家都为他的精神所感动。深入调研，收集素材，挖掘亮点，创作华章迎接中国共产党百年华诞。民兵连围绕不忘初心，应对严峻挑战，挺身而出，发挥党支部战斗堡垒作用，勇于践行一个共产党员的责任和担当。作家全方位采写多篇文学作品，并在媒体推广发布，弘扬民兵连精神成为行业学习的楷模，推崇最美的老交通人形象。我与年逾七旬《河南道路运输》杂志总编谢永亮先生交流，他亲切指导，热情宣传孟津民兵连十余载，德高望重。我倾听他提议联手创作大部头作品的意向，并约我写稿。近半年来，我扣住最美老交通人主题，反复琢磨，着手拟定写故事的梗概，突出人物“美”的特点。

作家采风“党建教育故事”洛阳行

（一）美在当先锋善打硬仗

田延通牢记使命，不忘初心。在他的带领下，孟津汽车站硬是从一个负债千万、濒临破产的老大难单位，靓丽蝶变为拥有各类公营车辆 120 余辆、固定资产 6000 万元的明星单位。其公交化运营模式不仅在洛阳城乡公交历史上首开先河，规范化的管理和优质的服务在整个河南省也是享誉业内、先锋引领。先后被省文明委授予“省级文明卫生先进单位”，省交通厅授予“文明汽车站”，河南省政府授予“平安汽车站建设示范单位”等荣誉称号。

孟津县民兵运输连，从 2003 年 2 月成立伊始，出色地完成了赴藏区反恐维稳运输、抗洪抢险、跨区部队过境保障和参与打赢疫情防控阻击战等急难险重任务。在车轮滚滚中锻就了这支招之即来、来之能战、战之能胜的钢铁队伍！2008 年被河南省委、省政府、省军区授予“应急维稳模范民兵连”荣誉称号；2019 年被人力资源和社会保障部、军委政治工作部、军委国防动员部联合表彰为“全国国防动员工作先进单位”。

风展战旗如画，峥嵘岁月如歌。作为河南省唯一一家获此殊荣的基层民兵组织，孟津县民兵运输连 17 年筚路蓝缕，17 载激情燃烧，先后在众多重大事件和紧要关头，出动民兵 20000 余人次、车辆 1000 余台次。

田延通也因其卓越的工作业绩，敢闯敢拼、善打硬战的工作作风和躬身奉献的工作精神，被中国道路运输协会授予“全国道路运输场站优秀站长”

荣誉称号；荣获河南省交通运输厅、河南省交通工会“五一劳动奖章”；被洛阳市委评为“洛阳市抗击新冠肺炎疫情先进个人”。

（二）美在战疫情冲锋在前

2020年春运，面对突如其来的新冠肺炎疫情，田延通在生产经营严重受损的情况下，坚持“生命重于泰山，疫情就是命令，防控就是责任”的原则，“停班不停爱”，带领汽车站和民兵连全体成员再次高擎党旗，义无反顾地冲向抗击疫情的新战线。

第一时间果断将汽车站完全封闭，120余台客车、所有线路班次全部停发。除了调配各类客车作为应急运输力量的同时，还专门成立了民兵防控应急分队。在小浪底景区、县城高速出入口设置卡点，承担车站家属院及其他两个居民小区的日常消毒防疫、门禁值守、政策宣传和便民服务任务。危急关头打出了民兵旗帜，亮出了党员底色。

“越是特殊时期，越要发挥民兵运输连的先锋模范作用。越有危难险重任务，越要冲锋在前。”连长田延通说：“虽然我们的班次停了，但是我们的工作和职责不能停，要不对不住我们的良心。”

（三）美在勇担当军民融合

复工复产，孟津汽车站所属线路的每班公交车上，都有民兵忘我工作的身影和热情服务的真情。通过“点对点”服务，运送外出务工人员8.2万人次，运送返乡、返校学生1.5万人次。

民兵来自人民，更要心中有民。田延通始终牢记“全心全意为人民服务”的宗旨，不断擦亮“务军”和“为民”两个品牌。与驻孟部队结成共建单位，逢年过节慰问部队官兵，关心复员转业军人，心系国防建设，牢记民兵职能，永续鱼水深情。为方便群众出行，他专门开通了“民兵专线”“民兵先锋号”班车；实施了“一分钱坐公交”惠民出行措施；为没有通车的28个行政村开通了“村村通”公交。积极响应“精准扶贫、交通先行”的号召，全力支持偏远山村创业致富，为相留、河清两个山村开通了到公交扶贫专线。以真切实际的行动，利民、惠民的举措提升了精准扶贫工作实效。

2020年4月13日，洛阳市委、市政府、军分区联合发出了《关于开展向孟津县民兵运输连学习活动的决定》。

民兵运输连在阻击疫情中的突出表现，引起了众多媒体的关注。学习强国平台、CCTV7、《解放军报》客户端、《中国国防报》《党的生活》杂志、《中原国防》杂志、《大河报》《东方今报》《洛阳日报》、今日头条等纷纷对他们的事迹予以报道，催生了正能量，在社会上产生了很大反响，树立了良好的交通运输人形象。

荣誉催生动力，奋斗永不言止！在田延通的带领下，孟津汽车站必将擎好“民兵运输”这面大旗，在孟津汽车站历久弥新，代代相传，星辉耀眼。

（作者：谢吉恒，原载于政商参考网，2021年10月26日）

党旗在我心中

——红色基因从娃娃抓起

2021 年 5 月 25 日，在第 71 个“六一”国际儿童节即将到来之际，中国二十二冶集团金结公司联手河北省唐山市丰润区优贝林幼儿园的 30 名小朋友和多位老师，开展了主题为“建党百年，党旗在我心中”的教育活动。活动中，有七成以上小朋友为中国二十二冶职工子女。

活动采取讲一讲、画一画、看一看、唱一唱、诵一诵等多种形式，把红色教育融入“‘六一’一日”活动中，让小朋友们体悟红色文化，认知中国的红色历史，从小树立爱党、爱国、爱社会的人生观。此次活动，一方面请小朋友参观规模宏大和高度信息化、智能化的国家钢结构工程技术中试基地——中国二十二冶金结公司工业园，让小朋友切身感悟钢结构工程的魅力；另一方面激发中国二十二冶广大员工“学党史、守初心、担使命”的行为自觉与精神热忱，通过学史激发全体员工用实际行动秉承红色精神建设人民满意精品工程的蓬勃力量。

为开展好此次教育活动，金结公司专门为小朋友们定制了小安全帽，并抽调安全员全程陪同。活动紧紧围绕 4 个环节，引导小朋友们从小认知红色精神，坚定理想信念，迈好人生第一步。

在“学党史”环节，金结公司全国劳模富君走进优贝林幼儿园小朋友中间，与孩子们一起观看了《一个大党和一艘小船的故事》《李大钊》两部动画片，并引导孩子们认识伟大的中国共产党是如何诞生的，以及中国共产党诞生的重要性。他给孩子们讲解了中国共产主义先驱李大钊同志的不朽功勋。富君说：“李大钊同志就是我们唐山乐亭人。作为唐山人，我们倍感骄傲和自豪，希望小朋友学习李大钊的精神，奋发努力，勇往直前！”

在“悟思想”环节，富君讲述了自己对中国共产党的认识，以及自己如何受身边党员影响积极工作并成长为全国劳动模范的故事。富君叔叔说："没有哪一份工作是不苦的。但是不管工作有多苦，只要心中有旗帜，脚下就会有力量，前进就会有方向。"

在"办实事"环节，孩子们在老师和金结公司党员代表的带领下，共同在纸上画出了一面面鲜红的党旗。金结公司的党员代表一边带着孩子们画党旗，一边为孩子们讲解党旗上镰刀、锤头的意义，激发孩子们爱国、爱党的热情。

在"开新局"环节，金结公司的党员代表带领小朋友们来到金结公司工业园参观。在参观过程中，小朋友们走进金结公司荣誉室。孩子们看到叔叔们用一座座矗立的高楼大厦和厂房为城市增添风景的照片特别开心，更为工人叔叔们用勤劳的汗水获得一系列荣誉而使劲鼓掌。在制造厂，小朋友看到切割流水线、组对流水线、焊接流水线就像一台台"缝纫机"，为每一座建筑"量体裁衣"，"分毫不差"地将钢板组对到一起，然后通过焊接让钢结构成为建筑物里的"核心"，有力地保证了建筑物的"岿然不动"。还有焊接中心的叔叔们，他们在飞舞的焊花下轻巧地焊接，那样子特别帅。参观完工业园后，小朋友们在老师的带领下，用画笔描绘出自己未来的模样。孩子们笔下的形象虽然稚嫩，但这是孩子们"建筑梦想"的初心，也是建设祖国的初心，更是传承红色精神的初心。

一位小朋友拿着自己的作品走到富君叔叔身旁，认真地说："叔叔，我爸爸也是中国二十二冶人。长大后我也要像你们一样，建设祖国！"

（作者：谢吉恒、徐晓慧）

讲述“童心向党”的故事

故事之一：与留守娃娃玩游戏

“阿姨，我的爸爸妈妈是二十二冶的员工，他们常年在外地施工，很少时间陪我，我特别想他们！”丰润区优贝林幼儿园的小朋友粘粘地扯动着我的衣角如是说道。幼儿园的老师们告诉我，孩子的爸爸妈妈四海为家，常年在外地修路、架桥、建楼、盖厂房，孩子留守家中，对父母百般思念。

优贝林幼儿园一所位于丰润区23小区，小区附近95%的住户都是二十二冶的职工家属。优贝林幼儿园凸显社区配套幼儿园、优贝林教育创始人解艳秋有着丰富的教育经验、园内的小朋友大多都是来自小区附近的二十二冶员工孩子的特点。进入五月，中国二十二冶集团金结公司与优贝林沟通，以庆祝建党百年华诞为契机，创新党史学习形式，与留守儿童一起欢度“六一”儿童节。

台上一分钟台下十年功。金结公司主动托起“红色教育，从娃娃抓起”的担当与责任，联系幼儿园同心协力为之。金结公司精心策划、专人负责。经过半余月充分筹备，克服困难，成功践行与留守小朋友欢度“六一”儿童节的夙愿。

“叔叔，我猜他把信藏到衣服里了！”

“我猜在他的裤子里！”

“啊？怎么都没有！”

“叔叔，能让我看看他的鞋子吗？我猜他把信藏到了他的鞋子里。”

“哈哈！我猜对了！果然在这里！”

幼儿园里，小朋友们和金结公司书记助理王晓勇叔叔、全国劳模富君叔叔一起在玩“鸡毛信”的游戏。王晓勇叔叔告诉孩子们要学习革命小英雄的机智勇敢，珍惜现在的美好生活。

故事之二：看动画片启发互动

“以青春之我创造青春之国家、青春之民族、青春之人类，此时之心境乃无限之快乐矣!”这是李大钊同志在就义前说的豪言壮语。看过李大钊动画片后，老师提问：“谁能评价一下李大钊是什么样的人物?”“老师，我知道！李大钊先生是中国共产党的革命先驱，是马克思主义的传播者，是中国共产党的主要创始人之一。”幼儿园的小朋友王淑妍站在舞台上流利地回答着老师提出的问题。

台下的大小朋友们不约而同对眼前这个不满六周岁的小女孩“刮目相看”。红色文化精神像春雨一般，润物细无声，扎下了深深的根。

党旗在我心中，怎样画党旗呢?“先画一个长方形，再找到这个长方形的左上角位置画镰刀锤头，这就是我们的党旗。”富君叔叔俯下身子，亲自拿着彩笔给小朋友们示范如何画党旗。

“叔叔，您衣服上这个‘别针’里就有这个图案。”小朋友们细心地找到了另一个“鲜红色”——别在叔叔衣服上的“党徽”，它在那里熠熠生辉。

故事之三：看总部大楼和天桥

从幼儿园出来，孩子们排着整齐的队伍，有秩序地登上了一辆“七彩大客”。大客的车身两侧分别张贴着横幅条幅“欢迎优贝林幼儿园小朋友们来中国二十二冶集团工业园参观”“建党百年 党旗在我心中——祝小朋友们六一儿童节快乐”。车内挂着五颜六色的气球，像一个个彩灯映亮了整个车厢，迎接小朋友们上车。从优贝林幼儿园到金结公司工业园，有十几分钟的车程。司机叔叔特意绕道带着小朋友们路过中国二十二冶大楼的门前，告诉孩子们，这就是二十二冶的总部16层办公大楼，楼内的叔叔阿姨们都是为了圆自己的建筑梦想来到这里工作的。经过丰润区最繁华的北购过街天桥的时候，那醒目的“中国二十二冶倾心奉献精品工程 你我同心共建魅力浭城”条幅跃然眼前。“孩子们！眼前这座过街天桥就是金结公司正在为美化丰润区做的第一座标志性钢结构建筑。它是工人叔叔们把一块块钢板焊接成的！竣工后，你们就可以上去尽情感受了!”

故事之四：荣誉室里镇室“之宝”

小朋友来到金结公司工业园参观，金结公司举行欢迎仪式，公司领导致欢迎词。公司总会计师向丽雅、总工程师孙海、副总经理王洪太和巴特、副总工程师李义娥等出来迎接小朋友们到来。“这么多叔叔阿姨都来迎接我们啊！你看，还有楼里的叔叔阿姨们也在向我们打招呼！”

“小朋友们，欢迎来到金结公司荣誉室。你们都玩过乐高玩具吗？这里的构件就是放大版的乐高玩具。看我们中间的这三座奖杯，他们可是我们荣誉室里的‘镇室之宝’啊！”林冰耐心地引领着孩子们畅游在金结公司的荣誉世界里。金结公司是国家钢结构工程技术中试基地，曾经获得过国家级的3座土木工程詹天佑奖、11座鲁班奖、13座钢结构金奖，这些荣誉的取得都是工人叔叔智慧和汗水的结晶，所建设的钢结构工程遍布国内外近20多个重要城市。这里是一处钢结构年产量20万吨的大型钢结构制作基地，蜚声国内外，小朋友伸出大拇手指啧啧称赞！

故事之五：智慧钢构点燃童心

“这个模型像极了我用乐高拼装的城堡！”小朋友用小手指着阿姨电脑上的画面兴奋地喊道。

这一刻，小朋友们来到设计研发中心，他们对这个“模型”世界非常感兴趣。近年来，金结公司广泛应用TEKLA软件进行绘图，节省了大量人工审图的时间，更能够直接校核节点碰撞，有效避免了现场的安装失误，这些都得益于现代化信息技术的进步。2019年10月，金结公司正式开启钢结构全生命周期智慧化制造模式，钢结构全生命周期管理系统是一套利用信息化、物联网、BIM、GIS、系统集成等技术手段，基于BIM模型为基数，打通钢结构深化设计、材料采购、生产加工、成品入库、出厂验收、构件运输、构件安装的全过程全要素管理链条，从而提高构件质量、节约成本、缩短工期，助力钢结构生产管理提升的管理系统。

“我的梦想是做建筑师，长大后建设更漂亮的高楼大厦；我的梦想是做电脑专家，设计更厉害的设计软件；我的梦想是做电焊专家，我要焊飞机坦克……”小朋友们沉浸在这片钢铁构造的海洋里，一边观摩一边憧憬着自己的未来世界。

故事之六：诚信为本学做真人

此次活动，丰润区政府办公室副主任刘国峰及唐山谷津坊食品有限公司经理谷小光等友人应约，与孩子们一起过“六一”儿童节。谷小光带来传承500年的棋子烧饼，使孩子们大饱眼福和口福。谷小光烧饼是河北老字号、燕赵老字号、非物质文化遗产、唐山有名特产。棋子烧饼个头像棋子一样，外表有一层芝麻，色泽金黄，外酥里嫩，馅料多种多样，入口即化，芳香四溢，还十分容易保存和方便携带。金结公司为每位小朋友备了一份棋子烧饼，小朋友们品尝着美味烧饼，脸上绽放出开心的笑容，回味参观过程中的点点滴滴，乐在嘴上，记在心里。

这棋子烧饼蕴含着一个诚信为本、学做真人的故事。谷小光成功的秘诀是什么？“诚信！只有诚信才能保证品质，受到消费者的欢迎。”这是谷小光常说的一句话。

一次谷小光进了一批菜籽油，原以为是特等油，制作出烧饼，谷小光一尝，油的等级不够，味道没有达到要求。谷小光立刻把当天生产出来的两吨多烧饼卖给养猪场，把菜籽油低价卖出。厂里职工感到很可惜，认为一般人根本感觉不到有什么区别。谷小光说道：“我吃出味道，就不能偷工减料，砸自己的牌子，丢失钱财悔一时，丢失诚信悔一生。”小朋友很为谷小光叔叔这种“诚信精神”所感动。

（作者：徐晓慧、川石）

马万水精神代代相传

引　子

马万水，今天的年轻人听起来感到陌生的名字。但在1950年8月至1960年9月间的《人民日报》上，这个名字至少13次被写进新闻报道的标题中。

新中国成立之初，华夏大地满目疮痍、百废待兴。钢铁工业作为重要的原材料基础工业，承担着恢复、兴建新中国的历史使命。

为了加快中国钢铁工业发展，马万水带领“马万水小组”先后12次刷新全国黑色金属矿山掘进记录。1950年10月，马万水被评为新中国首批“劳动模范”并出席了第一届全国工农兵劳动模范、战斗英雄代表大会，受到了毛泽东、朱德、周恩来等党和国家领导人的亲切接见。马万水是新中国成立以来首批劳动模范，中共党员，第一、二届全国人大代表。1961年8月12日，因患骨癌病逝世，年仅38岁。

70多年来，以马万水名字命名的英雄集体，继承和发扬马万水“站在排头不让，把住红旗不放”的奋勇争先精神，艰苦奋斗，拼搏奉献，先后20次攀登全国冶金矿山井巷掘进高峰，至今仍保持着平巷独头月掘进1403.6米、多头月掘进3125米的全国纪录和世界纪录。先后荣获全国“五一劳动奖状”“全国施工企业先进集体”“全国先进基层党组织”“全国模范职工小家”等光荣称号。

2009年，马万水同志当选为100位“新中国成立以来感动中国人物”之一，被全国总工会评为60位“时代领跑者——新中国成立以来最具影响的劳动模范”之一。2019年9月，马万水又被中宣部等9部门授予“最美奋斗者”荣誉称号。

老劳模记录着老一辈劳模们的芳华，记录着新中国社会发展的烙印，更记录着他们为新中国奋斗的足迹，记录着新中国70年走过的伟大历程。

如今的马万水和马万水英雄群体，已不仅仅是一个先进典型，而是一种不断发展和提升的精神追求和生动实践。马万水精神的产生和形成及其发展，来自马万水及其战友们对党和社会主义那种执著的情感，这是马万水精神的源泉。站在新时代解读马万水精神，可以使我们清楚地感受和深刻体会到中国钢铁是怎样炼成的艰辛历程。

（一）对旧社会苦大仇深

马万水及其马万水小组的同志，大都经历了新旧社会两重天，有着鲜明的爱憎立场。

马万水，1923 年出生在河北深县马家庙村一个贫苦农民家里。从小就饱受了封建地主和反动派的剥削和欺压，过着饥寒交迫的苦日子。一家六口人，靠租种地主五亩贫瘠的土地，饥寒度日。

1935 年秋，深县一带连年遭灾，马万水家种的几亩地只收了不满一口袋的谷子。可是，没等谷子装进口袋，地主带着狗腿子已来到场地逼租要债。马万水的父亲苦苦哀求，狠毒的地主却说：“你家死活我管不着，卖老婆、卖儿女也得交租子。”地主指使狗腿子把谷子抢走了，马万水的父亲、母亲哭嚎着死拖住不放，黑心肠的地主伸手一棍，把万水父亲的腿打拐了。地主临走时还恶狠狠地说：“租子限期交齐，不然就要抄家告官。”万般无奈的马万水的爹妈，只好忍着悲痛把亲生的大女儿卖了出去，母亲领着马万水沿村乞讨。这些苦难的生活，在马万水幼小的心灵上打下了深深的烙印。

马万水在北平当过油漆店学徒，每天像牛马似的起早贪黑地给老板卖命，可是连顿饱饭也吃不上，连双布鞋也穿不上，光足赤脚苦煞了好几年。

好不容易出徒了，马万水认为这下总可以养家糊口了。但日本统治下的北平，经济萧条，民不聊生，各种店铺不断倒闭。马万水跑遍了北平大大小小的油漆店，没有一家肯雇佣他。无奈，他只好走街串巷，做点零星苦活累活，自己勉强糊口，挣钱养家的指望落空了。

1942 年冬，19 岁的马万水生活走投无路，只得到门头沟煤矿下窑背煤。

下了煤窑真是进了“鬼门关”，日寇强迫工人每天干12小时甚至14小时的活，200多斤重的大煤筐压在背上，四肢伏地从低矮阴森的斜井里一步一步往外爬，背压破了，膝盖磨破了，身上的血往外流，眼中的泪往肚里咽，马万水积下了一身伤疤和满腿“筋疙瘩”。劳动异常繁重，而生活又不得温饱。工人们吃的是发了霉的混合面，住的是不见天日、阴暗潮湿的破工棚，一些工友经受不住煎熬而死去。马万水在人间地狱里苦苦挣扎着，盼着一天能从这里走出去。直到1948年底，人民解放军来到门头沟，马万水才从苦难中获得解放。

（二）解放了成为国家主人

1949年，马万水终于迎来了新中国的诞生，他如同孤儿找到了亲生的母亲，第一次享受到了人间的温暖，他那被压抑的青春活力开始焕发起来。

1949年秋天，国家从全国各地抽调了一批懂矿山技术的干部和工人到河北龙烟庞家堡铁矿工作。当时，在北京门头沟背煤的马万水被选中，成为新中国的第一批矿山工人。马万水被派到掘进五组当组长兼技术指导。这一年，他已经是26岁的小伙子，身材高大魁梧，性格坚毅豪爽，眉宇间透着睿智与灵气，浑身有使不完的劲儿。

河北龙烟铁矿作为华北地区最大的地下黑色冶金矿山和生铁基地，是新中国成立初期第一批恢复生产的大型冶金企业。当时，龙烟铁矿遭到了敌人的严重破坏。坑道坍塌，设备被劫洗一空，剩下的厂房，全是断墙瓦砾。矿山没有一间现成的宿舍，马万水和工友就住在土窑、破庙里，上面漏雨，四面透风。吃的是小米饭拌盐面，盖的是百洞千孔的破棉被。劳动条件更为艰苦，不要说机器设备，就连一件像样的工具都没有。他们只好从废渣堆上找来生锈的钢钎和铁锤头，到山坡上砍来树杆当锤把；没有吹风机，他们就脱掉衣服往外扇炮烟。在这块废墟上，马万水和他的战友一起，开始了他的战斗生活。

当时，矿山上没有机器，运矿靠牲畜，打眼用铁锤。身强力壮的小伙子，操起十八磅大锤抡上几十下就要全身酸痛。马万水却能左右开弓一口气抡上四百五十下大锤。尽管已汗流浃背，但他仍然谈笑风生：“给自己干活，就是痛快!”在这恢复生产的日子里，他在伙伴们的心里留下了不怕吃苦、积极肯干的良好印象。

为了建设新中国，为国家快出矿、多出矿，马万水不仅自己拼命干，还毫无保留地向工友们传授技术。当时，全组18个人，在一个班里干活，人多地盘小，谁也甩不开手脚，不仅拥挤窝工，而且忙闲不均，影响效率，干一天活，只放一茬炮。于是，马万水倡议分班干活，把18个人分成两班，班与班之间开展竞赛。这样，在庞家堡铁矿首创分班干活和开展爱国红旗竞赛活动，大大提高了工作效率。经过马万水的传帮带，工友们很快掌握了凿岩技术。仅一个多月时间，掘进五组由月进尺1.7米，提高到6米，工效提高了四五倍。

随着巷道的延伸，地下水从岩石缝隙中渗漏下来，巷道中像三月的小雨淅淅沥沥下个不停。大家的棉衣淋透了，鞋子里进水了，淋头水浇在工友的身上，痛在马万水的心上。不能让工友们穿着湿衣服干活。

第二天，马万水从伙房借来三条麻袋，当“雨衣”用。但人多麻袋少，轮不过来。他总是把“雨衣”让给工友，自己却站在淋头水最大的地方带头干活。

后来，矿领导又送来6双胶鞋，他还是让给工友们穿，他自己却悄悄在破布鞋里垫上麦秸当“胶鞋”穿。直到今天，“一把大锤、两根钢钎、三条麻袋轮着披、六双胶鞋换着穿、手抡大锤拼命干”的故事，仍然是马万水工程队的“传家宝”。

在马万水同志的带动下，全组同志艰苦奋斗，提前完成了30号石巷的任务。马万水领导的掘进五组于1950年6月创造了手工凿岩独头月进23.7米的全国纪录，掘进五组被龙烟铁矿正式命名为“马万水小组”。马万水被选为全国劳动模范，“马万水小组”被评为全国劳动模范小组。

（三）为党努力工作献一切

1950年9月25日至10月2日，全国第一届工农兵劳动模范、战斗英雄表彰大会在中南海怀仁堂召开，马万水代表小组出席了会议。这是马万水人生中最辉煌的一页。

他当时想："旧社会，我是被剥削阶级踩在脚底下的'煤黑子'，新社会，我对国家做出一点微薄的贡献，就享受到这样崇高的荣誉……"

想到这里，他情不自禁地滚下热泪："党啊，你真是咱穷人的再生父母！我要永远做你忠诚的儿子，把一生精力全部献给祖国的矿山事业……"

他终生也忘不了参加全国第一届工农兵劳动模范、战斗英雄代表大会那激动人心的场面。

9 月 25 日下午 4 时，第一届全国工农兵劳动模范和战斗英雄代表会议在北京中南海怀仁堂同时隆重开幕。毛泽东、刘少奇、周恩来、朱德、李济深、林伯渠等在京的中央领导同志出席了会议。伟大领袖毛泽东主席代表中共中央致祝词。

更让马万水想不到的是，在大会期间，朱德和康克清夫妇特地请他到家里吃饭，席间还跟他拉家常，询问他工作和生活情况。并向他赠送了亲笔签名的照片。当年朱德委员长送给马万水"亲笔签名照片"成了马万水遗孀张淑云以及子女们的永久珍藏，见证着一位共和国开国元勋和一位开国劳模的情谊。

（四）身先士卒做出样子

马万水早在 1952 年就当了干部。1954 年当选全国第一届人大代表，1959 年当选全国第二届人大代表，并多次当选全国先进生产者、工人工程师、工程处主任、龙烟钢铁井巷工程公司副经理、全国有色金属工业矿山科学院特约研究员。身兼多职，加上多种荣誉的光环，马万水成为远近闻名的人物。但他本色不变，战塌方、过断层，哪一仗也少不了他。

在地下矿山，人们流传着这样一句话："掘进工人有三怕：断层、塌方、大流沙。"

1961 年，马万水小组的任务是开凿 850 大平硐。从年初开始，小组跟最坚硬的白石英岩整整打了一年的交道。一年来，他们先后遇到七次断层……

龙钢庞家堡铁矿 850 平硐地质构造复杂，岩石极度破碎。刚刚掘进 20 多米，就遇上了石英岩与粘板岩交接带，顶板碎如豆腐渣，淋头水倾泻如注。

面对这种险情，有的工人发愁了，“照这样下去，那年才能打通巷道啊。”

有的工人害怕了：“这比虎口拔牙还难，稍有不慎，连小命都保不住。”特别是年轻工人，有的吓得两腿打颤，躲在老工人身后不敢进掌子面。

因病正在疗养院里休养的马万水同志，闻讯后焦急得坐不稳、睡不安，一再要求院领导让他返回生产岗位。医护人员没有批准他的要求，他着急地说：“大伙都在第一线上和断层搏斗，让我在这里睡病床，我怎么能躺得下去呢？”最后，他还是悄悄地跑了出来，来到井下。

马万水说：“没有过不去的火焰山，党让我们来了，我们就钉在这里啦！我们就不信活人干不过死石头！”就在这时，突然发觉顶板压力加大，开始出现甩碴，岩石深处传来闷雷声和哗哗的流水声。具有十几年井下工作经验的马万水知道有大的地压袭来，大塌方即将发生，马上大喊一声“不好，又要塌方，快撤！”

话音刚落，伴随着轰隆一声巨响，涌水夹杂着泥沙、碎石，如山洪暴发，倾泻而下。瞬时，堆积的泥沙堵住了半个巷道。就连几吨重的装岩机也被泥石流冲出几十米远。这时，顶板还在不停地冒落，碗口粗的圆木架上去，不久就被压弯、压断。马万水一看危险，他忘记了自己是个“病号”，甩掉拐杖，大手一挥说：“共产党员跟我上！”

经过4个多月的苦战，最后采用马万水制定的“穿梁护顶、打撞楔、快速充填”施工方案，把一根根粗实而且戴“铁帽”的木桩，密密麻麻地打进流沙、岩层中，卡住碎石，堵死了流沙。大家快速掘进，终于闯过了这个罕见的大断层。

一双双长满老茧的手紧紧握在一起，一双双充满热泪的眼睛互相对视着，大家用这种简单而朴素的表达方式传递着胜利后无比喜悦的心情。这时，大家才想起马万水还是个“重病号”。

在塌方面前，马万水为大家留下了“难不倒、吓不倒、跨不倒，工人三班倒、班班见领导”的以身作则名言。

（五）技术创新模范带头人

“苦干加技术，石头变豆腐”，这是马万水的口头语。

马万水说，加快矿山建设，攀登全国冶金矿山掘进新纪录，光靠苦干拼体力是不行的，必须把苦干实干与巧干结合起来。

1950 年 10 月，国家将第一批凿岩机调拨给庞家堡铁矿。

为了保护职工身体健康，矿山又开始推广湿式凿岩新方法。这是进一步提高生产效率的极好机会，又是对马万水小组工友们的严峻考验。

因为马万水小组大部分人来自农村，文化水平低，只会卖力气，对机器设备一窍不通，要使用新机器、采用新工艺，就要学习新知识、新技术。

为了帮助工友们学技术，马万水总是先学一步。晚上工友们都入睡了，马万水还在捧着书本学技术、记笔记。为了让工友们学会凿岩机的使用方法，他从矿上借来一台旧式凿岩机研究琢磨，拆了装，装了拆。有时还把凿岩机扛到山上，对着岩石进行练习。

功夫不负有心人。马万水很快掌握了凿岩机的构造性能及使用技术，并及时把这些技术传授给小组工友们。这样，在凿岩机还没有分配到小组以前，小组工友们就基本上掌握了对它的使用技术。采用机器打眼后，凿岩爆破效率大大提高了。

马万水还注重研究爆破效果，摸索治理各种岩石的作业法，利用岩石的节理、层理和裂隙，创造出“中间楔形掏槽法”“旁边楔形掏槽法”“稀眼深孔作业法”等十多种不同的“掏槽法”。

据马万水小组的马明（马明是马万水小组扩建为马万水工程队后的首任队长，是马万水群体的第 12 任队长，1972 年担任冶金部副部长）回忆：“马万水虽然是个‘粗人’，没上过两年学，但他却有一种刻苦钻研的科学态度，这种不断创新的态度和不甘落后的劲头，促使他在井巷掘进中创造了上百种矿山快速掘进经验。”

经过长期的摸索总结，马万水创造了上百项掘进方法。

1954 年，他们开凿 1080 平硐时，松散的沙石岩层使他们遇到意想不到的困难，马万水和战友们创造了“超前支架密集棚子开口法”；开凿 1850 平硐时，遇到了流沙大断层，马万水又创造了“打撞穿楔法”等。其中很多方法还被写进了教科书。

1958 年初，马万水小组在庞家堡铁矿华家梁巷道施工时，遇到了罕见的坚硬岩石大白石英岩，硬度系数高达 18，钢钎打上去，只溅火花、不进尺。

原来十几分钟能打成的炮眼，现在半小时也难打成。为了对付这种坚硬岩石，马万水白天研究岩石的纹理结构，观察打眼的进度；晚上查看相关资料，吃饭时还把窝头翻过来当作掌子面布眼演练。终于研究出战胜坚硬岩石用的“中间楔形掏槽法”“深孔作业法”；同时，还针对深眼难打、速度慢、效率低的问题，创造了“浅眼多循环”的施工方法。

刚攻克了硬岩石，他们又遇到了结构松散的片麻岩，硬度系数只有6~10，炮眼好打，但如何在同一掌子面上同时布置多台风钻打眼就成了进一步加快掘进速度的关键问题。过去已经创造了在14平方米断面上同时布置9台风钻打眼的纪录，还能不能再增加？有些技术人员翻开书本查阅资料后说：“风钻台数已经到了极限。”

但是，马万水同志反复琢磨，挑战极限。他说：“要创造新纪录、攀登新高峰，就是要不断突破极限，勇于实践。”

他根据自己的实践经验，大胆地提出了新的想法，经过反复实验，他终于在14平方米的断面上创造出“长短钎相互交叉、分前后两排同时作业”的方法，摆开11台风钻同时打眼，大大提高了掘进速度。

为了再攀新高峰，他又大胆实践“一次成巷”的施工工艺，即把打眼放炮、出碴、铺道、巷道支护、发碹一次完成。由于凿岩爆破技术的改进和提高，掘进速度大大加快了，但发碹工序跟不上，成了影响施工速度的主要矛盾。

马万水经过研究分析，结合本组的特点，把原来单一掘进小组改编为掘进、发碹、砌水沟等十多个不同工种的综合施工队，工种之间协调作业、互相支援，解决了发碹工序拖后腿的问题。同时，又将原来的“三八作业制”改为“四六交叉作业制”，大大提高了劳动生产率。仅在1958年里，马万水小组就先后4次创造了全国冶金矿山快速掘进新纪录。

1959年11月1日《人民日报》的一篇报道这样写道：“目前，马万水小组的掘进效率比1949年提高了180倍，每一个班（全组四个小班）一天掘进的进尺，比那时全组一月的还多。他为国家培养了160多名技工和73名生产管理干部，对祖国的冶金矿山事业做出了可贵的贡献，是冶金战线一面光辉的红旗。”

马万水作为一个普通工人，在20世纪五六十年代，他带领全组工人先后12次创造全国黑色金属矿山掘进的最高纪录。将挖矿的掘进功效提高了43倍，吸引了联合国有关机构对他的先进技术进行专门研讨。1960年4月，马万水被授予“工人工程师”职称，同年，被有色金属矿山研究院聘为特约研究员。

（六）把党交给的红旗保住……

1961年，共和国处于内外交困的困难时期，又遇灾年，粮食欠收。就是这一年，马万水小组仍然在一年中创造了3次冶金矿山掘进的全国新纪录。

纪录刷新了，而马万水却累倒了。

1960年底，马万水两腿疼痛，病情日趋严重。1961年初，他的病情急剧恶化。龙烟井巷工程公司党委专门召开会议，研究了他的病情，决定立即送马万水同志到北京住院就医。

马万水同志被送进了北京肿瘤医院，确认为骨癌。周总理得知马万水患病住院的消息，亲自嘱咐工作人员，把马万水安排到当时全国最好的医院高干病房。肿瘤医院党委把全院的专家组织起来为马万水治疗。全国人民代表大会常务委员会秘书处、冶金工业部和龙烟钢铁公司等有关单位的领导同志，都亲自去医院探访他。

手术过后，马万水的病情未见好转。一夜夜的锥心疼痛，折磨得他身形消瘦。马万水小组的老战友，也被派来轮流守伴他。

马万水以强烈的革命乐观主义精神和病魔搏斗着。尽管疼痛时时在折磨着他，但他很少想到自己，时时刻刻挂念着集体、战友和工作。每当战友们前来探访，他总是急切地询问组里和公司里的生产情况，并在病床上帮助伙伴们琢磨治涌水、过断层的办法。每当病势稍好，神志清醒的时候，病房里总是充满着欢乐的气氛，不是和病友们谈他苦难的童年和党的恩情，就是和守护他的伙伴们讨论矿山未来的建设远景和自己今后的打算。每当病势转重、昏沉睡去时，梦呓中也常常喊着：“点炮！装碴！”

据马万水爱人张淑云回忆：“平时，马万水就是一个革命乐观主义者。在他面前好像没有克服不了的困难。这种革命精神，就是在他病危时也未改变。当著名的京剧表演艺术家梅兰芳逝世时，他看着报纸说：“梅兰芳享年六十八岁，我今年才三十八岁。活到六十八岁，还能为党干三十年工作呢。我不能死，坚决要活下去，为我国的矿山建设事业再创几个新纪录！”

1961 年 8 月 12 日早晨，马万水在弥留之际，示意前来看望他的工友郭进才、高长坡到他床前，马万水嘴唇喃喃着，一字一顿地说：“回去转告……小组和同志们，要……永远……争先进，把党交给……咱的……红旗……保……保住……”。

这充分体现了马万水同志热爱党、热爱社会主义的深厚感情和执着追求。

（七）传承马万水精神

马万水精神的源泉来自对党和社会主义的深厚感情。马万水精神是以马万水为代表的马万水小组以及马万水工程队几代人精神风范、行为模式、生活方式等表现出来的精神品质的总结。在新的历史条件下，马万水所在的中国华冶对马万水精神不断总结、完善、发展，使之更赋予了时代精神，得到了发扬光大。

中国五矿集团公司董事、总经理、党组副书记国文清说：“马万水精神是一面旗帜，凝聚着工人阶级的朴素情感；马万水精神是一种力量，凸显了一种坚韧不拔创业的勇气；马万水精神是一种标志，凝缩着不畏困难的民族气概。马万水精神无论在过去、现在和将来都有着不朽的价值和永恒的生命力。”

70 年来，马万水工程队的干部换了 21 任，尽管他们的能力有差异，但都有一个决心：“马万水优良传统的接力棒不能在自己手中丢失。”公司领导处处以身作则，严于律己，用行动叫响了“跟我来、跟我上”的口号，全公司形成了催人向上的强烈气氛。

多年来，华冶采用多种形式大力弘扬马万水精神，通过召开马万水精神座谈会，确立了马万水精神。先后在邯郸、北京、天津办公楼为马万水同志塑像，建立了马万水事迹展览室，再现了马万水英雄集体 70 多年的光辉足迹，受到社会各界的高度赞扬。马万水精神是激励华冶人“艰苦奋斗、务实创新、勇于拼搏、争创一流”的不竭动力源泉。马万水“站在排头不让，把住红旗不放”的奋勇争先精神，已经成为中国五矿、中冶集团倡导的精神追求。

如今的马万水和马万水英雄群体，已不仅仅是一个先进典型，而是一种不断发展和提升的精神追求和生动实践。马万水及其英雄群体所在的中国五矿大力弘扬马万水精神实践证明，马万水精神已经成为央企改革发展的强大动力源泉。

马万水所在的中国华冶科工集团有限公司继承和弘扬马万水精神，着力打造全国冶金矿山竖井品牌，坚持不懈开展自主研发，开展冶金矿山核心技术攻关，在重大冶金矿山规划、工程勘测设计和施工等方面积累了丰富的业绩成果和实践经验，拥有一批国内先进水平的优势专业和成果：2010 年 9 月，中国华冶在凌钢集团保国铁矿铁蛋山矿区技改工程施工中，创造了全国冶金矿山竖井月成井 205.6 米的新纪录，使我国冶金矿山竖井施工月成井首次突破 200 米大关；2015 年 5 月中国华冶承建的草楼铁矿 300 万吨扩建工程荣获首枚冶金矿山“鲁班奖”；2018 年 4 月，中国华冶承建的本溪思山岭铁矿副井工程（井深 1503.9 米，井筒净断面 10 米），系国内冶金矿山最深竖井顺利提前竣工；2021 年中国华冶承建的巴基斯坦杜达铅锌矿荣获境外工程“鲁班奖”，充分昭示了中国华冶传承马万水“站在排头不让，把住红旗不放”的精神与追求，彰显了中国五矿在矿山施工总承包领域的地位以及矿山管理创新的历程，在国内矿山行业竖井施工领域保持了领军者地位。

中国华冶发扬马万水“站在排头不让，把住红旗不放”的精神，积极承揽超高层钢结构、特殊公用建筑、大型工业厂房以及地下管廊工程，尤其在场馆建设方面引人注目，依靠自主创新的力量，打造出以“大连市中心体育馆”“鄂尔多斯青铜文化博物馆”和“吴忠市黄河文化体育会展中心”为代表的场馆建设众多杰作，成为新近崛起的建筑业的精锐之师，进入中国五矿、中冶集团施工总承包的第一方阵。

实践证明，对企业而言，培育和弘扬马万水精神的首要意义在于，可以为企业培养一支高素质的员工队伍。因此，马万水精神称得上中国五矿作为经济主体参与市场竞争最大的无形资产。中国五矿在 2021 年世界 500 强排名第 65 位，为祖国繁荣富强作出了突出贡献。

目前，在习近平新时代中国特色社会主义思想的指引下，中国五矿在实践中继承和发展马万水精神，科学认识“站在排头不让，把住红旗不放”新的时代要求，正确界定企业使命，理清企业发展思路，提出了成为世界一流的金属矿产企业集团的战略愿景。如今，中国五矿在新愿景的激励下，上下信心满怀、众志成城，五矿生产建设、市场拓展生机盎然、欣欣向荣，企业呈现出旺盛的发展活力。

（作者：侯宪台、川石）

学党史　颂党恩　缅先烈

梨花风起正清明，一花一木寄哀思。在清明节到来之际，为深入开展党史学习教育，从党的历史经验中汲取智慧和力量，弘扬爱国主义精神，中国二十二冶集团金结公司组织公司机关及8个项目部在清明节前夕开展“学党史、颂党恩、缅先烈”系列活动。他们从英雄城市唐山到祖国心脏北京，从辽阔黑土地东北到东南山区福建，从“表里山河”山西到齐鲁大地山东，金结公司各党支部以所在区域的红色教育基地为学习路线组织党员、团员共同缅怀先烈，用实际行动奏响学党史、敬先烈的红色乐章！

3月30日，金结公司机关组织30名党员和20名青年团员前往唐山市冀东烈士陵园举行党员“学党史、缅先烈、颂党恩”和青年团员“学习党史、缅怀先烈，争做新时代青年先锋”主题活动。在去往烈士陵园的路上，党群部组织全体人员共同开展党史答题活动，大家踊跃抢答，积极参与其中。

此次活动，广大职工怀着崇敬之情，深切缅怀为中华民族解放斗争而奉献出生命的革命先烈，并重温入党誓词，牢记初心和使命。期间，党群工作部部长徐晓慧为大家讲述革命英雄节振国的故事，大家重温党史，缅怀峥嵘岁月，传承红色基因，畅谈使命担当。党员户成才、青年团员王奇男分别就此次活动谈感受。

3月25日，赤峰中唐炼钢项目部组织开展以“学党史、颂党恩、缅先烈”为主题的清明节祭奠先烈活动。项目部员工来到革命烈士纪念碑前献上花篮，深切缅怀为捍卫国家独立和争取民族解放而英勇战斗的革命先烈。党支部书记王永达讲述革命先烈的故事，并组织项目员工向革命先烈默哀三分钟，瞻仰革命烈士纪念碑，学习先烈们为民族解放事业抛头颅、洒热血，不怕牺牲的精神。

通过这次爱国主义教育，党员同志和青年团员深切地感受到今天的幸福生活来之不易，在铭记历史、缅怀峥嵘岁月的同时，进一步增强了历史责任感和民族使命感。青年团员们也更加坚定了永远追随党的信念和决心。

3月26日，金结公司天柱炼钢党支部组织项目部党员和青年团员参观李大钊纪念馆，为李大钊同志献上鲜花，并重温入党誓词，以表示崇高的敬意。

伴随着讲解员的解说，项目部员工一边参观馆内珍贵的革命文物，一边认真聆听李大钊同志的革命故事，共同回顾了李大钊同志光辉而短暂的一生，回顾了中国共产党在建党初期的艰辛历程，回顾了中国共产主义革命先驱的卓越功勋。全体员工深切领会了李大钊等老一辈共产党人满腔的爱国热情，并将李大钊同志的革命精神作为修党性、干事业、求发展的无穷动力和精神源泉。

清明节祭先烈活动使党史学习教育更加走深走实，增强了广大职工的责任感和使命感，党员同志和青年团员纷纷表示，要以革命先烈为榜样，践行初心和使命，进一步把学习成效化为推动高质量发展的工作动力，以优异成绩迎接建党100周年。

（作者：谢吉恒、徐晓慧）

青年采矿团的风采

——忆火红年代激情岁月采矿集锦

背景简介：20世纪50年代末席卷全国的大炼钢铁运动，我和老同学王家禄亲历大跃进岁月，参与大炼钢铁运动，对于“钢铁”二字，倍感弥足珍贵，记忆中打下深深的烙印。1958年我俩还是初中三年级的学生，至今已过去60多年，每当回忆大炼钢铁运动，心情激动不已。记得1958年大跃进是从农业开始的，8月以后，当时认为农业粮食获得大丰收，农业已过关，工作重点应由农业转到工业。8月中共中央在北戴河召开政治局扩大会议，号召全党和全国人民用最大的努力，把工作重点放到工业生产上。会议正式决定，1958年钢产量在1957年530万吨的基础上翻一番，达到1070万吨。

60多年过去，中国钢铁业发生了翻天覆地的变化，世界钢铁看中国，中国钢铁看河北。2020年河北钢产量达到2.497亿吨。全国年产千万吨的钢厂接连拔地而起……

百年征程波澜壮阔，百年初心历史弥坚。在中国共产党正确领导下，中华民族实现从站起来、富起来到强起来的伟大飞跃。我国钢铁业正由世界钢铁大国向世界钢铁强国飞跃，阔步前进，走向世界舞台的中央。（谢吉恒）

1958年，是一个火红的年份，父辈们争分夺秒、战天斗地、建设社会主义。我们这些青年学生，被他们洋溢热情的干劲和做出的伟大成就所感染，卷入了这个伟大建设事业的洪流之中。我的生活和父辈们一样轰轰烈烈、红红火火，我们的志气和父辈们一样，热情高涨、斗志昂扬。

1958年，我在包头第五中学上初中。3月，我们学习党的教育方针，批判学而优则仕，决心当一个有社会主义觉悟的有文化的劳动者。从4月开始，我们学习文化课的同时，积极参加社会主义建设事业的义务劳动和勤工俭学劳动。

8月，中共中央政治局在北戴河召开扩大会议，号召全党、全国人民为确保完成全年生产1070万吨钢的生产任务而奋斗。从此开始了全民大炼钢铁运动。

炼钢的主要原料是铁，炼铁的主要原料是铁矿石，白云鄂博是全国知名的富矿储藏矿，为了给全民大炼钢铁提供更多的铁矿石，中共包头市委和包头市人民委员会组织我们青年学生到白云鄂博铁矿采矿。

风采之一：采矿团成立誓师大会

9月1日开学，我升入了初三。3日一大早，市人民委员会派来4辆大轿车，把我们包头第五中学初三5、6、7、8班的同学拉到包一中大操场上，参加“为确保完成1070万吨钢的生产任务而奋战暨包头青年铁矿开采远征团（以下简称青年铁矿开采团）成立誓师大会”。大会宣布了中共包头市委、市人民委员会《关于成立包头青年铁矿开采远征团的决定》，任命共青团包头市委书记徐进林为政委，市教育局长连一山为团长，包头师专、包头医学院、包头建筑学院、包头电力学院等4所大学及包头一工校和普通中学共16所在校学生组成16个连，停课赴白云鄂博铁矿采矿。

包头五中初三4个班学生约200人，全部参加，组成该团十一连，我们5班学生是一排，排长是包兰铁路三盛公黄河大桥工地派来的铁道兵少尉排长吕炳亮，副排长是班主任张玉宾老师。

风采之二：采矿团急赴白云矿区

我们是第一批远征赴白云鄂博铁矿采矿的战士。

9月4日早上，我们背着行李，带着干粮，唱着：“背上我们的行装，爬上了层层的山峰……”从学校出发，步行10多公里，到昆都仑召火车站，上了闷罐车。

这是中共包头市委和包头市人民委员会（政府）专门运送远征团的专列，36 节闷罐车内坐满了青年学生，有男生，也有女生。车厢内没有座位，我们只能坐在硬邦邦的车厢底板上，坐得腿发麻了，站起来在车厢内走动走动。

尽管是装载货物的车厢，可是对于我们这些头一回坐火车的学生来说，也是一种享受。多少年来我们外出都是步行，到包头五中上学住校 2 年，每学期回家至少 4 次，每次来回 30 多公里，除渡黄河坐船外，都是步行。今天到白云鄂博居然不用步行，所以在我们的心里这闷罐车也是中共包头市委和市人民委员会对于我们的赏赐。

专列沿昆都仑河北上。车厢没有窗户，只能透过打开的车厢门，欣赏沿途的风景，看铁路下面流淌的昆都仑河水，看铁路两旁的山石，当列车要穿过李木沟隧道时，我们更是兴奋得不得了。上地理课讲铁路隧道，它只是一个名词，冷冰冰地停在那里，没有生命，没有活力，今天看到的是实物，是鲜活的风景，充满了我们对美好的向往。尽管隧道不长，却也是一种经历，毕竟我们乘坐的火车，穿越了隧道。一路上列车停了不少车站，经停车站那稀奇古怪的站名，什么老羊壕、艾不盖……刺激你的神经。

车厢内没有厕所，经停车站的厕所只有男、女 2 个坑位。为了防止 800 多人哄抢车站厕所内仅有的 2 个坑位，每到一站，连长、排长都要宣布，列车的东侧是男厕所，西侧是女厕所，解决内急的男生从东侧下车，女生从西侧下车。

大约下午 4 点多钟，专列行驶在一望无垠的草原上，列车经由桃儿湾、明安、毛家圪堵、石门村、坝梁、刘伟壕、西斗铺、大怒气、老羊壕、厂汉、艾不盖等站，到达乌兰胡同站，能看到远处的白云鄂博山。下午 6 点到达白云鄂博火车站。120 多公里的路程，行驶了 8 个多小时。

我们的驻地在白云鄂博铁矿东矿车间附近一个 250 米 ×400 米的山塬上，那里早已搭好了几个席棚，是我们包头五中师生和市防疫站医务人员的宿舍。苇席棚内没有床、没有任何物品，只有光秃秃的地面，我们只能睡在地上，叫做地铺。无论男生、女生，无论老师、学生，大家都住席棚、睡地铺，排长吕炳亮、副排长张玉宾老师也和我们一起住席棚、睡地铺。

工地就在附近，为了方便我们的生活，先遣人员给驻地通了自来水，席棚内通了电，安装了电灯。

风采之三：采矿团矿区逸闻轶事

9月5日早晨，去白云铁矿办公大楼内领取劳动工具，在大楼走廊大厅里鉴赏了朱德副主席（中共中央副主席）“提前建成白云鄂博矿山”的题词。路过主矿车间，见到了从苏联进口的4立方米大电铲，日产5千吨，半铲子下去就是十六七吨，载重10几吨的大卡车，半铲子用不了即可完成装载任务。

1958年白云铁矿分为西矿、主矿、东矿3个矿区、3个车间，只有主矿车间投产开挖。东、西矿未开工投产。

主矿车间采矿，挖掘的是铁矿山，工人作业用凿岩机钻孔，钻到规定深度，往钻孔内填埋炸药后封堵钻孔，中午12点下班，作业工人撤退清场以后，点火爆破。爆破尘埃落尽以后用电铲挖掘，装载到汽车上转运到火车上外运。

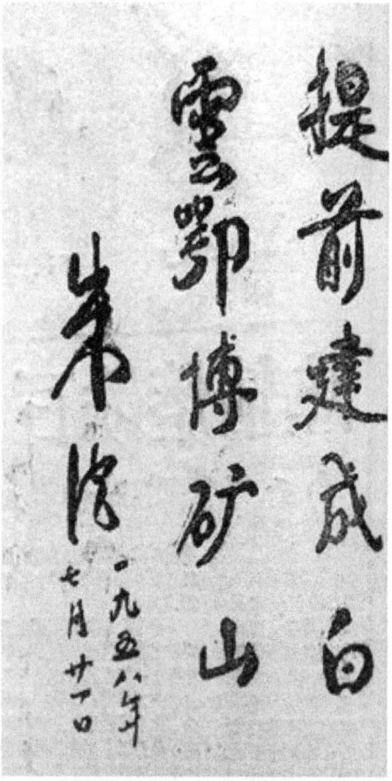

朱德副主席的题词
（原载于1958年12月14日的《包头日报》）

远征团采矿，采集的只是裸露和半裸露在地表的零散、小块、能搬得动的矿石块；我们的挖掘工具只有为数不多的原始杠杆机械：铁锹、镐头、撬棍，运输工具是大筐，运力是人、是我们的双肩、双腿。说穿了，就是用锹挖，用镐刨，用手捡，用大筐装载，最后2人1根扁担，把采集的矿石抬到指点的堆集场，下午6点下班收工前指挥部派人来丈量，即是完成了一天的任务。

完全裸露在地表的小块矿石主要由女生和体弱男生捡。虽然是小块，但也比石头重多了，普通石头的密度是2.6～2.7吨/米^3，花岗岩的密度是

远征团采集的矿石堆
（原载于1958年11月5日的《包头日报》）

3吨/米^3，白云鄂博是富铁矿，含量达70%多，所以它的密度高达6吨/米^3。

半裸露的矿石，男生用铁锹铲，用镐头刨，刨、铲到一定程度，用撬棍撬，撬起来以后，用手收集，装入大筐，抬到指定的堆积场码垛。工具虽然简单，但是非常缺乏，每个排只能领1把镐头、1张铁锹、2根扁担、2个大筐，仅此而已，更没有任何劳动保护用品。

缺少工具，不少同学只能用手刨，用衣服包，用帽子兜。

山坡东侧的沟内，有不少被雨水冲下来的矿石，我们把它刨出来装入大筐，两个人一根扁担，抬着满满一筐矿石，翻山越岭到堆集场。抬去一筐，再抬一筐。下午收工后指挥部派人来丈量，计算每个排的日采量。

堆集场在主矿车间，采矿场在东矿车间，采矿场与堆集场的直线距离约1000米，但是没有路，连羊肠小道也没有，必须翻山越岭，要抬着矿石翻越4道山梁才能到达堆集场。

一筐铁矿石有多重呢？如果装满的话，重达150～200千克。2人抬，平均每人负重75～100千克。这个重量虽然重一些，道路平整的话，许多青年人至少可以抬着它走几步。可我们的任务却是抬着它翻山越岭。

白志荣同学是高干子弟，他父亲是副厅级干部，王立悦的父亲是复转军人，他们两个人高马大，积极性很高，只是不识这装满矿石大筐的庐山真面目，争抢着要他们先抬。

一开始不会抬，两个人一前一后，抬着上山重量几乎全部压在后面人的肩上了，后面的人累得要命，前面的人也不好受。抬着下山，重量几乎全部压到前面人的肩上。抬了几次，我们找到了解决问题的办法，两个人一左一右抬着筐横着上山，横着下山，大家负担一样重，要累都累，要不累都不累。

一周之后，指挥部又给我排增发了3把镐、3张铁锹、3个大筐；每人还发了1副手指手掌面涂了橡胶的手套。工具多了，又发了手套，同学们热情和干劲也更高了。几个男生和我挑战，看谁能担着一担矿石从山脚担到山顶上。我从小干的活多，已经锻炼出来了，他们都不是我的对手，只能挑着担子走一半路程，就再也上不去了。不用说，获胜者只能是我。

每天的早饭和晚饭在驻地的自来水管旁吃，午饭则在工地吃。一日三餐都是白云铁矿职工食堂做好，再送到驻地或者工地，伙食费由市人民委员会承担。指挥部安排排长吕炳亮、副排长张玉宾老师到白云铁矿职工食堂就餐，特别是张玉宾老师，是回民，应吃回民灶。

为了不耽误生产，多采矿，也为了增进师生的感情，他们和我们一起吃饭。张老师不能吃我们的菜，他一日三餐不是馒头咸菜，就是咸菜馒头。职工食堂有回民灶，但是张老师不愿意离开我们，只是偶尔去吃一次。

9月8日白露，白云矿区下起了大雨，不能干活，只能待在席棚内学习、唱歌。外面下大雨，棚内下小雨，大家只好把铺盖捆扎起来，堆放在不漏雨的地方。尽管条件艰苦，因为有张玉宾老师所教《勘察队员之歌》："是那山谷的风吹动了我们的红旗，是那狂暴的雨洗刷了我们的帐篷……"的鼓舞，大家不但不觉得苦，反而觉得浪漫和幸福。

吕炳亮排长则教我们学唱《铁道兵之歌》："背上了行装扛起了枪，满怀豪情斗志昂扬，毛主席挥手我前进，奔向祖国最需要的地方。打通昆仑千重山，又战东海万顷浪，林海雪原铺新路，金沙江畔摆战场……"

9月23日寒露，天气晴好。26日傍晚开始下雪，晚上睡觉时也没觉得冷，早晨起来却看到，昨晚倒出去的洗脸水、洗脚水，全都冻成了冰，室外自来水龙头也被冻结了。

不知不觉到了中秋节（9 月 27 日）。远征团指挥部为全团指战员每人发了 2 块混糖月饼、1 块提江月饼。中共包头市委和市人民委员会派人来慰问我们，请来了河南省豫剧团演出豫剧《朝阳沟》。午饭后我们去白云铁矿俱乐部观看演出，散场后走出剧场，我们唱起了“亲家母你坐下，咱俩说说知心话……”

十月一日国庆节，中共包头市委、包头市人民委员会专场放映电影《草原晨曲》慰问我们。坐在白云鄂博铁矿职工俱乐部内，观看以白云鄂博铁矿、包钢厂区、建设路、钢铁大街等为外景地拍摄的影片，我们都融入到了影片之中，那种心情、那种感觉，在其他影院里是不会有的。出了影剧院，便唱起该片的主题歌：“我们像双翼的神马，奔驰在草原上……”

国庆节期间，张玉宾老师的几位朋友，专门从北京来白云鄂博铁矿慰问我们。他们带着一架 135 照相机，国庆日午饭后，张老师用他们的相机为我们拍照，回校后给了我其中的两张。

能辨认出的有：前排左 1 王立悦、左 2 徐占荣、左 3 贾殿臣、左 5 卢爱贤、右 1 王家禄、右 2 张体云、右 3 庄惠卿；后排左 1 郭子兴、右 1 段海福

10 月 4 日（星期六），我们第一批 4 所大学 10 所中学 2500 名师生，接到返校大炼钢铁的通知。下午的任务是捡含铁量最高的矿石打在背包里，带回学校炼铁。5 日早饭后，我们从白云鄂博火车站登上了开往包头的闷罐车，傍晚到新贤城站下车，返回学校已是晚上 8 点多钟了。

能辨认出的有：前排左 1 谢荣欣、左 2 庄惠卿、左 3 吕炳亮、左 4 王家禄、左 5 郭子兴；二排左 1 王月波、左 2 赵明、左 3 刘金山、左 4 郝炳荣、左 5 于长海；站立左 1 薛振江、左 2 祁增、左 3 李培尧、左 4 吕付、贾殿臣（刘金山背后）、邱学海、张文义、郝炳荣、赵生（手拿铁镐）、右 1 赵子华、右 2 宋孝老师、右 3 王爱民、右 4 李青川、右 5 李荣（手拿扁担）

这一个月我们采了多少铁矿石？不得而知，后来翻阅《包头日报》才知道：平均每人每天采集矿石 8.2 吨。

10 月 5 日早，第二批 5 个工业学校 1400 名师生，从包头出发，去了白云鄂博。

风采之四：媒体报道采矿团事迹

青年不怕远征难

——記青年鉄矿开采远征团大战白云矿

本报記者 天山

9月15日这天，全市四个大学和十个中等学校的两千多名师生，开始了一项具有政治意义的新战斗——去白云鄂博采矿。在短短的十五天中，十六个連的全体指战員，克服了无数困难，采拣了三万七千多吨铁矿石。如今的白云铁山，不仅是蕴藏着大量铁矿的宝山，也是锻炼青年的一座大熔炉了。

把困难踩在脚底下

9月17日清晨，白云鄂博北面山上红旗飘扬。一声号令下，千百名青年立刻向铁山展开了猛烈进攻。第一个回合，是把散布在全山和附近的矿石挖出来，堆积在指定的地点。战斗的头几天，他們还没有采矿工具，但是这些青年人发出了豪迈誓言：[illegible]上战场，定要打个漂亮仗；没有工具凭两手，也要带着铁山走。"没有运送矿石的筐子，他們就脱下自己的衣服，摘下帽子来端，有人还拿捆行李的褥子背。很多人的手被铁石磨破，便悄悄地擦去血迹，照样干起来。有的人把鞋底前后都磨透，无法走路了，他們就用破旧的手套垫上坚持采矿。有些連队工作、吃飯和住宿相离十几里远，每天都得往返三次。这还不說，在矿山上劳动有时經常喝不上水，从山下打回一壶开水来，每班二十几个人只能分到一茶缸。你推他让，到最后总是剩下。九月的白云，已經刮起了刺骨寒风，他們晚上都住在帐篷和未竣工的房子里，也听不到一个人叫苦。就在这种困难条件下，黑板报上的統計表每天都是一直上升。全团规定每天采拣矿石八百吨，可是每天都超额两倍三倍地完成任务。在前十天的記录中，最低的一天，开采量也在千吨以上。

坚强的小伙子們

十六連的王崇琴和田永春，都是医学院的学生。田永春这个[illegible]的小伙子，到矿山的第一天，不小心被开水烫伤了右腿和脚面。医生强制他休息，可是他坐不住。他把同学們穿坏了的旧鞋搜集出来，给大伙钉了十几双。他的腿刚好一点，就偷偷上山去采矿。王崇琴是个共青团員，有一天，他召集全班女同学开会，一不小心被铁丝拉网绊倒了，手电筒正扎在她胸部上，当时就晕倒在地上，經医生急救才逐渐清醒，第二天她照样参加劳动。她一手按着胸，另一只手抱铁矿。就这样，她还能在一小时内完成六吨的拣矿任务。这些动人的事例，在白云矿山上数也数不过来。现在，谁还能說他們是"肩不能担、手不能提"的书生呢？

「铁木加工厂」

在包一中采矿的工地上，有一处用[illegible]搭起的两面围墙。这就是二連的矿山"铁木加工厂"。在这里，我遇到了三排排长、包一中的教师张耀荣同志。連队的采矿战士們，都称他是工地铁木加工厂主任。这是怎么回事？原来在采矿初期，他們連也没有工具，有一天，他走在去工地的路上，拾了一段废铁丝，无意中把它撑成了小铁耙。这一来，他們就让大家各处拾拣废铁丝，自己承担加工任务。大家边

原载《包头日报》1958年10月4日

1958 年 10 月 4 日第 2 版《青年不怕远征难》

原载《包头日报》1958年10月13日

我市采矿大軍战果輝煌

英雄不怕远征难 捷足先登第一关

已采矿石七十五万吨

本报消息　为給鋼鉄元帅儲备过多足够的鉄矿石，战斗在白云鄂博、固阳两区鉄山上的六千四百多名采矿大軍，以頑强的战斗姿态，投入了采集矿石的战斗。到目前为止，已采集矿石达七十五万吨。

包鋼矿山公司采矿車間的职工們，在給明年投入生产的包鋼一号高炉儲备原料的同时，为保証本市和支援外地鋼鉄生产的需要，在7月份就基本完成了全年原定生产45万吨的矿石任务。在党中央发出今年生产1070万吨鋼的战斗号召后，該車間的职工又将采矿任务跃进了四次，使今年采矿量由45万吨提高到120万吨，矿石运输任务也增加了近一倍。

这个車間为了又多又快的开采矿石，工人們在9月份全面开展「五好」流动紅旗竞賽，各班組在竞賽中，都是分秒必争，不論下雨和刮大风，都照常生产。为了把更多的时間用到采矿上，工人們把每次規定的20分鐘的吃飯时間縮短到五分鐘，还有的工人一边吃飯、一边推車运矿石，9月份全車間在紅旗竞賽中，出現了两个「五好」班，九个「五好」組，到本月7日，已完成67万吨采矿和44万吨运矿的任务。

战斗在白云鄂博矿山的青年鉄矿开采远征团，从9月15日到現在，全市已有四个大学、十个中学和五个工业技校的三千九百名师生，分两批参加了采矿石劳动。第一批采矿的2,500名大軍，經过半个月的苦战恶战，已胜利完成了37,000多吨的任务。于10月初凱旋回包。第二批采矿的五个工业学校的1,400名师生，本月5日来到矿山后，五天内完成了13,500多吨的采掘量。在采矿中，各校师生都采取了組織軍事化、劳动战斗化的方法，向大鉄山开展猛烈进攻，工具不足，他們就用手刨或用自己的帽子和衣服兜运矿石。在第一天的劳动中，每人平均就完成了8.2吨的采矿任务，到10月9日，全团已經完成了51,200多吨采矿任务。

固阳区各乡1,200多名农民，也积极参加了西斗铺矿山的采矿劳动。到本月8日止，也完成了28,000多吨的采矿任务。

（天山）

1958年10月13日第1版《我市采矿大军战果辉煌》

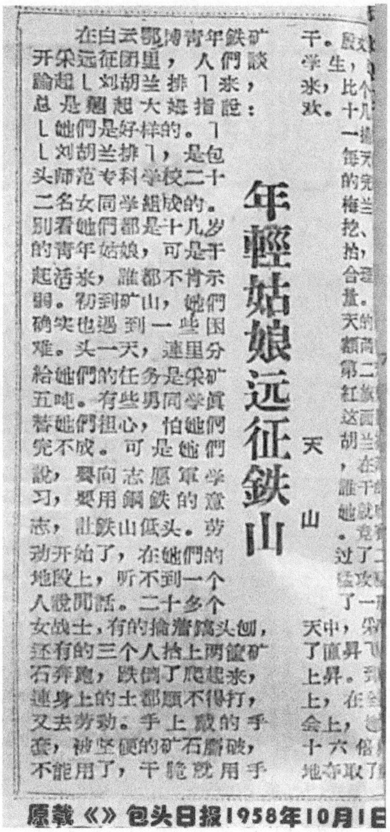

年輕姑娘远征鉄山

天山

在白云鄂博青年鉄矿开采远征团里，人們談論起┗刘胡兰排┓来，总是翹起大姆指説：┗她們是好样的。┓┗刘胡兰排┓，是包头师范专科学校二十二名女同学組成的。別看她們都是十几岁的青年姑娘，可是干起活来，誰都不肯示弱。初到矿山，她們确实也遇到一些困难。头一天，連里分給她們的任务是采矿五吨。有些男同学眞替她們担心，怕她們完不成。可是她們說，要向志愿軍学习，要用鋼鉄的意志，让鉄山低头。劳动开始了，在她們的地段上，听不到一个人說閒話。二十多个女战士，有的掄着鎬头刨，还有的三个人抬上两筐矿石奔跑，跌倒了爬起来，連身上的土都顾不得打，又去劳动。手上戴的手套，被坚硬的矿石磨破，不能用了，干脆就用手

原載《》包头日报1958年10月1日

1958 年 10 月 1 日第 1、4 版合版《年轻姑娘远征铁山》

2021 年是中国共产党成立 100 周年，也是国民经济“十四五”发展规划开局之年，谨以此文作为奉献。

（作者：王家禄，曾就读包头第五中学，1959年初中毕业。
退休前为中共乌拉特前旗旗委党校教师）

党员母亲讲党史　传承红色基因

5 月 9 日母亲节到来之际，中国二十二冶集团金结公司赤峰中唐项目党支部组织开展“党员母亲讲党史　传承红色基因”的活动。项目党支部组织党员来到赤峰当地 66 岁老党员徐桂芝家中慰问党员母亲。徐桂芝 1955 年出生，20 岁入党，如今已有 46 年党龄，曾多次荣获省市级先进个人和“三八妇女红旗手”荣誉称号。她深情地讲述了她的老父亲在 20 世纪 20 年代参加八路军解放广东的英勇事迹；也讲述了 1973 年新中国初期，她亲自带领村民修建当地著名水渠——白石头灌渠的艰难岁月。白石头灌渠深处大山之中，徐妈妈带领“铁娘子”修水渠队伍，发扬敢打敢拼、勇往直前不退缩的革命精神，在当时经济条件不发达、修建条件不完善的情况下，经过 6 年艰苦卓绝的奋战，成功修建完成了长达 4000 米的水渠。水渠修建完成后造福了当地 4 个村庄 6000 余人的吃水问题，也解决了当地 4000 多亩地的灌溉问题，在当时创造了赤峰市“铁娘子”挺进传奇。

现场聆听的党员同志都为这个革命家庭的故事所感动，赤峰中唐项目党支部书记王永达亲手为徐桂芝妈妈戴上了有着红色传承基因的党徽，以表达对徐妈妈的敬佩之意，并同徐妈妈同唱《没有共产党就没有新中国》的爱国歌曲。最后，在徐妈妈的带领下，全体党员共同重温入党誓词，追忆革命时代的红色记忆和初心。

此次活动旨在发扬不怕吃苦、艰苦奋斗的革命精神，让青年人深刻认识到新时代下美好生活的来之不易，牢记初心使命，践行央企责任，为公司高质量高品质发展贡献力量！同时在建党 100 周年之际，以此次活动献礼伟大的祖国母亲，祝愿我们伟大的祖国母亲繁荣昌盛，国泰民安！

（作者：谢吉恒、徐晓慧）

创新党建模式　促高质量发展

——河北津西钢铁构建党建“三基”纪略

河北津西钢铁集团股份有限公司（以下简称津西）党委成立于1989年，经历30多年的发展，现设党（总）支部21个，拥有党员796名，其中女党员61人，大专以上学历党员563人，拥有职业资格（职称）党员270人。

津西党委近年来以深入学习贯彻习近平新时代中国特色社会主义思想为指导，全面贯彻新时代党的建设总要求，始终把党的政治建设摆在首位，以“不忘初心、牢记使命”主题教育常态化、制度化为抓手。津西党委聚精会神抓党建，抓好党建促发展，围绕“党建筑基　百年津西”的工作思路，积极发挥党委把方向、管大局、保落实的作用。津西党委高质量推进党建工作获诸多殊荣。2014年被评为“全国企业党建工作先进单位”，因在抗击新冠肺炎疫情中的突出贡献，2020年10月被中共河北省委授予“全省先进基层党组织”，2018年被确定为唐山市党建示范点；党委书记于利峰2014年被评为“全国钢铁工业劳动模范”、2016年被评为“全国优秀企业党委书记”、2019年被评为“河北省劳动模范”；炼钢工人吴立保2016年荣获“河北省优秀共产党员”、2017年当选河北省第九次党代会代表。

津西以高质量党建引领，推动高质量发展。2020年居中国企业500强第182位，中国上市公司500强第233位，中国民营企业500强第43位。2019年营业收入1178亿元，排名居2020年河北省民营企业100强第3位、制造业民营企业100强第2位。同时，集团香港上市公司中国东方集团控股有限公司董事局上榜“2019年中国最佳董事会50强”。津西2019年5月被授予“全国五一劳动奖状”。

11月中旬，《中国冶金报》记者为探索津西党委如何创造性开展构筑党建“三基”，倾力打造“党建强、发展强”，有力推动党建工作打开新局面、呈现新气象、再上新台阶，为津西高质量发展注入新动能进行了跟踪采访。津西构筑党建“三基”内容，诠释为组织、思想、作风三个方面，即指：打造坚强堡垒，夯实组织之基；弘扬企业文化，夯实思想之基；推动转型发展，夯实作风之基。

打造坚强堡垒，夯实组织之基

津西集团始终高度重视党建工作，坚持业务拓展到哪里，党组织就建到哪里，队伍就发展到哪里，组织活动就延伸到哪里。夯实组织之基做到三到位：一是实化组织创建到位。2017 年津西集团运用中组部直接划拨党员发展指标一次性发展党员 74 名，目前津西集团二大板块全部成立了党的基层组织。2019 年结合全县“打好三张优势牌、实现六大新突破”总体工作部署，累计投入 150 多万元，完成党群服务中心、党建展厅和 21 个支部“六有”标准化建设。二是活化载体搭建到位。围绕发挥党员先锋模范作用，实施以争当“学习星、敬业星、服务星、奉献星、守纪星”为主要内容的五星级管理，每年底综合评定党员。开展“阵地飘红旗，党员亮身份”活动，在生产、销售、服务等岗位设置党员责任区、先锋岗，党员全部佩戴党徽上岗，不断激发党员活力。2020 年，新冠肺炎疫情暴发以来，津西党委提出抗击疫情爱心捐款的倡议，全体党员干部、团员青年及广大员工积极行动，踊跃捐款。同时，启动全球采购，由国内外购进口罩、防护服等紧缺医疗物资合计超 2000 万元，助力坚决打赢疫情防控阻击战。三是强化党群共建到位。在党组织引领下同步组建工会、共青团、妇联等组织，实现党群联建共建。每年“五四”评选红旗团支部、优秀团干部，引领青年职工健康成长，为党储备青年人才；每年组织春节文艺联欢会、员工运动会、“栗乡之夜”文艺演出、书画摄影比赛、健身徒步走等文娱活动，极大丰富职工群众业余生活。

弘扬企业文化，夯实思想之基

津西党委全力实施“文化铸魂”工程，紧紧围绕“全心全意为人民服务”最高宗旨，秉承“艰苦奋斗的创业精神、拼搏进取的团队精神、自强不息的创新精神”的企业精神。夯实思想之基做到三同步：一是涵养育人文化同步。开展专题培训，每年开展“凝心力”“熔炼团队”企业文化研习营活动，由中国企业文化联合会对党员、高管、中层干部和优秀员工代表进行脱产培训。引导自主学习，充分发挥党群服务中心作用，全面放开藏书1万余册的“职工书屋”，培养职工学习习惯。2005年创办《津西人》报，已累计发行800余期，务实、奋进、担当的“津西人”观念深入人心。目前，职工中拥有职业资格（职称）人数达到2612名，其中党员270名，职工素质不断提升。二是塑造品牌文化同步。品质是企业第一生命力，津西党委积极推进品牌文化创建。开展国际质量体系科技攻关，成功获得7个国家产品认证和环境、能源等6个管理体系认证。推进型钢标准研发，积极参与国家（行业）及地方标准制订、修订，不断提升津西品牌影响力和话语权。目前，津西H型钢被评为“全国H型钢第一品牌”“中国H型钢用户满意首选品牌”“中国最具市场竞争力第一品牌”，连续9年荣膺“全国用户满意产品”称号。三是熔铸奉献文化同步。津西党委坚持奉献爱心、回馈社会。建企以来，累计捐资超3亿元。集团董事局主席、原党委书记韩敬远捐资200万元设立“河北省静远教育基金”，并增扩至1000万元，奖励迁西一中优秀师生，目前受奖励师生达3300多人。设立津西特病大病特困救助基金，构成具有津西特色的“5+2”社会保障体系，现已累计救助13年，救助员工1448人次，发放救助金418.69万元。

推动转型发展，夯实作风之基

在公司转型发展实践中，津西党委反复锤炼忠诚担当、开拓进取、无私奉献的优良作风，激励党员干部为发展建言、为创新助力、为党旗添彩。夯实作风之基做到三率先：一是率先参与决策引航向。探索建立党务、行政职务双肩挑、工作双责任、业绩双考核的“一岗双责”工作机制，通过“问责、淘汰、培训、选拔”机制，激发了干部队伍活力，目前津西高层管理人员中100%、中层干部93.4%为党员。今年在党员管理高层建议下企业确定为“2020精益管理年”，将生态发展、深化供给侧改革等理念引入企业，使企业发展目标高度契合党的路线方针政策。二是率先垂范当先锋。在“转型管理年”活动中，各支部积极参与，全体党员干部充分发挥模范带头作用。目前在党员吴立保带动下，公司成立创新工作室11个，实施技术创新及青工“五小”项目238项，津西产品实现高端化、个性化，主导型钢产品形成134个系列、372个规格，多项经济技术指标进入全国先进行业。三是率先从严治企扬正气。公司坚持用制度管党治党，2019年6月专门成立纪律检查委员会，在党的引领下加强党员队伍建设。实施公司、厂部、车间、班组四级公开机制，每半年随机抽查员工满意度；强化监督，发挥员工代表作用，坚持每年两次从德、能、勤、绩、廉五方面对中层干部和基层管理干部进行民主评议，评议结果纳入年终绩效和末位淘汰考核，并实行廉洁状况“一票否决”。廉洁从业、转变作风，内强素质、外树形象正成为“津西人”深深的共识，逆势扬帆的津西正朝着世界500强的目标奋勇前进。

（作者：谢吉恒、吴小伟、杨兴华）

冶金作家文化采风河北行来到丰润

11月13～15日，冶金作家文化采风河北行暨2020河北省部分冶金企业文化交流会在河北省唐山市举行。中国作协会员、中国冶金作家协会副主席兼秘书长、《中国冶金报》新闻中心副主任郑洁，冶金作家、《中国冶金报》资深记者谢吉恒等一行，先后到浭阳书画艺术研究会和管桦陈列馆采风。河北省唐山市丰润区政协文卫史料办主任隆顺新，丰润非遗文化传承人、唐山市民间文艺家协会副主席、唐山谷津坊食品有限公司总经理谷小光，丰润区《新丰润报》主编国海涛，中国散文学会会员、河北省青年美术家协会会员、浭阳书画艺术研究会漫画艺委会主任易雅娇和河北省青年美术家协会会员、浭阳书画艺术研究会理事、唐山民间文艺家协会理事、非遗汴绣传承人苗晨等出席会议。

在浭阳书画院，郑洁、谢吉恒等参观了浭阳书画艺术研究会书画家的书画作品，深入了解浭阳书画艺术研究会深度挖掘整理丰润区历史文化的情况，对研究会在书画艺术和民间文化艺术上不懈追求的精神表示赞扬。

郑洁听取汴绣非遗传承人苗晨（左）讲述汴绣技艺

在管桦陈列馆，冶金作家文化采风团聆听了讲解员的生动讲解，对管桦先生光辉伟大的一生及其在文化、绘画等文学艺术上取得成就表示钦佩和仰慕。中国冶金作协副主席郑洁为管桦陈列馆题字“管桦风竹，钢铁榜样”。

郑洁认为，丰润区历史文化底蕴深厚，人杰地灵、人才辈出，尤其是丰润书画、画扇、刺绣和以棋子烧饼为代表的食品文化具有独特的魅力。浭阳书画艺术研究会在书画艺术研究、人才培养、艺术教育，以及助力社会公益等方面为丰润文化事业做出了巨大贡献。希望今后，中国冶金作协能与丰润各界文化团体加大合作，为繁荣民族文化做出更大贡献。

（作者：谢吉恒，原载于《中国冶金报》冶金文苑，2020年11月17日）

红米饭南瓜汤的故事

——为庆祝中国共产党建党100周年而作

红米饭南瓜汤秋茄子味好香
随着思绪我的心一下子回到了
当年井冈山革命斗争时期

井冈山以“革命摇篮”饮誉天下
这里山峦雄伟　这里飞瀑神奇
江西老表给我讲了这样一个故事

曾经这里叫苏区
后来这里叫老区
现在这里叫红色精神传承地

那年那月
被称为老表嫂的红妹子
在那阴云密布残酷斗争的岁月里
她们每天厮守着一个很大的摇篮
敞开衣襟把井冈山揽在怀里
每天蒸红米饭熬南瓜汤
旨在养育一种主义和精神
让中国在亿万人的期盼中
长出血肉和思想

后来随着天气变化
这里斗争更加残酷
那些老表嫂们忍辱负重
想方设法保护着一种精神
男人们心胸宽阔
为了中华民族的伟大胜利
索性把革命驮在背上
冒着敌人的枪林弹雨
拼尽力气和生命
一口气走出二万五千里

在男人走出的岁月里
煮红米饭熬南瓜汤的大锅
被凶残的敌人砸烂了
而那些可敬的表嫂们
与井冈山一起同生死共患难
用血水和泪水
奏响雄浑激越的斗争篇章

后来这里叫老区
随着岁月的更替
她们也就成了老区的老妈妈
叫她们老妈妈也很乐意
因为她们用伟大的胸怀
养育了一个艰苦卓绝的革命时代

不愿意出远门的老表嫂们
她们有一个梦想
在人口密集的地方开家餐馆

专营红米饭南瓜汤
想让那些听说过
孕育了中国革命摇篮的——井冈山
军旗升起的地方——南昌
中国工人运动的策源地——安源
红米饭和南瓜汤故事的人们
品尝回味一下
红米饭和南瓜汤
在当年是怎样熬出那个时代的滋味

（作者：吴兆军，原载于《中国冶金报》，2021年8月6日）

胸佩“光荣在党五十年”纪念章

——谢吉恒老师勤勉耕耘的足迹

谢吉恒老师（以下称谢老师）是记者、更是作家，勇攀高峰。读过他的作品，给人启迪幸福和智慧，钢铁行业需要这样的记者、作家。

谢吉恒喜获“光荣在党 50 年”纪念章

2021 年是中国共产党成立 100 周年，党中央决定对党龄达到 50 周年、一贯表现良好的党员，颁发“光荣在党 50 年”纪念章。谢老师 1968 年入党，至 2021 年党龄 53 年，6 月 25 日参加“光荣在党五十年”纪念章颁发仪式。谢老师胸佩金光闪闪的纪念章，重温入党誓词，心情十分激动。他深感这枚纪念章含金量极高，是至高无上的荣光和毕生期盼的荣誉。谢老师在新闻文化战线，跨越半个世纪的奋斗与光荣，都浓缩在这枚沉甸甸的纪念章里、更加明白光荣在党的责任使命和奋斗新征程。

老骥伏枥，志在千里。谢老师是全国冶金行业的老作家、记者。他常年奔波在燕赵大地，勤勉服务于钢铁业。2019 年 9 月，根据中宣部批准的《关于向资深新闻工作者颁发荣誉证书和证章的通知》，中国记协首次每五年在记者节前后集中颁发荣誉证书和证章。《中国冶金报》将年满三十年符合条件的新闻记者申报入围，谢老师榜上有名，跨入资深记者行列。谢老师是中国冶金作家协会会员，至今已出版报告文学、散文集《汗水智慧铸丰碑》《难以磨灭的记忆》《走进红松的故乡》《丝路采风随笔》《新时代风采》《燕赵儿女走进人民大会堂》等 12 部专著 500 余万字，成为高产作家。

学党史，念党情，颂党恩，凝心聚力跟党走，不忘初心再出发。文友郑洁、张忠浩与他同台合著散文集《永远跟党走——喜庆建党百年华诞》一书，将于2021年底出版发行。谢老师缘何获得如此闪光业绩？追寻他半个多世纪记者、作家生涯之路，找到勤勉耕耘的足迹。

足迹之一：勤奋刻苦 圆就梦想

勤奋与刻苦形影不离。谢老师从小痴迷文学，戴红领巾时就向《中国少年报》投过稿。上初中时每天课余时间几乎泡在阅览室里，阅看中外小说、报纸杂志等爱不释手。20世纪60年代在包头师范读书，他是语文课代表，受北京师大毕业、文学底蕴深厚的语文老师韩雪屏启蒙熏陶，写作能力提高很快，曾在全校写作征文比赛初露头角，成为佼佼者之一。可别小看这个“不起眼“的小成果，却让谢老师萌生了当记者、作家的梦想。

内心所愿，美好向往。1964年应征入伍，因喜欢写作，他被部队选为报道员，喜出望外，苦练写作基本功，在干中学、学中干。1965年3月军区报纸上发表了他第一篇题为“树雄心，立大志，热爱本职工作”处女作，激励作用太大了，写作热情愈发高涨。在服兵役间，被《人民日报》《解放军报》《内蒙古日报》及军区报等采用稿件200余篇，被军区评为优秀通讯员、《内蒙古日报》吸收为骨干通讯员。

1970年从部队转业到了中国二冶任企业报编辑及新闻干事，谢老师深入工人、体验生活，下决心用手中的笔为社会主义服务，为人民服务，把新闻报道、文学写作提高到一个新水平。

1977年从草原钢城包头来到了唐山抗震救灾一线。他先后任中国二十二冶企业报编辑、记者、专职新闻干事、《唐山劳动日报》特约记者。1986年起，历任《中国冶金报》兼职记者，专职记者、《中国冶金报》驻河北省记者站站长，每年超额完成报社下达的考核指标，稿件采用率年年递增，稿件质量大幅提升。1988年晋级中级专职记者，1998年晋级主任记者至记者站站长，多次连年被评为《中国冶金报》优秀记者、优秀记者站长。

足迹之二：自找苦吃　乐在其中

谢老师深刻体会，记者采写稿件就要能吃苦。当别人夜晚喝茶水，侃大山，出入歌舞厅的时候，他正在为一篇稿件绞尽脑汁，改了写，写了又改。别人进入甜美的梦乡，他还在为拟好一个标题而苦思冥想、废寝忘食，有时候为提炼一个好的主题，食不甘味，寝不安歇，“三更灯火五更鸡”，正是他在写作时，这是常有的事。

明知有困难，越是困难越向前。他不仅能吃苦还自找苦吃。二十二冶承建唐钢、青岛钢厂、莱芜钢厂等大工程，国家投资数个亿，工期长至三五年，短者一二年。谢老师为写重点工程报道，蹲点在施工现场熟悉工艺，啃技术难关硬骨头，破解写作中的“拦路虎”。创作文学作品，十分注重细节描写。谢老师采写唐钢一期扩建工程仅收集的素材堆积足有一尺多厚，从写作到改稿定稿用了一个多月的时间，写成了篇幅约5000字题为《建设者的颂歌》的报告文学，这篇作品在《中国冶金报》刊发后深受业内广大读者的喜爱。他为写工程报道，迈开双脚，踏遍了河北、山东、山西、江苏等地的大钢厂。深入工地采访，条件艰苦，没有住处就睡在打更棚，为赶赴现场，抓抢时间，饿了啃干馒头，渴了喝白开水。为了扩大宣传报道覆盖面，谢老师利用节假日到条件更为艰苦的唐山市周边冶金矿山企业采访，白天采访，夜间写稿。在那个年代记者体制是双轨制，记者由企业开资，为报社服务，本来到矿山采访就很苦，又是利用节假日奉献爱心，还遭到有人“冷眼”，更是苦上加苦。谢老师不屑于别人的闲言碎语，走自己的路，坚守初心，做最好的自己。谢老师零距离的接近矿山企业，别人不愿去采访他主动去，条件虽艰苦，却苦中有乐收获大，15年间采访的矿山稿件数量约占他发稿量的一半。

谢老师在那个年代，坚持工作再忙，每天新闻联播必听，电视新闻必看，当日党报必读的“铁律”。抽挤时间学习党的方针政策，学习提高新闻写作技巧。积极参加中国冶金报社和人民日报举办的各种业务学习班，多方充电提高政策业务水平，边工作边参加河北大学进修班学习，并取得了大学文凭。通过多方面的努力学习，使自己向着专家型的新闻人目标迈进，不忘初心牢记使命。

谢老师深知，记者肩负着正确舆论引导的责任，为人民服务，为社会主义服务的重大的使命。他深入基层车间、班组挖掘新闻素材，精心提炼，撰写既有时代精神的企业家，又有普通工人，讴歌各方面的劳模人物。

谢老师重点采写河北省民营钢企的新闻报道及文学创作，见证了中国五百强企业之一的津西钢铁集团奋进创业史。目睹从一个名不见经传的小铁厂发展成燕赵大地一颗璀璨的耀眼明珠。津西钢铁集团已荣获河北省民营企业领军旗舰企业、中国最具成长性企业、中国最具生命力企业、全国钢铁企业先进集体等一系列桂冠。

谢老师与津西人结下了深厚的情谊，35 年来不间断深入津西钢铁集团采访、调研。全方位、多角度、及时地报道了津西钢铁集团艰苦奋斗、改革进取、强化品牌、产品研发、创新营销、砥砺前行等各方面的成绩。以真挚的情感弘扬津西钢铁集团领航人韩敬远不忘初心，产业报国，永博潮头，造福桑梓的高风亮节。

谢老师扎根基层，服务于基层，经常到全国 500 强企业的河北省新金集团采风，近二十年，用了大量的笔墨，深度报道了新金集团改革创新，坚持走绿色发展道路，做绿色钢企标杆，打造花园式钢厂超低排放的事迹。新金集团现已实现林在厂中，路在绿中，人在景中的花园式工厂。谢老师采写的《新金向绿而生因绿而兴》《新金叫响绿色生态品牌》作品发表后备受行业关注。作家采风谢老师创作散文《白云山赏太行菊传奇》获“鲁迅文学杯全国文化精英大赛”冠军奖。

谢老师撰写《燕赵儿女走进人民大会堂》的散文、报告文学作品集，收录了河北省龙凤山铸业有限公司（以下简称龙凤山）及董事长白居秉的创业故事。《中国冶金报》系列报道龙凤山研发铸造用高纯生铁和超高纯生铁获得了国家专利，填补了国内空白，改写了长期依赖进口的历史。龙凤山这个曾濒临破产的小铁厂，通过创新观念、科学发展、转型升级、技术研发、攻坚克难、顽强拼搏、焕发了勃勃生机，成为全国生产高纯生铁的龙头企业，获中国铸造协会“全国优质铸造生铁基地”等荣誉。还有敬业集团、德龙钢铁……

谢老师出版的著作中记录了津西，新金，龙凤山、敬业、德龙等钢企从小到大，从弱变强，鱼跃凤翔的历史轨迹。记录了他们创业的磨难，令人感动的传奇，难忘的精彩故事。

足迹之三：发挥余热　笔耕不辍

谢老师牢记“坚持以人民为中心的创作导向，深入生活，扎根人民，创作富有深刻思想内涵和独特文学魅力的优秀作品”，退而不休，继续发挥余热，奋进在自己钟爱的新闻、文学写作岗位上，激情四射，后劲勃发，实现自己的人生价值。

2005 年他受《中国冶金报》领导派遣为特派记者，肩负起“河北省一号工程”的曹妃甸工业区开发项目建设的宣传报道。他每天深入码头工地，累计采写 15 万余字的近百篇报告文学、散文、通讯、调查报告等作品，对推动加快曹妃甸工业区的工程建设产生了积极的影响。2007 年，他受约担当中国冶金报钢材市场版“钢材市场区域运行态势及市场分析”栏目的老记者之一，基本每周写一篇有独到见解，有分量的钢市分析点评文章。

他退休后返聘，主抓河北省民营钢企的典型报道，重点选择河北省南边的武安市、北边的迁安市这两个钢铁重镇，全年奔波于燕山、太行山区的钢铁企业采访，足迹遍及河北省 130 多个县市。2013 ~ 2014 年创作出版 58 万余字的报告文学、散文集《燕赵儿女走进人民大会堂》，在冶金行业产生深远影响。

足迹之四：调查研究　深度报道

2013 年，深度报道已成为新闻发展的一大趋势，成为报纸保持活力影响力的有效途径。谢老师作为河北省《中国冶金报》记者站负责人，一方面，多年来一直跑在民营钢企，对这些钢企情况较为熟悉，也曾采写过多方面深度报道稿件，积累不少经验；另一方面，谢老师这些年苦练内功，将记者报道工作转型，由以信息报道兼深度报道型为主，转型为调查研究型为主。写深度报道是对记者综合实力的验证。谢老师和同事们全力以赴，精心选题与策划，深入采访调查，注重写作技巧，挖掘新闻背后的新闻，揭示事件深层内涵和本质。2013 年，谢老师仅刊发在《中国冶金报》头版头条“记者调查”栏目和二版“新闻关注”栏目就有《河北省“三查”钢铁环保》《河北省环境治理动真格》《河北吹响普及高强钢筋“冲锋号”》《环保治乱何处入手?》《河北民营小钢厂环境污染状况调查》《初探唐山民营小钢厂退出路径》等8篇深度报道稿件，每篇2000~4000字之间，部分文章编辑部配发了评论，国内10余家知名官网转发，其中，《河北省“三查”钢铁环保》一稿为国务院网站选用，引起行业的关注，受到中国冶金报社和河北有关部门领导的好评，在冶金行业产生较大的影响。谢老师采写的深度报道高屋建瓴，有深度，高度、力度备受行业读者的喜爱。不愧是一位高品位，有实力的中国冶金作家、《中国冶金报》资深记者。

足迹之五：心系用户　创新服务

人们常说，欣赏一个人，始于颜值，敬于才华，合于性格，久于善良，终于人品。说起谢老师和常州市黑山烧结点火炉制造有限公司（以下简称黑山）董事长孙小平相交还有些电视剧的情节。

2014年春节前夕，谢老师在邢台、石家庄几家民营钢企忙于调研。一天下午，从北京《中国冶金报》社打来电话，“您是谢记者吗？我在《中国冶金报》看过您写过多篇重头深度报道，尤其是环保节能等方面的报道很受启发，我想约个时间与您沟通交流可以吗?”通话者与谢老师并不认识，他是黑山董事长孙小平。原来他经中国冶金报编辑介绍，得知谢老师重点负责采写河北省民营钢企深度报道，基层情况熟悉有经验。他打来电话说明了缘由，谢老师爽快答应了他的要求。恰好第二天下午谢老师从石家庄回唐山，路过北京站换乘车，约定在北京出站口见面。出站后按照预先约定的标志：一位高个子中年人，身穿黑色半身呢大衣，右手高擎档案袋举过头顶，注视着出站人群。谢老师出站一眼就认出约定见面的孙小平，迎上前去握手寒暄。在车站广场简短交谈了十余分钟，感觉有缘相见，孙小平手指着装有企业简介、发明专利、研发点火炉技术报告等资料的档案袋，叮嘱谢老师抽空细看看。谢老师接过档案袋，挥手告别。四月谢老师应约专程来黑山参观采访。撰写了长篇深度报道《单预热烧结点火保温炉在冀“火”起来》，4月18日大半个版面在《中国冶金报》见报，在业内产生强烈反响，强有力地扩大了企业的影响力和美誉度。谢老师被孙小平真诚守信所打动，五月上旬在黑山成功举办“烧结点火炉保温技术创新研讨会”，研讨会特邀钢铁业专家及天津、北京、河北、陕西、辽宁等省市钢铁业节能环保、烧结技术、设备采购相关人员及媒体记者近40人参加会议。会议采用“厂家+用户+媒体”的模式，专家报告、交流研讨、媒体采风、用户现场观摩。会议站位高、立意新、指导性强。会后，孙小平带领业务技术人员跟踪服务，开拓市场，用户扩至十多个省市。谢老师通过五六个春秋与黑山的交往合作，验证黑山“诚信”很靠谱。谢老师今年11月创作散文：来自黑山“诚信铸品牌”报告一文，成功入选“茅盾文学杯”华语文化大奖赛作品展。

足迹之六：抗“疫”无界　大爱无疆

2020年初新冠病毒肆虐，为抗疫凝心聚力，谢老师采访撰写报告文学《钟南山的故事》，让更多的人了解了钟南山不仅是抗疫英雄、民族的脊梁，而且满腔责任为国为民的情怀更令人敬畏。

今年四月，谢老师应约参加作家采风“党建教育故事”洛阳行。采访河南省孟津县民兵运输连（以下简称运输连）的模范事迹，作家全方位采写多篇文学作品，并在媒体推广发布，弘扬民兵连精神成为行业学习的楷模。谢老师撰写的散文《高擎党旗唱响民兵连歌》荣获“首届鲁迅文学杯全国文化精英大赛”金奖。

2020年春运，面对突如其来的疫情，运输连执勤巡逻、设卡排查、日常消毒、门禁守卫，开展政治宣传和便民服务，并将全部车辆用做应急运输，危急时刻亮出党员底色。

2021年6月，运输连喜获“河南省先进基层党组织”“洛阳市最美安全员集体奖”……

谢老师撰写的散文作品《田延通：最美老交通人》一文入选《中华人物志》作品展，田延通入选《中华人物志》。

谢老师全身心投入作家采风活动，撰写作品为时代立传，为时代明德，为时代而歌。

（作者：夏凤英、张忠浩、吴杰、冀玉花、易雅娇、徐晓慧）

第二章

汇聚奋进力量　献礼建党百年

《岩溶地质142米超长桩施工技术》后记

（一）

窗外柔和的春风摇曳着江岸的树枝翩翩起舞，吹动着岸边的野花吐露芬芳，静谧的江面上，勤劳的船夫还在驾驶着轮船为了追逐生活的美好而穿梭……

此刻，江南的夜已过去大半，即将迎来一个崭新的黎明。就在这深夜时分，我写完全书最后一个字，画上渴望已久的句号，这本书历时近一年的创作，庄严地宣告结束。

这是一本记录目前全国最深岩溶地质142米超长桩施工技术的书籍，里面每一个技术难点的攻克几乎都是一项新技术的突破与发展。作为超长桩基落成的见证者、参与者、推动者，我想我应该将它进行总结、分享。我并不期许它有多大的价值，但只要对从业者有一丝帮助，为该领域的发展贡献绵薄之力，那它将是有意义的。这不仅是一名建筑人应该担当的使命，也是一名建筑人为建筑发展不该泯灭的初心。

回顾整个创作的历程，虽然充满坎坷与艰辛，但在这远大的使命感和永葆热血的初心面前，我们这年轻一代，在这一个人一生中最好的一段年华中，不应该因为舒适和安逸而虚度，这一段年华的流失应该换取丰硕的果实。总之人生之船岂能长期停泊在温暖的港湾，它应该扬起风帆，驶向生活的惊涛骇浪之中，去领略当中的无限风光，去彰显一个生命的真谛与意义。

这本书的创作就这样开始了。

（二）

我深知任何一种创造性的工作，都是一种挑战。既然选择了这条道路，便只顾风雨兼程，勇往直前。

有了第一本书的创作经历，我想这本书在创作思路和手法上应该不会有太大的难度或障碍。而当真正动笔那天，我才真正领略到其中的难度有多大。因为缺乏对“岩溶地质”的理解和认知，让我在第一部分的开头时就束手无策，毫无起笔的方向。更严重的是白天一整天纷繁的工作和浮华的喧嚣，让浮动杂乱的心绪久久不能平静。再加之懒惰的心理不断地作祟，面对庞大而无任何思路的创作，我就像一个衣衫褴褛的流浪汉徘徊在无边无际的荒原，孤独而茫然。

动摇是允许的，重要的是最后能否战胜自己。庆幸的是我没有放弃，而是选择了迎风而立，逆风而行。

我开始查阅大量的地质资料书籍，工作之余多次到东南大学、南京大学等高校科研院所的图书馆搜集地质资料，在各种学术网站查询有关岩溶地质的点点滴滴，甚至在“朋友圈”看到有关分享也都记录下来，取其精华，编写在书稿里……

慢慢地，思路开始从地质介绍、钻机选择、钻头发明，再到泥浆配比、钢筋笼安放、混凝土创新配比，最后至桩基新型检测方法……，加之超长桩基施工整个过程的画面带动写作的思路一一浮现在脑海，催人奋进。就这样，我又在春风、夏雨、秋霜、冬雪里劳动了近一年，一路高歌前行，直至迎来胜利的光辉。

创作的过程苦涩而又充实，因为这里不仅包含了建设单位领导的大力支持、设计师的精心推敲、勘察单位的详细探秘、监理单位的严格监督，也体现在专业单位让人敬佩的星夜兼程、搅拌站让人感动的严谨的水下高强混凝土配比创新，更突出的是企业领导的大力指导与关爱甚是暖化人心。

（三）

生长在这美好伟大的时代，我们是幸运的，在新时代背景的推动下，我国建筑业蓬勃发展，不断向更高、更深、更大的方向前进，也让我们这些热爱这个职业的建筑人在自己喜欢的工作岗位上穿过层层遒劲的风浪，迈向更高的山峰，去实现人生的价值。

时至今年恰逢我们伟大的共产党迎来百年华诞，这本书在此意义非凡的时刻诞生，我想他是献礼建党百年的最佳礼物。

回顾百年来中国共产党走过的波澜壮阔的岁月，充满崎岖坎坷，却又始终斗志昂扬，充满艰难险阻，却又永远朝气蓬勃。在国富民强、山河壮丽的今天，作为一名普普通通的共产党员，我没有轰轰烈烈的成就和可以彪炳史册的功绩，但我完全可以在平凡的岗位上书写属于自己的光辉，为社会贡献自己的一份力量。这是一个青年应该承担的使命，也是一名共产党员永葆的初心。因为只有在浮华喧嚣的洪流中清醒头脑，勇敢地前进，才无愧这妙龄芳华，无愧这伟大时代！

（作者：张忠浩）

悠悠创新梦　铮铮攻坚魂

——全国最深142米钻孔灌注桩落成记

八月的江南，火辣辣的太阳毫不吝啬的倾尽所有的热量炙烤着大地，热浪仿佛将气温推到了制高点，而此时有一种更热烈的炽热冲破热浪从一群年轻人的胸膛发出——他们刚刚得到超长工程桩的质量检测全部合格报告。这标志着我国建筑工程领域一米直径最深钻孔灌注桩施工成功，这群新时代的建筑人用青春的激情、创新的技术、铮铮的攻坚精神解决了别人难以想象的施工难题，刷新了工程桩基技术的新高度，填补了全国乃至全世界超深桩基施工技术的空白!

超长桩初问世

工程桩基，顾名思义是建筑物的基础桩体，它是将高楼大厦擎入云霄的坚实臂膀，是高楼大厦稳坐大地岿然不动的有力保障，而这座建筑的坐落场地恰被一条地震断裂带所横穿，一侧岩石，一侧软土，两种不同的地壳版块运动挤压啮合形成了构造裂隙，在裂隙内有大量的溶蚀发育，这座150余米的超高层建筑体就坐落在断裂带之上，成了典型的“脚踏两只船”。如解决不好桩基端部持力层的问题，就势必造成建筑物承载力不足和发生不均匀沉降的隐患。说起不均匀沉降专业外的人士可能较难理解，那么意大利的“比萨斜塔”大家应耳熟能详，而它就是不均匀沉降现象的代表建筑。

为了解决这一技术难题，这群年轻的建筑人立下铮铮誓言，势必解决这一难题，他们查阅了大量的地质勘探资料，发现岩石与软土的弹性模量相差800余倍，采用地基加固处理的方式根本无济于事，在重重困难下他们咨询建筑桩基工程界专家翘楚，多次南下云南贵州溶蚀地质发育强烈的建筑工地考察调研，最终均未能找到科学适用的方案，一筹莫展之际，这群年轻的思维迸发出火光，大胆提出，将软土区的桩基向下穿越溶洞，直接打入地下的岩石层，保证建筑物桩基端部全部坐落于地层相同的岩石上，规避承载力不足与不均匀沉降的安全隐患。这一思路的大胆提出，解决了建筑物结构安全隐患的难题，同时也将桩基深度定格在142米之上。

初试牛刀无功返

设计图纸既定，立即开展施工方案研讨论证，根据地质勘探报告的揭示，桩基工程成孔的深度范围蕴含了杂填层、淤泥质黏土层、粉细砂层、强风化泥岩层、构造裂隙层、中风化灰岩层，要钻进它们需用满足钻进功能的钻机，经过调研考察，选择在同地区施工常用的400型钻机。钻机就位、泥浆池开挖、护筒安放、钻头下潜等一系列动作行云流水，娴熟稳妥。

一天、两天、三天…，钻进的速度越来越慢，和原计划的工期竟能差距5天以上，当钻机缓慢钻进至80米时，护筒陡然下降，反循环泥浆液面随护筒下降渐渐消失，下部塌孔了，钻机手愕然地说，钻机扭矩和机型可能不符合这种复杂的地形，第一次尝试以确确切切的失败而告终。

小发明攻克大难关

400型钻机的失利，让这群年轻人茫然而无措，下一步如何选择机械，大家谁也没有把握。“要有金刚钻，才能揽下瓷器活。”一个铿锵有力的话语掷地有声，索性我们请来杭州湾跨海大桥的桩基施工钻机来试一试，它的理论功率、扭矩等参数与本桩基较为相符，且是目前国内最为先进的全液压气举反循环钻机。

机器就位后，大家铺开地层的勘察报告，根据杂填土层、粉细砂层、强风化泥岩层、构造裂隙填充层、中风化灰岩层等十余个地层的土质特型，配比钻进循环泥浆，确定不同的土层钻进压力、转速、钻头型号、泥浆配比参数、外加剂填入比例等，这种创新的做法和方案初看是成功有效的，钻机很平稳地将钻头钻入下潜到100米以上，当大家都在相互快慰和松口气时，现场钻机手再次传来不好的消息，钻机在110米遇中风化灰岩孤石，目前使用的“三翼单腰带合金钻头”出现严重的卡钻、滑钻现象，钻机抖动严重，如若继续施工，钻头有断裂的极大风险，钻进被迫停止。一场欢喜还没有真正开始就戛然而止。他们碰到了所有卡斯特岩溶发育地貌从来没有遇到过的技术难题——溶洞钻孔内夹杂软硬不一的巨大孤石。

如何钻穿孤石，打掉挡在前进路上的这个不请之客再次让大家陷入沉默，打进高校、科研院所、建筑集团等多个领域专家的咨询电话，都是如出一辙的回答：从来没有遇到过，没有太好的钻头适用。既然没有适用的钻头，我们何不发明自己适用的新钻头，坐在创新工作室里的攻坚小组再次产生心灵的碰撞，迸发出火花。他们仔细分析了孤石的化学成分特型、孤石的方位走向、纹理的刻度，利用实验室仪器和midass有限元分析软件对孤石和钻头之间的力学性能进行模拟，寻找出卡钻、滑钻的原因和规避的方法，BIM联合作战室的成员用RVIT技术模拟钻头钻进动画演示和地质分布状态，最后他们研究出一种类似地铁隧道盾构机式的“六齿自旋转”牙轮钻头，该钻头在钻进遇孤石、软硬不一地层时能均匀受力且自动牙轮旋转，在保证钻进效率的同时，成孔质量极易有保障。技术创新的力量是无穷的，科学的措施是有效的，“六齿自旋转”牙轮钻的使用是成功的，142米钻孔灌注桩成孔取得阶段性胜利。

定心丸助力攻坚

阶段性成孔胜利的喜悦刚刚爬上眉梢，下午四点桩基混凝土供应商打来无法及时供应混凝土的电话，此时距离桩基第二天早晨六点混凝土浇筑的计划时间只有14个小时，这个消息让刚刚舒缓的心情又紧张起来，是搅拌站临阵脱逃，还是另有隐情大家不得而知。马上备车，我们前往混凝土供应站一探究竟，攻坚组再次迎难而上。

到达供应站时，那里的技术总工程师正蹲在一个角落里抽着闷烟，打着咨询电话，看着地上散落的烟蒂，可以看出他应该是在这里打了许久的电话咨询，周围的工段长、实验员、技术员个个垂头丧气，无精打采。我们了解情况后，方知他们之前也从未在地下142米深、承压水极为丰富的桩孔内进行过水下混凝土的浇筑，虽然前几次模拟进行了试验配比，但在刚刚的试验结论中都显示了失败。总工程师带领攻坚小组人员到实验配比室、标养室、操作间进行了全流程的介绍，试验方案无一漏洞，但配比出的混凝土和易性、扩散度、黏度等都不能符合超深桩基混凝土的浇筑标准要求。“我不能因为混凝土的原因，废掉这个你们费尽心血成孔的桩基”，供应站的技术总工程师带着极为歉意的神情告诉攻坚小组。攻坚小组告诉供应站，为了混凝土的顺利浇筑，我们创新了新工法，采用了大立方米储砼料斗，“方丝扣”型无缝钢管保证浇筑时气压稳定，混凝土浇筑难度不会太大，等等，但无论怎么解释供应站还是没有把握确定混凝土在 142 米下高水压的状态下能从导管内喷涌而出，他们决定放弃。

“你只管精心配比混凝土，如若浇筑不成功，责任不由你们承担。”这个仿佛定心丸的话语再次从攻坚小组发出，让供应站感动而又坚定了信心。但是没有根据和思考的决定是鲁莽和武断的，攻坚小组没有因为这句话后供应站的应允而松懈一口气，反而压力更加巨大。已是深夜 11 点多，攻坚小组还在创新工作室内头脑风暴思索超深水下混凝土配比的新方案。增加混凝土流态和缓时凝固，是否可以借鉴“细石混凝土 + 缓凝剂”的配比参数，这一语点醒梦中人，大家反复计算，结论可行，并立即通知搅供应站技术人员连夜试验。

苦心人终获成功

凌晨三点半，供应站实验室打来电话，混凝土配比成功，坍落度、扩散度、黏度均能满足要求，经过导管试验屡试不爽，这一极大喜讯的传来，让这个年轻的建筑攻坚组喜出望外，内心喜悦之情正如东方即将破晓的朝阳，热情而奔放。

从迎接早晨的第一缕朝阳，到夕阳西下留下漫天霞光，长江漫滩构造裂隙复杂岩溶地质条件下全国最深钻孔灌注桩一次性顺利浇筑成功，接下来的超深桩在创新技术的保障下，在建筑人的攻坚克难下一一落成。数日后对超长工程桩基进行的超声波、低应变、静力触探、静载等的质量检验结果公布，超深工程桩质量全部合格，且均达到一类工程桩水平。这一让人喜极而泣、感慨万千的结论宣布，标志着我国超深工程桩创新技术又攀上一座高峰。

科技是国家强盛之基，创新是民族之魂。改革开放波澜壮阔的今天，人们对工作、生活的空间需求越来越迫切。让一座座建筑扎根大地、耸入云霄，不断向地下更深问洞天、向地上更高要空间，新时代的中国建筑人也时刻以“人们对美好空间的向往，作为自己的奋斗目标”，怀揣梦想不断探索前进，他们始终坚信，唯有创新发展与攻坚克难，才能让创造幸福美好空间的建筑技术上更高的九天揽月，下更深的五洋捉鳖，才能在不断发展的建筑道路上谈笑凯歌还！

（作者：张忠浩）

深耕东北亚 沃土筑精品

——记长春会展中心及附属设施项目总指挥吴鹏翔

芳菲四月，春意盎然，东北亚的大地上已冰雪消融，草抽新绿。长德新区这片黑色沃土已生机勃勃，充满生命的气息。

一年前，东北亚（长春）国际机械城会展中心及附属设施项目这片近30万平方米的土地上尘土飞扬、杂草荒芜、寂寂寥寥。一年时间，这里巍峨耸立的高楼大厦鳞次栉比，雄伟健壮的巨型“蝴蝶”展翅欲飞。

他带领的中建二局三公司天津分公司的长春会展项目团队，头顶日月，浴血奋战，将东北亚（长春）国际机械城会展中心及附属设施项目打造成为东北亚的一颗璀璨明珠。他肩扛振兴东北的伟大使命，怀揣为民谋福的执着梦想，将中建二局企业的大旗高高飘扬在东北亚上空。他就是中建二局三公司天津分公司东北亚（长春）国际机械城会展中心及附属设施项目总指挥长——吴鹏翔。

勇往直前担大任

2016年10月中建二局三公司天津分公司接到了吉林省长德新区东北亚（长春）国际机械城会展中心及附属设施项目EPC工程的中标通知书，这也是天津分公司目前承接的第一个包含大型钢结构场馆、五星级高档酒店写字楼在内的真正意义上的综合EPC工程。随即天津分公司领导组织召开领导班子会议，细心研究，反复讨论，最终决定任命吴鹏翔担任东北亚（长春）国际机械城会展中心及附属设施项目总指挥长，并负责组建长春会展项目经理部。接过沉甸甸的任命书，吴鹏翔倍感任务艰巨，责任重大。走出沉思，他抖擞精神，带着中建二局对自己的信任和使命感，组织一班人马，浩浩荡荡开赴大东北。

世界著名企业管理家劳伦斯·M. 米勒曾经说过“管理者的首要任务是思考”。吴鹏翔接过任命书没有盲目的开展工作，而是逐一接洽了长德新区业主领导，从那里了解到：党的十八大以后，习近平总书记在长春召开座谈会，提出“振兴东北经济发展，增强内生动力”的重要思想。吉林省长德新区作为东北经济振兴发展的先导示范区，勇立排头，立即上马“东北亚（长春）国际机械城会展中心及附属设施项目”，让其作为拉动地方经济新引擎，助力东北经济腾飞。得知这些后，吴鹏翔深感使命崇高，责任重大。他誓言一定要打造出精品工程，深耕东北亚市场。

上下求索攻难关

东北亚（长春）国际机械城会展中心项目建成后作为全国最大的机械展销综合体和全国首例弦支网壳预应力张弦梁空间结构，施工中专业分包多、技术难度大、整体组织困难等。带着这些疑问，开工前吴鹏翔带着项目团队南下长沙，北上哈尔滨，西走成都，东访绍兴。考察了浙江精工、江苏沪宁、东南网架、二局安装等国内顶尖钢结构施工企业，学习钢结构工程管理方法，汲取钢结构施工经验。为确保设计方案可靠落地，又多次在北京组织清华大学、中国建筑设计研究院在内的多家单位的专家研讨，论证设计方案。吴鹏翔工作严谨细致，研讨会上针对一个细小的檐沟融雪问题他都喋喋问个不休，笔尖在纸上游走不停。经过近三个月的充足准备，长春会展中心项目如期开工。

面对全国首例90米跨度弦支网壳双曲预应力张弦梁空间结构，设计与施工经验都不丰富。在施工中先后遇到了2号展厅（90米跨度）张弦梁预应力张拉索力值满足要求而起拱值不满足要求、4号展厅（72米跨度）张弦梁预应力张拉起拱值满足要求而索力值不满足要求的技术难题，项目管理人员经过多次张拉都不能解决这一难题，就在大家一筹莫展之时，吴鹏翔积极组织总包、设计、专业分包等部门召开研讨会，并鼓励大家要有信心。通过不断分析研讨、现场试验、专利发明和咨询天津大学空间预应力钢结构专家闫翔宇教授，找到了预应力张拉问题的关键所在。最终将滑动介质由单层

4毫米厚聚四氟乙烯板改为双层3毫米厚聚四氟乙烯板解决了滑动的难题；用现场专利发明“L型”工装进行柱体回顶解决预应力张拉应力累积过大的问题。最终在登录厅（45米跨度）张弦梁预应力张拉时起拱值和索力值均同时达到设计要求并实现梁柱形心对位的高难度张拉要求，一举攻克巨大技术难题，取得该领域空前技术成就。

大刀阔斧创精品

第一，创文明工地。承建长春国际机械城会展中心及附属设施EPC工程这样具有时代和历史意义的项目，吴鹏翔有较强的使命感和荣誉感。他深知要把工程干好，必须要有优秀的项目策划。经过多轮的分析研究，并积极吸取“金茂HSE”管理模式确立了最终完善的策划方案。方案具备，说干就干，首先根据公司创优目标要求和工程施工实际情况，依照现场总平面布置图，开展现场策划落地工作：企业文化墙、安全体验区、质量样板区、绿色施工展示区、标准化展示区、智能化展示区、电教化室、职工闸机通道、标养室、材料周转区、创新工作室等设施井然有序、有条不紊地坐落于施工现场的特有区域，形成一道道亮丽的风景线。

吴鹏翔不是一个只注重表面工作的人，他把现场搞得像一个小花园，但他对主体施工和工人施工安全更在意。是否对入场工人进行安全教育，主体工程悬挑架体安全稳定性是否可靠，纵横杆间距排布是否科学达标，钢结构吊装是否有专人看管，临边洞口是否封堵，用电、消防是否安全，工人生活区食堂、宿舍卫生是否达标等等各项细节他都一一过问。

古人云“有付出，就有回报”。在一次新区质检站的检查中，走进中建二局会展及附属项目工地，一流的场区布置、现代化的施工模式，使站领导眼前一亮，他欣喜地说：“这样的文明工地，在长春市还是第一个。”过后他组织全长春新区30家建筑单位300多人到中建二局会展中心及附属工地观摩学习，这一下吴鹏翔的名字在长德新区更加响亮了，慕名而来参观学习的同行企业更是接踵而至！经过一年的努力“长德新区最佳施工单位”“长德新区安全文明示范工地”“双名项目”“局观摩工地”“2.0标杆引领工地”等荣誉更是如伴如约，纷至沓来！

第二，科技引领工地。“新时代，就要有新科技”吴鹏翔如是说。项目实施以来，科技创优一直是项目技术工作的重中之重。在项目实施过程中积极运用BIM5D技术模拟现场平面布置、工序交叉、机电管线安装、砌筑排砖、预算合量、手机客户端等高科技手段，项目的BIM推广吸引了长春市建筑业协会组织多家建筑施工企业到中建二局长春会展中心及附属设施项目登门求经。项目率先将BIM5D与3DVR技术相结合对施工人员开展仿真模拟安全教育，取得良好效果，更是开创了科技领域先河。钢结构领域积极使用TAIKELA、犀牛等模拟软件深化建模，maidas有限元受力分析等为工程精密安装创造先决条件。吴鹏翔还积极推动中建二局第一个“一体化机房”项目落地长春会展中心及附属设施项目，为把“一体化机房”做好，项目首次运用“3D打印技术”仿真模拟一体化机房安装过程，取得良好成效。通过一年的努力，在科技工作中项目创新2项工法、23项专利发明、3项QC成果、2项科研课题立项、1项科技示范立项、3篇论文发表、多项优秀施工组织设计及施工方案，为夺取国家科技进步奖奠定了坚实基础。

第三，质量筑精品。“百年大计，质量第一”。项目创立“金钢奖”“君子兰杯”“长白山杯”“鲁班奖”等高质量奖项目标时刻牵动着吴鹏翔的心。工程的施工质量在吴鹏翔心中的分量也是最重的，为了保证工程质量，他制定质量一票否决制、质量分区专人负责制、技术交底推演制等多项施工质量管理制度，要求项目部管理人员及各劳务队工人认真对待工程质量，在施工中要求：工程所用材料进场前必须进行验收、复试，保证其为合格品；工程的钢构件、钢筋、水泥和砼等各类材料必须具有出厂合格证，并根据国家规范要求分批量进行抽检，抽检不合格的材料一律不准使用，因使用不合格材料而造成的质量事故要追究验收人员的责任；工程隐蔽验收认真落实“三检”制，实行并坚持自检、互检、交接检制度，自检要作文字记录；隐蔽工程要由工长组织项目技术负责人、质量检查员、班组长检查，并做出较详细的文字记录；施工生产成品必须认真保护，项目管理人员应合理安排施工工序，减少工序的交叉作业；上下工序之间应做好交接工作，并做好记录；还要求两项目领导班子积极开展“我当一天质检员”活动，并每月组织两项目质检员进行对标检查，不合格项全部砸掉重做等一系列要求，为工程质量创优提供有力保障。在年末三公司检查、局观摩检查中取得第一名、第三名的优异成绩。

第四，绿水青山就是金山银山。2017 年党的十九大胜利召开，习近平总书记再次提出“绿水青山就是金山银山，建设美丽家园”的重要思想。这句话也常常萦绕在吴鹏翔的耳边。

他提出，绿色环保我们央企要做到楷模典范。为控制施工现场扬尘，首先在施工现场种植绿草，覆盖边角裸露场地。对于易发扬尘区域实施塔吊360 度无盲角喷淋和多个雾炮相结合的措施；道路扬尘采用沿线喷淋除尘设备；为杜绝车辆带泥上路，在施工现场主要出入口设置自动化洗车池，清洗一切来往车辆；为节约用水，在施工现场沿场地周边设置雨水收集装置，实现废水重复再利用；为了节约每一度电，施工现场照明全部采用太阳能、风能路灯。在吴鹏翔的精心思考下，项目绿色施工的最大亮点莫过于“永临结合”。他充分利用“EPC 承包模式”的优势，优化永久道路基层作为临时道路使用，提前预制管沟混凝土盖板，作为安全宣讲台和钢构件吊装路线使用，不仅绿色节能，还大大节约了建筑成本，达到绿色施工助推成本节约的完美契合。

筑诚筑信暖人心

“高楼大厦的建造，归根结底是最普通工人的功劳。”这句话吴鹏翔常常挂在嘴边，只有一流的人才，才有一流的企业。项目成立之初，吴鹏翔就提出“打造花园式办公区”的高标准思想要求。

在他的指挥下，临建办公区绿草成茵，盛开的鲜花姹紫嫣红，娇艳欲滴；职工减压区有员工大汗淋漓，释放一天工作的疲惫；台球厅清脆的台球撞击声声激荡人们柔和的心绪；党政阅览室琅琅书声诠释员工愉悦的情怀；工匠大讲堂里爱好科技钻研的小伙伴为有新的突破而喜笑颜开；穿过职工之家，蝴蝶泉鱼翔浅底，悦心亭跳马飞象，两幅景象，交相辉映，浑然天成。

工作中，他注重人才培养，为每一位员工创建了宽敞明亮的“集装箱”式先进办公室和综合商务会议室；他信任员工，激励员工，为每一位员工搭建一个广阔的施展自我才华的平台，让员工在工作的宽广天地中，海阔凭鱼跃，天高任鸟飞！

生活中，他关爱员工生活，重走企业之路、净月潭联谊、员工夏季运动会、职工生日宴会活动、慰问农民工兄弟等暖心活动让每一位员工感受到企业的关怀、家的温暖。

一流的办公区设置，完善的办公设施，吸引了中华海员总工会耿群部长一行到项目参观指导；成功举办的“中建二局工会年中工作会”，一流的会议组织，暖心的会议接待更是让更多人为项目点赞，为吴鹏翔点赞。

在他的带领下，东北亚（长春）国际机械城会展中心及附属设施项目先后获得了吉林省长德新区“观摩工地”“最佳施工单位”“科技创新奖”“安全文明标准化示范工地”；中建二局三公司“双名项目”“优秀项目团队”；中建二局“局观摩工地”“2.0 标杆引领工地”等殊荣。项目取得的优异成绩多次在“吉林工人报”“长春日报”报道，吉林省委书记巴音朝鲁来项目调研时曾高度赞扬项目建设情况，长德新区业主也曾多次表示，后期新开工程优先考虑中建二局！

他的热心诚恳、干练细腻受到大家赞扬，他呕心沥血、竭智尽力为中建二局在东北亚区域的信誉和品质做出卓越的贡献！

如果说，建筑是一个固定的音符，他就是一位音乐家，将每个音符组曲、演奏，使这片土地繁花似锦，美妙动听。

如果说，建筑是一滴轻柔的水彩，他就是一位画家，将每一滴色彩相汇、涂刷，使祖国绚丽缤纷，五彩斑斓。

他，就是他。在一个个成就面前，在他用心血铸就的荣誉面前总会朴实无华的微笑了之。这是值得用激动去形容的时刻，却也填满了他对下一个目标的渴望，充实着对未来的梦想。

东北亚（长春）国际机械城会展中心及附属设施项目正在如火如荼的高歌猛进。他不会停下脚步，为此沾沾自喜。在举国上下都在为实现伟大民族“中国梦”的大潮中激流勇进时，他又怎会枉自了这蹉跎岁月。

（作者：张忠浩）

我的党员父亲

说起父亲，我们每个人脑海里都会浮现出那高大的形象，或敬仰，或崇拜。也可能会像朱自清《背影》里：穿着黑布长衫，步履蹒跚的父亲形象；亦或也像歌曲里唱的："父亲是那登天的梯，父亲是那拉车的牛"，俨然一副任劳任怨、无私奉献的汉子形象。我的父亲有三个孩子，大姐、二姐和我。父亲身材不算魁梧，却始终腰杆笔直、精壮结实。厚道朴实的父亲在我们这个小家里一直是我们的顶梁柱，也是我和姐姐最崇拜的偶像！

父亲是党员，在高中毕业时就加入了共产党，是一名有着30余年党龄的老党员，对于党员的这个身份，父亲无比在意和自豪，在他的生命里这是至高无上的荣誉。父亲作为一名共产党员的品质，我就从下面这几件事说起吧。

农技师父亲

听爷爷讲，父亲从小听话乖顺，勤奋好学，一直以优异的成绩从小学读到高中，由于经济原因，高中毕业后父亲无奈退学，回到家中参加劳动。1978年邓小平提出改革开放，在科学技术是第一生产力的号召下，全国上下开始重视普及科学知识。父亲高中文化水平在当时的农村已算是名副其实的"高级知识分子"，自然被乡里举荐到市农业广播大学，学习农业技术知识。两年的深造，父亲以优异的成绩取得农技师学历资格，原本可以留在县农业局工作的父亲考虑农村农民种植技术的匮乏与困难，毅然决定回到农村，回到家乡，在我出生那年办起了农药经营铺，一边经销农药化肥种子，一边向广大农民朋友提供农作物种植技术指导，这一干就是35年。

父亲热爱研究钻研，从不循规蹈矩，遇到疑难的农作物病虫害，当常规药物起不到治疗效果时，父亲会查阅大量的书籍资料，自行进行农药兑配，并先用我家的农田和作物作为新兑配药物的试验对象，也时常实验失败，将自家田里的庄稼“消灭”，母亲也没少数落父亲，用自己的试验剥夺我们家的口粮。但无论如何，父亲是直至实验成功，才会将新兑配的农药销售给顾客的。这么多年父亲销售经营的农药产品从未给顾客带来作物减产的事情。

现在父亲已经是远近闻名的农技师、农业专家了。

善良的父亲

在我很小的时候，依稀记得那是初冬时节，一个风雨交加的傍晚，夜幕降临，影影绰绰。斜风裹着冷雨砸在地上发出“砰，砰”的响声，父亲的商店也结束了一天的忙碌，准备打烊。就在父亲将要掩门的时候，父亲看见家门外路边不远处有一个黑色的身影躺在路边沟里的边坡上，身体在瑟瑟发抖，像刚松了劲的弹簧。时不时还发出断断续续的“哎呦”声，父亲没有迟疑，回到屋里披上棉大衣，拿起手电向沟边坡上走去。打开手电，父亲认出他是“董三”。

“董三”是我们那一带出了名的“酒蒙子”，不务正业但嗜酒如命。听老人讲，他原本不这样，因家境实在贫寒，无奈心爱的青梅竹马的姑娘远嫁他人，之后他就整日与酒为伴，终生未娶，直至离开这个让他充满遗憾的世界……

父亲看他可怜，又烂醉如泥，在这寒气逼人的北方的深秋，如此一宿，躺在凛风冷雨里肯定是凶多吉少。父亲让我拿着手电，把身上的大衣盖在“董三”身上，弯下腰，一只腿斜蹬着边坡下沿的一个石墩，另一只腿弯曲着踩着边坡下半腰老树伸出的树根，好让脚掌受力，一把将“董三”抱起，踉踉跄跄地向家里走去。将“董三”安顿在厢房的床上后，父亲让母亲给“董三”熬了姜水，并给他盖上我们家最厚的被子，后来听母亲说，那床被子还是和父亲结婚时姥姥给做的嫁妆。

前年的一个晚上，许久没有给我打过电话的父亲突然打来电话，电话那头的语气也是急匆匆的，说村里要修水泥路，打造新农村，政府的拨款不太充裕，要想快速地修成路，还需要大伙捐一部分钱，让我赶快打款给他，捐一部分，我一时没有反应过来，捐款是自愿的啊，可父亲却没有丝毫跟我商量的意思。那次除我之外，父亲自己还捐赠了7000多元。在他的带领下，村民们纷纷捐款，不久道路就修通了。

道路修通后不久，父亲给我打电话，很是自豪，说这样村里人走路就方便了，特别是老人孩子不用担心在雨天出门摔倒了，让我有时间也常回家看看。电话挂断后，我怔在原地许久没有挪动步子，眼角缓缓流下热泪来。

多年来，无论是遇到困难的亲邻好友，还是乞讨些口粮的困难陌生人，父亲总是乐善好施，有难必帮。父亲的善良融化在了自己的血液里，也流淌在我们姐弟三人的身体里，他的品质影响了我们姐弟三个，相信将来也会影响我们的孩子们。

与时俱进的父亲

2010年我大学即将毕业，父亲在我打给他的电话里得知学校里有学生处理电脑，特意叮嘱我帮他买一台二手电脑，那会电脑虽不算什么稀罕物，但在农村还很少见。现在看来这台电脑对于父亲来言意义非凡。它不但为父亲学习电脑上网查阅更多的农业种植知识和技术文献立下了汗马功劳，更是为父亲的商店成为全乡镇第一家采购农药扫码付费的农药超市打了先锋。

党的十八大以后，我们国家发展进入了快车道，尤其生态环保的力度也是空前的宏大。自习近平总书记提出“绿水青山就是金山银山”生态环保的号召后，作为党员的父亲更是身体力行，以身作则，将农药超市向经营环保型农药、化肥上转型。一直在农村经营农药生意的父亲调研发现，虽然国家提倡主动实行垃圾分类回收，可还有大量的废弃农药空瓶、空袋丢弃在田间地头，污染空气也破坏土壤，危害极大。于是父亲开展了一项助力环保的福利活动。凡是在父亲的农药超市购买的农药空瓶、空袋均可回购，并定价0.5~2元不等，多了还可以给购买的农药打折。这一活动的开展，环保效果立竿见影，田间地头的废弃空瓶、空袋等基本上一扫而光。当然这一活动的开展让父亲的超市利润有所下降，但父亲却乐此不疲，一搞就是五六年，而且父亲称，还将继续搞下去，不会停止。

去年春节，因疫情暴发未能返乡与父母团聚，每天居家隔离窝在沙发里，儿子自然抵挡不住手机的吸引，也和我窝在沙发里刷着抖音。有一天中午吃过午饭，我刚准备去洗碗，儿子拿着手机兴冲冲地跑过来给我看，说在抖音上看到了爷爷，我甚是好奇问他在哪里。他伸着小手翻了几下手机屏幕页面，果不其然，父亲在抖音上发布了一个他讲解在大地解冻后如何给庄稼用药的短视频。父亲在抖音上讲解如何按温度用药、按季节用药、按计量用药，如何根据不同的土壤特性精准施肥、成功播种等有关的农业知识。

现在在抖音上发布农业种植知识短视频已成为父亲工作中的一个常态，几乎“每周一课”，深受农民朋友的赞赏和认同。

父亲是村里第一个用电脑上网查阅农业知识的人，是村里第一个支持用微信支付宝支付网上购物的商店主，是全乡镇第一个使用扫码支付的农药超市店主，更是为数不多的在“抖音”这种几乎是年轻人专属的公共社交网络平台上传授农业知识的农技师。我相信将来父亲一定是与时俱进的追随者，甚至引领者。

热心的父亲

父亲是个热心肠，遇到谁家有困难，寻求帮助，父亲基本上都是有求必应，他的为人品格在村里人当中也是有口皆碑。自我打小记事起，村里凡是有婚丧嫁娶之类的重大活动，总少不了父亲的身影，他品格高尚，为人厚实，自然也就成了村里的热心肠、主心骨。

父亲的热心还体现在账本上，至今在父亲农药超市柜台的抽屉里仍静静地躺着厚厚几沓泛黄的账本。如果不是母亲提及，我们很少知晓。翻开泛黄的账本，看到的是在庄稼得到病虫害而又无经济能力购买农药的农民朋友是如何得到父亲无私的接济和慷慨相助的，多年过去，父亲从不提及这些农药是赊账给谁的，谁又不曾偿还。只能听到父亲说：他们现在的家境都得到了好转，他为曾帮助过那些困难的人感到欣慰、喜悦。自然现在这些泛黄的账本已然不是父亲作为追债的根据，而是成为了父亲热心助人的见证。

我的老家是鲁西南的一个平原地区，经济相对欠发达，前些年更是被列为贫困县，我们村子及周边村镇仍有为数不少的贫困户。作为一名共产党员的父亲凭借着精湛的农业种植技术知识和一颗滚烫的热心肠，向乡政府主动请缨加入到脱贫攻坚的队伍当中。几年间他先后扶持了三四名农民朋友开起了农药销售商店，倾囊相授他积攒了几十余年的农业种植技术知识和经营农药化肥种子的窍门等，让他们第一批率先实现了脱贫。2020 年我国脱贫攻坚取得决定性全面胜利，这里面也有我父亲的一份功劳，我由衷地为父亲自豪、点赞。父亲为我们伟大的国家、民族精准扶贫，脱贫攻坚做出了努力和贡献。

近几年由于我的工作性质，长期驻外工作，又加上工作特别繁忙，很少与远在老家的父亲见面了，这次春节回去，父亲额头上的皱纹更加深邃了，原本乌黑发亮的头发也花白了许多。我曾多次请父亲和奶奶到天津与我们同住。为了照顾 80 多岁奶奶的生活习惯，父亲坚持要留在农村陪着奶奶。在这一两年里，母亲多次提及父亲现在的记忆力下降了不少，常常顾客买完农药还没付钱，父亲已将找零的钱塞到顾客手里了，我劝父亲不要再做农药生意了，好好休息休息。可拗不过他，他说农药店正常营业，就能帮助村邻解决许多农业种植技术难题。关门了，大家咨询庄稼种植问题就不方便了。

父亲的交际圈也就在乡里亲邻间，虽不大却一直充满正能量，每当我工作上有些许困难，我总是会给父亲通个电话，说说心里话。往往每次还没等我开口说上几句，父亲总能猜透我的心思，并开导我无论遇到什么困难和逆境都要乐观，用豁达的胸襟去处世。每每父亲的话总能让我在困境中得到春风拂面，暖阳照耀。

父亲一直注重家风的建设，时常告诫我们“家和才能万事兴”，在家里要互相尊重，过日子要和睦勤俭，出门在外要胸怀博爱，以善为本。

时间在不经意间流走，岁月在无声无息中逝去。父亲的容颜在慢慢地老去，我们也在慢慢地长大，未来的路还很长。父亲依然永葆党员的那份初心和对生活的豁达心态，对未来充满信心与期待，他期待小家更美好，期待国家更富强。

（作者：张忠浩）

忠浩专著打开后

刚刚收到南京寄来的三本书，这是我新结识的忘年朋友张忠浩快递来的他自己的最新著作——《大跨度钢结构张弦梁施工技术》，全书 27 万字，230 页。

此前，我虽对这部著作的基本面貌和大致内容有所知晓，但真正拿到作者亲手寄来的原作，心中还是有一种莫名的欣喜！遂顾不上吃饭，浏览了内蒙古工业大学土木工程学院院长王岚先生、《中国冶金报》资深记者谢吉恒先生分别写的序言，浏览了作者的前言、后记、目录和部分章节，从而对这部沉甸甸的著作有了更多的了解和认知。

大跨度钢结构张弦梁是近十多年来迅速发展起来的新型大跨度空间结构形式，具有跨度大、承载力大、结构体系简单，刚柔两种材料互补等优势。

随着社会发展，人们对于宏大建筑空间的需求越来越大，会议大厅、大型展馆、体育赛事场馆等都需要巨大面积和空间，这就决定了这一新型技术迅速在国内外铺展开来，并具有广阔的应用前景。

长期工作在施工一线的技术人员张忠浩，基于自己在长春等工程项目上的施工技术实践，研究了国内多项大跨度建筑工程实例和技术成果，结合现有的技术规范规程，对高寒地区采用此类施工的关键技术、关键工序进行了详尽分析，对这些工序的重点环节作了具体描述，同时对大跨度钢结构施工的材料管理、地脚螺栓、防火涂料、安全防护等都以专门章节作了讲解。

他的这本书对于大跨度钢结构张弦梁施工具有重要意义，对于从事这项工作的工程技术人员有着重要的参考价值，对于高等学院教学、学习也有很大帮助。内蒙古工业大学已将其列为建筑专业的选修课程教材。

冶金工业出版社对这一著作非常重视，尽快进行了编辑，于 2019 年 5 月正式出版。仅仅一年时间，他们根据市场需求，近期又进行了第 2 次印刷，以后可能还会修订再版。

可能令人想不到的是，这本书的作者张忠浩还非常年轻，出生于1987年，成书时他才31岁。

2010年，他大学毕业后进入我所供职的中国华冶集团公司，被分配到我公司下属的天津三建分公司。那年大学生入职华冶共200多名，当时我以集团公司党委副书记的身份给他们作了两个多小时的入职动员报告，希望他们要把立足点放在基层，放在强健翅膀、增长本领上。这批毕业生中，忠浩做得很出色，一直在施工工地上摸爬滚打，甘于吃苦，勤奋钻研，既当技术指导，又做虚心的学生，再加上华冶特有的施工管理体制，即管理人员分工面宽，一人既管工程技术，又管施工管理，既作技术监管，又作工程组织，在这种环境中，他迅速成长起来，先后成为几个重大项目的总工程师。与此同时，他还写了不少报告文学等文学作品，有的甚至获得了全国性的大奖。

遗憾的是我们那时并不相识，而是不久前在中国冶金作家协会和冶金工业出版社举办的常州黑山采风暨谢吉恒签名赠书会议上才结识，并成为忘年之交的。

五年前，他由于生活上的具体困难，恋恋不舍地离开华冶，但华冶那种家庭式的温暖和关怀使他难以忘怀。从华冶出来，他来到中国建设集团二局三公司，在这里他有了更宽阔的学习和成长平台，很快就被委以重任，更有了用武之地，先后担任长春东北亚国际会展中心工程和南京临江双子座大厦工程总工程师。不仅积淀了丰富的工作经验，出了一批施工技术成果，还写就了这部技术专著。

目前忠浩已是最年轻的高级工程师，当下正在距滚滚长江只有100米的超深基坑作业。这个名为长江双子座大厦的工程，技术难度非常大，不仅紧临长江，又要开挖28米的深坑，它的抗侧压、防渗透、大降水等都很罕见，但他和他的公司充分利用国内顶级科技资源，与上海同济大学、清华大学等专家学者合作，共同攻克难关，取得一个又一个突破，积累了一个又一个创新技术成果。

我的案头上摆放着忠浩在常州分手时特意送给我的乌镇玻璃摆件，现在又摆上了忠浩寄来的这本著作。正如忠浩给我的留言："当您看到摆台的时候也就能想到忠浩了！做为一名曾经的华冶人，无论到哪里我都会努力奋斗，认真工作，不辜负华冶及领导对我的培养！"

真是后生可畏，世界归根结底是年轻人的。忠浩刚过而立之年，未来的人生道路还很长，祝愿忠浩在今后奋斗的路途中，越走越宽广，为社会释放出更多、更强的光和热！

我相信一定会是这样的！

（作者：任宝亭）

最忆是乌镇

“人人尽说江南好，游人只合江南老。春水碧于天，画船听雨眠。”

韦庄一句诗道尽对江南的情怀与思念，对于我一个土生土长的北方人，江南一直是魂牵梦萦、一心向往的地方。不记得有多少次在梦里乘一只乌篷船徜徉于江南的绿水石拱桥下，穿梭在白墙黑瓦间，尽领浓郁的江南风情与乡愁，尽赏船工的哨子惊起绵绵细雨中漫步于青石板路上撑油纸伞的貌美女子回眸的笑靥，尽揽杨柳依依、碧水荡漾、美不胜收的江南好风光！欲寻梦里江南，我曾几下江南，造访那里的名山胜景，深感最能代表江南的是嘉兴的乌镇，那里能让人回归本真，远离浮华，还心灵一片净土。我爱恋那里人的淳朴，陶醉那里景的锦绣，仰慕那里文化的深厚……

中秋过后，参加完谢吉恒老师《新时代风采》新书的发布会，我和谢吉恒老师及来自中国冶金报社、冶金工业出版社的领导与文友乘车自常州出发踏上去往乌镇的旅程。

印象乌镇

来乌镇前多次听闻到过乌镇的朋友介绍乌镇的美好，那时我就对散发着灵秀气息和独特情韵的水乡小镇深深着迷，这次就要见到她的真容，内心满是期待与想象。两个小时的车程后，大巴车停靠在了乌镇。初次踏上这片神秘的土地，脚下是一条千年老街，蜿蜒曲折地伸向远方，很长很长，看不到尽头。迎面吹来一袭裹挟着泥土气息的微风，让人感受乡土的浓情。昨夜的一场薄雨还让乌黑的月牙瓦上挂着欲滴未落的水珠，仿佛在诉说着田园的静谧。此时不是旅游旺季，大街上的行人稀稀疏疏，少了嘈杂反而让这座小镇显得安静醇美，似乎在等待，等待我这个对她倾慕已久的北方汉子感悟她的似水流年。

乌镇为什么叫乌镇，我听到了几种不同的说法。有的说，是因为泥土肥沃色黛，鱼米之乡，不知饥馑；有的说，唐代一个姓乌的将军誓死保护乌镇，血流此地；还有一种说法是，有人会笑着用手指着乌镇的老房子说，你自己看看呢。原来，乌镇的老房子都是黑色的。在白墙黑瓦的辉映下乌镇俨然成了一副充满风情的水墨画。走在小镇上可看到河网密布，港汊纵横；千百年来，民居临河而建，傍桥而市，迤逦千余米的古帮岸，水阁和廊棚透出水乡悠悠韵味，形成了典型的江南水乡风情。乌镇自古繁华，民风质朴，桐乡拳船、花鼓戏、皮影戏、香市等独特的民众风情体现了本地浓郁的水乡情怀。

东栅浓情

经过一阵的拍照和合影，导游小姐姐将我们集合向东栅进发，她告诉我们，现在来乌镇旅游主要是白天游览东栅风光，晚上看西栅夜景。东栅风景旖旎，西栅夜景迷人，让人如痴如醉，来过乌镇的人都有留下来的心愿呢。

走进乌镇的景区大门，先是一片郁郁葱葱的竹林，沿着林中蜿蜒崎岖的石板路我们向东栅边赏边走，不一会我就看到一条小船在船夫的摇摆下摇摇晃晃地正载着说笑的船客由石拱桥下向我们这边驶来，没错，这里就是东栅了。我看见一条有着些许浑浊的小河蜿蜒由东向西流淌，河两岸是临水而居、面水而建的古老房屋，放眼望去，黑白分明、错落有致，水榭长廊、临水的木楼都在静静地诉说着几百年来的曾经和沧桑。接着我们踏上一座跨越小河的石桥，站在桥上望去，透过氤氲的水雾，看到在河边洗衣的老太在捶打着没有涤清的衣物，婀娜的女子在摆弄着各种拍照的造型，最有趣的是正在等客的船工在船头打着盹，忘我地享受着我们这些上班族可望而不可即的慢生活。走下石拱桥，就是一条一眼看不到尽头的青石板小巷，小巷宽约两米，两侧满是古老的木屋，漫步其中，你会体味到一种怀旧的味道，巷两边小店内桐油纸伞的清香，古木床里的历史和文明，走到林家铺子前，一个穿着蓝花布褂的小姑娘正坐在门前的“抱鼓石”上品尝刚出锅的姑嫂饼，当你正要拿出相机按下快门定格这一美好的画面时，忽有一阵酒香扑鼻，你猜这定是谁家的“三白酒”正开坛……

一路走，一路看，穿过约三条小巷来到一户古朴气息浓厚的人家前，导游略有停顿，清了清嗓子，向我们隆重介绍，这里就是乌镇人引以为傲的茅盾故居了。我想爱好文学的人，一定也热爱这片土地，嘉兴是一个文人辈出的文学沃土，灿若星河，这里走出了李叔同、丰子恺、徐志摩、王国维、余华，还有我们家喻户晓的大侠金庸……不过最值得敬仰的是连毛主席都尊称为“雁冰兄”的我国文学巨匠——矛盾，至今我国文学作品的最高奖就是“茅盾文学奖”，堪称中国的“诺贝尔文学奖”。走进故居正堂是茅盾先生的雕像，我们争相合影留念，一是仰慕，二是向文学巨匠致敬。通过泛黄的书稿陈列品，我了解到茅盾先生出生在乌镇，生长在乌镇，先生一生以乌镇为题材写就了《春蚕》《秋收》《残冬》《林家铺子》等多部小说，可以说这里是先生文学的起点，也是先生一生走来文学的归宿。

在导游的精彩解说中，我们边走、边看、边悟，古屋老街水墨晕染，小桥流水碧波潺潺，青石小巷淳朴天然……我们忘却了时间，陶醉了心灵，不知不觉中夜幕降临，东栅渐渐沉寂在宁静里，我们恋恋不舍地离开了东栅，这时回味乌镇的东栅我不禁想起一首诗，深感用它来形容东栅再贴切不过。

一帘芳景入心旌，野树溪流万棹轻，
户户亲河闻橹唱，家家枕水望桥横，
楼台落日窗前韵，巷陌春风月下情。

阑珊西栅

月明乌镇桥边夜，梦里犹呼起看山。

夜幕下的乌镇，大街两旁霓虹璀璨，家家店铺内灯火通明，一派祥和与繁华，此时的西栅更是灯火阑珊。酒馆、歌厅、戏院人声鼎沸，热闹繁杂，处处张扬着这个小镇浓浓的现代气息，好不热闹。

西栅环水而建，立水中央。没有导游的引领，我们自由观赏，先是乘坐游船到达湖中央的西栅老街，泛舟湖上，水中倒影岸间的灯火琉璃，迎面而来的游船上游客用手机不断记录着夜色的妩媚，那份惬意洋溢在脸上，浮动于心间。约十分钟后木船停靠在岸边，上岸向西望去，一条千年古街横亘在西栅岛上，两边是热闹繁华的店铺，这一片景象宛如陶渊明笔下的世外桃花源，与世隔绝，这里的安然、静美、古朴只属于这里的人们，千百年来静静地诉说着这里的故事与文明。因为是自由活动，这时大家也都迫不及待地去寻找自己所向往的那份期待，在这里相信无论你是耄耋老人，亦或是青葱少年，都能在这里找到西栅专为你而保留的那份心灵碰撞。这时正说着那谁谁谁呢，发现他早已消失在这阑珊的夜色里……

穿梭于华灯与古屋装扮的老街，我看到正着汉服的女子在用“抖音”向外界传递着这里的神秘与美好，让未曾到过这里的人们增添了许多向往和期盼；我看到咖啡馆里一对帅男俊女在用动情的眼神诉说着对彼此的爱恋，有人说，因为一个人，会爱上一座城，在这里他们开启一段情缘，收获一份纯真，多年后归来又将抖落一地的思念；我还看到酒吧里驻唱的歌手在动情地演唱着侃侃的《乌镇之恋》：

当我第一次来到你身边，
我的心就定格在那个瞬间，
东栅软语，西栅风情，
人生好一副梦里江南……

夜晚的乌镇既妩媚又多情，既现实也虚幻……我和来到这里的人们一样，一路走，一路看，人沉浸在阑珊的夜色里，心陶醉于精彩的故事间，我已记不清是何时离开的西栅，亦或是我从未离开过西栅。

乌镇游虽短暂，却永久地镌刻于心间。游走在乌镇，看到来这里的游客或立于石拱桥头，或漫步石板小巷，或泛舟于小河，或静坐亭台楼阁沉醉于这恬静的时光，映入眼帘的是一幅幅精美绝伦的江南水乡画卷，这是我于乌镇的所见、所闻、所感，她远远超出我对她的想象，给了我太多太多美的思念，她的柔情似水、古朴恬静、与世无争的田园之美、厚重之美让我痴迷沉醉，越发的倾心。

我带着清澈的梦行至乌镇，又带着未醒的梦离开乌镇，乌镇的江南是醇美的安然，是解不开的情节，是抛不掉的思念，是忘却不了的前世情缘。我游遍这大河山川，最忆是乌镇的爱恋！

（作者：张忠浩）

一本书问世的感悟

——记《大跨度钢结构张弦梁施工技术》出版发行

2018年迎来我国改革开放40周年，我的第一本专著《大跨度钢结构张弦梁施工技术》也在这一年应运出版发行。它不仅仅表达了我对大跨度钢结构建筑在当今国内外建筑行业内的认识，更是集合了我自大学学习土木工程专业以来12年里的建筑理论知识，践行8年工作生涯里的建筑施工经验。它全面阐述了全国甚至全球首例大跨度弦支网壳张弦梁空间结构的成长与落成，也从另一个角度展现了我国改革开放40年来建筑行业的一大壮美景象。

而今，这部专著付梓问世了。它是一个礼物，承载记录了我创作耕耘舍弃无数个不眠之夜，表达了我对建筑技术无限热爱的赤诚之心，奉献出对教育我的母校——内蒙古工业大学的礼物、培养我的企业的礼物、献给伟大祖国改革开放40周年的礼物。回想我在挚爱建筑业的征途上，悟出苦才是生活、拼才是人生、幸福是奋斗出来的哲理。在人生路上，每有点滴收获，无不浸透辛勤汗水，仔细琢磨我出书过程，归结起来有四点感悟。

感悟之一：创作初心

这部近30万字的专业作品，涵盖了大跨度钢结构工程在当今国内外建筑领域的发展研究和大跨度弦支网壳张弦梁结构的设计、采购、施工全过程。600余幅图片、图表与力学计算相结合，图文并茂全景式展现了工程由始到末的点点滴滴。要完成这样一部浩大的作品，离不开对建筑施工技术这个专业由衷的热爱和对这份职业无限的情怀。

党的十八大以来，党中央着力推进振兴东北经济发展，书中案例工程“东北亚（长春）国际机械城会展中心工程”（以下简称长展工程）由吉林省政府主导开发建设，作为拉动东北经济发展的动力引擎，是为千百万东北人民谋幸福的福祉工程。作为一名建筑工程师，能参与其中，将自身所学发挥到工程建设中，为振兴东北经济发展做贡献是这份职业的责任，更是学习知识而为国家贡献力量的初心召唤。

长春国际机械城会展中心工程在结构形式和建筑造型上极具特色，特别是大跨度张弦梁结构加工、制作、安装等工作在钢结构领域更是难上加难。在工作生涯中，能参建一项这样具有代表性的工程，我是幸运的。作为项目的技术总工程师，主持了项目的整体策划，编写了一系列专业技术方案，主导推进了多项技术发明与科研创新。我始终想着为工程和这种国内首例结构形式总结些什么，为培养我的企业和这个专业的从业者贡献哪怕一丝绵薄之力，是我的本质所在，也是作为一名土木工程师为建筑业发展贡献力量的初心所在。

感悟之二：潜心创作

创作这部作品的想法萌生于2017年，那时长展工程正处于基础施工阶段，自此后我便开始收集整理大量的现场资料，也正是这些宝贵的材料奠定了我完成这部作品的基础。

罗列大纲，要完成这样一本技术类作品，清晰的思路和写作方向是创作的根本。首先我要做的就是罗列这本书的写作大纲。为将我想要表达的内容清晰流畅的呈现出来，我便开始按照大跨度钢结构工程目前在国内外建筑领域的发展形势结合国内典型的大跨度钢结构案例工程逐步引入长展项目的概况与定位、钢结构深化设计、原材料进厂、构件加工、工厂组装、现场拼装焊接、钢构件吊装、预应力张拉、防火涂料喷涂及施工安全措施等。

就这样经过近一个月的梳理和组装，一个个的主要节点按照施工的工序先后和时间的推移就像一节节火车厢一样组装在一起，形成一辆即将奔向远方的火车，只要一声令下，它将沿着轨道飞快的驶向前方。

装载内容，有了明确的大纲，编写的思路自然也就是开阔的。由于白天的工作实在繁忙，我的编写基本都在晚上进行了，通常是晚饭后点上一支香烟，冲上一杯咖啡，就开始了这一天的写作。从傍晚伏案执笔，到搁笔离开写字台第二天窗外的天空已发蓝，变亮的日子随着写作的深入不知不觉持续了近一年……

技术类作品编写不同于文学类文章，也不需要艺术手法的修饰，但它要严格按照施工工艺的先后顺序，符合建筑法规的要求，遵循建筑流程的时间轨迹。为打破常规技术类作品的填鸭式教条灌输路线，这本著作编写上采取由浅入深，起承转合的手法，沿着工程的推进路线，把读者带进一个个观赏景点，在每个景点详细介绍这里的山水交融，风景特色，让读者仿佛进行一场别具风格的旅行。

这项工作是顺畅的，这一路走来它迎着春的风，沐浴着夏的雨，看尽秋的落叶，舞蹈冬的漫天飞雪。虽然过程无比艰辛，身体疲惫不堪，但内心是无尽的享受。

感悟之三：想过放弃

在没有开始这部作品的编写之前，我没有想过，这项工作到底有多么困难，直到这部作品编写到一半的时候，白天繁重的工作，晚间接二连三的应酬，再加上一个个技术难题摆在面前百思不得其解，一度让我狼狈不堪，四顾茫然。

在这条路上真的要走不下去了……

真的要束手就擒吗？我反复的追问自己……

不，我应该冷静，冷静在这种时候往往使人起死回生。

我走近了伟大的作家路遥，走进了他那用生命完成的百万字长篇巨著《平凡的世界》。他笔下的孙少安、孙少平兄弟在经济极度落后、物质极度匮乏的年代，站在贫瘠的土地上，面对一个个挫折和打击，依然热爱着生活，跟苦难做殊死搏斗。他们脚踩艰辛，仍然对生活充满无限美好的向往，奋勇向前，这是何等的勇气和顽强的精神。

跟他们相比，我这点坎坷又算得了什么？

出于使命感，也出于本能，更出于那份初心，在内心升腾起一种与之抗争的渴望，在巨大的精神鼓舞下，我又振作起精神来，用更加饱满的热情投入到创作中，直至满载累累硕果到达终点。

感悟之四：名家作序

这部作品完成了，在这值得庆祝的时刻，我的心却又不安起来，我反复思量这部作品能有多高的水准，期间我将书稿交与多位业内专家，他们十分透彻的分析和理解，给我许多宝贵的意见更给我莫大的信心，几次修改后我怀着忐忑的心情将书稿交给了我最敬仰的谢吉恒老师，想让他帮忙看看，是否能达到出版的标准。

不久，我就接到谢老师的电话，他对书稿给予了充分的肯定和高度的评价，更是给了我深深的鼓舞。

谢老师是《中国冶金报》河北记者站站长、资深记者，又是中国艺术家协会会员、中国报告文学学会会员、中国散文学会会员。感恩相识，自从与谢老师相识以来，他不仅在工作上给予我莫大的帮助，更在我的成长之路上给予深切关怀。而今，年逾七旬的谢老师仍然遍访祖国大江南北，笔耕不辍，为国家冶金行业的发展做着贡献。

最让我感动的是，谢老师不但为这部书出版多次赶赴北京帮助我处理出版事宜，更在百忙之中为本书写序，大力推荐。

另一给我大力帮助和鼓舞的是我的大学老师王岚教授，王岚老师是内蒙古工业大学土木工程学院的院长、博士生导师，是我们国家著名的结构专家。她在繁忙的工作中对全书进行了细致的审阅，不仅提出了许许多多的宝贵意见，更是为本书写了序言。这让我深受感动。

伴着初春的莺歌燕舞、花红柳绿提笔，到写完这本书最后一个字已是银装素裹、千里冰封的寒冬。经过近一年的艰辛创作，这本书终于付梓问世了。这段时间我时常在想，它能有多大的技术价值，会获得怎样的读者认可度，拥有怎样的生命长度，一切还需要时间的检验。但不管怎样，正如德国作家托马斯·曼说的那句话：“……终于完成了。它可能不好，但是完成了。只要能完成，就是好的……”

（作者：张忠浩）

写给儿子的信

儿子，你已经六岁了。时间过得可真快啊，你出生到牙牙学语，仿佛还在昨天，而今再过几天你就要开始童年里的另一个重要的阶段——读小学一年级了，这段时间爸爸虽不在你身边，可脑海里总时不时浮现出你这六年里成长的点滴画面，也对未来世界里的你充满期待和憧憬。在写这封信之前，爸爸思考了很多，想过很多种方式来和你说说心里话……思来想去别的都不甚妥，索性就写封信给你，当是咱们爷俩的聊天谈心吧，那么爸爸想从这几个方面和你聊一聊……

开心，在你的世界里爸爸希望你天天都开心，因为开心能让你开朗，开心能让你向上，就像最近你很喜爱哼唱的一首歌儿一样“你笑起来真好看，像春天的花一样，把所有的烦恼，所有的忧愁统统都吹散；你笑起来真好看，像夏天的阳光，整个世界全部的时光美得像画卷……”。在爸爸的眼里你笑起来最好看，好看在你的脸颊，好看在你幼小纯真的心灵，就像你的乳名一样开心多多，快乐多多……让开心快乐永远与你相伴。

健康，开心了自然就健康，对于每个生命来讲，健康大于一切，无论在什么时候你都要记住健康，身体要健康，心灵更要健康。身体健康了，你会茁壮地成长，会精神焕发永远有力量，有对未来无限的憧憬与希望；心灵健康了，你会内心充满爱与善良，能聚集无限的光和热，热爱这个世界，世界也更加爱你。儿子，爸爸想告诉你的是，在健康和生命面前其他一切皆变得不那么重要，只有有了健康的体魄、健康的灵魂，你才会更快乐地过好每一天，才会在爱与温暖中稳步前行，愿你健康成长……

善良，走过芸芸众生，大千世界，善良的人最幸运，善良的人最幸福。爷爷教会爸爸要善良，爸爸也想将善良传承与你。小时候爷爷给爸爸讲过一个故事，爸爸至今记忆犹新，今天也讲给你听，爷爷讲：在一个饥荒之年，有一个财主家里收成也不好，他找了一位风水先生给他家里看风水，算命先生提出午夜时分要去他家的田地里去查看，当他们相伴快要走进田地的时候，听见财主家田地里的树上有折断树枝的声音，这位财主立刻叫停了风水先生停止前进，风水先生不解地问财主为什么？财主回答：这些半夜来折树枝的都是这一带的穷人，他们是拿树枝回去充饥免于饥饿，如果我们走过去，这些穷人定会惊慌、害怕，万一不慎从树上掉下来摔伤了，他们的日子就更加雪上加霜了，咱们还是等一等，待他们折完走了再过去吧。话毕，风水先生扭头就走，财主忙问为什么，风水先生说：你的善良就是最好的风水，我无须再看。

感恩，说起感恩，爸爸先给你讲一个关于你自己的小故事。有一年你跟随爸爸到洛阳去开爸爸专著新书的发布会，可能由于长途奔波的劳顿，你突发高烧三十九度多躺在宾馆的床上，满脸通红，一言不发，此时已是深夜十二点多，窗外的大街上也只能看到三三两两的出租车在游荡，没有退烧药的爸爸万分着急，可又不放心把你自己丢在宾馆去买药。爸爸只好抱着试试看的态度去请求宾馆服务员阿姨帮忙，如果再不行就要带你去医院了。服务员阿姨得知你的情况马上到房间了解你的情况，毫不犹豫地冲下楼消失在窗外的街道上，爸爸清晰地记得那天斜风中裹着冷雨在飘洒。约二十分钟后，阿姨气喘吁吁地跑上楼，把药给你送到了房间，一直还在说着因为要穿过三个街道去找一家二十四小时的药店，才回来晚了。当阿姨走后，你用微弱的声音说了句：爸爸，这个阿姨真好！那一刻爸爸心里真暖，爸爸知道你那颗只有五岁的幼小心灵已经认识了人世间的真善美，已经对这个世界充满了爱和感恩。

是啊，古有“乌鸦反哺，羊羔跪乳”知父母养育之恩；有“春蚕到死丝方尽，蜡炬成灰泪始干”知老师教育之恩；有“投之以桃，报之以李”知朋友帮助之恩……爸爸相信充满感恩的人生是豁达的人生，是乐观的人生，相信你会更加坚信。

诚实，诚实是一个孩子成长中多么重要的品德养成要素，诚实的人是受人尊重的，受人信赖的，儿子，爸爸依稀记得你小时候趴在爸爸肩头学会讲的第一个完整的故事就是“狼来了”的故事，撒谎让放羊娃丢掉了羊群，失去了大人的信任，可悲可叹。说到这里爸爸要做一次检讨：有一次在你面前爸爸接到一个无关的推销电话，就谎称在开会草草挂掉，旁边的你立即反问：“爸爸你没有在开会，为什么要撒谎?”爸爸愕然愣住，许久竟无言以对。“狼来了”的故事已深入你的内心，深深影响了你，爸爸惭愧而又欣慰。好吧，爸爸和你拉钩，希望我们都待人以诚，待已以诚，真诚地去面对这个世界。

保护，说起孩子，每个父母都是自私的，爸爸妈妈也不例外，希望凡事你要保护好自己，小到校园里保护自己不要玩耍时磕伤，不要被坏同学欺负，大到在校园外能明辨是非险恶，不要去接触陌生人，过马路要遵守红绿灯，不去做超过自己能力范畴的事情……保全自己最为重要。高高兴兴上学、平平安安回家是爸爸妈妈最大的心愿，儿子要谨记哦！

陪伴，陪伴一词是爸爸最多提起也最不愿提起的，自你出生爸爸陪伴了你不足一周就离开你去了工作岗位，一直到今天六年时光里，爸爸总是缺席，聚少离多。

六年来的两千多个日子里，深夜高烧就医时没有爸爸的怀抱，跌倒摔伤时没有爸爸的搀扶安慰，幼儿园家长会上没有爸爸的身影，亲子活动中没有爸爸的牵手……仿佛在你的世界里爸爸就是家里的一位客人，即使是这样，你依然在爸爸出现的时候自信而高兴地跟老师说：今天放学来接我的是爸爸；依然让爸爸带领你去挑战别的小朋友都学会的高难度滑梯动作，依然要求爸爸把你扛在肩头走过幼儿园放学后的人群，向他们宣告举高高不是他们的专属！

南京地铁站里，你来回奔跑好几次选择是跟妈妈回宾馆休息，还是陪爸爸去单位加班，你为了和爸爸多待一会，选择陪爸爸一起加班到深夜；再一次和爸爸分别时送你到地铁站，当车厢门关闭的那一刻你脸上的泪如雨下，拿着小时候和爸爸妈妈一起拍的相册含着泪说：那时候我多幸福啊！当爸爸说忙完了就陪你时你说等爸爸忙完，你就长大啦！那一刻你脸庞的泪水滴满了相片，爸爸心里的血滴满了心房。儿子，你长大啦，爸爸深深体会到这种陪伴的缺席已直达你的心灵，这种父爱的缺失已烙在你幼小的心底。

儿子，最近每次和你视频聊天，你说的最多的一句就是：爸爸，你什么时候回来，还有几天。那爸爸想跟你说，咱们做个游戏好不好，你要努力早早的起床，努力好好的吃饭，努力快快的成长，努力拿到更多老师奖励的小红花，爸爸也努力好好的工作，努力大大的进步，努力快快回到你的身旁，咱看谁先到达！

爱你的爸爸

庚子初秋夜于南京

（作者：张忠浩）

勠力同心抗疫生产两不误

——访河北省冶金行业协会执行会长兼秘书长迟桂友

2020年伊始，一场来势汹汹的新型冠状病毒肆虐武汉、席卷全国，许多企业在生产经营上正面临不同程度的影响。以习近平同志为核心的党中央带领全国人民风雨同舟、众志成城，构筑起疫情防控的坚固防线，率先领导复工复产，做到了抗疫生产两不误，成为全球唯一实现经济正增长的国家。带着这个问题，《中国冶金报》记者走访了河北省冶金行业协会执行会长兼秘书长迟桂友。

记者： 刚过去的2020年是新中国历史上极不平凡的一年，河北省钢铁行业在省委省政府的正确领导下，是如何确保抗疫生产两不误的？

迟桂友： 2020年我们在以习近平同志为核心的党中央带领下，风雨同舟、众志成城，构筑起疫情防控的坚固防线，复工复产，河北省黑色金属冶炼企业在构建国内大循环为主体、国内国际双循环相互促进的新发展格局中率先发力，持续实现了较高质量的增长，夺取了抗疫生产两不误的佳绩，12月增长17%，全年增长9.8%，对规模以上工业增加值增长贡献率为61.3%，为国民经济恢复和发展做出了重要贡献。2020年全省钢铁产业的主要特点是：（1）粗钢产量略有增长，增速低于全国水平。2020年1～11月，全省钢铁行业共生产粗钢2.2911亿吨，同比增长3.42%。河北省钢产量增幅比全国的产量增幅低2.08个百分点。（2）钢材价格继续上升，原料采购价格上涨幅度大于钢材价格上升幅度，挤压钢企利润空间。（3）钢材出口量继续回升；进口量增速趋缓。（4）主营业务收入、实现利润、实现利税均呈下降趋势。

记者： 河北钢铁是全国龙头企业，疫情对省域的钢铁企业和相关行业都有不同程度的影响，请你介绍一下，当前河北省钢铁行业运行基本平稳的缘由和动力来自哪里？

迟桂友：这要从两个方面进行分析：一方面，疫情对钢铁行业的直接影响。2021 年 1 月初，石家庄市、邢台市突然爆发的聚集性疫情，给河北省钢铁行业和相关行业造成了极大的影响。另一方面，面对极其严峻的疫情防控形势和缺东少西的生产经营条件，河北省钢铁企业和相关行业没有坐等，而是迎难而上积极采取行之有效的措施，秉承“自力更生为主、依靠外援为辅”的理念，各个钢铁企业群策群力优化生产运行方案，上下同欲配置生产经营各种资源，凝思苦想挖掘物流运输潜力，全力确保了各自企业生产经营基本平稳。

河北省钢铁行业和相关行业运行基本平稳的主要缘由是全方位、全过程、强有力地认真贯彻落实各项措施两到位：

一是认真贯彻落实省委、省政府疫情防控要求和属地党委政府的各项防控措施到位。各钢铁企业按照当地政府要求，迅速成立了防控领导小组和具体工作组织，通过企业电视、网络、微信公众平台、生产调度视频会议将政府要求传达到全体职工，对企业防控工作做出全面细致安排；严格落实登记测温机制，科学设置厂区出入关卡，把好入口关，认真做好职工自我防护工作，严格落实职工戴口罩上岗工作制度；对有发热症状员工或有接触疫区人员情况的及时采取针对性措施；停止召开大型会议和活动，钢铁企业公司级会议一律采用视频会议、网络会议，车间班级工作安排与沟通协调尽量通过微信工作群进行，尽最大可能避免人群聚集或接触。协会随时掌握企业疫情防控和安全生产情况，及时将企业情况和问题反馈到政府相关部门请求支持和帮助解决。同时采取取消一切因公出差计划，严格做好外来业务人员的管控。

二是采取针对性强、行之有效的措施到位。各企业设立疫情防控专班每天调度疫情防控情况，实行零报告制度；积极与铁路、交通部门沟通，确保了主要原燃材料、重点客户钢材的运输，实现了疫情防控、生产经营、深化改革齐头并进。做到疫情防控和生产经营“两手抓、两不误、两促进”到位，最大限度减少疫情损失，有序恢复正常生产生活秩序，着力稳定经济运行，满足了重点工程、重点用户的需求，确保了生产安全经营平稳，从而确保了生产的正常进行。

记者：2021 年是“十四五”的开局之年，起好步开好局意义重大。河北省钢铁行业如何深化供给侧结构性改革和需求侧改革，如何快速实施“产业绿色化、企业数字化、产线智能化、产销协同化、供需无缝化、内需国产化、出口高端化”，如何应对日益疯涨的铁矿石价格，如何确保供应链、产业链安全，如何实现行业绿色、高质量发展，是摆在行业面前的共同课题。目前，全球各国疫情毒株变异，且呈蔓延趋势，疫情防控已是常态，请你谈谈对疫情常态下的防控有什么对策与建议。

迟桂友：此次石家庄市、邢台市突发的聚集性疫情，给我们的教训是深刻的。目前疫情防控常态化，已成为全球趋势，要确保钢铁行业运行平稳，必须坚持外防输入、内防反弹的策略。

第一，要做到疫情生产两不误，守土有责、守土尽责，警钟长鸣，才能保证钢铁行业的安全运行和高质量发展。

第二，加快公转铁、公转水进程，控制移动源污染。减少公路运输、减少点源污染、减少大气污染，降低物流成本，从而为产业绿色化打下坚实的基础。

第三，对涉及企业生产的原燃材料、产成品进行精准分类、精准施策，补链、延链、强链，确保供应链安全。钢铁行业生产涉及的原燃材料广泛，种类繁多，企业要结合自身特点以及原燃材料供应特点进行精准分类，强化“链条安全是最大的安全”理念，全力打造供方、物流、需方三位一体的“稳定可靠、无缝衔接”的进企“粮食”链条。在铁路运输、公路运输方面采取不同的保安全生产策略，制定应急预案并上报政府有关部门，取得共识。在特殊时期，应具备供应方与需求方点与点之间的无缝对接。

第四，全力实施供给侧结构性改革和需求侧改革，以满足需求侧为导向，打造“产销协同化，供需无缝化”，确保产业链安全。钢铁行业各个企业都应从需求侧着眼，从各个需求具体行业板块入手，以为用户提供满意的产品和服务为切入点，大力实施供给侧结构性改革；努力实现“供需无缝化，产销协同化”，既确保供需同步，又实现产业链安全。

第五，以此次疫情为契机，加快冶金行业“产业绿色化、企业数字化、产线智能化、产销协同化、供需无缝化、内需国产化、出口高端化”进程，实现行业安全发展、绿色发展、高质量发展。

此次疫情是危机也是钢铁行业高质量发展的契机。原燃材料尤其铁矿石价格的疯涨和焦炭价格的猛涨给钢铁行业的利润空间带来了明显的挤压，甚至一些企业已经出现利润和成本倒挂。钢铁行业要抓住此次契机，进行必要的设备检修、升级、改造，提升企业数字化装备水平，为绿色生产、智能制造、高质量发展打下坚实基础。

全行业应进一步规范统一冶金行业高质量发展的内涵，把“产业绿色化、企业数字化、产线智能化、产销协同化、供需无缝化、内需国产化、出口高端化”作为衡量企业新发展的标志。通过以上“七化”的加快实施，无论是供给侧结构性改革还是需求侧改革，无论是钢铁产品绿色制造还是智能制造，无论是打造国内大循环还是国内国际双循环，无论是产品质量还是产品档次，无论是产品产量还是产品的市场占有率，都可以从“七化”的具体实践中得以实现，从而实现钢铁行业高质量发展，从根本上提高钢铁行业的美誉度，从钢铁产品的需求侧引导供给，不断提高产品质量和档次，不断满足用户对产品个性化、小众化的新需求。

第六，鉴于以上情况，提出如下建议：

一是河北省各钢铁企业尤其是会员企业务必认认真真贯彻落实省委、省政府要求，不折不扣执行属地党委政府的疫情防控措施。扎扎实实、有条不紊地一手抓好疫情防控工作，做到“零输入、零感染、零输出”；一手抓好企业的安全稳定、队伍稳定、思想稳定、生产稳定、经营稳定，竭尽全力做到疫情防控和生产经营“两手抓、两不误、两促进”。讲大局、高站位地“把握新阶段、贯彻新理念、构建新格局”，为“美丽河北、经济强省”做出冶金行业应有的贡献，展示河北冶金行业钢铁般的意志和良好的行业形象。

二是希望各级政府有关部门加强对钢铁行业物流统筹协调，进一步聚精会神地加大保物流、保防疫、保民生、保生产的力度，一板一眼地协调好疫情防控与生产生活之间的物流关系，既保疫情防控物资和人民生活必需品，也保企业正常生产的必要物资；特别是省际之间、市际之间、县（区）域之间的物流关系，采取必须的行之有效的措施组织保障适当的生产生活资源，对企业急需的生产生活物资予以保障。对公路系统，钢铁企业原燃料运输和钢材外发给予适度支持，如给企业发放必要数量的汽车通行证，尽最大可能降低对钢铁企业生产经营的影响。

我们坚信在省委、省政府坚强有力的领导和支持下，继续加大疫情防控力度，一定能够打赢疫情防控歼灭战，继续保持钢铁行业安全、绿色、高质量发展的强劲势头，发挥好优势基础产业作用，为“美丽河北、经济强省”做出冶金行业应有的不可或缺的贡献。

（作者：谢吉恒、侯宪台）

新时代冶建人的风采

——北京丰台火车站改建竣工纪略

汇聚奋进力量，献礼建党百年。2021 年 5 月 28 日，中国二十二冶集团有限公司金结公司承建的北京铁路枢纽丰台站改建工程（以下简称丰台站工程）钢结构主体结构顺利封顶，提前 48 天完成项目合同约定的截止日期任务。金结公司全体员工用实战与担当向首都人民交出了一份漂亮的答卷，并在新时代下以“智慧建造”为新载体向建党百年献礼优质工程。

北京铁路枢纽丰台站改建工程位于北京市丰台区西三环和西四环的交界处。丰台站始建于 1895 年，是北京通往各城市主要干线的咽喉要道。2018 年 8 月 15 日，北京丰台改建工程开工，这座拥有 126 年历史的古老车站建成后将成为一座“超级客运站”，将为雄安新区和京津冀一体化建设提供强大的运力支撑。

为圆满完成任务，金结公司北京丰台项目部勇挑重担，开拓创新，团结奋战，用实力和担当奏响“雕钢琢铁　创优育人”特色的丰台钢构乐章。

乐曲之一：成功签约　箭在弦上

“太兴奋了！这一刻太值得我们纪念了！”2018 年 11 月，中国二十二冶集团有限公司成功签约北京铁路枢纽丰台站改建二标段钢结构工程。

“这是我们的一个历史性突破！单项工程钢结构总量约 20 万吨，其中难度最大、挑战性最强的 8 万多吨交给咱们金结公司了。”

“是啊！这座火车站建成后将成为全亚洲最大的铁路交通枢纽工程。站房建筑总面积 39.88 万平方米。”

“哇塞！比我们整个工业园还要大！”

“可不是嘛！建成后将会呈现‘天上有高铁，地面有普速，地下有地铁’的‘三明治’立体交通模式。那场面想着就宏伟！”

……

在得知公司签约北京丰台站改建工程的消息后，整个金结公司上下都乐此不疲地议论纷纷。但是“面包”越大，我们面临的任务就越艰巨。

“金结公司自1978年援建唐山开始就铸就了敢打敢拼的特质。我们成功地通过北京LG双子座大厦拿下了第一个‘优质焊接工程奖’。我们的国贸三期A工程获得了‘中国建筑工程鲁班奖’，国贸三期B工程紧接着又获得了‘中国土木工程詹天佑奖’。这些都是我们在获得建筑业‘奥斯卡’大奖的过程中积累的宝贵经验。有了这些经验财富，虽然这是我们第一次挑战站房工程，但我们依然有信心能够拿下它！”公司经理在北京丰台改建项目启动大会上斩钉截铁地说道。

在公司机关各个部门的通力协作下，公司成立了北京丰台项目部，同时成立了“创优创新立项小组”，从对创奖目标的明确落实到具体的人员分配分工，都进行了井然有序的策划；成立了由技术部、质量部、焊培中心、制造厂、设计研发中心等若干部门联合组成的“攻坚克难”小组，专门研究项目中的难点，尤其是特殊材质的厚板焊接技术；成立了由信息化部牵头的“智慧建造”小组，专门研究BIM技术在该工程中的应用和钢结构全生命周期课题。“万事俱备，只等你来战！让我们一起撸起袖子加油干起来吧！”项目经理孙岩喊着号子拉开了北京丰台站改建工程的大干热潮！

乐曲之二：信心百倍 精心组织

2019年4月1日，两根承载着“创高质量高技术高速度 建诚信美誉二十二冶”的钢柱在吊车的吊运下，伴随着鞭炮齐鸣声缓缓升高。它们身上“穿”着象征“金结行”的绸缎条幅，那是我们向这个工程发出挑战的鲜明旗帜，更是我们彰显必胜信心的大幅LOGO。对，您现在看到的正是北京丰台改建工程的首吊现场。大家欢呼雀跃，信心百倍。

随着工期不断推进，所遇到的困难也接踵而来。工程钢结构焊接量大、材质特殊、工期紧、施工场地狭小、多项工程交叉施工等难点不断涌现。

“要是还按照项目原有的施工进度管理办法进行下去，恐怕会导致进度管理不直观的结果。到时候进度确认会严重失控，人力物力耗损大，咱们的项目整体进度就难以把控了。”项目部新来的技术员小刘看着工程进度表，眉头紧锁着，两只手合起紧紧地抵在下巴上。“别慌，这个问题不难解决。咱们不是还有智慧建造的智囊团吗。信息化部部长毕强早就把 BIM 技术创新引入到这个工程里了。他们通过 BIM 模型调整计划进度时间线，控制工程模型展示的内容，在最短的时间内有效完成工程进度管理的自动化数据采集和分析，拓宽了工程进度管理的渠道，更提高了现场工程施工效率。”项目经理孙岩胸有成竹地指着电脑屏幕上的模型说，“大家看，这条线就是咱们的工程进度管理线，我们可以通过这个模型做进度管理预判和模拟，提前掌握工程信息，做好工程管理。再看这个图，咱们项目上的每一根构件和每一个零件只要从咱们家制造厂‘诞生’了，那它就是有‘身份’的了，因为它们的所有信息，包括材质、板厚、产地、加工时间、制作人等都能通过 BIM 技术实现完整的信息追溯查询，BIM 技术仿佛像是给咱们项目弄了个‘绿色牧场’，所有‘奶源’均可以追溯到。”“哈哈哈，经理，您可真幽默。听您这么一说，我干起活来就更有信心了！”

乐曲之三：砥砺前行　无尚荣光

北京铁路枢纽丰台站改建工程是二十二冶集团公司 2019～2020 年重点项目之一，是金结公司近年来承接的工程量最大、施工难度最大的公共建筑工程。在施工期间，无论从项目前期的策划、各项施工准备、备料计划、施工方案、技术、质量、安全、进度管理还是从成本管理等方面，公司和项目部全体员工都投入了巨大的心血。面对多项首次接触的众多技术难题，项目“三剑客”（项目经理、项目总工、项目商务经理）冲锋在前，亲自做课题研究，亲自给项目团队成员进行授课，培养团队项目管理与协调能力，克服各种困难，实现了科技创新、质量创奖和优秀人才的培养，为项目实现全面履约打下良好基础。公司在安全文明施工、疫情管控和基于 BIM 的钢结构全生命周期管理、智慧建造、绿色建造等方面都首次实现了多方面的突破性进展。

"今天二十二冶集团公司又组织观摩团来咱们项目学习参观了。观摩团的代表们对咱们工地的安全文明施工给予了高度的评价，我看到好几个人都给咱总工竖大拇指了呢！"

"对对对，我也看到了！还夸咱们项目在2020年的疫情期间严防措施做得到位，工程管控到位，第一时间组织人员复工复产，而且做到了有效复工，实现了保履约的承诺，实现了预定的产值目标！"

"还有还有，他们还说咱们项目在项目经理和项目技术质量相关人员的共同努力下，焊接质量顺利通过了三方无损检测、总包组织的四方互检、铁总组织的五方红线检查，工程质量得到了多方认可呢。就在前两天二十二冶集团公司组织的外部飞检中，丰台站项目质量以90分以上的优秀成绩得到了飞检组的称赞！"听，这些突破性进展早就被项目员工们周知了。

技术上的难题技术解决，施工上的难题工人解决，各方都添一把力，众人拾柴火焰高！不管寒冬酷暑，北京丰台项目上的每一个员工都精神饱满地投入到自己的本职岗位上，他们任劳任怨，无怨无悔，因为在他们心里根植着一粒信念的种子，那就是："等丰台站建好了，我一定要带着我的家人来这里看看。"因为这是全亚洲最大的铁路枢纽站，能在这里挥洒智慧和汗水是自己的骄傲，是生命中浓墨重彩的一笔。

乐曲之四：智慧建造　以智提质

金结公司以北京铁路枢纽丰台站改建工程为依托，以"夯实管控平台、优化管理模式、推进智慧建造、提升精细管理"为工作主基调，以实现"工业化设计、工业化生产、工业化运输和工业化安装"的全过程管理为目标，联合中国建筑科学研究院、南京学思信息技术有限公司共同打造以"平台+模块"的管控模式，运用BIM技术、二维码技术、私有云技术、智能工业网和大数据分析五大技术手段率先推出了二十二冶钢结构全生命周期智慧建造管理平台，实现工业化与信息化深度融合，追求可持续发展的管理模式。

平台系统实现了"三个第一"，暨中冶第一个智慧建造管理平台、二十二冶内第一个钢结构全生命周期管理平台和铁路建设行业第一个智慧建造管理平台。

公司配合平台系统中的工业化设计模块、数字化钢材库模块、钢结构自动套料模块、焊接云平台管理模块、运输管理模块、虚拟预拼装模块、进度管理模块、技术质量管理模块、安全管理模块、成本管理模块应用，实现了以计划为主线、经济为辅线的钢结构全生命周期智慧建造管理。工业化设计管理可供设计人员与工艺人员直接通过系统将最优排版结果发送至材料供应部和下料车间；工业化生产管理可以将钢结构自动套料模块精确管理到每一张钢板，钢板数据准确率100%，提升套料效率达80%以上，提升钢板利用率达1%以上，从最优化的材料调用到精准下料形成完整的材质追溯，实现零件、钢板、余料三者的交互查询；工业化运输管理可以利用运输管理模块对出库构件进行运输轨迹的监控，同时还可以实现发货构件与模型链接，管理发货清单、车辆及司机等信息；工业化安装管理可实现构件的扫码入库、吊装过程影像记录、自然不利因素的数据预测、焊接过程的实时数据采集、焊接完成的焊缝超声波检测等全程的安装数据管理。

强大的数据链接功能、智慧的数据管控让北京丰台这个工程似乎一下子就变得轻盈易操作起来，真正实现了信息化与工业化的深度融合。

乐曲之五：铸就辉煌　典范标杆

2021年5月28日，金结公司承建的北京丰台项目改建工程不负众望，主体结构完美收官。世上无难事，只要肯登攀。这座集智慧与科技于一身的站房工程终于亮相北京城了。一路的艰辛，一路的攻坚，始终的坚守，不变的初心。“功夫不负有心人啊！”项目经理幸福地沉浸在收官的鞭炮声中，此时此刻，北京丰台火车站的殊荣已经“门庭若市”般浮现在他脑海中。

2019年，以此项目为载体的《钢结构智慧建造——北京丰台火车站钢结构制造及安装BIM应用》获得中冶集团BIM技术应用技能大赛二等奖、全国冶金建设行业BIM应用技能大赛二等奖。

2020年，以此项目为依托的BIM技术连续斩获河北省、全国和世界级三项BIM大奖。金结公司BIM技术团队不畏新生，问鼎省赛，取得2020年河北省首届建设工程燕赵（广联达）杯BIM技术应用大赛一等奖的好成绩。他们不负过去，跻身国赛，获得全国智标委工程项目建筑信息模型（BIM）

应用成熟度施工“三星级”评价的最高评价。他们不惧未来，荣耀世界，在 2020 TEKLA BIM 模型竞赛（中国区商业组）中取得最佳交通基础设施项目奖。这是中冶集团首次获此殊荣，也是中国二十二冶集团金结公司多年来在钢结构建模、详图深化工作领域取得突出业绩的有力证明和 BIM 应用能力的综合展示。

2021 年，以此项目为载体的《钢结构智能建造——北京丰台火车站钢结构制造及安装 BIM 应用》获得了首届工程建造微创新技术大赛山东赛区决赛一等奖；《大型双层车场站房重型钢结构施工技术》获得中国钢结构协会科学技术奖二等奖。

同时，公司还依托此项目的施工技术，申报了 22 件专利，获得 2020 年度河北省 QC 活动小组Ⅱ类成果奖，获得 2021 年度河北省 QC 活动小组Ⅲ类成果奖。

如数家珍般的成绩是荣誉，更是挑战。新技术打造新地标，新丰碑见证新时代。如今的北京铁路枢纽丰台站已经以崭新的面貌闪亮登场，屹立在丰台这片写满历史的土地上，书写着 21 世纪的繁华。作为百姓十分关注的民生工程，北京丰台项目部在施工过程中攻坚克难，砥砺前行，保质保量，高效履约，圆满地完成了此项改建任务，获得了政府和百姓的一致好评。追求卓越，并非一时的目标，而是二十二冶持之以恒的标准。在新时代的征途中，我们二十二冶人将以“冶金建设国家队，基础建设主力军，新兴产业领跑者”的姿态，向全世界展示现代化建设的“中国智慧力量”！

（作者：徐晓慧、川石）

津西建企35周年礼赞

绵延起伏的燕山南麓，矗立着一座远近闻名的钢铁之城——津西。她像一颗闪耀的明珠，镶嵌在雄伟的燕山脚下；像一只勇敢的雄鹰，翱翔在广阔的神州大地；像一艘巨大的舰舸，在商海大潮中扬帆争流、乘风破浪……

今年10月22日津西迎来建企35周年。从1986年建企，三十五载峥嵘岁月，津西沐浴着改革开放的春风，在迁西这方热土一步步成长、壮大、崛起，抒写了一部气势恢宏、辉煌壮丽的史诗。岁月的锻打，练就津西的钢筋铁骨；困难的磨砺，铸就了津西钢铁般的意志。曾经的津西孱弱瘦小、举步维艰，如今的津西筋强骨壮、驰名内外；曾经的津西有铁无钢、有钢无材，如今的津西有铁有钢有材，已然成为全国最大、世界一流的型钢生产应用基地；曾经的津西一钢独大，如今的津西已是钢铁、非钢、金融三大板块于一体的大型企业集团和上市公司。津西——是我们的坚强靠山，是迁西经济的砥柱中流，是钢铁行业转型升级的典型代表，在推动区域经济社会高质量发展和不断奋进前行的征程中，留下了一串串闪光的足迹。

津西，在你三十五岁的特殊日子，让我们向你致以深深的敬意！

有时，我像个喜欢听故事的孩子，喜欢听老员工讲述津西，讲述他们当年热血沸腾的辉煌岁月，讲述他们热火朝天、汗流浃背的工作场景，讲述铭刻在他们心中那份难以忘怀的激情。仿佛那段岁月是一种典藏，带着独特的味道。而那段典藏的岁月，早已刻上深深的印记——“津西”。时光穿梭中，蓦然回首，慨叹年华如水逝去。岁月前行更迭，但津西的故事一直在传唱着，即便是一段简短的回忆或诉说，足以令闻者感慨沉迷。

津西始终坚持党的领导。多年来，津西党委以“党建筑基百年津西”为统揽，通过“筑堡垒，夯实组织之基；扬文化，夯实思想之基；助转型，夯实作风之基”等系列举措，把党建工作与经营管理、企业文化和群团建设高度融合，积极打造“党建强、发展强”的双强企业。自建企之初的筹建处党支部，经过30多年发展，如今津西党委现有党（总）支部17个，党员800余名，津西被授予“全国企业党建工作先进单位”等荣誉称号。

津西始终坚持求变。从轰动大江南北的“两册一制”用工制度改革，到形成南学邯钢、北学津西的钢铁热潮，再到香港主板上市，成为全国第一家海外上市的民营钢企；从股权所有制改革，到2009年组建津西集团，到如今集钢铁、非钢、金融三大板块于一体的大型企业集团；从钢铁一元到多元，从中低端产品到高端品牌，从传统产业到新兴产业的蝶变；从打造全国最大、世界一流的型钢生产应用基地，到以4家高新技术企业为引领、以3家上市公司为依托，走出一条具有津西特色的高质量发展之路；从连续18年位列中国企业500强，到早日挺进世界500强的战略目标的确定……一次次的转折，一次次的蜕变，一次次的跨越发展，都为津西注入了全新的动力，都是一首壮丽的诗篇。

津西始终坚持产品创新。建企之后，津西先是历经有铁无钢的岁月，后又历经有钢无材的现实。而今，津西早已形成全流程产业链，不仅有铁有钢有材，其主导H型钢产品更是品类众多，还有能填补国内技术空白的热轧钢板桩产品。如今的津西成为全国最大、世界一流的型钢生产应用基地，产品形成了以H型钢、钢板桩等国际高端产品为引领的134个系列、372种规格。津西型钢产品不仅广泛应用在鸟巢、杭州湾跨海大桥、深中通道、京沪高铁等众多的国内诸多重点项目，还带着我们无限的期许与自豪，远销韩国、日本、欧盟等33个国家和地区。当一车车型钢产品走出津西大门，运往全国各地，又在天津港、唐山港等码头装船远运、走向国际时，心中总会涌起无限的激动和豪迈。

津西不断调优产业结构。从最初的“一钢独秀”到如今形成钢铁、非钢、金融三大发展板块为一体的大型企业集团。津西在做精做强钢铁产业，实现高质量发展的同时，以 4 家高新技术企业为引领，以 3 家上市公司为依托，持续实施“专长高”战略，致力打造世界最大型钢生产应用基地和具有津西特色企业集团，走出了一条独具津西特色转型升级高质量发展之路。而今，津西依然在阔步向前，在挺进世界 500 强的征程中奋勇前行。

津西不忘桑梓，积极回报社会。津西始终以高度的责任感，积极支持国家和地方公益事业。至今，津西已累计投资教育、抗灾、交通和优抚的公益捐款近 3 亿元。对家乡的教育，集团董事局主席韩敬远更是倾注了无比的关怀和热情。“只要大家努力学习，我坚决支持你们，决不让一个孩子因家庭经济困难而上不了大学”……当年那些温热的话语，至今还依然铿锵有力。韩敬远也因为一系列的善举被中华慈善事业总会授予“中华慈善事业突出贡献奖”，被迁西县委、县政府授予“支持教育发展终身贡献奖”。去年疫情期间，津西在董事局主席韩敬远的带领下，不忘初心，率先行动，三次捐款捐物 2000 多万元，为打赢疫情防控阻击战贡献津西力量。津西被省委省政府授予抗击新冠肺炎疫情先进集体和先进党组织称号。

津西形成了独具特色的企业文化——“艰苦奋斗的创业精神、拼搏进取的团队精神、自强不息的创新精神”。多年来，津西始终以“四为”文化为核心和引领，不断引进先进的理念，敢于推倒重来，敢于壮士断腕，在一次次的跨越发展中，经过难以数计的艰难和困苦的洗礼，津西不断“凝聚钢铁意志”，描绘出“打造百年津西”的宏伟愿景，逐渐积淀了独具特色的文化。每一次市场的低谷，每一次行业严冬的捆锁，正是凭着凝心聚力的津西文化，才谱写出了一首首辉煌壮丽的诗篇。

津西在各级党委、政府的坚强领导下，在社会各界的鼎力支持下，在一代代津西人的不断努力下，在岁月的淘洗和磨砺中，不负嘱托、不辱使命，载着我们无限的希望和梦想，跨越了无数的险阻，克服了难以数计的困难，收获了一路辉煌。《合力宝鼎》铭文：秉诚仁之德，汇五湖之才，聚四海之力，铸津西百年盛景。

当红色的朝阳在东山冉冉升起，照耀在无限美丽的栗乡大地，愿你——可爱的津西，继续载着我们的美好祝福和希冀，在踏向世界500强的征程中，抒写更为灿烂辉煌的传奇！

（作者：谢吉恒、吴杰，原载于政商参考网，2021年10月19日）

工匠精神成就出彩人生

——记全国五一劳动奖章获得者李建伟

刚刚获得全国五一劳动奖章的李建伟，是河北津西钢铁集团技术中心副主任、助理工程师，共产党员，主要从事烧结、炼铁工艺管理及技术研究，曾获“河北冶金科学技术奖”、国家专利8项、“全国钢铁行业炼铁工技术能手”“全国钢铁行业学知识标兵”“河北省五一劳动奖章”“全国机械冶金建材行业工匠”“民营企业钢铁工匠”“唐山市最美青年”等荣誉称号。

“敬业、认真、专心、创新”是津西钢铁集团员工给予李建伟的高度赞誉和对其工作成果的广泛认可。四月下旬，《中国冶金报》记者专访了李建伟，分享他的奋斗历程，聆听他潜心扎根基层、执着专注、不断创新、践行工匠精神、用一颗匠心成就了出彩人生的故事。

故事之一：做好钢铁业技术工人

1980年出生的李建伟事业起步于2003年成为津西钢铁集团一名炼铁工。十八个春秋他一直在铁前系统关键岗位任职。他回忆起在高炉任工长期间，为练就准确目测高炉生铁含硅、含硫本领（生铁含硅与化验结果误差±0.01%）的故事。“宝剑锋从磨砺出，梅花香自苦寒来”，为尽快提升目测炉温水平，把时间合理分配，班中实时检测每炉铁水成分，验证观察每炉铁水流速、铁花、渣铁样特征，推测本炉铁水成分，并与化验结果反复对比，寻找差距。班后向老师傅虚心请教，认真做好笔记。一年四季坚持不断努力、修炼、克服困难。虽然在1500摄氏度左右的高温铁水旁烤糊了工作服，但他目测生铁成分的准确性越来越高，成为“全国炼铁工技术能手”。

他始终以高标准严格要求自己，利用业余时间学习炼铁方面的知识，通过网络和权威期刊准确跟进和把握炼铁前沿技术，提升自身技能素质，努力争当新时代技能型、知识型、创新型产业工人。他热爱学习，视书如宝。据他介绍，接触最早也是他最喜欢的一本书是周传典老师编著的《高炉炼铁生产技术手册》，该书详细地介绍了从炼铁原料、燃料选择到高炉日常操作；从高炉炉体维护到开炉、停炉。他将这本书像宝贝一样包装珍藏起来，生怕在学习过程中损害它，学习任何一个知识点都要做好笔记，并与生产实际对比，写出自己的心得。10 多年过去了，这本书依然放在他自己的办公桌上，时不时查阅相关知识，自己能准确找到各个知识点的页码。

坚持创新发展理念，积极投身到企业转型攻坚工作中，将“工匠精神”化为日常工作的精益求精上。如节能减排，高炉集中配加小粒度矿研究与应用。为最大限度节约成本，他带领团队研究高炉集中配加小粒度矿，由于小粒度烧结矿在炉内的分布位置是有要求的，即小粒度烧结矿不能越过矿平台边界，以防止大量粉矿进入中心区域，影响中心气流，据此可确定一次可加入小粒度烧结矿批的大小，通过布料模拟发现，当小粒度矿批增大到 2 吨以后，小粒度矿就发生越过矿平台边缘的现象，所以确定一次加入小粒度烧结矿批不能超过 2 吨。优化炼铁工艺，提升产品质量，为企业高质量发展贡献自己的力量。

故事之二：当技术尖兵做贡献

李建伟创新技术当尖兵，誓言努力为企业发展做贡献。一方面，开展技术创新，降本增效。他立足本职岗位，刻苦钻研炼铁新技术，解决了生产中的诸多难题，先后参与实施了厚料层烧结、高炉经济料冶炼、护炉状态下低成本冶炼、高顶压、大矿批、高生矿配比、低硅冶炼等技术攻关，累计创效 1000 余万元。2015 年津西钢铁集团成立“李建伟”创新工作室，2020 年晋级市级工作室。2018 年他作为主要完成人，在津西热风炉推广四段式及高辐射覆层节能技术取得节约焦炭 3.65 万吨、减少 CO_2 排放量 4.6 万吨、增加生铁产量 5.5 万吨的效益。此项目 2020 年获得“河北冶金科学技术奖”。2017 年他经过为期 10 个月的不懈努力，成立烧结杯实验室并投入运行使用，用于指导铁前生产，积累铁矿粉基础特性数据，做到烧结矿冶金性能和成本最优。另一方面，他深入研究烧结、炼铁工艺技术，解决生产中的工艺技术难点，从专业技术角度进行总结，积累技术经验，先后在中文核心期刊上发表论文《配碳量对烧结烟气排放规律的影响》《津西钢铁高炉热风炉的改造》等10余篇。

故事之三：带头传承工匠精神

李建伟在自身技能提高的同时，身体力行，授业解惑，做好传、帮、带，传承工匠精神，突出三个细节。一是突出传承细节。李建伟创新工作室以创新工作为依托，在自身技能提高的同时，不忘带动他人进步，把技术毫无保留地传授给他人。2016～2017年他任职4号高炉车间主任，在车间推行技能比武活动，全员范围内形成了浓厚的学知识、用知识氛围，全员技能水平明显提升，使车间炼铁高级工占到了60%，炼铁技师2名，高级人才所占比例明显高于其他车间。他先后带徒20余名，培养出公司炼铁状元1名、能手8名。他带领铁前团队成立QC攻关小组进行高炉煤气利用提高的攻关，并达到行业先进水平，获得"河北省冶金行业优秀管理成果奖"一等奖。二是突出敬业细节。2020年随着津西钢铁集团2000立方米高炉设备升级接近尾声，为了给高炉开炉创造条件，他亲自到料场牵头组织大高炉开炉用料取样、化验工作，精准测算入炉料堆密度及化学成分；开炉期间更是以炉为家全程盯办大高炉开炉过程，现场盯办渣、铁取样，及时、准确报出化验数据，为大高炉顺产提供准确数据支撑。对整个开炉过程进行全程跟踪、记录，全面总结了2000立方米高炉开炉工作，形成技术性总结，积累开炉经验，为今后高炉开炉提供了技术资料支撑。三是突出创新细节。为更好地给企业和社会创造效益，他认为炼铁工作者必须在理念上实现创新。他以创新工作室为依托，多次组织炼铁工骨干力量，解决冷却壁易烧损现象。冷却壁连接方式，按照设计院所给图纸应是里层和里层连接，外层和外层连接。这种连接方式不适应炼铁的需要，因里层冷却效果差，冷却壁经常烧坏。为改变这种状况，他与水工技师一起改为里外交叉相连，冷却强度加大，冷却壁烧损明显减少。过滤器改造后，冷却水中杂质被彻底过滤，提高了冷却壁的使用寿命。

李建伟用最朴实的劳动，践行着一名普通炼铁工的责任与坚守，堪称广大一线技术工人学习的杰出代表，他向记者表示，将兢兢业业、精益求精、不断创新、执着专注等的“工匠精神”作为自己毕生工作的座右铭，将每一次取得的成绩视为新的起点，激励自己在今后的工作中更加努力，彰显了新时代青年人的责任。

（作者：谢吉恒）

津西打造高素质人才队伍之路

河北津西钢铁集团股份有限公司（以下简称津西）始建于1986年10月，2004年3月在香港联交所主板上市。2009年12月，成立河北津西钢铁集团，拥有境内外控股公司30多家，年销售收入超千亿元，是一家集钢铁冶炼加工、装备制造、节能环保、高新科技等九大板块为一体的大型企业集团。自2003年起，连续19年跻身中国企业500强，2020年居中国企业500强第176位，中国制造业企业500强第76位，中国民营企业500强第48位，中国制造业民营企业500强第25位。

多年来，津西为深入贯彻落实省市产改文件精神，进一步推进新时期产业工人队伍建设，始终秉承“培训是员工最大福利”的培训理念，以提升职工综合素质、打造新型产业工人队伍为宗旨，以多元化培训激励为手段，以职业技能竞赛和技能晋级为依托，以多方创新为趋动，开发产业工人队伍建设工作新路径，取得了良好成效。津西先后荣获“全国五一劳动奖状”“全国职工教育培训示范点”“全国文明单位”“河北省高技能人才培训基地”等称号。

津西2019年荣获全国五一劳动奖状

10月下旬，《中国冶金报》记者到访津西，探索如何全力打造高素质人才队伍建设之路？他们践行强体系、重激励、“五位一体”举措。

举措一：构建“一”套科学规范的技能培训体系，夯实培训制度基础，实现培训现代化。

一方面，他们完善规划强组织。成立以党委副书记、工会主席为主任、下设27个成员单位的教育培训组织机构。制订完善《干部员工培训工作管理办法》，每年初制定教育培训计划，定期组织专业技能培训，每月对各单位培训计划进行督导。

另一方面，筑牢阵地强设施。先后投资2000多万元设立多功能电教室16个、网络培训教室2个，引入智能考务平台及炼铁、轧钢VR模拟仿真等设备。投入60余万元聘请唐山市职业技能鉴定指导中心为公司培训企业培训师和考评员207人，承担公司各类技能培训、课程与教材开发、实践教学指导等工作。

举措二：推行职位晋升和等级薪酬“两”个“激励”，激发全员学习热情，为高效技能培训注入原动力，实现培训自主化。

为此做到两个“激励”：一是注重职位晋升激励。将取得相应职业资格列为干部选聘条件之一。出台《中层以下干部管理办法》《专业技能人员管理办法》，截至目前，公司通过取得相应职业资格聘为各级干部的专业技术人员达147人，占各级干部总数的24.5%。二是注重薪酬激励。设立职业技能津贴。对取得“中、高级工，技师、高级技师”的员工，每月分别给予200~800元的技能津贴。设立技能大赛专项奖励。对取得公司、市、省及全国技能大赛的状元、能手，分别一次性给予3000~50000元不等的专项奖励。设立技术创新奖励。每年组织技术创新创效活动，针对项目创效情况，给予创效金额3%的奖励。2007年以来落实奖励金额达320万元。发放董事长特别津贴。全国行业大赛取得技术能手的，除一次性奖励外，每月享受董事长特别技能津贴500元/人，直至退休。

举措三：创新职业技能鉴定、职业技能大赛和校企联姻三项举措，推进技能培训纵深发展，实现培训特色化。

津西始终坚持“以赛促培、以培代赛、精准培训”的原则，精心谋划运营“素质工程”建设，做到三同步。

其一，推进职业技能鉴定社会化考评同步。2005年起，津西按照相关文件要求，率先在省民营企业中推行职业技能鉴定社会化考评，每两年（奇数年）组织一次职业技能鉴定。目前公司取得中级工以上职业资格的2573人，占员工总数的42.41%。

其二，广泛开展职业技能大赛同步。2006 年起，每两年（偶数年）组织一届职业技能大赛，并选派优秀选手参加各级职业技能大赛，现已培养公司级技术状元 98 名、技术能手 895 名、唐山市技术能手 21 名、全国钢铁行业技术能手 6 名。

津西“企业新型学徒制培训”校企合作签约仪式

其三，促进校企深度融合同步。一是与燕山、华北理工大学、河北工业职业技术学院合作，开办冶金、机电等专业大专委培班，先后有 700 余人毕业并安排到津西就业。二是与唐山劳动技师学院等 3 家职业院校签订合作协议，开展企业新型学徒制校企合作培训，共涉及 16 个工种、1203 名员工；三是在燕山大学、华北理工大学等高校开办冶金、机电、工商管理本科班，先后有 1029 名职工取得本科学历；四是通过产研结合、大数据应用、智能工厂等新课题，同东北大学、北京科技大学成立“型钢联合研发中心”，形成产、学、研良性互动，促进科技成果转化为生产力。

举措四：创新“四个结合”培训方式到位，不断开辟技能培训新境界，实现培训高效化。

（1）“集中授课”与“菜单式培养”相结合。按照精益管理要求，定期举办专业技能集中授课培训，不断提升员工操作水平。结合生产实际，选派炼铁、炼钢、轧钢近百余名操作人员赴卢森堡、宝武集团深造学习，实施“菜单式培养”。近年来累计聘请 40 余名业内专家开展专向培训 200 余期。

津西基层干部管理能力提升轮训

（2）“传统培训”与“网络智能培训”相结合。在开展定期专项培训的基础上，引入互联网+培训，通过智慧津西手机APP和电脑客户端、中国钢铁培训网、智胜现场等线上培训平台，实现5000余名干部员工在线学习。

（3）“技术专精”与“技能复合”相结合。开展“名人进讲堂”“名师带高徒”等培训活动，聘请“华夏第一炼钢工”郑久强、北科大钢铁“泰山北斗”王筱留、王维兴等知名教授开展技能培训，使公司6位“全国钢铁行业技术能手”均已成为各专业领域现场操作的资深专家。同时，培养“一专多能”复合型人才，鼓励员工跨工种取证，并一次性奖励2000元/人，现公司跨工种取证人员已达95人。

津西2018年第七届员工职业技能大赛开幕式

（4）“技能培训”与“技术攻关”相结合。针对设备改造、能源环保、产品研发、工序优化等攻关项目，组织专项技能培训并带领广大员工开展技术创新活动。建立创新工作室13个，其中市级创新工作室6个、省级创新工作室1个、行业示范性创新工作室1个；公司先后取得国家专利56项、“唐山市职工经济技术创新成果”22项、“河北省职工先进操作法优秀奖”1项、全国钢铁行业职工创新成果三等奖2项。

举措五：创新“五型”标准化班组建设管理模式，立足岗位，扎根班组，将理论培训转化为生产成果，实现培训阵地化。

津西经过多年生产实践，不断完善学习、创新、安全、清洁、和谐“五型”标准化班组建设模式。一是按照《“五型”标准化班组考核实施细则》，每年评选“五型”标准化建设优胜班组予以表彰。二是每月开展安全标准化班组评选活动。奖励优秀班组成员每月200~300元，2016年以来，落实奖励1199人次，奖励金额24.31万元。三是以劳动竞赛激发内在潜能。近年来先后组织开展了“保增长、促发展，万名员工建功立业活动”“创业绩争先锋建功立业劳动竞赛”等活动60余场次，征集员工合理化建议30000余条，完成修旧利废13000余台件，累计落实奖励达100多万元。通过指标提升竞赛活动，使公司转炉利用系数、高炉利用系数、型钢工序成本等主要经济技术指标位居全国钢铁行业前列。

为进一步将新时期产业工人队伍建设工作引向深入，近期，津西又结合公司实际，出台了《新时期产业工人队伍建设实施方案》和《干部员工教育培训三年规划》，继续实施高技能人才强企战略，以产业报国为己任，以培育津西工匠为抓手，以业绩论英雄，在学、培、晋、赛、选、用、提、奖上，下苦功、出奇招、重实效，着力打造一支知识型、创新型、技能型高素质、高技能产业工人队伍。

（作者：谢吉恒、王继祥）

弘扬劳模精神

我想对党说，我将时刻牢记责任和使命，保持对事业的执着追求，把全部心思和精力投入到工作来，为“强企梦”贡献自己的力量。

——富君

建党百年华诞前夕，中国冶金作家采访了富君。富君是个能挑大梁、敢担当，有着13年党龄勇于创新的优秀共产党员。他有过28年的铆工经历，也有着7年的气焊切割经验。他从工人入行，吃苦耐劳，接地气一路摸爬滚打，成为全国劳动模范。他担任过中国二十二冶金结公司制造厂铆工班组长，现任制造厂气焊车间主任，30多年来弘扬劳模精神，参与的建设工程中，有6项获得了中国建设工程最高奖——“鲁班奖”（唐钢二炼铁三座高炉工程、唐钢60万吨棒材工程、莱钢中型型钢工程、北京金融街威斯汀酒店工程、邯钢250吨转炉炼钢工程、北京国贸三期工程），演绎出一串串动人的故事。

故事之一：身边有榜样 心中有旗帜

1986年11月，富君从二十二冶技校毕业，他满怀对工作的憧憬走进中国二十二冶集团金结公司制造厂。那一年，富君干起了铆工工作。铆工是钢结构制作的关键技术力量。出厂的钢结构产品是否符合外观结构的要求、是否符合施工图纸的规范，都与铆工的制作密不可分。富君沉下心来，踏踏实实研究技术，遇到不懂的就问，遇到不会的就练，遇到不明白的就查，他从不放过任何一个“拦路虎”。由于工作认真，表现突出，公司领导决定让他带队铆工班，打响金结公司的铆工品牌。

“说心里话，当时自己心里真的没底，让我干活绝对没问题，可是让我管人，我真的像是被掏空了一样，大脑一片空白。”从工人岗到管理岗，从动手到动脑的转变让当时的富君着实有些胆怯和怵头。管理是不同于技术的一个层面，需要有号召力、领导力和说服力，需要有良好的心理素质和语言表达能力。富君再三衡量了自己，第一时间找到了厂领导，向他们诉说了心里的想法。“你干就中了！有什么困难来找我！”面对领导无比的信任，富君像是吃了定心丸，他坚定了自己的方向。为了让自己能够更快成长，他找到了全国劳动模范钟秉锐，钟师傅为人和善，技术过硬，是金结公司工匠中的楷模，钟师傅说：“事在人为，不要怕，共产党员都是实打实凿干出来的。技术不好咱们就刻苦钻研，管理不入门咱们就认真地学，就算是个铁疙瘩，咱也能给它磨成针！”有了领导的支持和榜样的引领，富君有了前进的动力和勇气，他暗暗地告诉自己：有一天，我也要像钟师傅一样成为一名党员，成为一名光荣的全国劳动模范。

就在这个时候，富君正式向公司党组织提交了一份入党申请书，经过党组织的考察，2008 年的夏天，富君成为了一名光荣的共产党员，他说：“是我身边的榜样激励了我的成长，他们成为了我心中闪亮的旗帜。”

故事之二：技艺精湛　勇于创新

富君是个技术能手，他先后主动承担过电厂、民用高层、冶建、桥梁、体育场馆等多个领域的钢结构制作生产任务。“那个时候，公司每一项工程第一根柱子的装配都是由我来负责的！”回想起当年，富君坚定的眼神里流露出了自豪的神情。

在超高层民建领域，青岛市地标性建筑、山东第一高楼——青岛湛山宾馆改扩建（万邦）工程中，为了攻克异形飞机柱焊接变形大的难题，他从铆工技术研究到焊工技术，通过多次焊接实验，采用增加工艺隔板控制尺寸精度的方法，将焊接变形控制到最小程度，节约了施工成本，提高了劳动效率，钢结构制作任务的优质完成为现场安装创造了条件，为青岛万邦工程最终荣获“2011 年度全国优秀焊接工程一等奖”做出了突出贡献。

在电厂领域，华北一流电厂——河北国华黄骅电厂钢结构制作任务中，他带领班组人员认真研究构件制作容易疏忽部位，严格控制成品的尺寸精度与外观质量，优质高效地完成了制作任务，得到监理及业主的高度评价，为黄骅电厂最终荣获“中国电力优质工程”“全国钢结构金奖”贡献了应有的力量。

在冶建领域，承德20万立方米煤气柜工程钢结构制作中，为了攻克侧板压制质量控制难题，他踏下心来带领团队仔细研究难点难题，通过改进侧板压制的胎具，顺利完成了构件制作任务，构件质量得到现场安装队的一致认可，为煤气柜工程最终获得“全国钢结构金奖”做出突出贡献。

“创新永无止境，技艺勇攀高峰。这是我对团队的要求，更是我对自己的要求。我常常告诉徒弟们，不要把这些构件想象得那么复杂，只要我们敢于创新，勇于突破，其实它们都是‘纸老虎’。”采访中，富君指着眼前的那些“钢铁侠”自信地说道。

故事之三：善于钻研　攻坚克难

“干铆工那会儿，我印象最深的是挑战北京财富中心的柱子变截面问题。”北京财富中心是北京CBD核心区的旗帜性建设项目，北京财富中心的钢柱截面有圆形、椭圆形、方形、工字形等多种样式。单纯的截面一通到底，对于任何构件加工制作来说都没有任何难度，但是北京财富中心的柱子截面不仅要由圆形截面变成椭圆形截面，更要由椭圆形截面变成圆形和方形结合的复合截面。“这个工程构件真的是有意思极了，我干了这么多年钢结构，北京财富中心的柱子变截面真的是史无前例的特殊，更是严峻挑战。”富君在说这句话时情不自禁地点了点头。

“要知道，咱们做衣服的材料是柔软的布料，拿起剪刀就能轻而易举地将其进行任意的裁剪。可是我们面对的却是有着不一般重量的钢板，要想实现50毫米厚的圆形钢板变截面真的像是天方夜谭。”面对挑战，富君还是做到了！他巧妙地利用压力机将钢板进行变截面形状的大致确定，然后利用3个气焊火焰枪对准变截面钢板的细微处进行精准尺寸校正。经过短短一周的时间，富君带领铆工班组就突破了北京财富中心椭圆柱变方管和圆管复合截面柱的变形过渡，保证了安装精度，减少了安装误差，为北京财富中心工程的铸造奠定了坚实基础。

“气焊切割，听起来像是技术含量不高的一项工作，其实不然。尤其是面对厚板切割，切割技术是非常需要斟酌和研究的。”2019 年，富君负责北京丰台火车站改建项目的板材切割任务。北京丰台火车站改建项目是国家重点工程，工期紧、任务难、精度高、体量大。为圆满完成任务，他第一时间研究工程切割任务图纸，策划全面无死角的切割流程，他交代大家做好板材切割记录，遇到问题及时汇报、讨论、解决并制定整改措施。丰台火车站站房主材不仅材质特殊，更是厚板切割，板材厚度基本都在 50～70 毫米之间，有的甚至达到了 100 毫米以上，这在无形中增大了板材切割难度，于是，他利用午休和晚上的时间专门研究厚板切割技术，并亲自督导大家严把质量关，认真复尺，确保尺寸的精确度。钢板切割后是需要提前做好坡口加工处理的，对于丰台站的板材，坡口光滑度和精密度要比一般工程的要求严格很多，富君同志从思想上认识到工程质量的严谨性，他充分利用铣边机，从端铣方法入手研究如何利用铣边机进行坡口处理的加工方法，经过若干次试验之后，他终于掌握了操作技巧，顺利完成特殊材质厚板铲坡口任务，大大提高了工作效率。此方法得到了公司领导的一致好评。

故事之四：甘于奉献　做好传帮带

劳模旗帜，工匠钢构。这是金结公司制造厂党支部的支部特色，身为制造厂的一名老党员，富君深知技术传承对于企业发展的重要性。目前制造厂许多员工趋于老龄化，富君看在眼里，急在心里。为了能够让铆工技术和气焊切割技术更进一步得到发扬和传承，他每年都特别热衷于“带徒弟”这件事。新员工走进制造厂第一件事情就是要与这位“劳模师傅”多说两句话，听听他对工作的理解和对生活的感悟。从参加工作至今他带过的徒弟有 40 多名，对于“徒弟们”，他都是亲自培训，手把手传授工作经验。

记得有一次，他的徒弟在一次构件切割过程中，因程序没有编排好，导致构件几何尺寸有误。徒弟头也不敢抬地杵在那里半天不敢说话，“我刚才检查过你的电脑程序了，是因为一个数据没有输入正确导致的，幸好发现及时没有酿成大错。失之毫厘谬以千里说的就是这个呀！没关系，下次注意就好了。”富君轻轻地拍了一下小徒弟的肩膀，然后蹲下身子耐心地给他讲解如何计算数据并准确输入程序，关键是多注意细节问题，这样就能全面了解构造物的几何尺寸。

踏踏实实、任劳任怨，默默奉献在简单平凡的工作岗位上，这就是党员富君的样子。2004～2012年连续八年被评为集团先进个人，2007～2008年连续两年获得中国二十二冶集团劳动模范称号，2008年获得河北省劳动模范称号，2010年荣获得全国劳动模范称号。

“全国劳模钟秉锐是我心中的榜样，也是我要成为的样子。我要坚定脚步，继续向前，成为更多钢构人和工匠人心中的样子。为公司高质量发展贡献绵薄之力。”富君是这么说的，也是这么做的。在公司“品质效益提升”年的引领下，相信劳模的样子会闪亮在每一个工作岗位上。

（作者：谢吉恒、徐晓慧）

创中国品牌之路

——探索龙凤山铸业生产高端铁基新材料的秘诀

龙行寰球，凤鸣九天。时值夏日，“八一”建军节前夕，《中国冶金报》启动“永远跟党走”——喜迎中国共产党成立100周年主题征文活动，《中国冶金报》记者参与此项活动到龙凤山采风。文章题目为“创中国品牌之路”缘由为：“龙凤山”品牌是属于自主打造的中国品牌，产品广泛应用于高端铸造业，近几年军工需求快速增加，用于今年8月中旬参展国际铸造博览会品牌宣传。

七月下旬，河北龙凤山铸业有限公司（以下简称龙凤山）召开2020年上半年工作总结暨下半年工作部署干部大会，参会干部对龙凤山坚定不移走高质量发展、打造高端品牌之路，喜上眉梢，乐在心头，对来访的《中国冶金报》记者说：“龙凤山取得令人注目的业绩，全是得益于品牌打造、品牌营销、品牌作用三大看点”。

一是品牌打造到位有看点。龙凤山是专业研制生产超高纯生铁、高纯生铁和亚共晶生铁企业，是国家重点培育支持的新材料高新技术企业、中国铸造生铁行业龙头企业、河北省战略性新兴产业领军百强企业。自主研发生产的“龙凤山”牌超高纯生铁、高纯生铁、亚共晶生铁，获得专利12项，填补国家3项空白，实现替代进口，整体技术水平达到国际领先水平，被行业专家誉为“铁中之宝”。其中超高纯生铁被国家科技部、环保部、商务部、质检总局联合评定为“国家重点新产品”、两次荣获“中国铸造材料金鼎奖”和“中国冶金产品实物质量金杯奖”“2020年中国卓越钢铁企业品牌”。2014年经中国品牌建设促进会评估“龙凤山”品牌价值3.641亿元。

二是品牌营销到位有看点。品牌是资源，品牌是力量。“龙凤山”牌产品带来产销两旺，据了解，从2018年至今，在巩固老用户的基础上努力发展新用户，新用户猛增700多家，龙凤山已分别向4家世界500强企业、10家中国500强企业、8家中国制造业500强企业、23家中国机械500强企业、22家中国铸造行业百强企业提供铸造用生铁产品，并与中国中车、中船重工、中国兵器、中国一重、中国二重、东方电气、上汽集团、中国重汽、中国一拖、常州华德、江苏吉鑫、宁夏共享、中国重汽、广西玉柴、山东潍柴等一大批"大国重器"制造企业和高端铸造企业建立长期稳定的合作关系。目前，"龙凤山"牌高纯生铁国内市场占有率近80%，超高纯生铁和亚共晶生铁享誉国内市场，已出口到亚欧美发达国家。龙凤山设计产能300万吨。

三是品牌作用到位有看点。"龙凤山"牌产品专为核电、军工、高铁、海洋工程等"大国重器"及民生应用领域提供高端铸造新材料保障。武器装备是夺取战争胜利的重要物质基础，进入21世纪以后，我国逐渐完成了现代化武器装备改造，成为世界上装备最精良的现代化军事力量之一。纵观我国海陆空先进军事装备，无论是导弹发射架、游弋万里海疆的舰船发动机、镇守边防的99系列主战坦克与新型坦克、翱翔天空的战斗机，其关键核心零部件都离不开高端铁基新材料。随着铁基新材料在军工等特殊领域的广泛应用与快速发展，为助力我国军工制造和大国重器占领世界制高点，助推我国制造业由大变强发挥着不可或缺的作用。

龙凤山如何开辟"创中国品牌之路"呢？"受惠于转型升级新突破、创新技术新超越、军民融合新贡献。"龙凤山总经理白佳鑫信心满怀地跟《中国冶金报》记者说道。

转型升级新突破

2009年初，我国已经连续十年铸件产量居全球第一，成为名副其实的"铸造大国"，但距离"铸造强国"目标还存在较大差距，其最主要的原因之一就是原材料问题。当时优质的高端生铁只能从加拿大进口，成本巨大，一直是制约我国高端铸造业发展的瓶颈。随着我国高端铸造行业和军工行业的迅速崛起，当时国内铸造专家和高端铸造厂家对我国自产高纯生铁的呼声日益强烈。

时势推动创新。龙凤山根据我国经济发展和产业转型升级需求，果断开启技术和产品创新，诚邀冶金及铸造专家，凭借原料、装备、人才、工艺技术四大优势，开始研制生产属于“中国自己的高纯生铁”。

经过锲而不舍的努力与攻坚克难，自主研创“三精法”（精料、精炼、精处理）直接还原生产工艺，攻克了低硅、低钛冶炼技术，炉外配套保证产品“三高（高纯净度、高稳定性、高洁净度）”技术以及低硅全灰口技术大难题，2010 年 4 月成功研制生产出了我国第一炉铸造用高纯生铁。“龙凤山”牌高纯生铁 Ti、Mn、P、S 有害元素含量比普通铸造生铁降低数倍，首次限制了对铸铁件质量有严重影响的 11 种微量元素最大含量，并限制总和小于 0.05%。“龙凤山”牌铸造用高纯生铁低硅全灰口技术克服了国外高纯生铁白口化的缺点，品质优于国外同类产品，经专家鉴定：“基于高炉直接冶炼的铸造用高纯生铁系国内首创”。我国高纯生铁研制成功后很快在国内外铸造界引起轰动，很多高端铸造厂家纷纷采用高纯生铁研制生产“和谐号”高铁（-40℃铸铁件）、风电铸件、ADI 铸件等高性能、高质量铸铁件。龙凤山自主研发生产的铸造用高纯生铁填补了国内空白，结束了我国高端铸铁件使用高纯生铁长期依赖进口的历史，使铸造业转型升级有了新突破。

创新技术新超越

随着国务院发布实施了“中国制造 2025”，加快中国从制造大国向制造强国前进步伐，装备制造业对铸铁件性能质量提出了新的更高要求。《铸造行业“十三五”规划》中提出了重点研制生产高端装备制造亟需的“百吨级核乏燃料储运容器”“7 兆瓦及以上风电机组铸件”“高铁铸件”“低温高韧性球铁件”“固溶强化铁素体球铁件”“等温淬火球铁件”“高精度及高精度保持性机床铸件”等新型高端铸件。我国现有的铸造原材料已经不能完全满足更高性能更高质量铸铁件的需求。龙凤山长期坚持科技创新投入力度，年均研发投入占比均保持在 3% 以上。其一，工欲善其事，必先利其器。龙凤山拥有两座全球最大的生产铸造用生铁专用高炉，两条国际最先进的超高纯生铁生产线。同时，在原有先进设备的基础上，先后投资一亿多元，建造了 1000 平方米的技术中心大楼。龙凤山现有河北省企业技术中心、河北省高纯生铁技术创新中心、河北省超高纯生铁工程研发中心三个省级研发平台；配备了等离子体光谱分析仪、荧光分析仪、ICP荧光光谱仪，建立了国内首家生铁实验室，配备30千克中频感应电炉、金相显微镜、拉力试验机液压式万能强度试验机等先进仪器设备，完善了研发及试验条件，为创新产品的研发奠定了基础。其二，龙凤山始终秉承人才是第一资源的理念，先后聘请10多位炼铁和铸造专家，吸引了一批懂技术、善管理、勇于创新的综合性人才，还与20多家知名大学和科研院校建立长期稳定合作关系，为企业创新产品的研发和升级提供了技术支撑和保障。其三，龙凤山在研制生产高纯生铁的基础上，2017年自主研制"三精法"+"精炼深度提纯"关键工艺技术，成功研制了纯净度、稳定性和一致性比高纯生铁更高的超高纯生铁。超高纯生铁碳含量大于3.30%，硅含量小于等于0.50%，钛、磷含量比高纯生铁降低一个数量级，锰含量降低50%，硫及铬、钒、钼、锡、锑、铅、铋、碲、砷、硼、铝等微量元素含量比高纯生铁大幅度降低。还可根据不同用户的需求，以质量高端化、产品系列化、生产定制化、服务个性化，开发出五大系列111个品种，积极打造中国高端装备制造新材料研发生产基地，助推材料大国向材料强国的战略转变，成为全球铁基材料领域的领跑者。龙凤山被认定为高新技术企业以来，承担各类研发项目40余项，获科技部国家重点新产品1项、省级重大科技成果转化项目2项、省级科技进步奖1项、市级科技进步奖3项。

2018年9月15日，龙凤山研制生产的超高纯生铁经河北省工信厅和中国铸造协会组织专家，联合对超高纯生铁进行新产品验收和科技成果评价，结论为：龙凤山生产的超高纯生铁是铸造行业亟需的新材料，广泛应用于核电、高铁、军工、海洋工程、航空航天等大国重器、国防科技工业、国家重大项目建设等领域，对生产高性能、高质量、超大断面球墨铸铁件提供了重要的原材料保障。铸造用超高纯生铁新材料的主要技术指标优于国外水平，整体技术达到了国际领先水平，是具有优异性能和特殊功能的铁基新材料。

军民融合新贡献

军民融合已成为当今新闻热词，龙凤山着力谱写军民融合新篇章，强国强军，共享共赢。一方面，鼎立将“龙凤山”品牌产品列为军工装备发展提供铁基新材料支撑。2016 年，“龙凤山”牌系列产品被列入《军民两用高新技术民营企业及产品推荐目录》；2019 年，龙凤山被列为“国家重点关注军民融合企业”。铸造用高纯生铁、超高纯生铁生产工艺与装备被列入国家《产业结构调整指导目录》，铸造用超高纯生铁列入工信部《重点新材料首批次应用示范指导目录（2019 年版）》。龙凤山先后与中国一重、中船重工、中国兵器、中国中车、中国重汽等一大批现代化军工企业及国家重点企业形成了战略合作伙伴关系。另一方面，随着军民融合深度发展，共叙军民鱼水情深，共话军民融合发展。

故事之一：随着全球核能装备技术的不断深入研发，国防战略核武器、核电、核动力航空母舰、核潜艇等相关核能发展速度越来越快，但各国对核乏燃料的处理依然存在很多问题。目前，国外只有德国一家企业（Siempelkamp）能生产超大断面球墨铸铁“百吨级核乏燃料储运容器”，并且处于垄断地位。2016 年初，国防科工局为了安全可靠研发核能战略，向中核工业集团下达项目研究计划。由中核工业、中国机械研究总院、江苏风能科技股份有限公司（下称吉鑫科技）和郑州机械研究所 4 家单位共同合作研发“百吨级核乏燃料储运容器”项目。

该项目启动后，论证多种不同材料、模拟仿真百余次试验，确定龙凤山铸造用超高纯生铁是生产“百吨级核乏燃料储运容器”的最佳材料。“百吨级核乏燃料储运容器”直径约 2. 5 米，高约 6 米，壁厚大于 500 毫米，重达 150 吨，凝固时间长达 5 ~ 6 小时。采用 100% 超高纯生铁进行中试，未添加废钢及增碳剂，保证了铁水的冶金质量及高纯净度。专家组结论为：超高纯生铁在“百吨级核乏燃料储运容器”中试阶段，未出现碎块状石墨及晶界偏析夹杂，没有发现任何铸造缺陷，性能完全满足设计要求。组织致密，性能指标创历史新高。

故事之二：中国兵器工业集团旗下内蒙古第一机械集团（以下简称包一机）是国家重要的集履带式、轮式、轨道式重型车辆于一体的产业化基地，也是国家保军骨干企业，成为国家唯一的主战坦克和 8 × 8 轮式战车研发制造基地。

由于军工履带式、轮式、轨道式重型车辆须经受严寒、高温、山地等特殊极端环境考验，要求车辆关键核心铸件具有极高的动态力学性能及疲劳性能，抗瞬时高压和过热能力，不能存在任何瑕疵。经过多次实体拟真实验后，包一机最终确定采用龙凤山超高纯生铁和高纯生铁，用于生产车轴齿轮箱、变速箱体、前桥制动器和大型曲轴等军工配件，其动态力学性能及疲劳性能、抗瞬时高压和过热能力超出设计要求。

目前，包一机所有铸铁件生产均采用龙凤山超高纯生铁和高纯生铁，已成为其生产军工产品必选的原材料。龙凤山为我国军工制造业发展提供了基础性原料保障。

故事之三：国产052D型驱逐舰动力系统为复合燃气涡轮和柴油机，长期依赖进口西方发达国家知名厂家的主机与推动系统，成本极高。中船重工408厂采用高纯生铁、超高纯生铁研制生产大型军用舰船柴油机机体、缸盖、缸套等高端铸件，有效提高了铸件的抗热疲劳强度、力学性能、硬度和耐磨性，非常适合高速高强载大功率发动机的性能需求，提高了发动机的使用寿命，降低了成本，彻底打破052D型驱逐舰柴油机长期依赖进口的局面，为实现大型军用舰船发动机国产化做出了应有贡献。

目前，龙凤山凭借五大系列111种产品不仅满足和引领我国军工产业的高速发展，并为“中国制造2025”高质量发展战略提供高端铁基新材料保障，为中国乃至世界超高纯生铁定制化生产开辟了一条“创中国品牌之路”！

（作者：谢吉恒、白新社、魏锐波，原载于《中国冶金报》冶金传媒，2020年8月4日）

一场铁的纯净化之旅

8月份，在上海举办的中国铸造协会年会传佳音，在国防科工局和中核集团公司的大力支持下，由中国核电工程有限公司牵头承担的国防科工局核能开发“球墨铸铁乏燃料运输容器研制”科研项目完成首台百吨级容器筒体球墨铸铁铸件的浇铸。此次球墨铸铁“百吨级核乏燃料储运容器”筒体铸件100%采用了龙凤山超高纯生铁。

12月初，上述“百吨级核乏燃料储运容器”筒体完成浇铸后的试样取样检测结果显示，筒体整体力学性能远远超过标准要求。经国内顶级铸造专家鉴定，其100%采用超高纯生铁，保证了铁液的高纯净度、高稳定性和高一致性，试验筒体整体浇铸，检测过程中未发现碎块状石墨和其他铸造缺陷。

据了解，目前“LFS”（龙凤山）高纯生铁的国内市场占有率近80%，超高纯生铁和亚共晶生铁享誉国内市场，并出口到亚洲和欧美发达国家或地区。

传承与突破：“三步走”破制约、促发展

追溯铁与人类文明的发展，大约在4000年前，人类便开始接触到“陨铁”，并逐步加以利用。随后，以铁矿石为原料、木炭为燃料，在高炉中冶炼制得的铁液可以直接铸造成兵器、农具、器皿等铸铁件。我国在公元前900年前后就已掌握了生铁冶炼技术和铸铁件生产技术，是世界上最早掌握这类技术的国家之一。早期，冶炼制成的生铁全都是供生产铸铁件用的原料铁；而今天，铁仍然是制造捍卫国家领土安全的国防装备不可或缺的金属材料，数字化、智能化等高科技的发展也离不开铁。

多年来，龙凤山持续专注铁的纯净化技术研究，深入研究“铁”的各种

性态、力学性能，通过“三步走”创造超越“铁”自身的全新价值。

2007 年，龙凤山开始研制生产高纯生铁，经过锲而不舍的努力与攻坚克难，于2010 年4 月自主研创“三精法”（精料、精炼、精处理）直接还原生产工艺，攻克了低硅低钛冶炼技术、炉外配套保证产品“三高（高纯净度、高稳定性、高洁净度）”技术和低硅全灰口技术三大难题，成功研制生产了我国第一炉铸造用高纯生铁。同普通铸造生铁相比，铸造用高纯生铁中钛、锰、磷、硫等有害元素含量比普通铸造生铁降低数倍，并首次限制了对铸铁件质量有严重影响的 11 种微量元素的最大含量，并限制总和小于 0.05%。同时，低硅全灰口技术弥补了国外高纯生铁白口化的缺点，品质优于国外同类产品。

2017 年，龙凤山在研制生产高纯生铁的基础上，自主研创“三精法”+“精炼深度提纯”关键工艺技术，成功研制了纯净度、稳定性和一致性比高纯生铁更高的超高纯生铁，并可根据不同用户的需求，调整精炼深度提纯工艺，实现定制化生产、个性化服务，主要用于生产有特殊需求的高性能铸铁件。2018 年9 月，经河北省工信厅及中国铸造协会联合鉴定，认为“铸造用超高纯生铁广泛应用于核电、高铁、军工、海洋工程、航空航天等大国重器、国防科技工业、国家重大项目建设等领域，为生产高性能、高质量、超大断面球墨铸铁件提供了重要的原材料保障。铸造用超高纯生铁新材料的主要技术指标优于国外水平，整体技术达到了国际领先水平，是具有优异性能和特殊功能的铁基新材料”。

再到今年 8 月，球墨铸铁“百吨级核乏燃料储运容器”筒体铸件 100%采用了龙凤山超高纯生铁。

10 年时间 3 次跨越，龙凤山铁基新材料填补国内空白，跨入世界领先行列。成绩的取得，得益于龙凤山以精准、极致、高效为工作标准，对“用户为天、质量为命、科技为翼、创新为魂”核心理念的践行。多年来，龙凤山以超越用户预期为基础，为用户量身打造定制化产品，设计和供应可提高用户产品竞争力的铁基新材料；通过多环节信息交互和各种资源共享，构建了一个基于内外部合作、分析、预测和提前应对及可主导的创新平台。

进口与自主研发：以创新打破国际垄断

百吨级容器筒体球墨铸铁铸件顺利完成浇铸，为下一步容器样机加工制造和整个项目的完成奠定了基础，为中核集团“龙舟”容器系列化和产业化开拓了新的途径。如果把核电比作一个航母战斗群，核电站是航空母舰，“龙舟”就是后勤补给舰，承担着核电站燃料及核乏燃料的供给和外运任务。在“龙舟”之前，国内核电站燃料运输容器完全依赖进口。

球墨铸铁“百吨级核乏燃料储运容器”是中国人自主设计制造的第一个大型核乏燃料运输容器。其筒体铸件属于超厚壁筒型铸件，铸件工装高度超过 8 米，吊运需要 250 吨以上的行车，造型需要至少 15 米高的厂房、深度 7 米以上的地坑，以及约 150 吨铁水，并要保证极高的纯净度和稳定性，否则会产生金相组织变异，严重影响整体铸件在低温、多载荷环境下的材料力学性能。

此次球墨铸铁“百吨级核乏燃料储运容器”筒体铸件 100% 采用的“龙凤山”牌超高纯生铁，未添加废钢及增碳剂，保证了铁水的冶金质量及高纯净度。其碳含量≥3.50%、硅含量≤0.50%、钛含量≤0.005%、锰含量≤0.020%、磷含量≤0.008%、硫含量≤0.010%，影响球墨铸铁件质量的 11 种微量元素含量总和≤0.020%。中试结果为：未出现碎块状石墨及晶界偏析夹杂，没有发现任何铸造缺陷，完全可以满足“百吨级核乏燃料储运容器”球墨铸铁件的性能要求。

“龙凤山”牌超高纯生铁采用先进可靠的“三精法”+“精炼深度提纯”技术工艺，严格控制了影响球墨铸铁质量的有害元素及反球化元素，保证了原铁液的高纯净度、高稳定性及高一致性，避免了球化和孕育衰退，以其高球化率、全铁素体、弯曲疲劳强度和接触疲劳强度等动载性能高等特点，可以很好地解决球墨铸铁乏燃料容器筒体铸件在浇铸过程中的诸多难点问题。

龙凤山相关负责人表示，他们愿意重新思考一切关于“铁”的事物，揭示铁的极限强度和强化的潜力，以“龙生铁、凤熟铁”助推中国制造业新一代数字化、智能化科技革命的发展。

（作者：白佳鑫、白新社，原载于《中国冶金报》，2020 年 12 月 11 日）

铁 赋

铁者属金，乃五行之元素也。化于日月之盈昃，藏于宇宙之洪荒。地动山摇兮，浴火而重生，石破天惊兮，流星而华光。先民识铁，始于陨落之天石，载于春秋之谷梁。青铜术后，石器没而铁器扬。

已而，平地筑炉，块炼作坊。除杂锻打，铁锤铿锵。金戈铁马，耕具农桑。胡服骑射兮箭影，杯酒余温兮刀光。吴风越云兮争霸，楚河汉界兮开疆。盖因冶铁之技术，推衍数代之兴亡。

至晚清，闭关锁国，工业不昌。中兴香帅，始有汉阳。以夷制夷，无奈列强。国难痛史，水火如汤。落后挨打，此训难忘。

处九州之首，仰东太行之巍巍；建武安之郡，衔南洺河之汤汤。遗魏晋之风骨，承燕赵之慨慷。乃物华天宝之地，复人杰地灵之乡。苔痕兮宋代铁炉之遗址，文明兮磁山文化之馆藏。

立新华，红旗跃进，大炼铁钢。改革风吹，笋生铁厂。崇义乡办，运营不良。处世纪之交兮，挽濒危于既倒，赞白氏之担当；做结构之调兮，解小厂于颓困，以德惠于梓乡。龙行环宇，凤鸣九天，乃易名之本意，创新为魂，质量为命，挈发展之纲常。专注于生铁之纯净度兮，廿载研发不辍；致力于品牌之影响力兮，“三高”美名远扬。以精准极致高效为标准，绽灵性悟性理性之光芒。创民族品牌兮，破制约之瓶颈；铸大国重器兮，挺钢铁之脊梁；践强国战略兮，融军民之共建；助航海航天兮，固华夏之国防。

乃有常州华德，以龙凤山牌之铁，制转向架轴之箱。穿越北地之极寒，闪耀高铁之荣光。或若日月重工之核乏容器，或若内蒙一机之重甲精钢；又若吉鑫科技之风电轮毂，又若中船重工之发动机缸。凡此特殊领域之关键铸件，皆有超高纯铁之精炼原浆。不挡千军之锐气，可巡万里之海疆。恰伟人诗曰：上可揽月于九天，下可捉鳖于五洋。

是以，九九研发，挑战极限；三次创业，再铸辉煌。科技领军，路漫漫兮且长；产研联动，志成诚兮多方。定制生产，满足个性需求；增值溢价，超越用户期望。品质提升兮，4N 纯铁可填补空白；产业报国兮，助学扶贫显赤子衷肠；创新发展兮，抓铁有痕而同心勠力；铸造强国兮，圆梦中华且壮怀激昂。

噫吁嚱！人中龙凤，精英而栋梁；山名龙凤，集瑞而呈祥；铁标龙凤，名驰而四海；国有龙凤，强大而泱泱！

（作者：郭建伟）

金秋太行山村行

金秋送爽，阳光明媚。中秋、国庆两节将至，我应钢铁企业之邀，赴太行山、黄河岸畔的扶贫山村采访。所到之处，被钢铁企业、爱心单位和爱心人士，为切实履行社会责任，在践行“精准识贫、精准扶贫、精准脱贫”的路上，勇于创新、敢为人先，用爱心和责任谱写出的一个又一个动人的扶贫乐章而深深感动。

力助宅清沟环境整治

宅清沟村民代表为新金集团送来锦旗

真情帮扶暖人心，感恩回馈送锦旗。中秋、国庆两节前夕，河北省武安市活水乡宅清沟村党支部书记冯增华一行，来到位于武安市曹公泉工业园区的新金集团送来一面印有“帮扶结硕果，真情暖民心”的锦旗，表达对新金集团在该村环境整治工作上给予大力支持和无私援助的感谢之情。宅清沟村坐落在海拔1000米以上的太行山深处，依山而建。据村碑记载，宅清沟村已有500年历史。这座静静地躺在白云川深处的古村落，全村现有296户888人。村子周围群山环抱，重峦叠嶂，连绵不绝，松柏青翠，树茂林密，天然美景如仙境，给人以安静、祥和之感。这里风光是最原始的，景致是最纯粹的，空气的甜美让人沉醉……这里四季皆有景：春天到处鸟语花香；夏天是乘凉避暑首选之地；秋天瓜果飘香，漫山红装，有“红叶之乡”美称；冬天白雪皑皑，冰柱壮美，可谓是原生态旅游胜地。村里还有很多老建筑和石头房，是中国原始村落的活化石。这里特产丰富，被人称为“小米之乡”，核桃、柿子等果产品品质优良。宅清沟村坐落在太行山革命老区，因地处偏僻山区，物产运输困难，集体经济薄弱，村容村貌和人居环境一直得不到彻底改善。据新金集团副总经理袁占朋介绍，2020年，河北武安市委、市政府下大决心，改善农村人居环境，大力开展农村环境整治，特别是公共空间的环境整治，提升村容村貌和村民生活品质，切实增强人民群众的获得感、幸福感，要求每个乡镇和村庄扎扎实实做好改善人居环境建设工作。宅清沟是远近闻名的穷山村，一无经济来源，二无致富门路，要想投资改善人居环境确实困难重重。武安市副市长马晓斌得知这一情况后，主动与宅清沟村干部对接，并积极联系武安新金集团帮扶宅清沟，村企携手改变面貌。新金集团董事长高万军提出：“以履行社会责任、勇于担当、服务社会为己任，设计宅清沟人居环境改善规划蓝图，以切实可行的行动方案，尽心尽力，全力彻底打赢这场农村人居环境整治攻坚战。”2020年6月1日，袁占朋带领新金集团人居环境帮扶队一行80余人，在宅清沟安营扎寨。新金集团的帮扶队员们披星戴月，昼夜施工，全力投入到“环境提升民心暖，倾情帮扶促发展”攻坚战中。他们苦战1个月，先后建成雄伟壮观的地标性建筑花岗岩牌坊、绿树鲜花交相辉映的党建广场等。有一组数字令人十分振奋：清理垃圾、平整河道，建设成长150米、宽15米的新水系，改造下水道1000余米，喷涂街道墙面2900平方米，硬化路面3000平方米，绘制党建文化墙18处，街道两侧建成了鲜花池，种植了冬青、石楠、月季等观赏植物，实施草皮绿化，绿化面积达到2000余平方米……累计总投资达600万元。这一组数字彰显了新金集团的责任和爱心。9月下旬，秋高气爽，我们从武安城区驱车60余里来到宅清沟实地采访。此时，宅清沟人居环境提升改造工程已全面竣工，村子面貌焕然一

太行山深处的宅清沟村新貌

新。笔者沿着平整的道路，穿过精美的石雕牌坊，看到道路两旁由青砖、竹子打造的花池里，玫瑰、紫薇竞相绽放，青翠的绿竹点缀其中，衬托着一块块党建文化标语牌，呈现出别具一格的山村景象。走过美丽的进村路，一处空旷的广场，让人豁然开朗，站在这里抬头可见蓝天，远眺可观青山，是村里绝佳的观景平台。此外，广场还设置了公交车停靠点，方便村民出行。美丽整洁、环境幽雅的宅清沟村，如一颗明珠闪耀在太行山中。眼下，宅清沟党支部书记冯增华正与村民一道，依托自然风光和交通便利的白云大道，大力发展旅游业和生态农业。由支部引领、集体经济示范带动村民致富的宅清沟村，风景美如画！

帮扶石门村叫响品牌

石榴枝头笑，果香飘满园。“双节”临近之时，正是河南省洛阳市孟津县石门村石榴上市的好时节。一片片石榴果园，散发着诱人的果香，果农们的脸上挂满了丰收的喜悦。9 月 14 日，我们一行采访荣获“全国国防动员工作先进单位”称号的孟津县民兵运输连（依托洛阳交运集团客运有限公司孟津分公司组建）后，受孟津县移民局副局长王万通、农委副主任卞金星和河南省农林科学院专家邀请，前往石门村采访。据王万通介绍，石门村位于黄河小浪底西部，1995 年石门村群众为了建设小浪底水利枢纽工程，舍小家、为大家，进行异地重建，目前全村有 190 户 715 口人。以前的石门村山多地少，土地贫瘠，村民祖祖辈辈都是“面朝黄土背朝天”，过着靠天吃饭的日子。建新村时，村子南北面都是山岭，村里有 1000 亩贫瘠的山岭红土地，家家户户依靠种植玉米、小麦维持生计，每年 1 亩地种小麦也就收获 300 多斤。遇到自然灾害频发的年景，收获小麦换的钱还“包不住”买化肥的钱。搬出“穷窝”，如何抓住移民后的政策扶持机遇，帮大伙找到致富门路，过上小康生活？

村子富不富，关键在支部。自 2009 年起，为帮助村民增收致富，在石门村党支部的带领下，村里的村民代表到河南省农林科学院取经，引进突尼斯软籽石榴种植技术，村委会牵头成立石榴种植专业合作社，吸收 100 余个农户加入合作社。石门村党支部在县镇两级政府指导下，调整农业产业结构，坚持发展“特色农业”和“一村一品，共同发展”的战略目标，从4个方面加强扶持：更新观念、培训技术、成立协会、政策扶持。村里采取了树苗、施肥扶持到位，病虫用药、浇水免费等举措，目前已有100余农户种植了突尼斯软籽石榴。村里还采用统一管理、统一包装、统一销售等模式，形成独特的石榴种植产业。石门村有1000余亩软籽石榴园，随着村民种植技术不断提高，大部分石榴树进入盛果期，每棵石榴树可产石榴40～50斤，亩均产量1000公斤以上，大多数种植户年收入从没种石榴前的1万多元上升到八九万元，石榴已成为村民的“致富果”“幸福果”。尝到甜头的果农种植积极性十分高涨，这里的石榴种植实行全过程无公害管控模式，施用农家肥，灌溉深井水，石榴生长期间不喷杀任何化学杀虫剂。经过10多年发展，石门村种植的软籽石榴已成为石榴中的珍品，叫响了靓丽的品牌——“浪底花”，产品深受大家喜爱。

丰收的“浪底花”品牌石榴

石榴已成为村民的“致富果”“幸福果”

每逢中秋节前后，石门村一串串红灿灿的石榴挂满枝头，诱人的突尼斯软籽石榴不出田间地头就被抢购一空。石门村的石榴缘何走俏市场、受人喜爱？据王万通介绍，石榴寓意红红火火、多子多福，被人们称为“团圆果”“吉祥果”，是中秋佳节走亲访友和餐桌上的必备水果。软籽石榴更是网络销售平台的“爆款”，一到上架季节就会被“秒抢”。这几年，村里还开办了石榴采摘农业观光游。笔者一行步入石门村石榴主题公园——九都园参观，走近园内仔细观察，石榴叶子长得很茂盛，绿油油的，许多又大又红的石榴垂满枝头，像挂着一个个小红灯笼似的，好看极了。园子里的一些石榴树下摆放着石桌、石凳，我们围着石桌坐下，王万通随手从树上摘下几个熟透裂开的石榴介绍说："这就是突尼斯软籽石榴，它们都是1986年进入中国的6棵珍贵树苗的'后代'。这6棵树苗是作为突尼斯与中国建交20周年的国宝级礼物带入中国的。石门的石榴历经10多年栽培试验，现已成为我国石榴优良品种。"我们用手轻轻地掰开刚摘下的鲜石榴，一颗颗饱满的果粒，像会发光的玛瑙呈现在眼前，晶莹剔透。卞金星把掰开的石榴递给我们品尝。美味不能错过，我忍不住把一小撮石榴籽粒放入口中，轻轻一嚼，果汁四溢，下喉畅快，清甜爽口，感觉不是在吃石榴，是在"喝"石榴，汁水从口沁入心房。王万通高兴地告诉我们："如今的石门村，一举成为孟津县最大的软籽石榴种植基地，把特色农业与乡村旅游结合起来，建起小浪底石榴主题公园。每年6月举办石榴花节、9月举办石榴采摘节，加快农旅融合发展，切实增加了农民收入。现在，石门村已成为远近闻名的'软籽石榴村''洛阳美丽乡村示范村'。"采访结束时，王万通过笑着说："建设黄河小浪底枢纽工程时，全国的冶金企业给予了巨大的支持，提供了优质钢材。今年夏天，小浪底水库在迎战特大洪水的考验中，发挥了重大作用。希望你去冶金企业采访时转达我们的谢意。中秋、国庆两节将至，祝福钢铁业的新老朋友月圆、人圆、事事圆！福多、财多、快乐多！"

（作者：谢吉恒，摄影：璞玉，原载于《中国冶金报》冶金文苑，2020年9月25日）

仙境白云山拾贝

作家以孺子牛、拓荒牛、老黄牛的“三牛精神”自勉，深入采风、勤奋耕耘，奉献创作系列“白云山故事”，艺术地封存于文字之中。

——作者题记

“打卡”武安，2021 年 9 月 10 ~ 13 日，中国作协、中国冶金作协、河北作协郑洁、谢吉恒、王金保、张恩浩、任宝亭等六位作家，应河北新金集团辖下白云山旅游开发有限公司邀请，到巍巍太行山深处、革命老区武安采风“白云山故事”。

仙境之美不能错过

“仁者乐山，智者乐水”，二十多年来，我喜爱武安的优美山水，挚爱文学创作。武安是钢铁重镇，闻名国内外，钢企众多。我任《中国冶金报》河北记者站站长多年，为推进钢企典型引路、绿色转型、高质量发展等需要，武安成为我采写钢企深度报道和文学作品的一方热土，取得武安籍作家安秋生、孔祥峰先生等真诚支持与合作。

高总授荣誉证书

武安旅游资源丰富，为邯郸市第一旅游大县（市），以秀美山水为著称，为创作文学作品，提供得天独厚条件。我以“三牛精神”自勉，勤奋耕耘，遵循“钢铁元素＋文学元素”融为一体原则，出版《难以磨灭的记忆》《走进红松的故乡》散文作品集，收编武安优秀景区“京娘湖”“七步沟”“朝阳沟”“长寿村”“古武当山”“东山公园”等散文作品，多篇获得国家级征文奖项。我探索创新钢铁新闻报道和文学写作之路，博到河北新金集团董事长高万军鼎力支持和认可。鉴于我关心、热爱、宣传、服务新金集团的奉献，2008 年被新金集团授予名誉员工称号，在此深切感谢新金集团领导高万军对我的厚爱和鼓励，

白云山非常美丽的名字，在中国叫这个名字的地方也很多。我采写的这个白云山地处太行山东麓，在武安市活水乡陈家坪村北部，民间通常称为白菜垴。古时山上长满柏树，也称柏台垴。白云山一峰独秀，海拔 1308.9 米，时有白云缭绕，故得名“白云山”。

登顶白云山

“山不在高有仙则名，水不在深有龙则灵”，据村民讲，谜语“白云山”，答一属相，谜底是“龙”。传说白云山是有龙的地方，“仙境”活水乡名不虚传。乡内四面群山、逶迤连绵、苍翠葱郁。活水乡山峰超 1300 米高的就有 6 座，摩天岭海拔 1747 米，为太行山在河北境内最高峰。2008 年秋，我与中华全国新闻工作者协会国内部兼学术部原主任阮观荣先生及二冶张明军等友人，“游走长寿村，探索长寿路”，第一次攀爬登顶“摩天岭”。

发源于活水乡的白云川、门道川、常社川是邯郸北洺河的上游，周边山清水秀，清新幽静，别有一番情趣。白云山东北方向约 10 公里便是古武当山，2004 年我与新金集团领导王明杰一同登顶。真武古庙建在海拔 1438 米的顶处，庙内供奉道教大神真武大帝和太极宗师张三丰。真武大帝是神，张三丰是仙，神仙俱全，真是人间仙境。

如果到了陈家坪村问当地人，仙境活水乡哪里最美？他毫不犹豫地告诉你，“白云山”。有人说，到了活水乡不到白云山，就像到了北京不去爬长城。白云山有仙境之美，怎能错过？

观赏仙境奇花之美

白云山奇花纷呈，最奇特是地标奇花——太行菊，浓烈神韵受人青睐，当地老百姓称作“仙菊”。9 月 12 日，武安市活水乡陈家坪村党支部书记温魁芳为向导，带领我们攀登白云山。仰望悬崖峭壁上，盛开一簇簇小白花，随风摇曳。暗红色的岩石与洁白花朵，相互映衬，阵阵花香扑鼻，沁人肺腑，令人陶醉。白云山风景旅游区经理王献力介绍道：“这就是传说中著名的太行菊”。当地民间流传“太行菊”神话故事，王母娘娘拽着织女飞向天空，路过白云山，周边十里八村，发生饥荒，久旱无雨，颗粒不收，民不聊生，百姓聚集在求雨台，对天求雨。织女见此景，十分同情，拔下头上簪，撒向悬崖峭壁，“簪”化作太行菊，安家落户，保佑一方，风调雨顺，五谷丰登，百姓安居乐业。太行菊又称野菊花，多年生草本植物，长于悬岩缝隙上。传说不如眼见，迷人景观，观后拍手叫“绝”。太行菊启迪心灵，点燃思维火花，探索其生长趣闻，全方位传奇！

白云山腰

神奇的太行菊，奇在中国独有。太行菊欣赏价值高，菊花是花卉中的四君子（梅花、兰花、竹、菊花）之一，这四种植物各具特色品格。梅花怒放于寒冷冬季，象征坚忍不拔的美好品格。兰花的花色淡雅且喜欢在幽静处生长，象征谦谦君子品格。竹子整年不会凋谢，有着不屈不挠、坚毅的品格。菊花多用来形容与世无争的品格。太行菊是菊花家族中最为耐寒的品种。我们沿路拾级而上，一边饱赏，一边拾趣。太行菊生存环境极恶劣，长在峭壁上，岩石缝间，独立一株，花儿成片，株高半尺左右，花开绽放为白色，一朵花有十多片洁白花瓣，花蕊金黄，默默地为白云山增姿添彩传神韵。

神奇的太行菊，奇在生命顽强。只需一粒种子、一条石缝、一滴露水、一缕阳光、一丝微风……就有生存的机缘。太行菊令人敬佩，不怕寒暑，不畏涝旱，适应力极强，生机盎然，铸就白云山的精魂和体魄。

神奇的太行菊，奇在胸怀宽广。以清风为友，与日月为伴，无拘无束的生存，沐浴朝露秋霜，绿莹莹、白生生，争相绽放，点缀白云山的挺拔和苍翠。

神奇的太行菊，奇在它为极品。李时珍在《本草纲目》记载它有“利五脉、调四肢、治头风热、脑肿痛、养目血、主肝气不足”。现代科学研究和临床实践证明，它对人体有诸多益处，其中清肝明目、清热润喉尤为重要，花朵可入药、泡茶。太行菊与太行花、独根草并称为三大绝壁奇花。

太行菊

神奇的太行菊，奇在保护意识。太行菊位列我国特有物种，物以稀为贵，仅生长于豫、晋、冀三省交界的狭窄太行山地带，目前尚未有人工引种栽培。太行菊被列为国家第二批珍稀濒危保护植物。

9月的白云山，太行菊争奇斗艳，给人们带来更加愉悦审美感受。白云山是一块待开发的风景旅游区，提醒人们增强意识，珍惜、爱护、保护太行菊！期盼国家有关部门加大科研力度，让太行菊安然繁衍生息，进入千家万户。太行菊成为白云山一张靓丽名片！

采风白云山，顿生灵感，感慨咏一首《太行菊》：“作家齐聚白云山，采风仙境好风光。悬崖绝壁野生菊，观赏点赞花更香”。若问此菊何处有？遥指太行白云山！太行菊花美，传奇神通大，你觉得它可爱吗？

饱餐仙境风光之美

“游山如读史，看山如观画”，我第一次走进白云山，全被仙境白云山独特的山、水、空气、树木、白云……奇美魅力的故事所吸引。

故事之一：贵在原始，美在自然有魅力。奇山秀水白云山，面积5平方公里。自然环境原生态，重峦叠嶂、山荫苍满、绝壁飞岩、花香鸟语。动植物资源丰富，野生植物700多种，树木种类繁多，灌木为主，乔木有红叶、松针、槐树等，灌草丛中长有黄精、半枝莲、苍术、柴胡、丹参、石竹、山丹等许多中药材，散发的气味可治病健身，植物覆盖率达95%。白云山空气清新，据有关部门测定，空气中负离氧子含量每立方厘米7万多个，是城市一般公共场所的3000多倍，是一般住室的1200多倍，纯天然大氧吧，是吸氧洗肺养眼的好去处。

故事之二：贵在幽深，原生态静美有魅力。白云山景区林深谷幽，白云幽幽，人置于仙境，总有“人在画中游，云在树上飘”的感觉。白云山的静美和幽深，只要你身临其境，将会使你的神经肌肉系统立刻松弛舒缓下来，沉浸在超然忘我的静谧之中，怡然自得，飘飘欲仙，静是最好的恢复体力休闲方式。白云山由于地质和气候原因，“山高水长”景区形成多处露泉和点泉。泉水中富含有钾、钙、硫等多种矿物质，有的泉池不大，面积不足一平方米，深度0.5米左右，泉水清澈可鉴，掬之品尝，口感脱俗，甘洌心脾，常饮此泉使人神清目明。

故事之三：贵在自然与人文融合美有魅力。白云山景区凸显山、水、林自然景观特色，集绿色、古色、红色资源之大成；融生态、宗教和历史文化、红色旅游休闲于一炉，将旅游资源升华。白云山不仅有秀美的自然资源，而且拥有丰富文化资源，底蕴深厚，其中有历史文化、佛教文化、红色文化。诸如龟石地、夜明珠石、棋盘石、八仙洞、山顶碧霞元君、山顶求雨台、穆桂英点将台等传说。玉皇庙、碧霞元君庙、八仙洞、古石碑等文物古迹可寻。每个景观都有一个优美传说故事，每个传说都会使人感到神秘。

红日喷薄出白云（摄影：赵彬）

据《武安县志》载，白云山有记载历史，至今已有700多年。文人墨客游后吟诗抒情，留下不少诗作。诗人知县李椿茂，他是明代万历年间的武安县知县，在职六载，筑城墙、修庙宇、劝农桑、编县志。他喜欢游览山水，县境之内游遍。万历四十年，他游览白云山，咏诗一首《柏台垴》："栢台苍翠渺难攀，只有孤云白日间。瞻望疑从天外落，归来已似洞中还。夜深明月留疏影，秋老严霜挺素颜。知是何年驻骢马，飞鸟长绕夕阳间。"李椿茂满腹文章，诗作流传400多年，脍炙人口。八路军129师1938年在武安管陶川建立抗日根据地，白云山一带民众踊跃参军，站岗放哨、救护伤员、做军鞋……支援前线的故事不胜枚举。

仙境白云山一年四季皆有景，季季景色不同。春天万物复苏，繁花似锦。野生花卉珍稀独特，五颜六色竞相绽放。夏天郁郁葱葱，气候清爽。云在林间缠，白云缭绕，神秘莫测，美不胜收。秋天漫山遍野，层林尽染，红叶如朝霞般夺目，如诗如画，如梦如幻。冬天银装素裹，冰天雪地。奇特的冰柱，怪异的冰挂，令人目不暇接。

登顶仙境感受之美

白云山秀美，主峰白云缭绕，东、南、西三面为悬崖峭壁，唯主峰北面东头有一堑道，绝壁独径可攀山顶。白云山的山下、山腰、山上风光三重天。采风了山下和山腰的故事，不能浅尝辄止。因为“浅水者见鱼虾，涉深水者得蛟龙”，好景就在脚下，9 月 12 日大家决定登顶，感受峰顶奇美风光，当一次神仙。

清晨六点，白云山脚下，雨后天晴，秋高气爽。眼前的云雾，感觉很轻，看周边的花草树木被云雾罩得恍恍惚惚。看山上的云雾，山川相连，白云山顶更显神秘！我们驱车从山脚下，沿着弯曲的盘山路向山上驶去，伸手向车外捏一把，感觉云雾柔软，一阵阵清风掠过，听过阵阵松涛，闻到丝丝松香。大约一刻钟汽车驶到海拔 1180 米白云山北面东侧，攀登顶峰的起点。此处到山顶，目测垂直高度不足 200 米，眼前路段陡峭难行，青石砌台阶，迂回盘行，像梯子登云，沟深谷幽，林木丛生。大家深知，登顶难，登顶累，登顶要有勇气。“不到长城非好汉”“无限风光在险峰”鼓舞斗志。我切身体验，登山更需有毅力，一步一个脚印，相互照应，注意安全。温书记引路，带领大家爬山，依次介绍三道山门遗址、碑石上碑文。攀爬海拔 1280 米处，崖壁现有明代武安籍书法大家——李尔育手书“白云山”摩崖石刻，谓之武安大地难得书法精品，为白云山注入文化精魂。

白云山下

余下 50 余米路段坡度更陡，考验时刻到了，谁能登过这段路就“成仙”了。温书记向我们介绍修筑这路段的艰难，沿途青石台阶是靠骡子队一块一块把青石驮上来的。天梯这段青石，是施工队伍用肩膀一块块背上来，抬上来的，试想比比我们登山难不难？说罢士气大增，“冲刺！”不停地攀爬……

“山高人为峰”，山再高没有人高，路再长没有脚长。年逾五旬以上的作家们，汗水淋淋，张大嘴，深呼吸清新空气，做一次高强度有氧活动，约25分钟，登顶成功！大家兴奋打开手机“微信运动”记录这段山路距离2463步！

站在白云山癫，极目远眺，尽收眼底。主峰面积203亩。山顶上有明代碧霞元君庙、玉皇庙遗址和八仙洞、穆桂英练兵场等遗迹。东望县城中的舍利塔历历在目；北望古长城，通往山西、邢台的交通要道；南看扼守武安到涉县、山西的交通要冲；回首俯瞰……

“欲穷千里目，更上一层楼”“会当凌绝顶，一览众山小”为战胜困难，战胜自己登顶欢呼！为自己做一次“神仙”高兴！

朝霞绚丽多彩，与刚升起的红日遥相呼应，仿佛是人间最美的景致。白云山的云，有水气洗濯，无尘烟污染，只见轻云薄雾从谷底飘起！山顶东侧是观云海日出最佳地，大家看，火红的太阳从云海中一点点跳起，云有了色彩，山有了生机，林有了光彩，一切都变得多么新鲜生动。

一年之中，金秋是最美季节。植物的多样性与海拔比较高，使不同的植物，在秋风的染色下，形成五彩斑斓，层林尽染。摄影师赵彬，专业地用无人机从空中俯瞰，航拍云海日出，白云山美不胜收，定格无人机中，留在记忆中。

（作者：谢吉恒，摄影：赵彬）

新金叫响绿色生态品牌

绿色是生命之色，象征希望和活力。今年“六五”第 49 个世界环境日到来前夕，新金集团又传佳音，绿色生态园惊艳亮相开园，这是钢铁重镇武安市首家钢铁企业建成的城中“企业绿色生态园林”，为新金集团绿色发展添美景，成为新金乃至武安市一张靓丽名片。

《新华社》《工人日报》《中国冶金报》等多家媒体对新金集团以“绿色为底色，高质量发展”进行了报道。新金集团如何建设绿色企业、生态企业实现高质量发展？“绿色生态叫响品牌、精心打造生态园林、生态园林景观优美”，新金集团总经理高扬如是说。6 月下旬，《中国冶金报》记者应邀走进新金集团跟踪采访报道。

绿色生态叫响品牌

记者漫步新金钢城，沿着厂区宽广大道，从西区走到东区，路两旁树木葱茏、鸟语花香、移步易景，一步一景致、一角一风景，形成了“厂在林

中，林在厂中、路在绿中、人在景中、产城融合、相融共生”的生态格局。新金集团是一家名副其实的产品质量过硬、环境优美、景观怡人的现代化花园式工厂。新金集团连续12年荣膺中国制造业500强、中国企业500强，秉承“绿色制造、绿色服务、绿色融于城市”的理念，致力打造智慧工厂，追求整个生产过程绿色环保，将企业生产由“制造”提升为“智造”，鼎力打造目标为“武安市工业生态游基地”。新金集团2017年被工信部评为全国首批绿色工厂，获得国家“首都蓝天行动科技示范工程”“环保社会责任企业”“中国卓越钢铁企业品牌”“中国钢材市场优秀品牌”“中国钢铁行业环保领跑企业”“绿色发展优秀企业”“环保生态工业游示范单位”等荣誉称号。

品牌是一种认可，品牌是力量，品牌是资源。新金集团是如何打造叫响绿色品牌呢？新金集团负责环保工作的副总经理袁占朋介绍，他们采取双管齐下的举措：其一，奋力打造绿色生态品牌。新金集团始终坚持可持续发展和对社会高度负责，持续打造提升绿色品牌形象。以“青山绿水就是金山银山”理念为引领，加大强化节能减排、绿色发展的力度。其内涵是追求生产高效化、消耗减量化、排放最小化、资源循环化、环境友好化不断取得重大进展。一方面，为适应绿色品牌建设常态化的需要，建有绿化队、环卫队，配备吸尘车、洒水车、洗扫车。另一方面，立足关爱职工，造福社会，进行大规模厂区环境治理，近3年累计环保投资22亿元。厂区绿化面积达2万多平方米，绿化率达45.3%，成为城市重要的“绿肺”和“氧吧”，树立生态和谐、社企共融的花园式企业形象。其二，奋力打造生态品质提升品牌。率先在河北民营钢企建成能源管控中心，形成全方位的可视化、信息化、一体化集中管理系统。高度重视二次能源转化，实现了工业废水零排放，蒸气、煤气全部回收利用，“三废”利用率达到100%，工业废水、煤气、余热、固体废弃物四大综合循环利用系统的建立，形成“绿色循环经济圈”和完整的二次循环产业链。

精心打造生态园林

新金集团确立绿色生态立企战略，多年来持续加大对绿化工作的投入，从对场区植树增绿到园林造景升级，绿化的步伐从未停歇。如今“绿色生态”已经成为新金集团的代名词，更成为新金集团发展的底色。

新金集团积极贯彻习近平总书记生态文明思想和“绿水青山就是金山银山”的环保理念，以建设“绿色新金”“生态新金为总方针”，2018年末，新金集团董事长高万军高屋建瓴带领员工围绕“创一流标杆绿色企业，建绿色智慧新金”的愿景，开展综合治理。经过一年半综合治理，自己动手渣山植绿增绿、造林造景，新金集团在厂区南部形成一座占地面积约500亩，规模大起点高的绿色生态园林。生态园林的前世原为厂区内闲置场地，是钢渣、建筑废料、生活垃圾等废弃物料的集中地，导致该区域生态被严重破坏，环境日趋恶化。新金集团实施大手笔推进绿化、修复工程，对该区域进行荒地治理、造林造景建设。

新金集团为打造生态园林，井然有序对渣山的坡面坡度采用消减作业，由原来陡坡分级平整，用水泥路面碎块围堰造田，以保持坡面稳定。整治过程中，原来废渣垃圾深坑处填埋，采用黄土地膜分层碾压，使有害物质封闭隔绝，消除对周边环境危害。整治后，选择适宜的植被，突出绿色生态，清理杂乱荒草，移除病害枣树，采用油松、火炬、红花槐等多品种、多层次的乔木组合种植。通过生态环境改造，实现渣山荒地植被生态系统的稳定，完成由“黑色渣山向绿色景观”的转变，彻底使废山变宝山。

新金集团绿色生态园林由前世的黑色渣山，蜕变打造成今生的魅力横溢的厂中绿色生态园林，呈现出了“人、钢铁、环境和谐共生”的生态格局，集生态观光、园林欣赏、果蔬采摘、研游教育为一体的综合性绿色生态园。

新金绿色生态园主要以五福临门的“五园”为景观设计，即采摘、水生植物、怀旧时光、福禄、薰衣草五个园区。绿色生态园区中种植各类乔木、水系、草本、灌木、藤类植物等多达百十余种；营造了“两湖两潭一溪”的生态美景；增设了红色文化、历史怀古、风格建筑等特色景点，可谓将文化、艺术与自然气息融于一体，成为新金集团一处独具特色的优美绿色生态园林景观。

6 月下旬，记者徜徉于新金绿色生态园，亭台楼阁独具意境、花草林果相映成趣、小桥流水情意缱绻，景色应接不暇、美不胜收。新金集团宣传部门友人做导游，边参观边介绍。参观第一站为采摘园，园内种类齐全，分布有瓜果、蔬菜、五谷杂粮等采摘片区。不同的季节有不同的风景，使人置身其中，仿佛有种到了田园之地，而不是在钢企之感。参观第二站为水生植物园，园内观鱼湖、荷花湖和野溪点映交错，构成一个 5000 平方米的循环水系，水源全部来自新金集团内部处理过的工业废水，纯净度已达到可饮用的级别。园中水系瀑布飞流、芦苇掩映、水草柔美，朵朵荷花在碧绿荷叶衬托下，微风吹来，翩翩起舞，迷人醉眼，波光粼粼的湖面上，点缀得更加灿烂夺目。参观第三站为薰衣草庄园，它位于生态园的南山上，种植了大面积的花田。主题植物柳叶马鞭草、波斯菊、蜀葵、百日草、薰衣草，布局带状与块状分布其间，绿色的韵律将人们赏园兴致引向高潮。第四站是“怀旧时光园”。随着时代的变迁，社会的发展，农村生产、生活条件的改善，人们的生活水平得到了显著提高，人们不愁吃、不缺穿，日子过得红红火火。大凡生于20世纪六七十年代的人始终会怀着感恩之心回忆着用石碾子碾五谷杂粮的童年、少年，因为那些美好时光曾承载过他们对过往岁月的无限依恋和感激。参观最后一站（第五站）为福禄园。福禄园是一座清雅、幽静的庭院，建筑为徽派风格。夏秋季节，院内的葫芦藤蔓爬满篱笆，大大小小的葫芦缀满肥美的叶子之间，风景煞是可人。福禄园也因园内的葫芦而得名。

新金集团绿色生态园林环境优美，四季景色各异。春来嫩芽初展，呈现出一派勃勃生机；夏至绿树成荫，鸟语花香；秋到红黄绿色彩丰富，硕果累累；冬临白雪皑皑，银装素裹。这里的一草一木见证着新金集团的绿色生态梦；新金集团是人们“工业游”、一个赏心悦目的好去处！

（作者：谢吉恒、刘辉，图片：赵彬，原载于政商参考网，2020年7月27日）

北购过街天桥开通运行

2021 年 7 月 1 日，中国二十二冶集团金结公司承建的唐山市丰润区曹雪芹大街北购过街天桥（简称北购过街天桥）正式开通运行。

北购过街天桥全长 49.4 米，桥宽 4.4 米，桥高 6.1 米。人行梯道采用全焊接钢箱梁结构，梯道设置为 2 跨。桥梁共分两段，一段长 30.2 米，重 58.9 吨；一段长 19.2 米，重 35.7 吨。丰润过街天桥总体制安任务量为 148 吨。

北购过街天桥是丰润区的第一座过街天桥。该工程是丰润区的一项重要民生工程，工期紧，任务重。地处丰润区最为繁华的中心地段。随着丰润区经济的发展，该处的日均人车流量越来越大，建设此项工程旨在实现人车有效分流，切实缓解丰润区重要路段的交通压力，提高丰润区中心地段的交通速度。

由于该工程地处丰润区交通要地，白天施工会严重影响市民的正常通行。金结公司北购过街天桥项目部果断采取“白天厂区制作＋夜间项目建设”的“夜猫子”施工模式。夜间 10:00 至次日凌晨 5:00 这短短的 7 小时是正常市民的黄金休息时间，可是对于该项目部的工作人员来说却是最宝贵的黄金工作期。全体项目员工利用白天时间抓紧论证吊装方案，倒排工期进度，协调多方资源，抢抓制作进度。利用晚上时间挖地基、运构件、抢安装、重环保，掀开“白＋黑连轴转”“环保履约最抢先”“民生工程不扰民”的项目不停工大干场面。

“这个天桥啥时候开始干的啊？白天根本看不到施工进度，结果没过几天就已经一桥跨越南北了呢！”附近的居民每次经过北购的时候都会情不自禁地发出这样的感叹。

“爸爸，你要早去早回，我明天一睁眼就又能看到你变身成‘钢铁侠’了！”项目部经理王毅的女儿每天晚上都会在他出门工作前对他这样说。在克服了构件现场安装困难、人员配置不全、安装设施不够、地下图纸不全、地下勘探难等重重困难之后，2021 年 2 月 8 日，天桥的第一根钢柱安装成功，2021 年 4 月 12 日，整体桥面安装成功，2021 年 6 月 20 日，桥面不锈钢扶手安装成功……一个个数据记录着钢构人“雕钢琢铁、创优育人”的初心和使命，实现着钢构人“一天也不耽误、一天也不懈怠”的责任与担当。

2021 年 6 月 22 日，项目部收到了来自唐山市丰润区市政工程公司的表扬信，信中对中国二十二冶集团金结公司在承建该项工程的过程当中所表现出的敢于直面困难、创新工作方法、耐心开展工作、深入现场研究、与业主和居民多方协调沟通等多方面的表现给予了高度认可。

北购过街天桥以新的姿态优化了丰润区传统地上人行横道的通行模式，为美丽丰润建设增添了一道亮丽的风景线。中国二十二冶建设者将继续秉承奋斗初心，本着真心实意为群众办事，尽最大努力解决民生问题的宗旨，用最实际的行动倾心为市区人民奉献精品工程，与市区人民同心共建魅力浭城。

（作者：徐晓慧、谢吉恒）

热轧H型钢用于装配式钢结构建筑瓶颈破解的探讨

摘要：国产热轧H型钢年产量虽已突破3000万吨，但用于钢结构建设，尤其是装配式钢结构建筑，相对于欧美日发达地区国家占比仍很低（相差20%~40%）。本文拟从热轧H型钢用于建筑的优点特性简析热轧H型钢用于装配式标准化钢结构建筑发展瓶颈问题，实现工厂化制造，以期由型钢钢材向钢结构构件化转型升级的产业延伸。

据不完全统计，截至2020年，国产热轧H型钢产量已突破3000万吨/年，产品标系已全覆盖全球主流产品（津西、马钢所产规格高度均可达H1109毫米×461毫米）。随着国产热轧H型钢产量“井喷式”的发展，反而用于钢结构建筑领域，尤其是装配式钢结构建筑占比远远低于欧美日本发达地区。在国内钢结构构件中，仍然是焊接H型钢和一定量的方矩管占有主流主导地位。

一、问题提出

调研走访国内较大的钢结构加工厂，一般都是作为工程项目承接的加工业务，均是根据委托方工程项目施工图纸拆图后再行加工。与钢结构设计部门交流得知，设计院使用的现有软件很大程度上局限了热轧H型钢在建筑钢结构中的使用。为了推广热轧H型钢设计应用，早在1998年12月，冶金部建筑研究院（冶建总院）与马鞍山钢铁股份有限公司联合编著《热轧H型钢设计应用手册》，经中国计划出版社出版发行。2020年8月对其重新修订，充分吸收了《重型热轧H型钢》（YB/T 4832—2020）、《钢结构设计标准》（GB/T 50017—2017）、《钢结构工程施工质量验收标准》（GB/T 50205—2020）的有关内容，更新了材料、连接、基本构件的设计规定及构造指南，使设计应用更为便捷高效。从设计应用的角度，向前又推进了一步。

近年来，党中央、国务院的重大决策部署，从人类命运共同体的新高度，向世界庄严承诺中国二氧化碳排放力争2030年前达到峰值，力争2060年前实现碳中和。实践证明发展装配式建筑是新时期践行绿色发展理念和提升城市发展品质的必然要求与手段。在完全能够满足抗震、抗风、消防等要求，基于现行标准规范体系建设而成，适应超高层建筑的“全钢结构”、全装配式，适应高层建筑的“钢筋混凝土核心筒+钢结构”装配式，量大面广的多层、小高层PC（或轻钢）等各种结构的装配式形式中，热轧H型钢如何替代焊接H型钢、方矩管束，使碳中和目标举措尽早落地，既是当今建筑行业所面临的挑战，又是热轧H型钢进军装配式钢结构建筑的历史新机遇。

二、问题分析

从建筑材料对比的角度分析热轧H型钢独特的性能，再从装配式钢结构建筑，尤其是H型钢住宅建筑，简单分析当前用热轧H型钢替代钢结构建筑中焊接H型钢、方矩管构件的可能性。

（一）热轧H型钢适用于钢结构建筑的优良特性

热轧H型钢截面积分配合理，相比工字型钢拥有更大的优势。

（1）翼缘宽，侧面刚性大。在相同截面积的条件下，其侧向刚度（I_y）要大近一倍。

（2）抗弯能力强。在相同截面积（或重量）条件下，H型钢截面绕强轴的抗弯能力优于工字钢。

（3）翼缘两表面相互平行，构造方便。螺栓连接时，不需要附加斜垫圈，螺栓排列及直径选用范围较广，还可以在平行的内翼缘面上设置拼材。

（4）属于可加工再生型材。可制成剖分T型钢、蜂窝梁、十字柱等再生型材。

（5）节约钢材。承载条件相同的工业厂房，相比采用工字钢，构件可节约总体用钢10%～15%。

（6）构建寿命长。剖分T型钢或H型钢弦杆桁架与双角钢弦杆桁架比较，不仅减少了用钢量，而且不存在无法维护的角钢间缝隙，从而减少了涂料与维修工作量，延长使用寿命。

（7）热轧H型钢对比焊接H型钢，截面尺寸精度高，制造能耗低、成本低（20%左右），内在与外观质量优于焊接，在矫直过程中很好地削除内应力，从而有效保证构件不变形。但对比焊接H型钢而言，不能灵活地生产加工外形或截面有变化的H型钢。

（二）装配式建筑中H型钢应用

国产热轧H型钢除了常用品种碳素结构钢和低合金高强度结构钢外，还有耐候结构钢、厚度方向性能热轧H型钢、改善焊接性能热轧型钢、耐火热轧H型钢、抗震热轧H型钢和海洋工程结构用热轧H型钢。按照钢结构选用钢材，应遵循技术可靠、经济合理的原则，综合考虑结构的重要性、荷载特性、结构形式、应力特性、连接方法、工作环境、钢材厚度等诸多因素。目前设计应用中存在的实际问题是，尚未形成钢结构建筑专用热轧H型钢产品组矩（截断面）规格。在具体的项目构件中仍大量使用拼焊H型钢或方矩管制作钢结构构件。

1. 装配式钢结构建筑特点

装配式钢结构建筑具有设计标准化、生产工厂化、管理信息化、施工装配化、装修一体化、使用智能化六大特点。

（1）自重轻、强度高、抗震性能良好。建筑结构重量仅为同等面积传统建筑的1/3～1/2，从而大大减轻基础的荷载与地震作用，同时也大幅度降低基础部分的工程造价。

（2）符合工业化要求。标准化钢结构构件采用机械化作业，工厂加工构件批量化、系统化、标准化，安装装配化，将设计、加工、施工安装一体化，实现综合成套应用，提高了建筑产业化水平。

（3）绿色环保。占用施工现场少，施工噪声小，消除了建造过程中产生的建造垃圾。同时，在建筑物使用寿命到期后，废钢可回炉再生，做到资源循环再利用。是当代节能、节地、节水、节材和环保的建筑建造方式，是建筑行业落实碳达峰、碳中和的可靠保证。

2. 装配式钢结构建筑存在的瓶颈问题

亟需从建筑形态、结构体系、维护体系及配套技术等方面入手，解决装配式钢结构建筑中存在的一系列关键问题。

（1）围护墙板：墙板与主体结构的细部处理，长久易开裂、渗漏；墙板与主体连接构造通用性差，未实现标准化；没有统一的权威的标准或规范，工业化程度较低，墙板耐久性与保温节能性能仍需改善。

（2）钢结构的防火、防腐：在房屋建筑全寿命周期过程中，钢结构构件的防腐与防火问题，现实中存在不可回避的挑战性难题。

3. H 型钢住宅

住宅建筑占所有建筑的比例在60%以上，推广和应用钢结构住宅市场潜力巨大。H 型钢住宅是以 H 型钢梁、柱为承重骨架，配以新型轻质的保温、隔热、高强的墙体材料作为围护结构体系，并配套有水暖电卫厨设备。其适应范围为多层与中高层（4～12 层）。其面临的挑战性难题是，耐腐蚀与耐火性能差，必须要有可靠的防护措施。

4. 行业发展瓶颈的分析

（1）工法瓶颈：综上所述，当前国内钢结构住宅研究和开发，均把大部分精力和资源放在了建筑钢结构本身方面，从而忽视了钢结构住宅体系使用的建筑围护体系上，进而导致当今国内目前开发和实施的钢结构住宅体系，仍主要采用混凝土砌块或混凝土板材作为建筑围护材料（PC），建筑围护作业大多数还需在现场湿作业。因而在一定意义上讲，现行的建造物，还不能真正称之为“预制建筑”。这也是从根本上造成钢结构住宅推广举步维艰的重要原因之一（即行业存在工法发展瓶颈）。

（2）联动瓶颈：纵观国内外，至今尚未有合适的全球认可的高层住宅的预制外墙体系。大家仍然把主要精力都放在研发各种建筑结构体系上。发展装配式钢结构建筑不能只是结构专业单打独奏地唱“独角戏”。如何打破建筑行业自我封闭的现状，怎么才能让建筑学、建筑结构学、材料联动发展，破解行业发展另一瓶颈。

（3）政策瓶颈：再有探讨钢结构建筑和预制装配化建筑未能从产业政策中获益的政策瓶颈。国内城市建筑现状是，只要能拿到建设许可证，就可以把工地的城市道路封堵上（有时烂尾工程甚至封堵几年），给城市运营以及城市居民带来的不便和额外费用，都是由整个社会来承担。政府尚未因地制宜出台环境破坏惩罚机制，完全没有对工地现场湿作业有什么限制，传统作业人们熟视无睹；与此同时，政府也就没有环境保护奖励机制，所以看上去预制装配式建筑也没什么政策红利优势。在如今如此重视绿色建造，又承诺2060年前实现碳中和，破解装配式标准化钢结构建筑产业政策瓶颈，应是水到渠成、指日可待。

三、问题解决

装配式标准化钢结构建筑作为建筑业转型升级的一个重要途径，如何走出传统制造业的困境，用热轧H型钢作为主材来承制钢构件，替代当前PC混凝土剪力墙和焊接H型钢以及方矩管材梁、柱结构，是摆在装配式钢结构建筑发展面前的一个重要的挑战性课题。当今科技信息时代，将装配式钢结构从材料生产供应、设计、构件加工、成品供给、物流、安装等产业链式管理引入分享经济模式注入新动力，以分享制造在装配式钢结构建筑产业的应用作为切入点，提高各生产要素的配置效率和质量，形成高水平的生产力，从而实现“建筑新形式、生活新方式”。

首先是完善制修订建筑用热轧H型钢标准，将其从《热轧H型钢和剖分T型钢》产品标准中独立出来。

（1）行业标准制定。中国钢结构协会牵头，津西、马钢、日钢、莱钢，以及清华大学、北京工业大学等单位参与制定国家工业行业标准JG/T《建筑用热轧H型钢和剖分T型钢》。其中建筑用热轧H型钢来源于GB/T 11263《热轧H型钢和剖分T型钢》（共130类）和YB/T 4832《重型热轧H型钢》（共208类），最终选取GB/T 11263中28类，去掉HT系列（仅保留1类）和带☆系列，合并I_x值接近（相差不超过15%）的类型；YB/T 4832中最终选取32类，最大壁厚不超过64毫米。

建筑用剖分T型钢规格来源于GB/T 11263《热轧H型钢和剖分T型钢》中80类和YB/T 4832中60类热轧H型钢，根据建筑结构需要，最终选取25类。为确保钢结构构件质量安全性能，针对建筑用热轧H型钢尺寸、外形、重量允许值予以适度加严要求（取消了产品负差）。

（2）团体标准的筹划。国家钢结构技术研究中心首席专家，装配式标准化钢结构建筑研究院、北京赛博思工程技术研究院、中国绝热材料应用技术研究院、中国建筑卫生陶瓷行业发泡陶瓷应用研究院院长蔡玉春博士团队，致力于用热轧 H 型钢为主材制作装配式标准化钢结构建筑梁、柱，探讨“型钢构件标准化”课题，取得阶段性成果。目前已完成《次梁 H 型钢标准化构件技术规程》《次梁 H 型钢标准化结构设计手册》《次梁 H 型钢标准图集手册》《次梁 H 型钢标准化构件安装手册》《方矩形钢管次梁标准化结构图集手册》《方矩形钢管次梁标准化构件安装手册》；新增七个截面热轧 H 型钢产品规格和《热轧 H 型钢次梁标准化课题研究报告》。完成了专用型钢节点《牛腿组件及用于钢结构的主次梁连接节点》，发明专利已通过国家知识产权局初次审核。《次梁标准构件化》已具备向协会申请，报批团标的条件。整个体系已具备向住建部申报认证和申请推广证书。

其次是建筑学、建筑结构学、材料等建筑业内以及材料生产供应联动，共同破解装配式标准化钢结构建筑，结束只有结构专业的“独角戏”时代，以分享制造理念，拉动各生产要素的合理配置，落地“建筑新形式、生活新方式”。

（1）型钢构件标准化概念提出。采用标准化手段，在符合既定标准、规范的前提下，结合热轧 H 型钢现有规格断面，以梁柱受力与建筑结构之需要为根本出发点，通过精准计算而选定次梁、主梁，次柱、主柱所需热轧 H 型钢断面，从而确定用于装配式钢结构建筑 H 型钢规格与对应材质；依据构件尺寸，在型钢产线上以定（倍）尺大批量生产，再对其抛丸喷漆，配以专用节点，用有限的标准部件，可直接拼装用于无限的装配式钢结构建筑（SBS-PCID/EGA 易构筑工法标准体系）。

（2）从装配式钢结构建筑体系设计切入替代钢筋混凝土核心筒全面突破。针对多高层、超高层装配式钢结构建筑，蔡玉春博士团队研发推出“钢框架 + 密柱深梁核心筒 + 片状墙支撑”体系（NGB）。该体系的主要特点是，钢结构构件全部采用热轧 H 型钢，引进了标准化的《型钢构件化》技术体系；全装配式预制空心楼盖体系，实现户内无梁无柱；CUHPC 复合墙板体系，彻底解决了外墙开裂渗水。

该体系工程整体造价不高于现浇混凝土结构体系；从根本上解决了钢结构老化与防火防腐长效性问题；实现了 100% 全装配式干作业；采用 DFMA（面向工厂化制造的设计）方法，引入分享制造方式，实现大规模量产。

（3）关于 100% 装配率的全装配式高层模块化钢结构住宅方案的简介。

采用热轧 H 型钢为主材加工钢结构件，采用“钢框架 + 密柱深梁核心筒”结构体系；使用装配式预制空腔楼盖体系；采用装配式发泡陶瓷复合板墙围护体系；安装装配式外墙外保温装饰一体化板系统。

热轧 H 型钢用于钢结构建筑的春天已经来临。在标准拉动、体系研究支撑、围护材料跨界复合技术等综合因素作用下，借力国家绿色建造之东风，在国家政策导向的支持下，发现并创造装配式标准化钢结构建筑巨大市场机遇与空间，引入分享经济原理，引导分享制造成果，打造材料生产、设计、构件制作、安装新型产业链系统思维，着力解决行业内痛点问题（成本高、装配率低、隔热隔音差、防火防腐难），真正让行业投资者（从业者）持续创造全程利润回报。

四、结论

发展装配式标准化钢结构建筑，以系统思维为指导，只有从建筑用材料（热轧 H 型钢、围护材料、楼盖系统、外墙板等）需求着眼，在满足现行行业标准规范的前提下，才能针对性地跨学科设立攻关课题，研发先进的钢结构体系，打破以往从项目为着眼点的设计思路，导入向以工厂化生产的设计理念转化，用设计标准化、工厂加工化、管理信息化、安装装配化、装饰一体化、使用智能化“六化一体”的指导思想来统筹装配式标准化钢结构建筑产业，为国家二氧化碳排放 2030 年前达峰、2060 年前碳中和起好步、带好头。彰显建设资源节约型、环境友好型社会，摆在现代化国家建筑行业发展战略的突出位置，走生态文明建设之路，共创世世代代幸福美好的明天。

参考文献

[1] 中冶建筑研究总院有限公司，马鞍山钢铁股份有限公司. 热轧 H 型钢设计应用手册[M]. 北京：中国建筑工业出版社.

[2] 蔡玉春. 多高层钢结构住宅深入分析，赛博思在 SBS-PCID 装配式钢结构绿色创新技术[R].

（作者：赵一臣、刘英杰、叶长征、赵丹）

来自黑山“诚信铸品牌”报告

诚信，就是诚实守信。诚者，待人真诚，实事求是。信者，一言九鼎，一诺千金。

——作者题记

古人云：“经营之道在于诚，赢利之道在于信”，诚信乃立人之本、经商之魂。当今社会是一个崇尚品牌的时代，诚信品牌是企业最有价值的品牌。2020 年上半年，在新冠肺炎疫情的压力下，江苏常州黑山烧结点火炉设备制造有限公司（以下简称黑山），严格贯彻“诚信是金，质量为命”的理念，以控质、提产、降耗为前提，大力开展战疫情抓生产。截至 2021 年 6 月底，黑山产品合格率 100%，产值较去年同比增加 50%，新开用户 5 家，成为多家大钢厂指定的品牌，产品畅销 20 多个省市、自治区，并多年出口印度等国家，在国内市场占有率提升到近三成。今年六月中旬，作家采风组探访黑山倾心铸就诚信品牌、塑造企业良好形象之路的秘籍。

据专家介绍，炼铁前烧结工序约占钢铁生产总能耗的 8%，烧结是节能减排的前沿阵地，黑山自主创新成功利用高炉煤气点火的新技术，研制成功单预热烧结点火保温炉成为我国烧结工序节能降耗的一大“利器”，被中钢协认定为钢铁行业重大装备自主创新和国产化成果，获得国家专利，评为“钢铁好技术”。黑山经过 10 多年创新发展成长为专业从事设计、研发、制造、安装一条龙烧结点火炉专业的厂家，被江苏省认定为高新技术企业、省民营科技企业和省科技型中小企业，在 2019 年、2020 年和 2021 年第三、第四个和第五个中国品牌日，中国冶金报社发布钢铁企业品牌，黑山连续三年荣获“钢铁装备技术品牌供应商”殊荣。全国近 700 座烧结点火炉，每隔 4～5 年需要更换一次，每年市场更新烧结点火炉大约 100 余座，市场份额少，竞争十分激烈。黑山由点火炉行业中名不见经传的小跟班变为靓丽领跑者之一。“黑山牌”点火炉成为享誉国内外市场的佼佼者，用户伸出大拇指赞誉，诚信经营故事蜚声神州大地，留下刻骨铭心的记忆。

记忆一：诚信负责用户

笔者谢吉恒（右）与黑山公司总经理孙小平

诚信是企业生存之本，企业间和谐运行的基本保障。对于黑山来说，诚信与否，一方面体现在合同履约上，提出“建一座点火炉，树一座丰碑，交一方朋友，留一片赞誉，招来一座点火炉”的经营理念，产生连锁效应，巩固老用户，发展新用户，用户增加到近百户。另一方面，随着进入新时代，更为激烈的市场竞争，用户需求更为苛刻，黑山如果仅仅停留在履行合同要求上，企业间的差异化会越来越小。企业能在激烈市场竞争中站稳脚跟，涛头击水领风骚，都是与坚守用户至上、诚信经营理念分不开的。

黑山铸就诚信品牌，创新思维与时俱进，提升“诚信”标准，从过去重点是关注产品，着重工程结果，转变到换位思考，站到用户的位置思考问题，摸透用户的真实需求，想用户所想，急用户所急，帮用户所需，从多方面达到用户的满意和信任，用户称誉选择了“黑山”就是选择放心。

黑山把这种放心理念归结为出于对用户的一种责任，其来源于诚信。真正把用户放在心坎上，真诚主动超前为用户思考一些问题，解决一些难题，用诚信感动用户，亲近用户。黑山已和华菱、本钢、日照、裕华、明芳等大钢厂建立一种长期稳定的战略合作关系。现在企业的竞争，在技术水平、工程质量、安全、工期、成本等诸多元素差异不大的情况下，黑山开拓市场，就是用诚信铸品牌，依靠诚信驾驭经营，成为企业宝贵的无形资产，极大地提升对用户的责任。

记忆二：诚信开发精品

“大海无边天做岸，高山有顶我为峰”。黑山是专业生产烧结点火炉的厂家，向钢铁业、铁合金行业提供各种燃料的烧结点火炉，尤其是拳头精品——单预热烧结点火保温炉，引领高炉煤气烧结点火炉应用的新潮流。这一精品问世，凝聚着黑山以诚待人、以信立企的深厚文化底蕴。

工欲善其事，必先利其器。黑山坐落在绿树丛中，占地20000多平方米，15000平方米标准厂房，拥有机器设备上百台套，国内同行属一流。主导产品高炉煤气单预热烧结点火保温炉，应用广泛，做到操作简单、安全可靠、节能显著、使用寿命长，深受用户青睐，2013年被评为“江苏省首台（套）重大装备”和“江苏省高新技术产品”。随着淘汰落后烧结产能快速推进，大型烧结机在国内广泛应用，黑山抓住机遇，科技创新不停步，研发新产品再发力。为适应烧结机面积增大的急需，面对难关和挑战，敢为人先一路前行，经过3年多不懈努力，攻克技术难关，研发成功了大型吊挂式换热器新产品，受到众多钢厂的赞许，迎来新订单。河北是黑山用户聚集地之一，尝到大力推广应用研发新产品的甜头，多家钢厂争先让黑山改造烧结点火炉做“试验田”，实践验证取得良好效益，四年多时间里，邯郸周边众多钢厂烧结点火炉都进行了改造。

黑山深奉“做人晶莹剔透，做事水滴石穿”的经营理念，时时追求卓越，为用户提供高质量的产品作为永恒的追求，一丝不苟，从细节上一点点做起。作家采访中，参观黑山厂中实验室，室内设备仪器齐全，整齐摆放，试样品种繁多。实验人员向作家介绍，为了确保点火保温炉内衬的质量，严把配方和试样两关，按质量管控流程，耐火材料进厂必须进行化学成分分析，确保指标符合配方要求，做到低铁、低钾、低钠、低钙。在车间制作耐火预制件前，必须按配方做试样，确保产品在中、高温烧后的密度、烧后线变化，抗拆、抗压、热震稳定性等指标在可控范围之内，要达到上述目标，都离不开实验人员精心严谨的工作。

记忆三：诚信优质服务

黑山坚持“用户至上”理念，秉承“用户满意就是我们工作标准”的服务信条，以用户为中心，满足用户个性化需求，全天候为用户提供生产、技术、销售等方面的服务，为用户主动服务、全方位服务、全过程服务，通过产品和服务提升用户的满意度，实现由生产商向服务商的转变。黑山每年踊跃参与投标且中标率连年递升，贴心服务做到三同步。

一是设计与业主协商同步。2019 年 9 月黑山一举中标日照钢铁公司 6 台烧结点火保温炉的改造任务，其中 2 台 360 平方米、4 台 180 平方米烧结点火炉，提供了转炉煤气及助燃热空气的能源条件。为满足常态化高比例褐铁矿烧结点火炉的长寿节能要求，黑山技术人员对业主方提供的条件进行多次实地勘察，设计方案反复与业主讨论交流，终于设计出了符合业主方工况条件的点火保温炉。4 台 180 平方米烧结点火炉经过几个月的运行，各项指标均符合技术协议的要求；2 台 360 平方米烧结点火炉，能耗创造日照钢铁烧结点火炉高效节能的新纪录。

二是现场调研跟踪服务同步。黑山技术人员常年奔波烧结点火炉改造一线。深入现场，接地气调查研究，及时为用户排忧解难，诸如如何正常发挥烧结应有产能、采用混合煤气嘴燃烧高炉煤气、煤气压力小不着火等问题，现场发现问题，第一时间解决问题在现场。生产中若点火炉设备出现毛病，黑山技术人员可在一天内赶赴用户现场，及时排除故障。

三是诚信承诺服务同步。黑山为用户提供高质量产品，为使设备经得住各种考验而反复为用户服务。黑山郑重向用户承诺约法两章：质量一步到位，一年质保，三年不用向用户卖备件。

（作者：谢吉恒，原载于政商参考网，2021 年 10 月 27 日）

第三章

传承初心使命　打造文化精品

注入企业文化活力　创新基层宣传思想工作

——以荣程集团为例

宣传思想工作是企业持续健康运行的关键所在，也是企业文化建设和党建工作中不可或缺的一部分；同时，坚实的企业文化，为企业开展好基层宣传思想工作提供了有力保证。两者相辅相成，相互促进，相互补充。

进入新时代，面对新形势、新任务，如何创新宣传思想工作的内容、形式、方法，体现时代要求，更好地把握宣传思想工作和企业文化建设的契合点，对推进企业高质量发展至关重要。

近年来，荣程集团注入企业文化活力，创新基层宣传思想工作，为推动企业高质量发展凝心聚力，取得了突出成绩。特别是党的十八大以来，荣程集团在企业发展壮大的同时，对基层宣传思想工作提出了更高标准要求。为此，荣程集团全面加强企业文化、教育、新闻、融媒体传播等宣传思想工作的引导，用思想文化的力量激发企业职工干事业的创造力与活力，进一步巩固了宣传思想“主阵地”，展现了企业文化软实力，为实现中国梦凝聚了强大的精神力量。其经验值得借鉴。

一、正确把握企业宣传思想工作与企业文化建设的关系

企业宣传思想工作和文化建设都是为企业发展提供精神动力与思想保证，两者的关系相辅相成，密不可分。荣程集团在实践中正确把握这一关系，使两者“导向、凝聚、协调、规范、鼓励”的共性功能得到充分发挥。

荣程集团历经多年的实践总结出，企业宣传思想工作和企业文化在调动

职工积极性、增强企业凝聚力、保证企业发展目标实现中起着同等重要的作用。两者的工作目标、工作对象具有高度一致性和功能互补性。企业思想宣传工作做得好，不仅可以使企业职工思想跟上时代发展形势和企业发展步伐，还能促进企业文化的进一步提升。荣程集团的诚信文化、质量文化、服务文化、营销文化、品牌文化、安全文化、创新文化、廉洁文化、和谐文化等企业文化，不仅丰富了企业宣传思想工作的内涵和外延，而且给宣传思想工作增添了新的活力。其具体做法如下：

一是抓住“提高职工素质”的共性。宣传思想工作和企业文化建设在培养职工的良好品质、塑造人的美好灵魂方面是完全一致的。荣程集团在企业宣传思想工作中注重抓好职工的思想、观念教育，以及人才智力的开发，把坚持党的路线、方针、政策的教育内容，转化为企业的价值观，激发职工投身生产经营的积极性，使企业更好地服务于国家经济建设。同时，荣程集团把企业文化建设作为宣传思想工作的一种载体，将宣传思想工作与抓好员工职业道德和企业精神塑造等一系列企业文化内容结合起来，促进人才的成长，提高职工素质，发挥人才作用。荣程集团的做法，既体现了宣传思想工作“塑造人”的作用，又促进了企业文化的“落地”。

二是找准“方法结合点”。荣程集团一方面充分发挥宣传思想工作“以理服人”“以情感人”等一系列有效做法的优势，形成了浓厚的奋进氛围和蓬勃向上的企业精神；另一方面，用足用好企业文化活动中各种各样生动活泼、职工喜闻乐见、吸引启发性强的活动形式，为思想政治工作提供更广泛的活动舞台，使职工思想在活动中得到熏陶，达到了增强企业凝聚力、同心协力搞好生产经营的目的。

荣程集团的实践证明，正确把握企业宣传思想工作和企业文化建设关系，将两者有机地结合好，注入企业文化活力，创新宣传思想工作，使宣传思想工作和企业文化建设相得益彰，有力地推动了企业高质量发展。

二、让企业文化融入宣传思想工作，创新基层宣传思想工作

企业宣传思想工作和企业文化建设的共同目的，都是为提高企业社会效

益、发展企业生产力服务。企业宣传思想工作借助企业文化方式，可以使宣传思想工作不断丰富内容、深化工作效果。同时，建设有中国特色的企业文化，不仅与企业宣传思想工作的政治方向完全一致；而且坚持宣传思想工作优势，又能保证企业文化建设的正确方向，提供思想动力。

荣程集团在企业发展过程中，始终秉承“文化先行，产业同步”的发展理念，开辟了一条传统制造业向多元转型的新路径。在发展过程中，荣程集团将企业文化融入宣传思想工作，以企业文学和艺术为抓手，“围绕中心、服务大局”，为企业宣传思想工作的凝练、传播、宣贯和落地发挥了重要的作用。特别是荣程集团通过“建团队、搭平台、搞活动、出实效”等方式，积极推进企业文学艺术发展，是其企业文化和宣传思想工作共同升华的具体体现。

一是强根基，党建引领赋能激活力。

荣程集团通过抓实党组织建设，强化企业文化建设融入宣传思想工作，促进宣传思想工作的不断创新。

荣程集团提出“党建筑魂强根基 文化赋能激活力”，制定了党建“1133”工作法：即 1 个发挥，发挥党员先锋模范作用；1 个创建，创建五好党支部；3 个促进，促进企业转型升级、促进企业文化建设、促进职工健康成长；3 个加强，加强党员管理、加强支部自身建设、加强群团组织联系，以党建引领企业文化，为企业发展注入“正能量”。

荣程集团党建引领企业文化融入宣传思想工作，以责任心、感恩心、进取心、尊敬心、包容心为标准，坚持“自强不息，奋斗不止，永不言败”的企业精神；以人为本，科学发展，坚持用“家”的文化、“水”的理念来管理团队，坚持用“长征精神走人生，工匠精神打磨人生，冠军精神塑造人生”来鼓舞团队，继承和发扬荣程人创业的优良传统。这些举措，既提高了宣传思想工作的实时性和有效性，又保证了企业经济建设健康持续向前发展。

荣程集团在 20 年的发展进程中，以钢铁硬实力、文化软实力，以钢铁般的意志，为社会和客户持续创造价值，助力中国经济腾飞。

二是建团队，促进宣传、文化骨干队伍的建设。

企业文学艺术既是企业文化和宣传思想工作的重要抓手，又是职工精神文化生活的主要体现。加强企业宣传和文学艺术骨干队伍的建设，不仅能够促进员工与企业、员工与员工之间的感情，从而增进企业凝聚力；更对员工行为的规范、素质的提高、力量的凝聚有着积极的作用，也是将企业文化融入宣传思想工作的具体实践。荣程集团张荣华主席十分重视企业文化建设，既是荣程企业文化建设的领导者，也是企业文化建设的缔造者和践行者。

多年来，荣程集团依托党委、工会、共青团、荣青联，不仅组织有技术专长的员工成立多个专业的专业技术交流委员会，还组织有业余爱好的员工成立了兴趣爱好委员会，通过开展更多系统性的企业文化活动，转变荣程人的思想认知，提升荣程人的行为标准，让文化融入荣程宣传思想工作中，融入荣程人的日常生活，助推宣传思想工作落地生根，为荣程集团的长远稳健发展奠定了坚定基础。

荣程集团建立了写作、绘画、书法、篆刻、剪纸、摄影等多个兴趣小组，由各子公司推荐文学爱好者、摄影能手成立业余新闻通讯员团队，鼓励员工把镜头对准现场、用笔头刻画典型，讴歌身边的先进、留住美好的瞬间。利用业余时间创作文学艺术作品，为公司精神文明建设添砖加瓦。为了提高团队的素养和专业水平，集团定期邀请天津电视台、天津日报社等新闻媒体，以及天津美术家协会、天津摄影家协会等组织的专业老师们前来讲授新闻撰稿、新闻摄影以及文学创作、剪纸绘画、书法篆刻等方面的专业知识。目前，荣程集团各门类协会入会会员达560多人，仅2020年组织各类授课、讲座38场次，参加人数达15600多人次，提升了业余团队的专业水准和素质。

这些实践，增强了荣程集团企业文化建设融入宣传思想工作并转化为物质生产力的力量。

三是搭平台，提供宣传、文化成果展示空间。

荣程集团利用现代公众传媒传播速度快、范围广的特点，把微信公众号打造为企业宣贯的窗口、员工学习交流的平台和理论宣传的阵地。荣程集团融媒体平台开设的特别关注、一周要闻、学无止境、员工天地、荣程人物、时代记忆、荣华心语、学党史明初心、历史上的今天等栏目，深受员工及社会各界的关注和喜爱，对弘扬时代精神、分享思想感悟、传递正能量起到了积极的推动作用。

搭建时代记忆网上平台——让非遗传承走进生活、融入生活。2016年，在首届时代记忆论坛上，时代记忆网上平台正式上线发布。时代记忆网上平台让传统艺术亮起来、让非遗文化活起来。2017年，时代记忆网上平台，系统整合全国"非遗"项目、"非遗地图"上线。它汇集了全国各地国家级、省级、市级、区级等非遗传承人的非遗文艺项目，兼具导航定位功能，平台互动性与民众参与度较高。它助力优秀文化传承与企业主营业务相结合，以实际行动促进民族文化发展与繁荣。

四是搞活动，利用网络平台扩大传播宣传覆盖面。

自2017年起，荣程集团时代记忆网上平台积极搭建中华优秀传统文化与世界沟通的桥梁，践行国家"一带一路"倡议，借助国家机遇，携手共同构筑人类命运共同体，开启时代记忆的国际化传播的新征程，携全国各民族百余位非遗文化艺术传承匠人，先后走进斯里兰卡、英国、美国和捷克，使中国优秀的文化艺术走出国门，走向世界。

在每一个国家重要的节日，荣程集团都会组织大型艺术作品展和文艺汇演活动。近年来，荣程集团组织开展的各类活动，都通过网络、微信公众号、短视频、抖音等新媒体传播渠道，向钢铁行业内外、全国、世界各地推广。如荣程集团近年来组织开展书法、绘画笔会10多场，文艺汇演近30场，通过网络会议、现场直播等融媒体平台传播出去，得到广大受众的热烈欢迎。

2020年5月10日，疫情特殊时期，由荣程集团、中国戏曲表演学会联合举办的网络直播"我陪母亲看大戏"2020年"母亲节"大型云端戏曲表演汇，来自34个省、市、自治区的40余位梅花奖获得者和一级演员通过云端同台献艺，用京剧、评剧、黄梅戏等30余种戏曲和民歌，祝福母亲，感恩母爱。全国近百万观众同时在线收看。

五是出精品，拓展宣传、文化传播朋友圈。

荣程集团旗下荣程小百花（天津）演艺有限公司，高举新时代中国特色社会主义伟大旗帜，积极贯彻落实习近平总书记文艺座谈会上的指示精神，为新形势下推动高质量发展、创造高品质生活提供强大的文化凝聚力、精神推动力，通过原创民族器乐、歌舞、越剧戏曲等文艺作品，塑造和歌颂民族英雄形象，传承时代精神，弘扬中华民族一家亲，民族团结，为新时代文艺注入力量，也使企业宣传思想工作形式得到进一步创新。

近些年，荣程集团创作、排练、上演了《文成公主》《红楼梦》《梁祝情诗》大型民族交响越剧，《五女拜寿》《西厢记》等近20部传统越剧大戏和经典折子戏，排练上演了《鲜花的祝福》《节日欢歌》等8部大型民族舞蹈。创排了《梨园春》《花好月圆》《步步高》《彩云追月》《赛马》《地道战》等18部经典民族器乐曲目；联合出品了《荣耀征程》《你从未离去》《钢筋铁骨好儿男》《钢铁人生美如画》《共走康庄路》《荣程正气歌》《那一拜》《在一起》《向善向上》《爱的力量》等感悟心灵、催人奋进的自创、原创歌曲。这些作品通过网络媒体广泛传播，在线直播观看量、转播量屡创新高。

荣程集团职工采写的通讯报道文学作品、报告文学及艺术作品被《工人日报》《中国冶金报》《世界金属导报》《人民网》《新华网》《天津日报》《北方网》等国家和地方媒体采用，讲述荣程故事、展现员工风采、树立企业形象。

荣程集团始终坚持“用红色党建引领、用特色服务市场、用绿色高质量发展”的宣传思想工作方向，紧跟时代步伐，打造以实业为根、文化为本、平台为体、数字为核的宣传思想工作和企业文化体系化建设，全力推进“智云、智运、智造”三智联动、数字化转型。

综上所述，宣传思想工作对企业文化的生存和发展具有持久和长远的意义。企业文化是企业核心竞争力的重要组成部分。在新时期，企业的宣传工作作为企业文化的有机构成，不仅能够增强企业的凝聚力和向心力，而且还能够对外树立企业的形象，提升企业的品质以及增强企业的竞争能力。因此，从荣程集团的实践中我们有理由相信，在企业党组织的引导下，在企业各级管理者的支持下，在全体职工的共同参与下，企业文化融入宣传思想工作，将会更好地促进企业宣传思想工作跨入新阶段、登上新高峰。

（作者：郑洁、万宏）

奋进新时代 展现新风采

——谢吉恒签名赠书联谊会在唐山举办

2020年8月9日上午，由浭阳书画艺术研究会、还乡河诗歌学会主办，唐山威毅文化传媒有限公司、唐山一叶菩提文化传媒有限公司、河北浭泉酒业有限公司、唐山谷津坊食品有限公司承办，《中国冶金报》《中国企业家报》《健康导报》《邢台日报》、中国网、政商参考网、《新丰润》等媒体报道的“谢吉恒《新时代风采》签名赠书联谊会”在唐山市丰润区浭阳书画艺术研究会隆重举办，并且中国冶金作协等单位和个人也发来贺词。

2020年，是极不平凡的一年，罕见的新型冠状病毒疫情的肆虐、蔓延，给中国和全世界的经济发展和生命健康，带来了严重冲击和深重灾难。

在如此严峻的形势下，党中央迅速决策，各级政府快速反应，科学谋划，精准施策，自加压力，持续行动，以铁一般的意志、铁一般的担当、铁一般的纪律，数千万白衣天使冲锋在前，全国人民勠力同心、众志成城，及时成功地控制阻断了疫情，陆续恢复生产，全国的经济形势正在向好的方向发展。

这个夏天，南方连日暴雨，洪水猛兽吞噬着村庄，解放军的英勇顽强拼搏又一次保护了人民生命安全!

事实胜于雄辩。我们的每一次胜利，都是中国共产党正确领导的成功典范，都是社会主义制度优越性的集中体现。

8月7日，是我们农历的立秋，立秋，预示着成熟和丰收季节的到来。《新时代风采》一书正式与大家见面！这本书凝聚着谢吉恒老先生多年穿行在钢铁与文化之间不懈跋涉、深入思索、笔耕不辍辛勤劳动，也是一部内容丰富、旋律激昂、催人奋进的新时代赞歌。

（作者：郑洁）

白云山上太行菊

金秋送爽，阳光明媚，“打卡”武安。

9月10～13日，中国作协、中国冶金作协、河北省作协6位作家，应河北新金集团所属单位——白云山旅游开发有限公司之邀，到巍巍太行山深处、革命老区河北武安采风。

白云山是个美丽的名字，在中国叫这个名字的名山很多。我们采写的这个白云山地处太行山东麓，在河北省武安市活水乡陈家坪村北部，民间通常称为“白菜垴”。古时山上长满柏树，也称“柏台垴”。此山一峰独秀，海拔1308.9米，时有白云缭绕，故得名白云山。

白云山上奇花纷呈，最奇特的是太行菊，当地老百姓称其为仙菊。9月12日，活水乡陈家坪村党支部书记温魁芳为向导，带领作家们攀登白云山。仰望悬崖峭壁上，一簇簇盛开的小白花随风摇曳。暗红色的岩石与洁白花朵相互映衬，阵阵花香扑鼻，沁人肺腑，令人陶醉。白云山风景区经理王献力介绍说：“这就是著名的太行菊。”当地民间流传着关于太行菊的神话故事：织女私自下凡，王母娘娘拽着织女飞回天宫，路过白云山，看到周边十里八村久旱无雨，庄稼颗粒无收，民不聊生。百姓聚集在白云山上的求雨台，对天求雨。织女见此景，十分同情，拔下头上的簪花，撒向悬崖峭壁，簪花化作太行菊。太行菊在山崖上安家落户，生根发芽，保佑一方风调雨顺、五谷丰登，百姓安居乐业。

传说不如眼见。太行菊又称野菊花，是多年生草本植物，长于悬岩缝隙上。菊花的观赏价值很高，与梅、兰、竹并称“四君子”。它们品格独特，梅花怒放于寒冷的冬季，象征坚忍不拔的美好品格；兰花花色淡雅，多生长在幽静处，如谦谦君子；竹子整年油绿，有着不屈不挠的坚毅品格；菊花默默开在秋天，与世无争。太行菊是菊花家族中极耐寒的品种之一。我们沿山路拾级而上，一边欣赏风景一边拾趣。生长在峭壁上、岩石缝间的太行菊，单株茎高半尺左右，花为白色，一朵花有 10 多片花瓣，花蕊金黄，默默地为白云山增姿添彩。

神奇的太行菊，奇在生命力顽强。太行菊与太行花、独根草并称为太行山“绝壁三奇”。太行菊只需一粒种子、一条石缝、一滴露水、一缕阳光、一丝微风……就有生存的机缘，且不怕寒暑、不畏涝旱，生命力极强。

神奇的太行菊，奇在胸怀宽广。她以清风为友，与日月为伴，无拘无束地生长，沐浴朝露秋霜，绿莹莹、白生生，争相绽放，点缀白云山的挺拔和苍翠。

神奇的太行菊，奇在它为保健佳品。太行菊花朵可入药、泡茶。李时珍

在《本草纲目》中记载，它有“利五脉、调四肢、治头风热、脑肿痛、养目血、主肝气不足”的功效。现代科学研究和临床实践也证明，它对人体有诸多益处，其中清肝明目、清热润喉的作用尤为突出。

神奇的太行菊，奇在自然生长。太行菊生长于豫、晋、冀三省交界的太行山一带，目前人工引种栽培成功的例子并不多见。也因此，太行菊被列为国家第二批珍稀濒危保护植物。

金秋的白云山，太行菊争奇斗艳，给人们带来美好的感受。太行菊成为白云山一张靓丽的名片！走进白云山，顿生灵感，吟诗一首《太行菊》以为记：“作家齐聚白云山，采风仙境好风光。悬崖绝壁野生菊，观赏点赞花更香。”

（作者：谢吉恒，原载于《中国冶金报》，2021年11月10日）

点燃心灵之火的人

——拜访谢老师

春光潋滟、姹紫嫣红的日子，我刚从东北回到唐山，带上盘锦当地的特产——一小袋稻米，去看望拜访中国冶金老作家、《中国冶金报》资深记者谢吉恒老师。稻米很沉，乘火车提拉杆箱显然不能多带，心意却诚，略表寸心。

谢老师夫妻见我远道而来，非常高兴，热情欢迎进屋赐座。谢老已是近八旬的老人，长我十几岁。上一次见面至今已有两年之久了，他看上去无变化，精气神儿很足，还是那么清瘦，一口胶东话，同以往一样健谈。

彼此相互问候，谢老便热切地给我介绍近期出新书的计划。为迎接中国共产党百年诞辰、宣传习近平新时代中国特色社会主义新思想、弘扬各行各业劳动者创业奋斗精神，准备推出《永远跟党走》专集。“集子分三大部分，涉及领域很宽。”谢老如是说。

从他的神态里，我看到谢老的写作欲望还是那么的亢奋，真值得人钦佩。

紧接着谢老师便直奔我们当天相约的主题，他说，集子中开设了一个专题，选登文友们的稿子，并要求我参与其中，写一篇文字。我数年所患的严重脑供血不足，让我遭受了很大的痛苦，常常严重的那一刻，让我感觉死亡离自己很近很近。读书时间长了都吃不消，更别说动笔写文章了。从内心讲，我一向主观认为：好的文字出自愿意，来自笔者的灵感，恰似高山流水，自然倾泻。写起来感觉也是轻松愉快又自由。举一小例：前几年的一个雨天（记不清确切日期了），伫立窗前，看着外面淅淅沥沥的落雨，许是受戴望舒情调的影响，脑海中便迅速蹦出几个字来：

下雨了
这是立夏的第一场雨
它下得缠缠绵绵、丝丝缕缕
这多情的雨啊
很懂我的心绪
它知道我在思念远方的美女
……

短短几句，其实并没有特定人物，只是表达了当时的一种内心意境。这样的例子于我很多，不再赘述。我喜欢这种自由自在、无拘无束的状态，这类文字写起来非常愉悦，感觉周身血脉通泰。随即谢老直爽地说，你的观点有点片面。在与谢老的交流中，广开思路，从切身经历悟出真谛。无论什么样的文章，好写不好写，全凭你自己平时日积月累的学习，靠你的思维能力和文字水平。

每一篇文章的内容和形式都可能不一样，每一次创作都是一次学习和锻炼过程。的确，纵观谢老四十余年的作家、记者生涯，天天不都是在做指定性的工作吗？他都是在没日没夜地默默爬格子，勤勤恳恳地耕耘，讴歌时代英才，谱写大地华章。他采写许多各行各业的先进人物、先进事迹，达到著作等身，成为冶金作家、资深记者是实至名归。

当日在谢老家坐客是愉快的一天，也是满载而归的一天。不但在与谢老的交谈中受到启发、收益颇丰，而且置身谢老安静而富有诗意、氤氲着书香的居所，也时刻感受到了文化氛围的泽溉。屋子两室一厅，收拾得干净。每间屋子墙上咸挂有名人字画，卧室和客厅摆放了三个大书柜，床头、沙发旁、茶几下面、外加阳台到处都是书刊、报纸。但我喜欢这样。同那些金碧辉煌、庸俗、没一点儿文化气息的土豪们的居家相比，还是这儿好。坐在沙发上，随手就能翻翻这些书报，恰如畅游在文化知识的海洋里，该有多美好……本想将这些难得的画面拍下来，不知主人是否愿意，便不敢造次。

离开谢老家时我劝他，“悠着点别太累了，健康最重要。”他连连点头，示意“谢谢！”

此文落笔时，正值春花荼蘼。我祝谢老青春做为一种精神，在您身上永驻！

（作者：华政任，2021年4月15日于唐山丰润）

难忘的收获

——记冶金作家谢吉恒签名赠书联谊活动

听说谢吉恒老师来包头参加《新时代风采》签名赠书联谊活动，同学们喜出望外盼着这一天的到来。

我与谢老师的相识是于2019年8月在包头举行的同学50周年聚会开始的。《中国冶金报》为庆祝新中国70华诞，开展“我和我的祖国”主题征文活动。恰逢原二冶三中15班同学《五十年师生相聚首，今昔相逢续欢乐》的同学聚会，谢老师应邀参加采风活动。他和蔼可亲、平易近人给我留下了很深的印象。谢老师《新时代风采》签名赠书联谊会于9月5日在草原钢城包头盛世嘉宴饭店举行。

一、开　会

9月的钢城，秋高气爽，瓜果飘香。我们怀着喜悦的心情，9点多钟从四面八方来到了会场。大家有备而来，分工明确，有条不紊地忙碌着，冯凯、王秀英忙着挂横幅，或有的同学洗水果、或有的摆物品、有的放资料……

联谊会合影

红底白字的横幅挂在镶有玻璃吊灯的墙上格外醒目，绿色台布，鲜红的牡丹花，红色的椅子套相互映衬，在灯光的照射下显得十分喜庆。不一会儿，同学们陆续来到会场，相互热情地打着招呼，拉着手亲切的交谈。这是自去年八月在包头举办的同学50年聚会分别后，有些同学一年多未曾见面，谢老师签名赠书联谊活动，为同学们提供了一次难得相聚的好机会。

10点半，主持人李凤荣宣布“中国冶金作家谢吉恒《新时代风采》签名赠书联谊活动”开始。她在致词中说：“在举国上下抗击疫情得到控制并取得阶段性胜利的时刻，今天迎来了谢老师亲临现场为《新时代风采》签名赠书，我代表二冶三中15班全体师生向尊敬的谢老师这部新作问世表示热烈的祝贺并致以崇高的敬意！”

随后，分别由孔桂琴、李奎民、刘秀萍、冯凯等同学宣读贺信贺词。其中有《中国冶金报》中国钢铁新闻记者郑洁写的“冶金作家谢吉恒《新时代风采》签名赠书联谊会在唐山举办”的报道，中国冶金作家协会、中华全国新闻工作者协会国内学术部原主任阮观荣先生及祝相宽、于飞、沈五群等友人和庄鸿浦老师等11封贺信贺词。这些贺信字里行间都凝聚着对谢老师勤奋刻苦、爱岗敬业、笔耕不辍……发自内心的盛赞，我们对谢老师的敬佩之心油然而生。

赠书与李凤荣合影

会场响起一阵热烈掌声，欢迎谢老师讲话。

据谢老师介绍，他从事新闻和文学创作近50年，至今已有10多部新闻和文学作品集出版发行。《新时代风采》散文、报告文学作品集，甄选他2016～2020年四年间在各大媒体上发表的120余篇作品，60余万字，608页，书重960克。采写原二冶三中15班同学50周年聚会侧记，有幸编辑在此书中，图文并茂，用文字真实地描述了同学们50年聚会的盛况，反映出了同学们新时代的新风采。王凤有同学创作的国画“和谐有鱼”也刊登在此文里面。同学们听后高兴地说：“真是太好了，获有谢老师亲手签名的书是我们的自豪，这本书里有50年同学情的记载，有50年师生情的画面，载入史册是我们的骄傲。谢老师感谢您的付出，这本书内容丰富，知识性强，我们喜欢，会认真拜读，好好珍藏。”

谢老师还给我们每人馈赠了一份宁夏特产——今年产头茬枸杞。宁夏枸杞甲天下，营养价值高，能强身健体。这是谢老师对同学们的深情厚谊，既有精神食粮，又有枸杞营养，真是有心人，同学们连声道谢，心里暖暖的。

谢老师最后亲切叮嘱大家：“你们都是年近古稀之年的人，要保重身体，健康快乐地生活，日落西山人未老，抓紧时间到处跑，可别等到腿不好，让人扶着走不了。”这话说得在理、贴切、令人感慨，是呀，趁着我们腿脚还行，出去走走，放飞心情，长长见识。

二、签　名

庄严的签名赠书仪式开始了，谢老师面带微笑，稳重端庄，神情专注地在书上签名，写上“请友人雅正!”五个字样，盖上了红红的印章。

大家纷纷拿起手机，抓拍这美好的瞬间。留下最珍贵的回忆。同学们怀着高兴激动的心情有序地上台接受赠书，谢老师双手亲切地把书递到同学手中，分别与每位同学握手合影留念。同学们道一声，谢老师您辛苦了，谢谢您。常大哥上台双手捧着洁白的哈达献给谢老师，情谊在哈达的敬献中传递。

夏凤英发表感言

夏凤英代表参会的全体同学向谢老师献上了礼物。王凤有同学把自己精心创作的一幅“松迎鹤寿”作品献给了谢老师，画面上的绿水青山，风轻云淡，松迎鹤寿，生生不息的题字，寓意谢老师是一棵不老松，艺术生命长长久久。

同学们拿到手的书，急切最想先看的是15班同学聚会的照片和文章，眼尖的同学提示到“在427页”“这张照片上还有我”“月琴，你看，这是谢老师、李连娣、常大哥，你们四人的合影，穿的蒙古族服装，照的真好。”

同学们看着、说着、聊着，场面热闹温馨，尽享签名赠书活动带来的喜悦和相聚重逢的快乐。

敬献哈达

三、联　欢

主持人李凤荣宣布联欢开始。同学们大合唱“走进新时代”“我和我的祖国”，抒发了我们的爱国情怀，祝愿祖国更美好。一曲“下马酒”，深情悠扬，用歌声欢迎谢老师的到来。刘秀萍的“梨花颂”“红灯记”选段，声情合一，同学们听得过瘾、入迷。于月琴的独唱“见到你们格外亲”，与老伴合唱的“双脚踏上幸福路”，情真意切，娓娓动听。在掌声和“再来一首”的喊声中于月琴和老伴献上一首东北小调“小拜年”，欢快的音乐、生动的歌词让人兴奋，把思绪带到红红火火过大年的场面中，刘秀萍、李凤荣二位同学情不自禁地跳起了民族舞，看这优美的舞姿，哪像是年近古稀的人呀！

歌声刚停，徐淑英同学站起发表感言，感谢谢老师来包头签名赠书，祝谢老师身体健康，吉祥如意！常来包头相聚。夏凤英同学也接过话筒发表自己的感受。她说“拜读过谢老师的获奖作品《难以磨灭的记忆》《走进红松的故乡》《丝路采风随笔》，谢老师写的旅游作品，用生动形象的语言、丰富的情感描绘出的祖国奇山秀水、名山大川的美景，让我有身临其境之感，我仿佛走进原始的红松林海之中，闻到了树林、落叶、花草散发出的芳香和泥土的味道。谢老师写的有关钢铁企业节能减排、环境保护等题材的作品，深入调查，深层次思考，高屋建瓴，画龙点睛，正能量接地气，他的作品彰显出有深度、有高度、有力度，备受冶金行业读者的喜爱。谢老师不愧是一位高品位、有实力的冶金作家。今天我喜获《新时代风采》这本厚重的著作，书中凝聚了谢老师的心血和智慧，本书集可读性、知识性、趣味性、文学性于一体。我喜欢这本书！将认真阅读此书，用来丰富自己晚年文化生活。随着谢老师的思路和脚步，去游览祖国的绿水青山，放松身心，以书养心，陶冶情操。”

四、收　获

王凤有赠送画作

联谊会餐桌上，大家边吃边聊，起身敬酒，说着心里话，有的同学相见很少，机会难得，忙着多拍几张照片留做纪念。有的同学趁人少抢着和谢老师合个影。几位同学端起酒杯走到谢老师面前敬酒，谢老师谈笑风生，幽默风趣的话语逗得同学们哈哈大笑起来。

不知不觉到了下午 2 点半，李凤荣同学进行总结讲话。她再次对谢老师千里迢迢亲临现场签名赠书表示感谢，谢谢大家的热情参与，祝贺大会取得了圆满成功，祝大家身体健康，常相聚，携手共进走向未来。同学们依依不舍，互道珍重，握手道别。刘秀萍同学带着意犹未尽的心情作诗一首：“金秋钢城重相逢，喜迎谢老赠书行，德高望重居然翁，新闻媒体不老松。”抒发了对谢老师的敬佩之情。

书籍是全世界的营养品，生活里没有书籍，就好像大地没有了阳光，智慧里没有书籍，就好像鸟儿没有翅膀。赠书是高尚的文化活动。谢老师《新时代风采》一书用笔当摄像机，记录了我国旅游事业的发展，描绘出了祖国美丽山水，如诗如画的美景，谱写祖国大地华章，讴歌新时代风采。

感恩相识，感恩有你《新时代风采》一书我的挚友。冶金作家谢吉恒《新时代风采》签名赠书联谊会让我终生难忘，收获颇丰！

（作者：夏凤英）

放大格局　低调做人

——参加冶金作家谢吉恒来包头签名赠书活动有感

金色的9月，秋高气爽，是一个收获的季节。我们包头是一个有鹿的地方。大好季节迎来了专程从冀东大地唐山市来到草原钢城包头市参加签名赠书活动的作家谢吉恒夫妇。

作家谢吉恒，山东莱阳人，中共党员，早年毕业于包头市师专，现为中国艺术家协会会员、中国报告文学会会员、中国散文会会员、《中国冶金报》记者。多年来，在各级报刊、出版社发表新闻作品、文学作品400多万字；曾10多次走进人民大会堂、钓鱼台国宾馆，获报告文学、通讯、散文、调查报告等各类奖项；受到国家领导人接见并出席颁奖仪式合影留念，是中园冶金作家业内高产作家。

2020年6月谢老师又出版了新书《新时代风采》，60多万字，已经在全国新华书店发行，并被国家图书馆收藏。

这次为出版的新书，已是古稀高龄的谢老专程为友人签名赠书。这些友人绝大多数在包头已经退休。而谢老是作家、资深记者、业内名人，为什么要这么做？签名可以有另外一种形式，远在唐山市完全可以将新书签名、盖章，打包快递到包头。这样省时、省力又省钱，何必专程来包呢？

想来想去，我的感悟有两点：一是尽管谢老现在经过多年的打拼，不畏艰难，熬灯油费心血，努力奋斗名成功就，是业内的知名人士。但是，他不忘过去，难忘旧情，心里还有老同学、老同事、老朋友这些普通人，所以要专程真心实意地面对面的为友人签名赠书。他重情重义不忘老友的做法确实令我佩服！与此同时引起我的反思，如何对待老朋友，怎样与新朋友相处，正确往来朋友关系等，值得好好想想朋友们！二是他没有采用快递签名赠书的做法，体现了谢老的人生价值观。为了一项正确的选择他是舍得付出的。

例如，夫妇二人的往返路费、寄书来包的邮资，还有几十本书的市场价值，完全是由他自己承担的。他认真而无私地将他的新书面对面地赠予我们这些退休的老年朋友。谢老的人生价值观如此高尚值得我们去借鉴和学习。大家都知道“舍得”两字，可我们又做得怎样呢？

还有，就是他对当年上学读书、工作过的这座城市——包头有着深厚的感情。在谢老的书中对我市城中草原赛罕塔拉、春坤山和五当召都有浓重的笔触描写。在客观上为我们美丽的包头市起到了积极的、有效的宣传，他的内心对包头充满了爱。

这次在包和谢老聊天时，他说准备在适当的时候去一趟国内唯一没有去过的省份西藏。我说这么大年龄了行吗？他回答很干脆“没问题！”最近体检各项指标都正常。谢老近年来有意识地每天坚持走步锻炼，最少一万步，一般都二万多，而且腿和膝盖没有任何不良反应，所以一定要去西藏。

谢老不老，他勇于向上，热爱生活，有积极向上的人生观，值得我比照学习，做一个老有所为的人。

专程来包签名赠书活动谢老夫妇仅三天就返回唐山继续他的写作工作了。临行前我们想挽留他多待些日子嘛，他说：“待的时间长了对大家的正常生活是一种打扰，这样挺好的。”谢老凡事为他人着想，正可谓是：低调做人，高调做事。是啊，雁过留声，人过留名。谢老就是品格高尚的人。

祝福作家谢吉恒。从写作的高原，走上新的高峰！

（作者：王一平）

非遗文化故事导读

为了继承弘扬中华民族传统文化，5 月 5 日洹阳书画艺术研究会主办了“大美洹阳　非遗盛宴”暨洹阳书画艺术研究会五周年庆典活动。我作为中国冶金作家、《中国冶金报》资深老记者应邀全程参加会议，印象颇深，收获满满，细数此次活动彰显出五个特点：

一是重点宣传内容，形成浓厚氛围到位。重点围绕传统技艺、美术、体育、美食、美酒等非遗项目，进行展示、展演、品尝等非遗传播传承活动，普及了非遗知识，营造了全社会共同参与、关注和保护传承非遗文化的浓厚氛围。

二是宣传保护意识，形成社会氛围到位。非物质文化遗产是我国几千年来民族智慧的结晶，它是我国优秀传统文化的重要组成部分，承载了中华民族深厚的文化积淀，凝聚着各民族传统文化精髓。为了让人们喜欢、了解非物质文化遗产，洹阳书画研究会不忘初心，持续默默传承。为提高人民群众非物质文化遗产保护意识，传承、弘扬中华优秀传统文化，营造人人懂得非遗保护的良好社会氛围，制定规划，分批分期升级实施。

三是宣传注重调研，落实非遗项目到位。近两年洹阳书画艺术研究会进行系列调研，重点围绕传统武术、美术、美酒、美食，手工技艺及传统表演。全面落实申报各级非遗文化项目，取得可喜成绩。如丰润区获批省级非遗项目有：丰润评剧、蜂蜜麻糖。市级获批非遗项目有丰润皮影戏、棋子烧饼制作技艺、烫画葫芦、洹酒酿造工艺。区级获批非遗项目有：洹泉酒业、老左坞酒、江德庆熏鸡、皮影雕刻、丰润画扇、剪纸、刺绣、杜氏木雕、王氏陶瓷、装裱修复、传统武术、蓼花等。

四是邀请作家采风，撰写非遗故事到位。每一个非遗项目，都是一份珍贵的历史文化遗产，是城市响当当的名片和特色所在。邀请作家采风，走进非遗文化生活，写好非遗传承故事。作品突出传承是一种继承、一种自信、一种认同，承载一种责任，延续一种情怀，彰显一种精神。

五是非遗文化扎根基层，体现与群众融合到位。在丰润区，众多传承人来自基层，来自企业、山村、学校、社区……将现代产品融入非遗文化。真正实现非遗与群众生活相融合，切实承载着历史文化与非物质文化遗产在生活中得以传承和发扬。为迎接中国共产党建党百年华诞，向党的生日献礼，从作家采风丰润非遗故事中，辑录八篇入书。

（作者：川石）

传承棋子烧饼文化人生

——记棋子烧饼传承人谷小光

非遗文化，不仅是一个地方珍藏的记忆，更是心中深深的乡情，浓浓的乡愁。

——作者题记

作家来厂采风

今年6月上旬，迎来第11个中国文化遗产日，作家采风组走进丰富多彩的非遗文化资源大市唐山采风。非遗美食——谷小光棋子烧饼靓丽亮相，世代相传，文化底蕴丰厚，制作技艺高超。作家来到厂区，和风吹来，刚出炉的棋子烧饼，散发出诱人馋涎欲滴的奇香，扑鼻而来。作家边听文化故事，边品尝特色美食，非遗与舌尖的“碰撞”，瞬间挑动味蕾，可谓难得的一种享受，深厚的文化内涵震撼心灵。

唐山市位于燕山南麓，兼具山、海、平原地貌，自古物产丰饶美食众多，尤其是传承500余年的棋子烧饼，因状如小鼓，个似棋子而得名。谷小光棋子烧饼是唐山市级非物质文化遗产。谷小光棋子烧饼薄层的饼皮如蝉翼，一层叠一层，色泽诱人，外酥里嫩，入口脆脆的沙响，芳香四溢，掉在地上表皮碎了，内馅不乱，技艺超绝。

谷小光棋子烧饼是一份难以忘怀的家乡美食，更是世代传承的舌尖文化，被同行公认为引领当地风物的“味中之味”。随着现代经济的快速发展，制作传统棋子烧饼的匠心名师却越来越少。来自唐山市丰润区左家坞镇狼儿峪村的村民谷小光，痴迷棋子烧饼制作，不忘初心，拜访棋子烧饼老艺人，保护非遗美食，传承了棋子烧饼老手艺，把棋子烧饼做得风生水起。谷小光如何传承、保护、发展非遗美食、演绎传承棋子烧饼文化人生？作家采风开锁打开了“密码”。

诚信经营义为先

谷小光用火红青春年华，传承棋子烧饼，保护非遗文化的故事，蜚声国内外。“既是为了讨生活，也是因为真喜欢。”说起和棋子烧饼的缘起，圆方脸、笑眉眼的谷小光心迹直白。2007 年，17 岁的谷小光来到城关白家沟拜师学艺。靠着一股子“踏实劲儿”，他从每一道基础工序干起，学会棋子烧饼的用油和水和面、用驴油和香油合酥、包馅、烤制等全套制作技艺。学成之后，回到老家垒灶、撑案、亮手艺，在村街口托着盘子卖起了棋子烧饼。

2013 年，谷小光创立了唐山谷津坊食品有限公司，“谷津坊”“谷小光”“谷家小子”等棋子烧饼品牌，荣获唐山“十大乡间特色小吃”称号。如今，谷小光的棋子烧饼，早已走出小山村，来到繁华市区“安营扎寨”，门店厂房齐备、散装精装俱全，不仅热卖本地周边，还远销海外。

探寻谷小光成功的诀窍是什么？谷小光斩钉截铁地说：“诚信！只有诚信才能保证品质，只有好的品质才能受到消费者的欢迎。”

谷小光牢记并把师傅“杨烧饼”杨国栋多年来的叮嘱视为铁律：“选用食材不能有一丝含糊，制作不能有半点疏忽。”每一块棋子烧饼都体现出匠心独运，运用上等食材，传承地道的唐山风味，口齿留香。谷小光发誓奋斗目标定位做非遗美食匠人，制作每一块棋子烧饼都要留住心中的乡愁、儿时的记忆，严格苛求，一丝不苟。

一次谷小光购进了一批菜籽油，原以为是优质特等油。棋子烧饼制作出来，谷小光品尝，油的等级不够格，舌尖上游荡的美味没有达到要求。谷小光立刻把当天生产的两吨棋子烧饼卖给了养猪场，把菜籽油降级低价售出。

谷小光以传承、保护、开发棋子烧饼为己任。厂里的职工看到刚产出的烧饼被处理掉，连声说：“一般人根本感觉不到味道有什么异同，让猪吃了太可惜！”

谷小光说：“我能够吃出味道不同，顾客也能够吃出来。不能让顾客说谷小光的烧饼出名了，就‘以次充优’，砸了自己的招牌。”

匠心精神铸品牌

传承非遗美食，做出美味好吃的棋子烧饼是谷小光不懈的追求。谷小光创业向丰润城内白家沟“杨烧饼”杨国栋学习。开始的时候，杨国栋不愿意教：“祖传的手艺谁愿意教给外人。”

谷小光天天往杨国栋烧饼摊跑，他的执着与韧劲，感动了杨国栋：“现在不少年轻人急功近利想挣大钱，做棋子烧饼辛苦，对棋子烧饼这么执着的年轻人太少了。”于是把棋子烧饼手艺倾囊相授。

谷小光并不满足。他边做棋子烧饼，边四处拜师，博采众家之长。后来，他又向七树庄王亚洲、祥顺斋饭店厨师徐士学学习棋子烧饼技艺。谷小光为寻求棋子烧饼内馅更佳味道，多次登门拜访研究香料大师，但香料配方也只传内不传外。谷小光两年多时间坚持不懈主动上门求教，终于感动了对方，同意将配料方传授给他。谷小光在调料大师贾长存指导下，学习香料技艺，研制出多样化美味的内馅，满足不同消费者的各种需求。

谷小光

如今，谷小光制作的棋子烧饼成为丰润棋子烧饼的代名词。年逾花甲之年的唐山市著名红学家王家惠说：“我吃谷小光棋子烧饼，吃到了儿时吃到的老味道了。”

“天外天楼外楼，能人中有能人”谷小光对棋子烧饼制作技艺追求永无止境，他采取“请进来走出去”的举措，调研市场。一方面，邀请周边钢铁业精英人物、老乡朋友，如全国劳模、“五一劳动奖章”获得者等亲切交流切磋匠心精神，共同回忆脑海深处儿时食用棋子烧饼的情景，用文化的魅力，再现看得见的乡愁。另一方面，谷小光带着棋子烧饼跟随作家采风组走进河北、江苏、北京、天津等一些名企征询建议，开拓市场。他每年至少用一个月的时间到全国拜访各地有名的特色烧饼厂商和糕点厂商，深入学习研究制作技艺。为了让棋子烧饼更加符合现代人的口味，他经常一两个月待在制作室里，反复试验。在研制一款适合儿童食用的棋子烧饼时，他用掉了一吨面粉。

谷小光与钢铁业全国“五一劳动奖章”获得者李建伟交流匠心精神

谷小光勇于“第一个吃螃蟹”，积累经验。他对棋子烧饼最大的贡献是将古老的丰润小吃推向全国，解决大规模生产中诸多技术难题。他对生产棋子烧饼的生产线、流程、品质把握投入了巨大的精力。其中最关键的是烤制棋子烧饼火候的把握。

“小光对棋子烧饼研制着了魔，整天待在烤炉前，晚上做梦还说‘火候小了’。”谷小光妻子周盟说。

由于他的执着，谷小光生产的棋子烧饼广受欢迎，成为了丰润棋子烧饼的代名词。谷小光生产的棋子烧饼被中国老字号文化研究中心、河北省文联联合授予“燕赵老字号”“清代贡品”，被河北商业联合会联合中国商报认定工作委员会认定为“河北老字号”，被唐山市政府授予“唐山市非物质文化遗产”。

知恩感恩寄深情

感恩于心，知恩于行。谷小光被称为“烧饼哥”，不仅成为非遗美食业界的一位励志企业家，更是一位热心公益事业的道德模范。他感恩这个伟大的新时代，知恩图报，全方位寄深情，传承非遗文化，把棋子烧饼做得红红火火的，可点可赞。

谷小光从小居住的狼儿峪村处于山区，村里人穷困的很多。在狼儿峪村有很多孤寡老人，也有很多因病致贫的人。

吃水不忘挖井人，传承棋子烧饼不忘乡亲。2011 年，谷小光做棋子烧饼挣了 4 万元钱。过年时，他对父亲说："我想去看看村里的孤寡老人和贫困户。"父亲说："是件好事，但是开弓没有回头箭。今年看了，以后一定要一直看下去。"当年，谷小光带上棋子烧饼，买了米面油，花了 4000 元看了十几户孤寡老人。老人们看到谷小光拿了东西来拜年，脸上乐开了花："小光是个好孩子，还想着咱们！"从此，每年谷小光都去看望孤寡老人和贫困户，到今年已经有 10 年了。

狼儿峪村是山村，革命老区。在抗日战争和解放战争中，以及抗美援朝和对越自卫反击战中，有多人参军入伍，甚至流血牺牲，为新中国的成立和建设做出了贡献。谷小光为弘扬山村红色历史，继承参军拥军的光荣传统，和全村 30 多位退伍军人共同庆祝"八一"建军节，并送上棋子烧饼、米面油，温暖了山村退伍老兵的心。

从狼儿峪村到主要公路的近二十里路段都是山路，有三个大坡。下雪的时候，为保证机动车在上下坡时出行安全，谷小光从 2012 年开始，每逢下大雪就自己花钱买了融雪剂，雇人洒在沿路的山坡上。提起这件事连谷小光的很多朋友都不知道。

谷小光为村里花 20 多万元修建了村民文化活动中心，里边有乒乓球、书籍、画案等，还经常举办各种文化活动。急乡亲们所急，帮乡亲们所需，把困扰村里桃农多年的两个土坡路修成水泥路，让山里的桃子能够顺利运送出山。他出钱修建了大型储水罐，解决了旱地灌溉问题。

乡亲们对谷小光父亲说："小光传承非遗文化和乡亲心连心，干这么多好事，花了不少钱啊。你家的房子还没有修，能舍得？"小光的父亲说："孩子做好事，主意正，只要努力，日子就会越来越好！"

谷小光就是这样传承非遗文化展风采，怀揣一颗公益心，传递人间真情。

创新是最好的传承

丰润棋子烧饼源于明朝隆庆年间。清光绪初年，京东名厨、丰润城关西大街谷津坊饭店名厨牛朝彦进京为慈禧太后做御厨。为讨慈禧欢心，他进一步改良盛行于丰润民间烧饼传统工艺，形、色、味都得到跨越式的提升。丰润棋子烧饼已有500多年历史，“先是清代学子进京赶考的干粮，后来是送给外宾的国礼”。

谷小光秉承以德为尚、以真为质、以美为品的价值取向，立足长远、继承传统、独特模式、不断创新、做大做强的发展方略，将棋子烧饼传承、保护、发展好，让其在发展中传承，在传承中发展。

世间传承，万宗归一。流传五百余年的棋子烧饼老味道，在飞速腾飞的新时代，如何焕发出新生机？谷小光讲述创新是最好传承的故事，有创意，蕴含大道理。

故事之一，技术创新。

谷小光在棋子烧饼老艺人和文化学者的指导下取得两突破，一是攻破用电烤箱烤制出手工缸炉效果的技术难关；二是研发创新出最传统老配方和符合年轻人口味的新配方。谷小光实现两突破目标如虎添翼，做到规模化生产、大面积销售。2019年谷小光棋子烧饼亮相中国国际服务贸易交流会广受好评，荣获“燕赵老字号”“清代贡品”特殊奖项。

故事之二，馅料创新。

谷小光制作的棋子烧饼，小巧玲珑，层层可见，色泽金黄，馅料鲜香，传承地道唐山风味。馅料有肉、什锦、腊肠、火腿等多种馅料，还原舌尖上游荡的儿时味道与美味。

故事之三，营销创新。

信息飞速发展营销手段推陈出新，直播带货已成为现代社会的主流。谷小光带着棋子烧饼，走进电视台直播间，与电视台合作，以“直播”的形式为粉丝讲解棋子烧饼的技艺和历史文化，“推广非遗美食，品尝唐山特色”，并在现场为粉丝发放福利，赢得赞赏。

故事之四，包装创新。

谷小光棋子烧饼独立包装很有特点。棋子烧饼犹如一颗象棋子那么大，随时随地都可以开一颗，和朋友分享，跟家人共品，放到包里、车里、抽屉里，拿出几颗当茶点也是不错的选择。让朋友拿上谷小光烧饼送给朋友，是唐山首选的美食，吃一次还想第二次吃，吃了第二次还念第三次，高端的礼盒精致包装，送礼最适合了。

故事之五，展览创新。

谷小光将非遗美食一颗小小的棋子烧饼，作为一项文化大产业来做，在他身边形成两个顾问团队。一个是由老艺人组成的技术团队，一个是由著名文化学者组成的文化团队。深入探讨丰润棋子烧饼的源流、传承、制作工艺和口味，背后深厚的文化内涵，强烈呼吁保护丰润美食，留下舌尖的乡愁。为扩大棋子烧饼的美誉度和知名度，谷小光拟筹划投资兴建“丰润棋子烧饼文化博物馆”，供人们参观了解中华优秀传统美食的历史。

谷小光传承棋子烧饼，大踏步行进在创新路上……

（作者：谢吉恒、国海涛，原载于《健康导报》，2021年7月11日）

浭泉酒业文化采风行

6月26日，浭阳书画艺术研究会策划组织有媒体记者、书画家、企业家、文友等参加的采风组，来到燕山脚下、还乡河畔的河北浭泉酒业有限公司（以下简称浭泉酒业）进行文化采风活动。此次采风活动的目的是响应《中国冶金报》刚刚启动的“永远跟党走—喜迎中国共产党100华诞征文活动”，进一步增进报企交流与合作。

浭泉老酒文化渊源

水是酒的血，水对酒至关重要。浭泉酒，因用浭水酿造而得名，浭水就是还乡河。我记忆中第一次看到还乡河的名字，是童年时从著名丰润籍作家管桦写的《抗日小英雄雨来》故事中看到的。是缘分，四年前我加盟浭阳书画艺术研究会，担任义务宣传顾问，常去曹雪芹公园绕还乡河晨练散步、采写还乡河畔书画家的艺术人生故事，对还乡河越发了然于胸。

还乡河，丰润人的母亲河，发源于燕山南麓迁西县泉庄村，经丰润、玉田、宁河蓟运河后入渤海，全长160公里，丰润段60公里。据《丰润县志》记载：“靖康二年（1127年）宋徽宗赵佶被金虏获，解五国城，途经丰润浭水河。徽宗驻马桥头，凝视西流浭水，长叹道：凡水皆东，唯此独西，吾安得似此水还乡乎？”此故事传说便是“浭水”易名“还乡河”的来历。

文化是源、文化是魂、文化是根。丰润是出美酒的地方，浭泉酒业是丰润美酒的杰出代表。寻根问祖，浭泉酒业文化渊源在哪里？“酒逢知己千杯少，话不投机是半句多”，《中国冶金报》记者专访张树志这个80后出生、刚步入而立之年、喝浭水长大的浭泉酒业掌门人。后生可畏，他与记者问答式一席精彩对话，展示出对浭泉酒业执着追求和情趣陶醉的功底，聪慧伶俐，对答如流。浭泉酒文化孕育了浭泉酒业的前世今生，博得采风组点赞，令人刮目相看。

采风组记者谢吉恒（中）与张树志（右二）合影

浭泉酒业储酒罐

浭泉老酒酒文化渊源博大精深，张树志井然有序概括为三点：一、历史悠久，底蕴深厚。因丰润又名“浭”，所以丰润出的美酒统称“浭酒”。而丰润的美酒指的就是左家坞镇出的酒，左家坞镇最繁盛的时候家家酿酒，百里酒香飘逸，有名的酒烧锅就有一百多家。最早记载的丰润美酒就出自左家坞镇“北沟”浭泉边上。位于左家坞镇北沟村的浭泉老酒兴起于辽代，至今已有1000多年历史，因从丰润区陈宫山下的“浭泉”采水而得名。因浭泉水清爽甘甜，所以酿出的浭泉老酒，酒质甘冽、绵柔醇厚。浭泉老酒是

“浭”（丰润）酒的杰出代表。明朝时，“浭”（丰润）酒已名震京东，被称为“直隶东路烧酒”“东路贡酒”，浭酒通过船只，发往天津、上海等一些沿海城市，换取米、面、布匹。到了清代，“浭”（丰润）酒以“最有情、品第一、冠京东”誉满京师，为直隶（河北）三大名酒之一。二、竞相品饮，赞美诗篇。达官显贵、文人雅士竞相品饮，写下诸多赞美丰润美酒的诗篇。据考证，在清代古籍中，赞美丰润美酒的名人以“浭”（丰润）酒为题赋诗数量多、品位高、影响大，在中国白酒历史上实属罕见。如清康熙宰相陈廷敬的“离筵尝遍京东酒，浭酒淋漓最有情”。礼部尚书韩幕卢“浭酒，饮之而甘，品为燕酒第一”。清代大文豪朱彝尊写的“渔阳松散宝坻鱼，浭酒吴船味不如”，意为蓟县的面点、宝坻的银鱼和丰润的浭酒，京东名产非常美味，富饶的江南美食都比不上。曹雪芹祖父曹寅对浭酒怀有深厚感情，写有《饮浭酒》长诗称赞浭酒的水质和酒质。三、文化名酒，品牌形象。“浭”（丰润）酒是中国名副其实的文化名酒，丰润是中国北方白酒酿造之乡，“浭”（丰润）酒是中国白酒文化一奇葩。“浭”（丰润）酒在中华酒文化百花园中彰显出拥有无可比拟的品牌优势和文化优势。浭泉酒业得惠于浭泉佳水、得惠于在漫长发展过程中积累出一套完整的酿造工艺。灵泉秀水佳酿“浭泉”。

浭泉秀水佳酿老酒

浭酒产区大多分布在距丰润15公里的北部风景绚丽、山清水秀的左家坞镇，背依莽莽燕山，浭水环绕而过。世界历史文化名人、文学名著《红楼梦》作者曹雪芹故居地在丰润，左家坞镇是曹雪芹创作《红楼梦》的地方，曹雪芹经常撑船从丰润城到这里打猎游玩或写生，并把秀丽山水景色写入《红楼梦》。曹雪芹父子喜欢饮酒，发现这里河水甘甜，就在此地建立家酒作坊和别墅。

作者参观浭泉酒业生产车间

宋代文学家欧阳修说："醉翁之意不在酒，在乎山水之间也"，我喜爱"浭泉"酒，更喜爱"浭泉"酒出之好山好水优美文化景观和精湛酿造工艺。今年阳春四月，我来到左家坞踏青游览，亲身领悟到游客赞誉"南有烟花三月下扬州，北有四月桃花醉丰润"，言之一点不为过。四月的浭泉酒业周围，万亩桃花竞相绽放，朵朵如胭似霞，娇艳欲滴，景色如画，游人流连忘返。联想我去年南下扬州采风，有感而写"烟花三月下扬州随笔"，今年六月到浭泉酒业文化采风，再三斟酌命题"浭泉酒业文化采风行"。

浭泉酒业坐落在左家坞镇魅力横溢的北沟村。《红楼梦》中的青埂峰原型，便是北沟村北边的陈宫山。陈宫山灵泉秀水、古木参天、水质甘甜、气候温润，是一处天然酿酒佳地。张树志出生成长创业于北沟村，钟爱家乡之情，表露出家乡的一山一水、一草一木都是那么亲切和美丽。他引领采风组观赏景观，详尽介绍村里一口呈圆形、名为浭泉古井，吸引大家眼球，成为一大亮点。

作者参观浭泉古井

浭泉古井至今已有1300多年历史，是目前丰润发现、保存较为完整的古井之一。辽代大安九年（908年），《丰润县志·文苑》收有《大辽景州陈宫山观鸡寺碑铭》中记载："林中东南角有石井，井水平时不竭，夏则自流，饮之甘洌清甜，益寿。"北沟村风光优美、水质甘甜、空气清新，负离氧子浓度超于世卫组织界定清新空气标准，堪称天然氧吧，村民普遍健康长寿。北沟村被誉为闻名的"长寿生态村"，前年报载，全村200多户人家，80岁以上老人有86人，90岁以上老人有18人，100岁以上有2人。采风组饶有兴趣驻足参观这口古井并拍照留影。接着还参观了这口井东边的曾经是辽代所建、《红楼梦》中描述的寺庙观鸡寺遗址，兴盛时期，该寺香烟缭绕，庙内居住僧人多达1000余人。正西边建在15世纪"鸡泉涌"酒烧锅遗址、抗日战争时期八路军酿酒遗址等景观。浓郁的浭泉酒文化气息，代代传承，陶冶人们情操，也陶冶了浭泉酒业人的情操。张树志介绍，追溯浭泉酒业的酿酒工艺迄今传承1000多年。

岁月流逝，沧桑巨变，浭泉酒业老厂就建在北沟村，早先酿酒采用这口古井之佳泉，水脉相承。现今浭泉酒业新区建在北沟村南，酿酒规模拓展，用水量增大，采用的是古井佳泉的地下浭泉水脉，水质甘甜净爽，酿造佳酒的上乘水质。

叫响浭泉酒业品牌

品牌是一种认可，品牌是无形资产。浭泉酒业品牌故事在我的印象中举不胜举。钢铁是丰润的传统支柱产业，各类钢铁深加工企业多达200多家，《中国冶金报》记者到一些钢铁企业采访，看到不少厂家选用浭泉酒业生产的多款白酒招待客人，当今各种牌号白酒五花八门、琳琅满目，等级参差不齐，钢厂缘何选用“浭泉”白酒呢？众多钢厂友人答道：“浭泉白酒是燕赵老字号，让喜爱老名酒的钢厂人能寻觅到曾经的老味道”，一语道破谜底。也有的说：“浭泉白酒文化底蕴深厚，良心酿造，货真价实，平民百姓消费喜爱它。”6月下旬，上海、南京、邯郸等地文友在网上见到我采写浭泉酒业的文章，颇感兴趣，提出到此处采风的建议。从这两个故事，足以说明品牌的力量和作用是无穷的。浭泉酒业是靠什么叫响品牌呢？“老字号工艺、工匠精神、展示形象三到位”，张树志干脆利落地说。

一是靠老字号工艺叫响品牌。“曲”是酒的骨。浭泉白酒采用高温红心大曲、泥池固体发酵老工艺酿造。原全国白酒协会名誉会长、著名酿酒专家周恒刚评定浭泉老酒：“酒香浓郁，醇厚丰满，具有正宗浓香型大曲酒传统风味。”浭泉老酒2019年被评为“燕赵老字号”，为丰润白酒争了光。二是靠工匠精神叫响品牌。工欲善其事，必先利其器。浭泉酒业完善发酵、酿造、检测、化验设施，严把酿酒准备、操作、发酵、摘酒、调兑环节，聘请国内著名白酒专家技术指

导，坚守品质为本的宗旨，酿酒每一个细节都是匠心精神的诠释，用极致的标准追求卓越品质，产品质量全面提升，深受商家酒客的青睐，产品畅销东北、唐秦、京承等地。三是靠展示形象叫响品牌。浭泉酒业欢迎书画家、作家、摄影家、媒体等走进来进行文化采风，又走出去参与社会公益事业。今年二月捐款捐物，慰问防控疫情一线工作人员，参加“为奉献者奉献”学雷锋自愿服务等活动，展示企业形象，提升浭泉酒业品牌的穿透力。为叫响“浭泉”品牌，张树志表示，有义务有担当，将继承父辈们酿酒事业，传承古老酿酒工艺，把丰润打造白酒文化品牌大旗扛起来！

（作者：谢吉恒，原载于政商参考网，2020年7月21日）

葫芦雕刻传人——匡国财

匡国财向作家介绍“镇室之宝”
大葫芦雕刻“太行菊”的设想

12月上旬，作家“2022年新春贺岁采风组”，驱车到丰润区西凹凸村匡国财葫芦雕刻室采风。缘于他在朋友圈发布依据我今秋采写散文作品《白云山赏太行菊传奇》一文，此篇作品喜获“鲁迅文学杯全国文化精英大奖赛”大奖，全国多家官网发布，引起《中国冶金报》社长陈玉千先生关注点赞，并在中共中央宣传部“学习强国”学习平台发布。

匡国财喜迎2022年新春贺岁活动，为创作以白云山“太行菊”为主题系列葫芦雕刻作品尤为感兴趣。匡国财雕刻葫芦艺术人生，如何以葫芦为纸，雕刀为笔，一笔笔让刀尖游走在葫芦上，刻画创作出一幅幅精美葫芦雕刻艺术作品，憧憬他的精彩人生，感受他的艺术情结，以此诠释他的从艺硕果。

“葫芦”谐音“福禄”，寓意幸福安康，是中华民族最原始、最古典的吉祥物之一。匡国财出生于20世纪80年代，受祖辈喜爱葫芦雕刻艺术熏陶影响，自幼喜欢书画，对葫芦雕刻情有独钟。他2012年毕业于河北北方学院美术专业，饱餐专业理论知识，为踏上葫芦雕刻艺术梦想之路，夯实牢固基础。

他毕业后回到村子里，不二择业葫芦雕刻艺术，乐挑挖掘保护葫芦雕刻非遗文化重担。他历经10个春秋，动手种葫芦田、建葫芦雕刻室、办葫芦雕刻讲堂……勤学苦练，研究葫芦雕刻技巧，提高技艺。天道酬勤，功夫不负有心人，凭借执着追求、优美作品实力提升知名度和影响力，他被吸收为河北省青年美术家协会会员，担任浭阳书画艺术研究会非遗艺委会副主任，成为丰润区葫芦雕刻非遗传承人。

作家走进他的工作室，高大展柜上布满了形态各异、型号齐全、规格不等的“8 宝”“苹果”等类葫芦雕刻艺术作品，美不胜收，跳入眼帘，彩辉夺目，大饱眼福。

当他双手抱起“镇室之宝”个头高 80 厘米“大 8 宝”葫芦雕刻作品，手心托起个头矮小、高仅 5 厘米“袖珍 8 宝”雕刻作品，一大一小，神态迥异，作品雕刻魅力吸引众人目光，博得连声称赞。

外行看热闹，内行看门道。葫芦雕刻是细工，他介绍道，在传统的绘画手法、葫芦雕刻上探索出了一套绘画、雕刻及创作的“四到位经验”，即：

一是工匠精神到位。葫芦雕刻涉及书法、绘画、篆刻、上色等多项工艺的特点。只有全身心投入，一丝不苟，雕刻时点、挑、划、拉、刺等细节处理要轻重有致，精雕细刻，精益求精，才能刻画出优秀作品。

二是作品取材到位。他的葫芦雕刻作品取材丰富，来之于多方面。例如，钢铁是丰润传统支柱产业，各类钢铁深加工企业多达 200 多家，取材于钢铁业高质量发展、“和谐号”动车城、国家重点工程建设和科技进步；取材于古典戏剧和神话故事；取材于山水、名胜古迹和民俗风情等。开启葫芦雕刻创作前，首先是选葫芦，反复观察，根据葫芦外形思考选之匹配的画面；其次是构思成熟后才动手打磨、描笔、书画、雕刻、上漆。

三是传承与创新结合到位。匡国财在村里种植了 5 亩优质葫芦，从选种、育苗、施肥、造型、田间管理、采摘、加工、雕刻创作成艺术品衔接成一条龙。他以专心、专业、专注的态度将工匠精神贯穿到葫芦雕刻的全过程。

四是挖掘传承非遗责任到位。面临现代社会快速发展，传统文化受到冲击，老一辈民间传统雕刻葫芦艺人留下来的经验、技法正在不断消失，民间艺术技法传承面临后继乏人。他在保护、传承葫芦雕刻技艺方面采取双管齐下两手策略，一方面走出去到外地参观学习，广与手工雕刻葫芦艺术能工巧匠交流，为自己创作提供大量灵感和素材；另一方面，为保护弘扬葫芦雕刻非遗文化，在区、镇周末开设葫芦手工雕刻公益讲座，吸引周边钢厂等员工、学校学生听课，手把手传授雕刻技艺。从青少年做起，至今已有近百人成为匡氏葫芦雕刻粉丝。

太行菊雕刻

匡国财多次参加国内较高层次的民间艺术研究与交流。近几年，他创作的多幅葫芦雕刻得意作品《沁园春·雪》《连年有余》《百福图》《花开富贵》等应邀参加国内各类美展大赛。以工业为题材的葫芦雕刻作品荣获全国、省市优秀奖。为喜迎中国共产党100华诞，匡国财继承传统的雕刻技艺有了创新，遵循将传统葫芦雕刻技艺结合现代艺术和美学形式，颇具现代感且不失传统，更符合当代的审美需求原则，他创作成功的《长城》“大8宝”葫芦雕刻作品，赠送钢铁企业，受到厂家广泛认可。

（作者：谢吉恒）

邓瑞友传承“蓼花”

山有桥松，水有游龙。蓼花生长在潮湿的水边，体形纤细，酷似龙，古人用龙为这种花命名，有一个霸气的名字——游龙，花小有大能量。

——作者题记

“蓼花”，是唐山著名特产，始于明代万历年间，已是有400多年历史传统的美食。“蓼花”何处有？径直七树庄“广正号”。昔日曾经的贡品，如今成为百姓美食。三月中旬，在“3·15”国际消费者权益日到来前夕，作家采风组一行到访唐山市丰润区广正号食品有限公司（以下简称广正号），探寻“蓼花”传人邓瑞友传承“蓼花”秘籍。山不在高，有仙则灵。这是一家占地4.5亩，集科研、生产、销售于一体的专业化唐山特产“蓼花”生产企业，在传承创新中走过二十余个春秋。

走进会客室，大家目光不约而同聚焦墙上挂着荣获“河北省科技型中小企业”“诚信企业”“中国绿色健康产品AAA级企业”“河北健康食品百姓放心AAA级推广企业”等奖牌。块块牌匾，荣誉彰显企业的实力和影响，大家对“广正号”有了直观深入的了解。

座谈交流会上，好客热情的主人端来刚产出香甜四溢的“蓼花”。“蓼花”传人邓瑞友、许春平夫妇致简短欢迎词，随后大家紧抓传承“蓼花”非遗文化议题，品尝“蓼花”美味，畅谈它的前世今生，深入挖掘它的文化内涵。

“蓼花”具有松、香、脆、酥、清甜的独特风味。它的造型美观，呈圆鼓槌状，个大体轻，胖乎乎、金黄色的表皮均匀地沾满一层白芝麻。咬开后，里面全是雪白细腻的蜂窝状糖心，吃上一口，满嘴香甜酥脆。唐山人风趣地把它叫着“大发财”，春节前后几天，几乎家家户户都冲这个名字也要买它，大吉大利。

“广正号”手工精制“蓼花”，软绵易消化，营养丰富，老少皆宜，成为馈赠亲友佳品。平时常有不同地方的客户不远几十公里，甚至上百里路，舍近求远驱车专程来厂购买新出厂的“蓼花”，少者五六斤，多者十来斤，都是留着自己或者亲朋好友用。“广正号”周边有钢厂，许多钢厂员工在春节前后，争相购买“蓼花”，并用顺丰快递为远方的亲人寄去美味和祝福。外地来唐山旅游的客人常说：“来唐山没品尝到正宗广正号‘蓼花’等于没来”，可见“蓼花”多么受人青睐！

舌尖美味“蓼花”是如何经千锤百炼出炉的呢？作家采风组参观敞亮清洁的“蓼花”生产流水线，仔细听取介绍，大彻大悟。面对复杂工艺、苛刻生产标准、确保食品安全、满意服务用户……一言难尽，员工们展现出精益求精的风貌，全身心投入，凝心聚力打组合拳，打造“广正号”，擦亮品牌，提升“蓼花”的美誉度，留下难忘印象。

作家采风组深切感悟到“广正号”成为同行业众多生产厂家的佼佼者。“广正号”的魅力经验在哪？又是如何传承创新的呢？邓瑞友概括“匠心精神”四个字。开拓传承创新“蓼花”非遗文化之路，并非易事。采风组深入挖掘总结，“广正号”“蓼花”传人邓瑞友、许春平夫妇践行匠心精神做到四个优先：一是食材品质优先。货比三家，选择以高质量的糯米为主料，配以黄豆、白砂糖、饴糖和芝麻仁、豆粉、蜂蜜、精炼植物油等。二是精心制作优先。“蓼花”制作中需经过选料、淘洗、浸泡、磨粉、蒸料、和面、擀片、搓条、制坯、阴干、储存、发坯、油浸、炸制、浇浆、挂皮等24道工序。道道关口，环环相扣，更需一丝不苟、精心制作的精神和操作。其中，制坯是“蓼花”制作工艺中最为复杂的一道工序，科技含量最高，完全采用传承秘籍制作。三是控制质量优先。在传承工艺的基础上创新，专门研究了“蓼花”制作方法、工艺流程等规模化生产产品质量控制点，建立产品生产工艺流程数据库，控制产品质量稳定性。四是服务用户优先。“广正号”提出“用户满意就是我们的服务标准”“满意服务没有最好只有更好”的目标，建厂二十载磨一剑，创品牌，砥砺前行。巩固老用户，发展新用户，用户已达百余家。“蓼花”年产量分别占丰润区、唐山市场份额的五成、三成，销往全国各地。

采风中，仅两三小时工夫，我就见证五六家用户来订取货。还巧遇这样一个细节，作家采风组在厂门口，看见一队 20 多位青年驴友。据介绍，他们骑行几十公里特意来这里，为他们钢厂周末组织旅游，打头阵做准备，前来购买“蓼花”。仅此一例，可见“广正号”产销两旺，名不虚传。

采风归来，我整理捋了捋采风素材，写成《探寻邓瑞友传承“蓼花”秘籍》。“蓼花”本是一种草花，文中的故事“蓼花”却是美食，其名字的来历，有一个美丽的故事。1900 年，八国联军进攻北京，慈禧太后和光绪皇帝逃到西安，地方官员把燎花糖作为名贵食品敬献给皇室。慈禧吃后，里面酥脆，香甜可口，凤颜大悦，她见燎花糖酷似昔日在草原上见过的一种草花蓼花，正好燎花的样子很像蓼花的穗子，从此改为同音的“蓼花”，沿用至今。

（作者：川石）

武术传承有魅力

——记言清门武术传承人贾长存

3月12日，作家采风组应约来到唐山市丰润区言清门武术研究会采风，观看会长贾长存与弟子们精彩武术表演。贾长存武艺高强，打起拳来虎虎生风，各种奇门遁甲、十八般武艺样样精通，不愧为民间高手。步入古稀之年的贾长存，现为言清门第六代传承人、国际武术九段高级教练、国际武术一级裁判。言清门武功源于中国青岛崂山，崂山山势涧壑曲折，山峦峭拔耸秀，峭壁徐徐而行，山海相连，云飞霞飘，它有独特的美。言清门武功宛如盛开百花园中的一枝争芳吐艳的奇葩。贾长存自幼为言清门武术的魅力吸引，传承言清门武术非遗文化，演绎出一个个浓墨重彩的故事。

历史源远传承有魅力

贾长存生于丰润，为人真诚厚道，在唐山、京津地区武术界颇有名气。他怀着传承言清门的深情，讲起明末将领马清贤创建言清门的故事及现在言清门几近失传的兵器和武术。马清贤是创建言清门武功的师祖，原是明末一位骁勇善战的将军，功夫高强。明军大败后，他隐姓埋名，在崂山出家成为道士，暗中招收弟子，传授武功，演练阵法。言清门武术和兵器创制至今已有400多年历史。明清和民国时期，言清门在山东、河北、河南、京津、东三省影响广泛，门徒众多。马清贤弟子张谭将言清门武功传到河北，招收弟子刘文耀，在清光绪年间于遵化清东陵开设武馆招收弟子。刘文耀的儿子刘俊生在河北直隶五中任武术教员，抗日战争时期，刘俊生在唐山赵各庄煤矿秘密从事抗日活动。贾长存的武术学于刘俊生儿子刘裕厚。贾长存为大家展示言清门独有的武器——狼刀、拦马撅、钩镰枪，这三种兵器用于军团作战时，士兵三人一组，头兵手持拦马撅专打马腿，第二个士兵手持钩镰枪刺杀或钩住敌兵，第三个士兵近距离砍杀敌兵。

言清门兵器和武术二者紧密衔接，形成言清门武术阵法。贾长存为大家详尽介绍了各种器械、阵法的演变、流派的发展体系等知识。大家为言清门武术源远流长的历史，不由发自内心地赞叹。

谨遵师命传承有魅力

贾长存从小喜爱武术，看见练杂技的就跟着学翻跟头。10 多岁时，他就拜丰润太极高手金宪章为师学太极拳。勤学苦练基本功，柔功为压腿、劈叉、倒立，硬功为打铁砂、打桩、站桩……学习太极八卦掌。每天学下来，浑身肌肤和骨头都疼痛不已，但因自己喜欢，再苦再累心也甘。1979 年，26 岁的贾长存拜入言清门第五代传承人刘裕厚门下，更加痴迷学武术，爱不释手。贾长存年轻时打过铁、种过地，勤劳朴实，人品无人不称绝。贾长存对武术孜孜以求的钻劲、热爱和执着精神博得刘裕厚的认可。刘裕厚收徒众多，数贾长存潜心研究武术出色，一年四季，春夏秋冬，持之以恒。师徒两人情投意合，如同父子，心心相印。1995 年师父刘裕厚病重，去世前将贾长存叫到跟前，将所有言清门武功秘籍交到贾长存手中，对贾长存语重心长地说："这是老祖宗传下来的东西，你一定要把言清门武功传下去啊!"贾长存心领神会，16 载恩师教诲，他牢记师恩是一种品格、报恩是一种行动、感恩是一种力量，浑身卯足了劲。正是这种浓厚的师徒情深，他坚定地说："请师父放心，我一定将言清门武功传承下去!"

多措并举传承有魅力

30 多年，贾长存醉心保护、挖掘、传承言清门武术。他采取四措并举，打组合拳抓传承落实到位。一是抓传承组织落实到位。注册成立丰润言清门武术研究学会，继承挖掘整理言清门优秀文化遗产、积极组织开展参加言清门和全国各门派之间的各种类型的武术交流活动。普及传播传授保护言清门武术，扩大言清门武术的影响力。二是举办武术比赛落实到位。贾长存以传承言清门武术为己任，每年都会举办武术比赛，师兄弟们互相交流切磋。三是传承兵器制作落实到位。贾长存不断挖掘兵器制作技艺，继承言清门兵器的匠心制作工艺，如狼刀、拦马撅、钩镰枪、子母阴阳壳、月牙刺等兵器，在中国古代冷兵器制作是独一无二的。四是传授武术落实到位。贾长存广收徒弟，义务传授言清门武术。现已有近百名学生，他和学生在全国各级武术大赛上已获得了 30 多枚金、银、铜牌。特别令人欣慰的是，他的大儿子贾志军、二儿子贾志坤、孙子贾明哲、孙女贾硕炎和贾硕亭都习武。刚 10 多岁的贾硕炎还在天津举办的武术大赛上获得金牌。贾长存踏上传承言清门武术之路，后继有人，不仅要传承中华武术，还要传承中华武术精神。贾长存说："师父教导我，习武先做人，告诉我要'文有武备，武有文风'，沿着这个言清门宗旨传承下去。"

贾长存在传承言清门武功之路迈大步，擦亮"燕赵老字号"丰润言清门武馆！

（作者：川石）

丰润画扇有故事

——访丰润画扇传承人王静梅

2020年12月15日，中国民间文化遗产抢救工程——河北省燕赵老字号、古代贡品（唐山市）牌匾颁授仪式在唐山南湖国际会展中心举行。丰润画扇非遗传承人王静梅从组委会领导手中接过“清代贡品”和“燕赵老字号”两块牌匾。但是有谁知道这两块牌匾背后有关丰润画扇的六百年传奇与辉煌，以及王氏家族五代人与丰润画扇的不解之缘。

丰润画扇的兴起——独特的地理位置

名如其人，王静梅如一束静静开放的梅花，安静、闲适，一身书卷气。走进她的书房，满室画香与书香，摆满了她创作的画扇和有关画扇历史的书籍。

“丰润画扇是祖宗留给我们最为宝贵的精神财富，我们有义务继承、挖掘、保护、传承。”王静梅说，她自幼和父亲王跃廷学习丰润画扇，大学美术专业毕业，现在是一名小学老师。她在做好教学工作之余，把全部精力投入到丰润画扇的创作和历史文化研究中。她将整理记录丰润画扇的一本本古书打开来，寻找丰润画扇的发展脉络。

丰润地处京东大御路（皇帝出巡的御路）的要冲，关外和京东的人进京都要经过丰润城。这里四通八达，来往客商很多。尤其丰润高丽铺是朝鲜使者进京驿站。《丰润县志·杂记》（光绪版）记载："高丽国贡使每年冬至春归由邑之南关，其与隶仆从辄携其口（sha）货卖，制极粗恶，而胶漆牢固，屠贾时或利之，士大夫不屑捉也。丰人仿其式为之，而小变其法，骨以云竹、棕竹，绘以山水花卉翎毛，著名画家如商山、纪宏、唐瓒、雷炳，现在如丁荣庆亦俱生动有致，丰扇之名与腆并驱畿东良有也，遂进贡宫廷。"这段《丰润县志》说，每年高丽国向大清进贡的使臣都经由丰润城南关，他们带着本国的扇子在这里售卖，因为制作极为粗劣，文人雅士看不上。但是聪明睿智的丰润人看出其中的商机，变化制作方法，将粗制的普通扇子稍加改造，身价倍增。由于丰润众多书画家加入丰润画扇的创作，丰润画扇在全国名气日益显赫，成为了宫廷贡品。

与《丰润县志》相印证，由河北省政协文史资料委员会编撰的《河北近代经济史料》（第202页）和丰润政协编撰的《丰润文史资料选辑》（第四辑第21页）都有详细记载："丰润县正处在京沈御路要冲，清代之时，历年秋季，朝廷由北京皇宫往东北沈阳旧宫，用骡驮轿运皇影（皇上的画像）、银两。押运的钦差大臣，众贝子、贝勒、巴图鲁等，由丰润经过，购得腆扇，带至京城及东北，深受王公大臣赏识，交口称赞，视如珍宝。故此丰邑腆扇相得益彰，身价百倍，遂引起官府幕僚及乡绅仕宦之爱好，正所谓上有好者，下必甚焉。于是争相购买，借以馈亲赠友，视为珍宝。因是丰润县之腆扇，誉满畿东，名驰东北，直至清帝逊位，民国肇造，产销两旺，誉仍不衰。"

王静梅从两本书中得到了一个结论：丰润画扇崛起于丰润原因在于"地利"——由于高丽铺驿站，高丽人带了折扇，丰润能工巧匠经过精细加工成为艺术品；由于丰润处于京沈御路要冲，王公贵族经由丰润，扩大了丰润画扇的影响力。

丰润画扇的兴盛——享誉全国的画家群体

"丰润画扇在康熙年间名震全国，势头盖过全国各地著名的扇子，成为炙手可热的名扇，身价不菲，成为达官贵族富商甚至宫廷御用物品。"王静梅介绍。

据《清稗类钞》（民国徐珂编著）服饰类 17 记载："宫扇以丰润、杭州所出折扇为贵。"据《茶余客话》（清代阮葵生编著）卷十九记载："明人皆尚金扇，即上方赐予亦皆金面。康熙间，尚金陵仰氏扇、伊氏素纸扇，继又尚青阳扇、武陵夹纱扇、曹扇、靴扇、溧阳歌扇。近日又尚丰润画扇。"

"我父亲告诉我，从明永乐年间到民国时期，丰润画扇历时 600 多年长盛不衰，销往全国各地，曾是带动丰润经济的重要产业。"但是，王静梅认为丰润画扇全国盛名的原因在于"人和"——丰润书画人才辈出。

丰润画扇以绘画见长，在丰润有一大批闻名全国的大画家。据《丰润县志》记载，丰润人乾隆年间御史郑成的二儿子郑东被授予七品画师，名号享誉京城。郑东的一把丰润画扇价值不菲，只有地位尊贵的高官才会拥有。由于丰润大画家和丰润画扇的带动，成长了一大批如商山、纪宏、唐瓒、雷炳为代表的丰润画扇大家。光绪年间尤其以丁荣庆最为著名。

王氏第一代画扇创始人王克忍就是丁荣庆的学生。王克忍原是一秀才，因擅长书画而在周围十里八村享有盛名。他天资聪颖，幼时便表现出对书画的喜爱，经常四处涂鸦。后拜丰润画扇名家丁荣庆为师，专门研习画扇，他所画的扇子注重笔墨、画工精良，具有自己独特的风格。后来，第二代传人王志贤、第三代传人王胜昌、第四代传人王跃廷将丰润画扇薪火相传。

让王静梅最为痛惜的是，家传数百年的很多扇子在"文化大革命"期间被付之一炬。但是王静梅说："我一定把老祖宗留下来的东西继承下去，保护好，发扬光大！"

丰润画扇的传承——深入骨髓的画扇精神

王静梅自幼受痴迷书画的父亲熏陶，和父亲学习丰润画扇。1995 年考取天津大港石油学校美术专业，后来到河北师范大学学习美术学。王静梅跟赵铁军老师学色彩、素描，跟常旗老师学美术专业理论，打下了良好的美术功底，也为丰润画扇创作打下了良好的基础。

生性恬淡、无欲无求的王静梅毕业后，在乡村小学教学。在喧闹场合有些拘谨的她，喜欢孩子，喜欢带着童稚的孩子们，画石头、画脸谱、画葫芦、画花盆……她还喜欢独自一人徜徉在乡村河边，看水中游鱼、垂柳下丰收的庭院、秋雨中摇曳着的喇叭花……她还喜欢一天天捧着潘天寿的《中国绘画史》等绘画书籍，喜欢安静地躲在自己的小屋里临摹于非闇的牡丹、陈洪绶的荷花……

加入溧阳书画艺术研究会，是王静梅生活与创作中的一个重要转折。在这喧嚣繁华的尘世间，她与一群醉心书画艺术的“隐者”，一起探讨书画艺术。王静梅采用中国传统方法和所学专业相结合的表现手法，经过多年的实践总结了一些适合自己的创作方法，并形成自己的创作风格。

王静梅画的画扇以工笔为主，不仅在宣纸制作的折扇上画，而且在绢帛质地的团扇上画。她创作的花鸟画扇，敷色淡雅，而背景的处理，避开了面面俱到的匠气，轻敷淡染，将一枝荷花、莲蓬或者菊花、青草，晕染得饱满诱人，格外的赏心悦目。画面虚实相映，情趣盎然。王静梅最爱画荷花，她画出了荷花的亭亭玉立、清丽娇艳、优雅从容。站在她的荷花前，感到一种沁气浸润骨髓，感到暗藏在画里的宁静与高远，孕育着只有真正纯净如水的心才能画出那份远离尘世的纯净。

王静梅身上天生带有“禅境”，她喜欢佛教题材人物画。她的佛教题材人物画，虽然没有浪漫梦幻的抒情特点，但是可以感受到画家对于自然、生命、生活的独特感受。她的人物画不仅重视人物外在的“传神”，更注重表现人物内心的情感，将女性特有的细腻，融入了画扇之中。

“丰润画扇是我毕生的事业和追求。”王静梅说，她只想安静地教学和画画，过简单的生活。

（作者：国海涛）

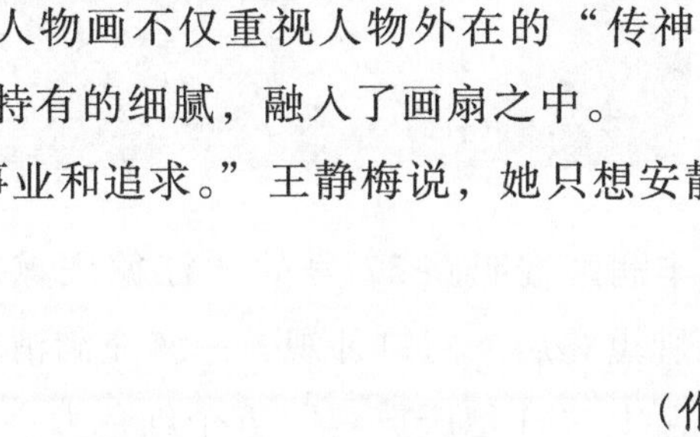

溯源老字号“江德庆熏鸡”手记

丰润有一种传统名吃——“江德庆熏鸡”，第五代传承人赵会章传承创新，擦亮品牌。

——作者题记

位于唐山丰润区端明路 52 号的“江德庆熏鸡”店，这是一家有着 130 多年历史的老牌熏鸡店。门口外观，一座充满清朝风格的二层门店就呈现在我们眼前。牌匾上“江德庆熏鸡”五个红色大字显得古色古香。赵会章先生就是这家熏鸡店的经营者，是江德庆熏鸡传统制作技艺的第五代传承人。

三月中旬，作家采风组走进“江德庆熏鸡”店，店内为仿古装修，首先映入眼帘的是两块牌匾：中号老字号委员会、河北省文联联合授予“燕赵老字号”和丰润区人民政府公布唐山市丰润区文化广电和旅游局制发的“区级非物质文化遗产”。两侧的墙面上挂着“江德庆熏鸡”的“荣耀”，有“江德庆熏鸡”的历史传承，有材料选取、制作工序、食用方法等介绍，这些历史遗留下来的痕迹，都在彰显着“江德庆熏鸡”这个舌尖上的美味独特之处。背后流传有一串奇闻故事。

故事之一：名称由来

清光绪13年，赵会章曾祖赵连珠是吉云禅寺的监工人。赵连珠为人正直，而且见义勇为，遇人有急难，即便是委屈自己，也要想方设法给以人周济帮助。这一天，赵连珠去山东采购物料，行至半路，遇见一位老人倒在地上，赶忙上前察看。把手放在鼻翼处一探，还有呼吸，连声呼唤“老人家，醒醒，醒醒！”老人家悠悠醒转过来，口中接连说道：“谢谢恩公……”原来这是一位中暑昏迷的老人。老人姓江，靠祖传秘法熏鸡齐身皇家御厨之列，来山东游玩不料中暑倒地。赵连珠也顾不上去采购物料，把虚弱的江姓老人扶到家中进行照顾。江姓老人十分感激，为答谢赵连珠相救之恩，便把祖传熏鸡秘方传给了他。

赵连珠按照秘方进行制作，江姓老人在旁指点。很快，小院里就飘出了鲜香四溢的味道，被风一吹，传到了左邻右舍。邻居们都闻“香”而来，趴墙头望的，推门而入的，都想看看赵家这是做啥好吃的了。赵连珠赶紧放好桌子，摆上碗碟，招呼大家坐下。他笑嘻嘻地说：“今天，我请大家吃熏鸡！”只见那熏鸡摆上桌子，红亮透明，闻起来有重重的熏味。大家纷纷举筷品尝，赵连珠撕下一个鸡腿，递给赵姓老人。赵姓老人和邻居不住地点头称赞。赵连珠也撕下一块鸡肉，嚼起来鲜甜可口，酥香软烂、香而不腻。赵连珠见熏鸡味美，颇受欢迎，就做起了熏鸡生意。此事在本地传为佳话，后经文人点拨，赵连珠行事德行上等，后辈子孙兴旺吉庆，得江姓御厨秘方不能忘恩，故得名“江德庆熏鸡”。

故事之二：忠厚传承

传承路上，“江德庆熏鸡”制作技艺的第五代传承人赵会章并没有把熏鸡制作当成一种谋生的手艺，而是把它当作理想去追求。他告诉我们，从十来岁进入饮食行业跟父亲赵义广学习制作熏鸡，把卤制熏鸡从农村搬到城区。历经百年传承，他一直坚守着初心，守着“江德庆熏鸡”的传统手艺，遵家训，做好非遗美食。

“心口如一，童叟无欺。君子爱财，取之有道。”牢记家训，赵会章先生说：“我们不仅在卖鸡，而是在传承老一辈的匠人精神，更是在继承我们的传统文化。我们能坚守老祖宗的传承，就是对先人最大孝顺。”

说起熏鸡来，赵会章津津乐道：“北方鸡肉更有特点。北方鸡吃虫、草和粮食，生长周期长。我们选用的都是山地散养一年的柴鸡，并采用‘三脱脂’技术，几乎脱掉了鸡身上95%的脂肪，连减肥期间的消费者也可以大快朵颐。”说到这里，赵会章脸上洋溢着自豪：“我们卖的不只是传统美食，更是一份健康！”

赵会章认为，世间任何一种美食，都有着非常繁琐的制作工序。做好一只熏鸡，要经过18道工序才能完成。一锅老汤精准配比需要49种配料，同时做到“三准”到位，即投料准、投盐准、火候准到位，才能熬制出江德庆独家秘制的老汤。

故事之三：铸就品牌

赵会章谈起铸就“江德庆熏鸡”老字号品牌，一是采购货真价实的调料一丝不苟。“我们所用调料是精挑细选的一等品，有些调料必须去原产地采购。”他在介绍创业初期，有一次工人在熬制老汤时的情节，有几味配料没有了，就近到荷花坑市场采购了一些回来熬汤。等他回来时一闻，就觉察出来不对。他当即做出决定，将正在煮制的近100只鸡和两大锅老汤，全部处理掉。把熏鸡送给了养狗场，两大锅老汤倒掉。二是靠匠心精神铸品牌一丝不苟。在赵会章看来，老祖宗家训告诉他：“要堂堂正正做人，踏踏实实做事，不做亏心事，不赚昧心钱。”赵会章说：“我们吃的是手艺饭，匠人要靠品质说话，而非单纯地看收益、利润、销售量。百年品牌要走得长远，走得好，必须‘慢’下来，做精、做优、做特色。”

说到这里，做好的“江德庆熏鸡”端上了桌子。大家品尝美味佳肴，吃鸡先喝汤，一勺浓浓的白汤入口，鲜香浓郁。再放入嘴中一块熏鸡，还未品尝，一股浓郁的熏香味直扑入鼻。细细品尝，肉质紧实嫩滑，大饱口福。“江德庆熏鸡”配上米饭食欲顿增。

结束采风，赵会章给作家留下深刻印象，他“重传承，遵家训，守匠心”做好非遗美食。2020年，赵会章创立了香飘浭城餐饮服务有限公司，江德庆品牌被中国老字号文化研究中心、河北省文联联合授予“燕赵老字号”称号。赵会章被丰润区团区委评为“优秀青年志愿者”，被丰润“青年企业家协会”推选为协会理事。“江德庆熏鸡”店被丰润区营养学会定为会员单位。他说，自己是永远的“熏鸡哥”，传承熏鸡技艺是他一生的执着追求。

（作者：国海涛、王静梅）

葆光斋装裱见闻

有那么一种人，一生专注一件事，一生只为一门手艺。他们肩负使命，传承人类文明，从此，便有了灿若繁星的非遗文化。丰润区葆光斋绘画艺术馆的章汉龙先生就是这种人，他是葆光斋装裱修复技艺的第八代传人。

三月中旬，作家采风组一行踏着春风来到丰润区葆光斋绘画艺术馆调研。葆光斋绘画艺术馆是一个 290 平方米的二层门店，满眼看到处处都是与书画紧密相关：摆放的宣纸、立在墙边的托画用的框子以及挂在墙上的字画。在墙上最显眼的地方挂着中国老字号文化研究中心授予“燕赵老字号”牌匾。这些书画装裱作品以及“燕赵老字号”牌匾的背后，诉说着一个传承人默默坚守、奋勇前行的动人故事。

葆光斋百年传承史

丰润葆光斋装裱兴起于清康熙年间，有百年传承历史。创始人章惠存是一位闻名京东的装裱匠人。葆光斋装裱兴起与丰润绘画有关。乾隆年间御史郑成的二儿子郑东被授予七品画师，名号享誉京城。郑东的一把丰润画扇价值不菲，只有地位尊贵的高官才会拥有。由于丰润大画家和丰润画扇的带动，成长了一大批如商山、纪宏、唐瓒、雷炳全国著名的画家。

丰润章家是丰润大族世家，是书香世家。章惠存自幼熟读诗书，尤其爱好绘画，想通过科举进入仕途，但是屡试不中。后来对仕途心灰意冷，把所有精力投入到绘画中，绘画名气很大。他家资巨富，喜好收藏古画，但是有些古画破损，他就亲自装裱修复。由于他书法绘画艺术高超、境界高，当时很多古画收藏家都找他修复装裱。他索性开了一家名为葆光斋的绘画装裱店，专门修复名贵字画。章家诗书传家，后人历代喜好诗书绘画，葆光斋也被章家后人继承，一方面作为自家收藏修复之用，另一方面作为全国各地慕名送来的名画修复。

传承开办画艺馆

今年43岁的章汉龙先生是葆光斋装裱修复技艺的第八代传人。他的书画装裱修复技艺是从父亲章作成那儿学来的。章作成修复古字画的废寝忘食以及那份执着深深地萦绕在章汉龙的心中，他从小就立志，要将父亲的衣钵传承下去，让这些古老的书画艺术得到妥善的保养和修复。“我是在父亲的装裱室里长大的，从小耳濡目染。那时，大人工作，我就找废弃的字画练习装裱。”他说，如今书画市场上有用机器装裱字画的，即通过高温定型、化学胶膜粘压的方法装裱字画，省时省力，快速方便。他不愿这样做，仍用传统的装裱技艺，“祖宗传下来的方法好，例如手工糨糊装裱方便作品揭裱和修补”。

成家之后的章汉龙继续开办葆光斋绘画艺术馆，从事字画装裱修复行业。他白天给客人装裱字画，夜晚就钻研古籍，对于修复者来说，不光要具备过硬的专业技术，有一定的审美能力，同时也需要对原作品的材料、保存情况、残损情况等各方面进行详细的分析，同时还要对原作品的创作意图、创作内涵以及创作背景等进行详细的解读，一切的修复工作必须以原作品为核心，制定科学合理可行的修复方案。就这样，在他的手下，一幅幅年久失修的古书画，重新在浩瀚的历史长河中熠熠生辉。

现场展示修复技艺

章汉龙走到一层展厅的裱画案前，给采风组一行人现场展示装裱修复技艺。他将一张宣纸的画心正面朝下铺在案子上，熟练地将蘸有浆水的排笔轻刷于纸面，进行着装裱工作。只见他专心致志，看似简单的流程，却处处蕴含着知识与技术。

常言道："三分画，七分裱。"章汉龙介绍，字画装裱流程繁杂，从前期材料准备、打浆糊、托腹背纸、裁局条、托绫子布、天杆地杆轴头的制作等，到装裱工序，每一项都要一丝不苟。他边操作边说："装裱时，要先把书画作品包裹严实上蒸锅蒸 2 小时。取出平放在玻璃案子上检验是否跑墨、跑色。之后背面朝上用喷壶喷湿，棕刷弹平，排笔刷浆糊，赶出气泡和多余的浆糊。接下来上托纸，四边刷浆糊上墙自然晾干。晾干的托画心取下裁方，四边贴局条，局条外边再贴绫子。背面朝上刷浆糊，上覆背纸，上墙自然晾干。最后下板子裁方包边，上天杆低杆，研光，这样一幅字画装裱基本完成。"

古字画装裱修复技艺是我国独特的传统手工技艺，用于古字画修复还原。曾经的破烂不堪，曾经的残缺不全，曾经的面目全非，在章汉龙的手下，告别腐朽、陈旧、作废……走向神奇，凤凰涅槃。只见他小心翼翼地在一幅大八尺斗方的虎首图上进行补笔，将老虎怒吼时的神态展现得淋漓尽致。"古籍和书画修复看起来微不足道，可里边大有讲究，从事装裱修复工作不但要熟悉各个朝代书籍的形式和版本，还要了解历代纸张，根据年代、材质的不同，要采取对应的措施，更要有娴熟的技艺。工艺流程包括：揭去旧裱、清洗除污、揭心去命、修补托心、过矾镇墙、方裁镶嵌、复画上背、整体全色、装裱上杆、双层保护等步骤。对从事装裱修复人员的要求更是近乎苛刻。"章汉龙指着一幅修复好的画作介绍。

章汉龙从事装裱行业，潜心学习，勤恳工作，践行三十多个春秋，熟能生巧掌握了装裱修复全部技艺，得到领导及顾客的肯定和业内同行们的赞许。经章汉龙之手装裱修复好的书画作品就已经有成千上万件，其中不乏名家作品。2012 年以来为藏家装裱我国著名画家范曾的多幅绘画作品，2015

年为藏家装裱范曾老师黄永玉价值百万的绘画作品，2017年修复了机械性损坏的周祖光老师1.8米×1.8米尺寸的国展作品《矿工》，2020年为中国铁建的成秉义老师在北京举行的个人画展提供装裱服务，2020年为沙流河镇文史馆装裱长20米、高5米的大型壁画《河山多娇》，2021年为一些具有文史价值的证书、地契进行了保护性修复装裱。2019年葆光斋装裱成功申请为“燕赵老字号”。

“葆光意为注鄢而不满，灼鄢而不竭。”章汉龙表示：“艺术服务于人民，我们葆光斋为艺术家服务，我们致力于‘匠心精神’，把好的作品以更好的面貌奉现在大家眼前。”

（作者：王静梅、苗晨）

一针一线绣出彩虹路

——记身残志坚的刺绣非遗传承人苗晨

在历史悠久的丰润，有这样一位女孩，认识她的人谈起她，都会伸出大拇指，啧啧称叹，她就是身残志坚却怀有赤诚之心回馈社会的丰润刺绣非遗传承人苗晨。

逆境中的励志女孩

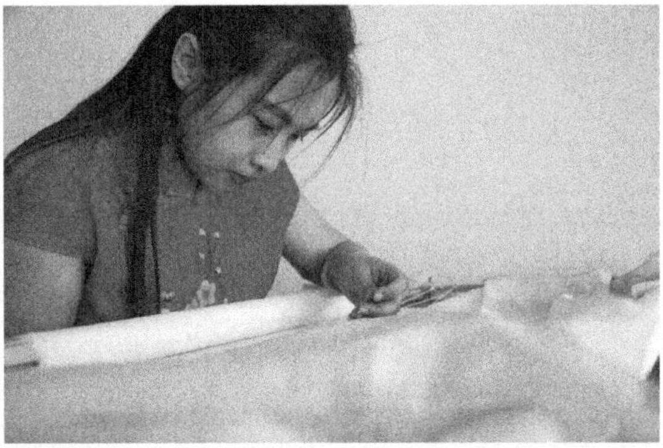

逆境就像蚌中的沙子，最终总能绽放出珍珠般耀眼的光芒。

15岁的苗晨，花儿一样的年华，却身患神经性纤维瘤，因为纤维瘤从腿骨长出不得不截肢，导致终身残疾。现如今，她已经做了5次切除纤维瘤的手术，余生只能靠肢具行走，却表现出难得的坚毅，她的主治医生说："苗晨表现得非常勇敢，她从未抱怨什么。"谁也不知道纤维瘤会何时再次长出，会在哪里长出。每次看到苗晨安装假肢，妈妈总是忍不住别过头去，眼泪禁不住在眼眶里打转，默默地不再说话。看到妈妈这个样子，苗晨总是扬起笑脸，她说："妈，我不怕，我对自己有信心，我还有好多事情没有做，我要做对社会有用的人!"

因为病情，苗晨不得不辍学。虽然离开了学堂，但她却从未停止过学习。心灵手巧的她从小就热衷于刺绣和剪纸技艺，因病辍学后，她每天吃完早饭，就坐在床上跟奶奶苗清秀和姑姑苗希珍学习刺绣，一坐就是半天，为了减少上厕所的次数，她常常是半天也不喝一口水，嘴唇常常起一层干皮，但洋溢在嘴角的笑容让人感觉到她是快乐的。从她的作品中透露出一种对生活的乐观、积极向上的心态和满满的正能量。

不满足于现状的她，内心中总有一个念头：我要读书！在学习刺绣的闲暇之余，她又捧起了中学课本，有时候晚上看书到深夜，遇到不会的题、不理解的文章，她就到处请教，问妹妹、问朋友、问自己以前的老师。就这样，在她的努力下，2018 年她考上了中央广播电视大学，进修乡镇企业管理。

苗晨就是这样一个女孩，逆境也能前进，她把挫折、困难当做财富，看作是自己人生的成长、心灵的蜕变。

心怀感恩回馈社会

苗晨乐观面对病魔的事迹在丰润大地上传开，丰润镇、区残联、团区委、区妇联等单位和社会爱心人士，给予苗晨很多关心和帮助。

苗晨是个善良的女孩，她说："我父母都是农民，收入不多，我治病花的钱很多是党和政府的帮助，还有很多好心人的帮助。我虽然残疾，但我也要做一些事情，回报社会。"

2012 年 10 月，苗晨到丰润区王官营镇田各庄小学作了一次励志演讲。全校师生和家长都来了，他们被苗晨乐观事迹感染了，给予初次登台演讲的苗晨热烈的掌声。经受了巨大痛苦的苗晨认识到自己的价值："我要向张海迪大姐姐一样，奋斗不息，坚强面对生活，感染感动更多的人。"

当年 12 月，苗晨被西马庄村小学、幼儿园聘为课外辅导员，为孩子们上手工课。孩子们纯真的笑脸也更坚定了苗晨走下去的决心。2013 年 12 月，苗晨跟着爱心团队去丰润区火石营镇家庭非常困难的小凤莉家中献爱心，教小凤莉叠千纸鹤，送给小凤莉自己绣的十字绣作品。2017 年，苗晨还成立了"唐山飞翔爱心团队"，从此，她经常会到丰润区自闭症学校，给予自闭症儿童关心和鼓励；到截瘫疗养院看望那里的老人们；到迁西大寨村贫困学生李昊璋家中送财送物。2020 年暑假期间，苗晨多次在丰润区文化馆开设的"快乐暑期小课堂"系列活动中，义务传授剪纸、刺绣等技艺。

苗晨的励志故事广泛传开，2020 年 11 月 11 日，湖北卫视《大王小王》栏目组对苗晨的故事进行了报道。

爱从未停止，爱一直会延续。

苗晨说："我是不幸的，也是幸运的。我因为病痛得到了社会无私的爱，我要把这份爱传播出去，让更多的人感受到中国这个大家庭的爱。"

传承非遗守初心

热衷于刺绣的苗晨，常常在想：我喜欢刺绣，那我就把我的刺绣技艺传给更多的人，让需要的人也能够拥有一技之长。

苗晨的童年是与刺绣作伴度过的，那一根根细线与一件件绣品早已深深地刻在她的心中。为了提高自己的刺绣水平，她更是发愤图强、不断学习，她查阅大量的历史资料，深入挖掘关于丰润刺绣的人文历史，像刺绣老艺人学习，不断研究刺绣技艺。常常是深夜了，她还在绣布前穿针引线，手指因为长期拿针用力，早已长出了茧子。累了，她就站起来活动一下，揉揉脖子，马上继续工作。看到绣出来的精美作品，她就觉得一切劳累都是值得的。

苗晨想把自己的刺绣技艺得到进一步的升华，她就从网络上了解到河南省首批非物质文化遗产之一的汴绣，被汴绣精美的针法所吸引，她非常喜欢。后来就联系上了开封市瑞红刺绣艺术研究院的刘瑞红大师。

2015 年 9 月，苗晨只身来到河南向刘瑞红学习。刘瑞红德学兼备，刺绣技艺精湛，被苗晨这种面对病魔乐观向上的精神所打动，不但未收取学费，而且食宿全包。刘瑞红惊喜地发现苗晨不仅学习刻苦，而且有很高的刺绣天分，更是亲爱有加，倾心教授。

2018 年苗晨开设刺绣工作室，该工作室以传承研究刺绣为己任，融公益性和社会性于一体，无偿向下岗女工、残疾人传授刺绣技艺。并在丰润青少年宫做志愿者，免费传授刺绣技艺。

2018 年 8 月苗晨"非遗文化——汴绣"项目在第三届"中国创翼"创业创新大赛河北选拔赛专项赛中获得优秀奖；2019 年 2 月被团省委宣传部授予"新时代燕赵最美青年"；2019 年 8 月"非遗文化——汴绣"项目，获得唐山青年创业创新大赛创业项目组二等奖；2019 年，苗晨将刺绣成功申请为“燕赵老字号”，自己也成为了丰润非物质文化遗产刺绣传统技艺的传承人。

苗晨用她的行动印证着自己的诺言，她坚守初心，以大力弘扬本土非遗文化刺绣为己任，用自己的巧手一针一线绣出彩虹路！

（作者：国海涛、王静梅）

观“翰墨传承唐山情”画展有感

4月25日，雨后天晴飞彩虹。我与涞阳书画艺术研究会刘国峰、王静梅、匡国财、易雅娇一行，应约前往唐山博物馆参观吕云所、吕大江、周安礼师生国画作品展。画家周安礼亲自讲解陪同，我们饱餐三位名家大画师精品盛宴，受益匪浅。能观赏此次高水准的画展，对于我来说，真可谓情有独钟。一方面，我30多年投身《中国冶金报》记者生涯，肩负河北省记者站站长工作，深入采访调研冶金矿山、钢厂企业。足迹踏遍“燕山、太行山”，一年四季围着这两山转，喜欢山山水水的美丽风光，撰写一篇篇通讯报道、文学作品，无不打上这两山的烙印。另一方面，我喜欢山水画家的杰作，更喜欢以太行山、燕山为题材的画作，广与画家交流，提高自己的艺术欣赏力，分享画家友人艺术成果。此次参展的三位画家大师，他们又是邯郸、唐山两地我文友的老朋友，经文友鼎力推荐前来观赏，我更是喜出望外。

此次由唐山市文学艺术界联合会、天津市美术家协会等单位主办的“翰墨传承唐山情·太行之子——吕云所、吕大江、周安礼中国画师生作品展”于4月20日至5月3日在唐山博物馆隆重开展，天津、唐山两地书画家及相关领导出席了开幕式，展出吕云所、吕大江、周安礼三位画家多年创作的精品画作109幅。据周安礼先生介绍，画展将吕云所一生的创作历程进行了全方位的展现，吕云所的太行画作大气磅礴，苍茫悲壮，深邃浑厚。他将传统的积墨法，创造性地运用于自己的创作中，以生动的笔墨语言，成功地表现出了大自然赋予太行的阳刚之气。以不同的艺术笔墨表达了他对太行的深层理解，摹写出了太行的灵魂和精神内涵。吕云所先生生于太行深山沟，其作品多表现太行风情，画风朴实浑厚，具有浓烈的北方乡土气息，他是当代北方山水画派的领军人物，是当代太行画派的开创者。吕大江的太行画作在继承吕云所的传统积墨法精髓的同时，追求新意，笔耕不辍，在创作中融各家之长，形成了自己的独特艺术风格。

我们刚从花都洛阳观赏了牡丹画村众多牡丹名画家作品展归来，今又喜逢观赏周安礼先生笔下的牡丹，他的作品不仅蕴含着禅意，蕴含着陶渊明的田园和悠然见南山的心态，更是有着独特的当代艺术装置性，朵朵国色，诠释出脱凡超俗的禅意语境。观赏画作持续了一个多小时，气氛融洽，生机盎然，周安礼先生热情接待并赠送我们每人一套有关吕云所、吕大江、周安礼作品集，我在留言簿上写道“参观后印象深刻，德艺双馨，水平极高”。

（作者：川石）

举办成秉羿先生向建党百年华诞献礼画展

4 月 17 日，由主办单位张家口银行唐山丰润支行、协办单位中国铁建大路美术研究院，共同举办的成秉羿先生向建党 100 周年献礼画展隆重开幕。此次有幸结识唐山市作家协会主席，著名作家、红学家王家惠先生及马合江等友人，并与之交流，十分珍惜喜得机缘。

成秉羿系中国铁建大路美术研究院主创画家。绘画是传递情感的一种表现形式，是一种源于生活的高尚艺术。烟雨如画，山色如画，深情如画。据专家介绍，此次书画作品展的特邀嘉宾成秉羿先生是一位将历史入画的画家，他用30年的时间诠释着足下的沃土，是当代较有影响力的实力派画家，他的国画、文学作品都是共和国发展的见证，在他任吉林省通化市美协副主席期间，他的系列作品曾刊登在中国新华网客户端及各大媒体，而他的“长白山文化”系列作品也是同期创作完成，受到史学界的肯定，央视及各大媒体均有过报道。2005年，受中国铁建大路美术研究院之聘为主创画家，多年来创作了表现中国铁建各历史时期的建设成就，在中国美术馆分届展出，引起国内外观众的好评；近年来，又在中国“新华网客户端”、头条新闻等网络媒体上频频展示作品，他的“茶文化”“酒文化”“东北历史文化”系列作品深受人们喜爱。

（作者：川石）

张世才山水画艺术人生

白云山上太行菊

记得四年前，著名山水画家张世才远赴桂林写生，精心实景创作的山水国画《世外桃源》作品，体现了出众的才气与悟性，同时也反映出对艺术的倾心追求与扎实的艺术功底。此作品博得山水画界及收藏爱好者的广泛好评。

《世外桃源》的作者张世才系河北兴隆人，现为张世才书画艺术馆馆长。他多年痴情于中国山水画创作，钟情家乡燕山的雄强峻拔、深厚苍茫，坚持体验自然、感悟自然，将全部心灵投入到大自然的怀抱，获得创作灵感。他以燕山为创作基地，尊传统、师造化、求己意，用笔或重彩或水墨，创作出大量为人称赞的作品；画为心迹，表现出笔墨随心、刚柔相济、温润华滋、清新秀丽、自然天成的风格；他的作品多次在国家级、省市级书画展中获奖。他的中国山水画作品两次在人民大会堂展示，受到全国人大原副委员长周铁农的亲切接见。他荣获金奖书画名家殊荣。

张世才30多年山水画艺术人生，给我留下难以磨灭记忆。

记忆一：勤奋探索　痴心追求

张世才1963年出生于河北省兴隆县青松岭镇花园村，高中毕业后回村当会计。他自幼喜欢绘画，吸允着大山的乳汁长大，对家乡的山水有着深厚的感情，想把家乡一处处的美景都画下来。

1985 年，他沐浴着改革开放的春风，来到河北师范大学美术系学习，受教于已故著名画家部雪鸿先生和多位知名画家。多次参加文化部门组织的各种画展。

1987 年，张世才在兴隆县小试牛刀，获县文化馆绘画书法大赛优秀作品奖，并在镇文化站和县文化馆成功举办两次个人画展，受到县领导的高度赞誉。先后成为中国当代农民书画研究会会员、河北承德美术工作者协会会员。

20 世纪 90 年代初，他被天津蓟县下营唐三彩壁画厂聘为美术设计师，负责美术设计工作。2010 年的一天，张世才在山坡上的果树地劳作休息间，眼望雨后初晴的家乡群山美景，峰峦叠翠，云雾奔腾，如此壮观。此情、此景唤起他内心深处想用画笔描绘家乡美丽风景的渴望之情。偶然机遇，一次与前来旅游写生的一位画家交谈后，画家帮他引荐了几位天津的著名画家，因而得到了樊兰华、李学亮、刘更中和左月丹等著名画家的精心指导。

功夫不负有心人。在他勤奋的学习与探索中，他的绘画水平得到了大步提高。2013 年成为天津柳林书画家研究会会员。作品“三叠飞瀑”荣获柳林书画名家作品展一等奖。同年成为中国国家书画院会员，并获国家书画发展贡献奖。多幅作品被中组部和农业部等有关领导收藏。

痴心追求梦想的张世才于 2017 年成立了“张世才书画艺术馆”，艺术馆开业当天，中国记者协会国内部原主任、高级记者阮观荣和中国冶金作家、《中国冶金报》河北记者站站长谢吉恒以及书画界知名人士 30 余人出席书画院开业活动。

张世才书画艺术馆开业当天，阮观荣主任为张世才书写书法作品后合影。此前，阮观荣主任还为艺术馆题写馆名。

记忆二：写实为主　感悟自然

2019 年，喜迎国庆 70 华诞之际，山水画家张世才以传承长城文化为主题的最新画作——《龙盘九州之蓟北雄关》面世，并在河北部分钢铁企业巡展。

为创作这一大幅国画作品，张世才连续多日赴黄崖关长城景区实地写生，在头脑中构思整幅画面。在历时一个半月的创作中，他结合自己的绘画风格和表现技法，以丈二横幅的尺寸，展现黄崖关长城的跌宕起伏、气势磅礴、雄伟恢宏。

黄崖关长城坐落于天津市蓟州区城北 28 公里处，东倚悬崖，西依峭壁，水陆关隘，边城掩体，战台烟墩，古塞营盘，构成雄关险隘，为历代兵家必争之地。史载黄崖关长城始建于北齐天宝六年，距今已有 1450 余年。明隆庆二年，抗倭名将戚继光调任蓟镇总兵，对其进行重新设计包砖大修，形成以空心敌台、实心敌台、包砖墙、砖石混筑墙、石砌墙和山险墙等为主的军事防御体系，设施齐全，建筑风格独特，具有小而全的特点，成为中国万里长城之缩影，长城专家称颂其“长城十万里，独数黄崖关”。

观赏张世才此作品，最吸引人的是其呈现出的以写实为主的创作风格。以长城入画，已成为众多知名画家钟爱的题材，且多以长城本身为主，山体次之。而张世才创作的长城画，既表现出长城的雄伟多姿，又体现出山势的险要和雄厚；既有山上城墙巍峨的雄风，又有山下水流湍急、波浪翻滚的气势，以写实的手法，形成动静结合之势。一位知名老画家看过此画作后即兴作词一首：“宇宙洪荒，纵远古，天悬日月，地孕山河，乾坤辉映育万物。恢宏长卷，舞狼毫，虎踞龙盘，神州莽莽，指点江山我做主。”

记忆三：笔会切磋　交流技艺

张世才近些年，迈开双脚，到河北、江苏、河南、北京、广西等地参观举办的各类画展和笔会，通过艺术交流，共同提高。2021 年 11 月拜读实力派作家、资深记者谢吉恒先生与作家采风组到革命老区太行山深处采风撰写的散文《白云山上赏太行菊传奇》一文，该文“奇字当头”，知识性、可读性、趣味性融于一体，颇受读者青睐，在今年举办的“鲁迅文学杯全国文化精英大赛”上荣获散文大奖。张世才被谢老师笔下描绘白云山“太行菊”美丽景观、动人的故事所垂青。眼前仿佛看到了在巍巍的太行深处，矗立着一座雄厚博大、高耸入云的山峰直插苍穹，山上绿木葱葱，白云缭绕，站在山顶仰天高歌，王母娘娘和织女在天宫定会听到那动人的歌声。

白云山暗红色的峭壁缝隙中，一簇簇盛开的太行菊系国家二级珍稀保护植物。太行菊白色的花朵随风摇曳，像玉盘珠玑散落在悬崖峭壁的每一个角落，释放出沁人肺腑的阵阵幽香，呈现出一幅未登者心驰神往、登后又流连忘返的神奇画面。

张世才说：“如此美丽风景，在谢吉恒老师笔下演绎得淋漓尽致，如果我再用画笔描绘出那迷人的仙境，岂不更加完美。”故此在这种创作欲望下，独辟蹊径完成了这幅彩墨山水《白云山上太行菊》作品创作，参加世界汉语作协等单位举办的“全国文学艺术精英2022新春贺岁”大奖赛。

（作者：谢吉恒，原载于政商参考网，2021年12月15日）

保护生态环境挑重担

——王献力敢打硬仗啃硬骨头的故事

水哺育我们，空气给我们生命，地球给我们灵魂，爱护地球从星星点点做起。

——作者题记

2021 年 9 月，作家采风组来到新金集团生态园的党建广场上，醒目的“绿水青山就是金山银山”十个红色醒目的大字矗立在一片葱茏的绿色之中，红色大字下方是由洒金柏修剪而成的“生态新金”四个字。

作家在王献力引领下，站在这里向下望去，新金生态园的景色尽收眼底。采摘园瓜果飘香，一派丰收的盛景；南山上成片成块的熏衣草、波斯菊花田，让人仿佛置身于普罗旺斯；连接观鱼湖与荷花湖的小河清澈见底，小桥流水人家的南方风情让人流连忘返，耳旁是哗哗的流水声，啁啾的鸟鸣声，浓郁的花香混合着泥土的清香扑鼻而入……

谁曾想到，三年前这里原是一片钢渣、建筑废料、生活垃圾等废弃物料的集中地。一年来，新华社、《工人日报》《中国冶金报》等多家媒体记者、作家对新金集团以“绿色为底色，高质量发展”进行采风报道。新金集团缘何建设绿色企业、生态企业实现高质量发展？

“叫响绿色生态品牌”新金集团董事长高万军如是说。作家采风组应邀走进新金集团深入跟踪采风透视。

透视之一：打硬仗啃硬骨头提升绿色“颜值”

王献力指着这一片绿色向作家介绍道：“生态园占地 300 余亩，原来是钢渣、建筑废料、生活垃圾等废弃物料的集中地。近年来，新金集团以‘绿色新金，生态新金’为发展理念，不断进行环保升级，对厂区进行绿色、美化、亮化，新金的环保设备设施越来越先进，厂房新了、道路宽了，绿化覆盖面积占比越来越大，但这片渣山成为新金一大头疼的事情。2018 年底，我接到董事长的指示——对这片渣山进行治理修复，把渣山建成一座‘循环生态园’!"

王献力系新金集团机动部部长，机动部于 2018 年 6 月成立，当时，机动部下设绿化科、环卫科、机动科三个科室，承担着新金钢铁公司全厂的绿化、环卫和一部分基建工作，成员大多为即将退休的老职工和各个单位、部门的富余人员。建设一座生态园，对于这样一个团队来说，可以用一个“难”字来概括。没有专业人员和技术，怎么治理？园区如何设计？栽种什么植物？一系列问题一下子涌入王献力的脑中。

“敢闯敢干”是王献力与生俱来的特点。雷厉风行的他，接到董事长的指令后，立即召集相关人员制定治理方案。

不会专业软件制图，他们就用手画，没有专业知识，他们就学。王献力经常带领绿化科、环卫科、机动科三位科长外出考察。武安市东山公园、九龙山公园，邯郸市的龙湖公园、赵苑……都曾留下过他们的足迹，甚至留心路过一片小公园，看到有可学习的地方，他都会拿出手机拍下来，仔细琢磨。他经常对员工们说“取众人之长，才能长于众人”……

“这一片地势平坦，我们可以种植瓜果蔬菜；南山地势较高，土质却不好，需要覆盖新土，找到既适合生长又有观赏性的植物，而且还要想到在雨季不让水土流失的办法；园子里缺水就没有灵魂，我们要增加水系，这儿原本就有一个水塘，我们可以再扩大些养鱼，这儿建成一条小河，尽头建一座荷花湖……”就这样，生态园大致的设计方案在他脑海中形成了。

方案形成后，修复治理工作立即动工。他时刻不忘董事长提到的“我们要建一座‘循环’生态园”。

在建设水系工程的时候，他把公司污水处理中心处理净化的水引到观鱼湖，再经一条全长 170 米的小溪流到荷花湖。水系中生长的无论是品种多样的观赏鱼还是荷花，包括芦苇、香蒲、水葱、千屈菜等水生植物，生长得都特别旺盛。污水处理净化的水可以养鱼和生长植物，这也成为生态园的一大亮点工程。

建设生态园过程中，挖出很多石头。怎么有效地利用这些“宝物”？他千思万想。最终决定，使用这些石头建一座假山。这些石头在机动部员工手中“变废为宝”，一座假山赫然立在生态园进口处。在设计中，还将假山对生态园内的景色做到有效遮挡，增加了些许神秘感。对于机动部自行设计制作的这座假山，到新金生态园观摩的专家都赞叹不已。

“百米长廊”是生态园另大一景点。每逢夏秋季节，这里便成了一条通往爱丽丝梦游仙境的“通道”。数不胜数的葫芦、丝瓜、冬瓜、紫藤、葡萄等藤类植物的果实垂挂在这条绿色通道的上方，煞是好看。这里的藤架是由厂内的废旧钢材、木材等加工而成的。“当时这些废旧钢材本来是准备要回炉的，铁锈非常厚，但是经我们打磨、刷漆，现在变成了特别实用又漂亮的藤架，最后这些藤架老旧后，再回炉生产利用，能有效达到废旧物品循环利用的目的。”王献力指着百米长廊说道。

经过两年多建设而成的新金生态园成为新金集团以“绿色生态”为底色，成为武安市第一家在钢铁厂内建立生态园的企业，在周边地区颇有名气。

新金生态园建成后，形成以“采摘园”“福禄园”“水生植物园”“怀旧时光园”“薰衣草庄园”五园为主要景观的格局，集生态观光、果蔬采摘、研游教育为一体的综合性生态园林。五个园各有风采，相得益彰。

2021 年 3 月 20 日《人民日报》头版“走向我们的小康生活”专栏刊发了《矿山变绿生活更美》一文，报道了邯郸持续推进生态修复和绿色转型方面取得的显著成就。文章中用大量篇幅解读了近年来新金环保促转型、传统产业提质升级和荒山修复治理所取得的丰硕成果。

透视之二：厚植生态理念守护绿水青山

作家走进白云山，眼前新建设的一条盘山沥青路沿着绿色的山坡蜿蜒而上，令人赏心悦目。路旁的格桑花、黄栌树、枫树映衬着远处的青山、蓝天，令人心旷神怡。白云山的魔力，不断地带给我们惊喜，无论是哪个季节，每一次去都能给予我们全新的、不同的收获。

白云山位于河北省邯郸市武安市活水乡陈家坪村北部，地处太行山东麓。白云山风光旖旎，山川秀美，在山顶眺望，一览众山小，石门川、常社川、白云川三道大川尽收眼底。

新金生态园建设进入升级改造阶段后，新金集团董事长又一次对王献力委以重任——加紧对白云山的开发建设。

依照集团董事长“紧紧牢记‘绿水青山就是金山银山’，决不能破坏生态！”的指示和要求，王献力带领机动部一部分成员和当地村民，开始了白云山的建设工作。

“种树就是种幸福”王献力说。2021年3月，白云山植树造林工作开展的如火如荼。山脚下、山坡上到处是穿着蓝色工装的新金工人。山坡上，高杆女贞、三季红红枫、垂柳、柿树……树与树之间不讲究“整齐”，随机布点、“无序”栽植，进行补绿、增绿，营造接近大自然的生态风貌；通往白云山顶的大路不仅修成更加美观实用的沥青路，而且在路两旁精心打造了景观大道和绿色林荫大道……白云山越来越绿、越来越美。

“抓环保不负青山，促发展不负生态”。王献力一边带领大家对荒山进行绿化，一边带领当地农民搞种植养殖。白云山种植有樱桃、苹果、核桃、金丝黄菊、枸杞、连翘等经济作物300余亩，光2021年种植的多品种、绿色无公害有机蔬菜就收获5万余斤，粮食2万余斤，这些有机食品送往了新金员工食堂，走上了职工餐桌。养殖数量不断增多，在去年只有200只鸡的基础上增加到1200多只，并在品种上增多，养殖了黑猪、藏香猪、乌鸡、大鹅等。

2021年10月，白云山迎来了红叶的最佳观赏季，漫山斑斓，层林尽染，红黄绿相间的黄栌叶，描绘出一幅如童话般绚丽多彩的秋。10月19日新华社发布《河北武安：山区秋意浓》一文，宣传白云山黄栌红叶美景；10月20日央视《朝闻天下》栏目播放白云山红叶短视频；同日，央视新闻以《武安红叶来了！速来观赏》为题对白云山红叶进行专题报道。

白云山的建设一方面用植树造林的方式实现“人与自然和谐共生”，另一方面带动了周边村民再就业，解决剩余劳动力，实现共同富裕。

今年九月，作家采风组扎根基层，深入调查，精心撰写《仙境白云山拾贝》《白云山赏太行菊传奇》《白云山传奇》《一座治理后的荒山惊艳了整个秋天》《白云生处》等多篇文学作品，在多家媒体官网发布，扩大影响力。

作家采风散文作品《白云山赏太行菊传奇》，参加由文化界少有的正规著名协会“世界汉语作家协会”等组织主办的文化大赛“鲁迅文学杯全国文化精英大赛”中获冠军，《中国冶金报》、冶金文苑进行连续报道，《中国冶金报》社长陈玉千多次点赞，并在中共中央宣传部“学习强国”学习平台发布。作家后续跟踪创作，已将“太行菊”国家二级珍稀保护植物宣传扩展至叶雕、葫芦雕刻、剪纸、画扇、陶瓷、山水画等领域，创作的艺术作品深受大众青睐。“太行菊”已成为白云山品牌、成为新金集团一张靓丽名片。

如今，新金生态园三季有花，四季常青，处处皆景；白云山以生态为底色更加亮丽。每一份伟大的成就，无不立足于平凡的岗位和工作；每一段不凡的人生，无不依托于平凡的日积月累。2020 年，王献力被评为“武安市优秀党员”。不初忘心本色，对企业心怀感恩，工作中展现担当，王献力这种“敢于打硬仗敢啃硬骨头”的精神感染着身边无数人。

（作者：谢吉恒、刘辉）

叶雕魅力印象

——记民间传统艺术叶雕传承人杨晓丹

丹心育桃李，巧手传真情。叶雕是中国古老的民间传统文化艺术，它作为剪纸艺术百花园中一枝盛开的奇葩，绽放出绚丽的光彩。杨晓丹创作的叶雕主要作品有：《太行菊》《和谐丰润》《爱我唐山》《红楼梦十二金钗》《十二生肖》《腾飞中国龙》《反腐倡廉》《共同抗“疫”》等，并多次在学习强国、《河北日报》以及人民图片网、新浪等多家网媒刊发。

叶雕艺术历史悠久，西周早期就出现了叶雕作品，这个作品是一个很多人熟知的故事，《吕氏春秋》中有记载，成王与叔虞燕居，援梧叶为圭，而授叔虞曰：“余以此封女（汝），叔虞喜以告知周公……于是遂封叔虞于晋。”——这就是“剪桐封虞”的典故。时至今日，叶雕已将剪纸技法与叶形、叶脉及叶色巧妙融合，以树叶为载体，内容上借助叶子的形状、纹理、筋脉，经过采集、粗选、浸泡、清洗、防腐、细选、压制、选题、勾画、雕刻、修剪、装裱等多道工序，结合绘画、微刻、剪纸、书法、篆刻等工艺，把古朴自然的叶片变为一件件透着灵性的、可观赏和收藏的艺术作品。

2021 年 6 月下旬，作家在滦阳书画艺术研究会主办的传承非遗文化会上，不期而遇，邂逅杨晓丹，与唐山市民艺专家刘克竟先生在展台观赏杨晓丹的叶雕作品。一片薄薄的叶子，一把小小的刻刀，经过她纤纤巧手，人物、动物、花卉、诗句等人们喜闻乐见的作品“跃然叶上”。杨晓丹叶雕作品有魅力，受到观众点赞和喜爱。杨晓丹如何善于运用阴阳相间、疏密有致线条来造型，刀法或自然流畅，或粗犷有力，展示出艺术功底和内涵，诱发出深厚文化底蕴的魅力呢？在交流中留下清新的印象。

印象一：古法新意　耳目一新

杨晓丹叶雕作品坚守教育岗位，用行动诠释自己对生活、对教育事业的热爱，并在教学工作实践中将叶雕这门传统手工艺毫无保留地传授给学生们。

杨晓丹并不拘泥于古人古法，带领学生们一起研究摸索，将与时俱进的现代元素融入其中，使得师生叶雕作品独具古法新意，让人耳目一新。我国北方有适合叶雕雕刻的杨树叶、梧桐叶、柿子叶、银杏叶等各种叶片。晓丹老师因地制宜，就地取材，以优越的地理位置为契机，有的放矢地开展了学校综合实践课程——《幻美叶雕》。通过课程的开展，学生的课余生活得到了充实，动手、动脑等综合能力得到了提高，同时深得家长以及社会各界的关注支持。

印象二：艺无止境　谦虚好学

杨晓丹视艺术无止境，攀登在路上。她利用寒暑假时间自费去全国各地进修学习，汲取更具艺术内涵的营养，使自己的艺术修为与日精进。期间她深入研习了水拓画、沙画、烙画、黏土、泥塑、陶艺、剪纸、叶雕、扎染、刺绣等艺术门类，并将所学融入到平时的教学之中。经过多年的努力，白官屯镇福庆寺小学师生叶雕、儿童画等特色已经成为当地一张靓丽的名片。

印象三：正确导航　风朗气清

杨晓丹线下她是一名人民教师，线上她又是一名志愿者。近年来，她一直坚持利用业余时间从工农业生产、科教卫生、意识形态等领域，以正能量为导航、以艺术语言为媒介进行正面宣传引导，与广大志愿者携手共同营造了风朗气清的和谐网络空间。

代表作品展示

杨晓丹简介

杨晓丹，女，1981 年生人，自幼习画，毕业于唐山师范学院美术专业，后进修于河北师范大学艺术设计专业。唐山市丰润区白官屯镇福庆寺小学教师，河北省青年美术家协会会员，丰润区明星志愿者。十多年来，她以叶雕手法进行创作，内容涵盖社会主义核心价值观、反腐倡廉、网络安全、共建小康社会、共同“抗疫”、文明城市创建、中国民间重大节日等诸多题材。期间经她辅导的学生作品多次获得国家、省、市、区级奖励，同时她自己也荣登国家教育部、文化部颁发的辅导教师一等奖榜单。

（作者：谢吉恒、董振义）

老君山之约

登老君山，感受人间仙境，领悟老子思想精髓。

——作者题记

传承红色基因，讴歌建党百年。2021 年 4 月，作家采风“党建教育故事”洛阳行，首站到访洛阳市孟津区民兵运输连，寻访他们始终牢记初心使命，聚焦主业主责，积极支持国防建设，出色完成赴藏区反恐维稳、抗洪抢险、跨区部队过境保障和参与打赢疫情防控阻击战等急难险重任务的足迹。他们 2008 年被河南省委、省政府、省军区授予“应急维稳模范民兵连”，2016 年被河南省政府表彰为“平安汽车站建设示范单位”，2019 年被人力资源和社会保障部、军委政治工作部、军委国防动员部联合表彰为“全国国防动员工作先进单位”，2021 年被河南省委授予“河南省先进基层党组织”，2020 年民兵运输连连长、党支部书记田延通被交通运输部评为“2020 年感动交通年度人物”等多项荣誉。

荣获鲁迅文学杯金奖

回顾孟津民兵运输连筚路蓝缕、激情燃烧的历程。作家激情创作多篇文学作品，讴歌民兵连发扬光荣传统，在相关媒体发布宣传他们的光辉业绩。作家撰写孟津民兵运输连的部分优秀作品，入编由冶金工业出版社 2021 年 12 月出版的《永远跟党走——喜庆建党百年华诞》一书，可喜可贺。散文《高擎党旗唱响民兵连歌》一文，参加“鲁迅文学杯”全国文化精英大赛获金奖，这是文化界少有的有正规著名协会、领航级协会组织的文化大赛，盛况空前，引起巨大轰动。10 月中旬作家来到孟津民兵运输连完成书稿校编和图片拍摄工作后，与民兵连长田延通相约同登老君山，感受人间仙境，领悟老子思想精髓。老君山之约，拟定 2022 年续写孟津民兵运输连模范故事新篇。

策划观览攻略　选择核心景区

我喜爱旅游，游过国内众多名山，出版多本山水题材散文集。几次来洛阳采风，梦绕魂牵，心头萌生去老君山的念头，2021 年 10 月 21 日实现观览老君山之约的夙愿。清晨六点，采风组打卡启身。汽车从孟津出发，高速路上行驶两个多小时 150 多公里，走进有着“洛阳后花园”和“北国江南”美誉的栾川县。栾川旅游资源丰富，留下极深印象是大自然之美，给人一种视觉的盛宴。栾川县现有国家 4A 级以上景区 10 家（含两个 5A 级景区），位列全国县级首位，被评为中国旅游强县，入选“2018 最美县城榜单”“全国乡村旅游示范村”“全国特色景观旅游名镇名村”“世界十大乡村度假胜地”“国际乡村休闲旅游目的地”。栾川旅游业开发有力度，足以见证“中国旅游看两川，省级看四川、县级看栾川”，名至实归。

作者于伏牛山主峰

老君山——文化名山。中国很多地方有老君山，大都跟老子相关，此次观览的目的地是比较著名的洛阳老君山。它位于洛阳市栾川县城南 3 公里处，是秦岭余脉八百里伏牛山脉主峰，海拔 2217 米，中国著名道教圣地、国家 5A 级景区、世界地质公园、国家级自然保护区。

老君山原名景室山（喻意天下美景集于一室）。老子姓李，名耳，与孔子同时代，春秋时代楚国人，曾任楚国守藏室之使，春秋末年的伟大思想家、哲学家、文学家和史学家，道教始祖。

老子公元前 571 年，出生于楚国苦县（今河南鹿邑县）。传说老子托胎玄妙玉女体内，怀孕 81 年，是从母亲右肋生出来的。他母亲是在一棵梨树下生的他，老子刚落地就指着梨说：“这是我的姓”，老子就姓李了。老子在娘胎里时间太长了，以至于这个初生婴儿长着长长的胡子，人们就称他为老子。相传老子归隐修炼，活到160岁得道成仙，遗留下的著作仅有《道德经》，《纽约时报》将老子列为世界十大古代作家之首。

2000多年前因老子归隐修炼于此山，唐太宗李世民赐名老君山，沿袭至今。

老君山景区面积庞大达37.5平方公里，主要分布居中的主景区是西部的追梦谷和东部寨沟景区。我们选择用一天时间游览居中景区。大致路线为：山脚下的老君像、淋醋殿、中天门、林荫步道、卧云松、菩萨殿、老君庙、金顶、玉皇顶，然后原路返回。根据自身条件，全程选用“步行+索道”的方式游览老君山。

老君山以山水奇特、景观奇绝、生态宜人、气象万千四大特点著称，颇具仙风道骨，更能体现道法自然的深意。

观老子文化苑　感悟道行天下

老子文化苑是传承和弘扬老子思想的圣地，整体采用汉代建筑风格。老子文化苑总面积10万余平方米，主题思想是“大道行天下，和谐兴中华”，以“道行天下，德润古今，天人合一，尊道重德”为理念，沿中轴线，从阙门向上依次有12项建筑，充分展示老子哲学思想博大精深，震古烁今，被公认为是全人类的瑰宝。老子文化苑景点火，更是网红。

来自全国各地的游客在导游引导下，络绎不绝参观老子文化苑中的老君照壁、老子生平故事浮雕墙、老子圣像、道德经墙等建筑。最引人注目的是巨型露天老子铜像，它是老子文化苑标志性建筑，老子圣像呈站立之势，通高59米、像身38米、重达360吨，由288块特制锡青铜焊接而成。圣象被世界基尼斯总部输录为“大世界之最——世界最高的老子铜像”。老子铜像的手势最吸引人，至今是个迷。据说，老子竖起一根手指，表示他一心一意，专门修道的决心。还有人说，道教天下第一，开天辟地之意。在老子铜像的下面是太极和合广场，首创的16.8米高的花岗岩石阙门，直径为51米黑白太极图，也是国内独一无二的广场。

道德经墙由两岸三地的81名著名书法名家联手同书，集真、草、隶、篆、行五种书体为一身，共同书写老子的《道德经》为国内首创。游人、墨客游览于此，驻足品赏，受益匪浅。

游览十里画屏　惊叹峰林仙境

十里画屏留影

人间有仙境，醉美老君山。攀登老君山，从山门入口通往山顶，除了坐缆车，就是徒步。为节省体力，我们经过两程索道坐缆车，惊险刺激，高空俯瞰，脚下群山万壑的秀美风光，沁人心脾。下了缆车徒步观览景点，观看老子骑青牛雕像。它是来自雕刻之乡的河北省曲阳用青石雕成的，青牛像高3.8米、长4.5米、重18吨。相传当年老子骑青牛过函谷著《道德经》后，最终与青牛相伴隐于老君山中，修身炼丹，羽化成仙。青牛是有灵性的，这里流传一句话："摸摸青牛头，一辈子不发愁，摸摸青牛颈，一辈子不生病，从头摸到尾，一辈子无后悔""正转三圈升官，倒转三圈发财"当你听到这些语言后，就不由得要去摸摸转转了。

老君山自然风景奇观——十里画屏。这是必须打卡要去的景点，非常具有代表性，不仅是老君山核心景观区，也是观看地质运动奇观的必经路。十里画屏又称石林，属花岗岩峰林地貌景观，如刀劈斧削，犬牙交错，披红挂绿，雄伟壮观，多姿多彩。

据地质专家介绍，老君山花岗岩与其他地方不同，岩体由斑状黑云母二长花岗岩组成，距今0.8亿～1.4亿年间秦岭造山带提升造山过程中形成相对年轻岩体，被国内地质专家命名为"老君山岩体"，在造山运动中造就了群峰竞秀、拔地通天的独特景观。

十里画屏位于老君山山顶以南两公里多，1000余亩范围内3000多座拔地通天山峰组成。景区为全程修建悬空水平栈道，栈道是石板铺路，看不到脚下，让游客坦然地穿梭漫步在步道上，近距离接触景观。栈道随着山体蜿蜒曲折修建，越走越高。为安全起见，我手拄竹棍，用它探路、着力。栈道前方，石林座座，峰峰竞秀，相映成趣，特别优美。此时行在美景中，赏在美景中。有时我就驻足细看，景美如画，画在景中。峰林之间一步一景，步移景换，远眺成林，近观成峰，景景如画，被人们形象地称为“扩大的盆景，缩小仙境”。游人感慨地说：“看了十里画屏是震撼，不看是遗憾”！

十里画屏奇峰异谷，郁郁葱葱覆盖满山的植被，或湍急或平缓的溪流，挺拔秀丽的罕见地貌奇观，世界范围内发现规模最大的花岗岩峰林奇观，举世无双让人沉醉。

走在山峦中，不断前行。放眼望高处栈道上，满满全是游人，人在画中游，这是人生的乐趣，美的享受。十里画屏奇峰怪石中颇具代表性的有最小、最具形观的“老子讲经石”；“一线天”，同一块石壁在地质剪切应力作用下，形成窄窄的石壁过道，长约25米，最窄处不足0.5米，最宽处不足2米，只能容纳一人通过，仰望上空，悬石欲坠，天如一线，“缝中观天天成线”的意境；穿过石缝就是十里画屏植物之王——千年枫树，树干硕大，树龄已有千年，生长树林中，常年吸收灵气，成为老君山最大的一棵枫树，享有枫王的美誉，春夏绿荫如盖，秋霜红叶似火，是十里画屏代表性的红叶景观树之一；还有最著名的老子悟道石，等等。

田延通在构思拍摄

沿着蜿蜒崎岖栈道前行，老连长田延通肩背专业拍摄设备与摄影师前后呼应，抓拍瞬间美景，定格在镜头里。我们用一个多小时，走完了1000多个台阶，感受大自然造山的惊心动魄、见证了鬼斧神工的奇石景观、亲近了原生态天然大氧吧……经过十里画屏后，最期待就是登顶。

登金顶道观群　领悟深厚道韵

我们登山至中天门，在两侧看到一幅奇联，上联用草书书写："老君山山君老山老君不老"，下联用魏碑书写"玄门道道门玄道玄门亦玄"，不仅写出老君山的悠久历史，也写出这座山的道家文化氛围。这幅对联很奇特，上下联奇在悬挂地方，上下联由两个人不同时间撰写，上下联由两个不同书法家书写，上下联由两种不同字体书写，对联是由数名诗人、辞赋家、策划家等众多艺术家共同完成的对联精品，被誉为"天下第一奇联"，文化经典。

进入南天门，一座金牛卧在右边，仿佛在等待主人修炼完毕，下山回家。而金顶上的道德府，则供着老子的雕像，门前的香炉里青烟袅袅，香火旺盛。

2000多年前，圣人老子归隐老君山。这里成为历代朝圣者亲近先贤、感受中国传统文化之源的圣地，孕育着千年的道教风韵。

老君庙始建于北魏，铁椽铁瓦，以"铁顶"著称，在中原众多庙宇中屈指可数，素有"南有武当金顶，北有老君铁顶"之说。初一、十五朝拜老君庙的香客成群结队，四月初八的庙会上更是人山人海。

老君山最聚人气的地方是依山势而建的道观群，给人一种问道入仙境之感。

当地政府斥巨资，修葺古迹，开发景区。全部采用明清皇家宫殿式建筑风格，用地1.1公顷，建筑面积1万平方米，总投资1.47亿元。现已建成主要包括老君庙、道德府、五母金殿、亮宝台、玉皇顶、钟鼓楼、南天门、朝阳洞、大道院、神道天桥、回廊等10项工程及配套设施，特别是金殿、亮宝台和玉皇顶三座金顶打造，成为老君山道观群的亮点。金殿与亮宝台、玉皇顶遥相呼应，巧妙构成二龙戏珠的壮观景象，更因巧夺天工的建筑风格和得天独厚的地理位置，构成一幅"天人合一"的完美画卷。

老君山 10 月 19 日降了 2021 年首场小雪，我们登上山顶气温零下 2 摄氏度。雪后老君山颜值爆表，披上银装，毓秀挺拔，在阳光照耀下，愈发美丽妖娆。云海、雪山同步上线，远眺蓝天、白云、金殿、云海映入眼帘美轮美奂，美似仙境，仿若仙宫。

离开金顶建筑群，又过了一小段栈道，进入伏牛山主峰马鬃岭，海拔 2217 米。马鬃岭整座山峰犹如一匹昂首向东奔腾的骏马，因山岭上遍开太白杜鹃，远看状似马鬃而得名。老连长田延通驻足峰顶，放眼四顾，接过我手中的竹棍挥动着说："东瞻龙门伊阙，西望三秦故地，南观武当金顶，北眺熊耳逶迤"，四方美景尽收眼底。这里是 800 里伏牛山最佳观景台，被称为"鬃岭之眺"。历代文人骚客对老君山多所推崇，明代著名诗人谢榛曾慨叹老君山之美"兼泰山之雄伟，华山之险峻，庐山之朦胧，黄山奇峰七十二，君山奇景知多少！?"

由于时间因素，老君山的一些胜景和奇观没有观赏到。1775 年清代乾隆帝登上嵩山时说："好景一时观不尽，天生有缘再来游"，我期盼以后有机会再来领略老君山青山绿水的灵韵。

（作者：谢吉恒）

《永远跟党走——喜庆建党百年华诞》出版

百年光辉岁月弹指瞬间，百年披荆斩棘千锤百炼！一百年来中国共产党人胸怀千秋伟业，带领中国人民实现从站起来、富起来到强起来的伟大飞跃，创造出彪炳史册的伟大奇迹。向建党百年献礼，由中国冶金作协副主席兼秘书长郑洁、中国冶金知名作家谢吉恒、青年文学爱好者张忠浩撰写新著《永远跟党走——喜庆建党百年华诞》，2021 年 12 月下旬由冶金工业出版社出版。

《永远跟党走——喜庆建党百年华诞》收集作者 2018 ~ 2021 年间，饱蘸激情深入到河北、河南、天津、北京、上海、内蒙古等地 20 余次采风活动撰写的报告文学、散文等作品近 70 篇，30 余万字。全书以“学党史，悟思想、办实事、开新局”为主轴，讴歌新时代风采，谱写大地光辉篇章。入选作品既彰显领导层引领建党百年奋进新时代路径，又闪现作业层献礼建党百年靓丽身影，还乐见青年文友追梦的脚步……生动展现出我国钢铁业在中国共产党的领导下，高歌猛进，向钢铁强国跨越、高质量发展的宏伟壮丽图景。众多钢企以文弘业、以文培元、以文立心、以文铸魂，增强文化自觉，坚定文化自信，铸就主人公的闪亮文化品牌，运用“钢铁元素 + 文学元素”娴熟手笔，增强作品的感染力。

纵观新书中的报告文学、散文、诗歌等作品，受到广大读者的点赞厚爱，重要原因就是作者大视野、站点高、全方位、多角度塑造钢铁业涌现出层出不穷的共产党人敢于创新、勇于拼搏、百折不挠的动人形象；颂扬奋战在基层一线的优秀共产党员，描绘不忘初心、牢记使命、坚定信念的绚丽画卷。

《永远跟党走——喜庆建党百年华诞》全书分为传承红色基因 讴歌建党百年、汇聚奋进力量 献礼建党百年、传承初心使命 打造文化精品三部分，层层递进，异彩纷呈。人生需要机遇，奋斗需要伯乐，事业需要平台，通过搭建作家采风平台，坚持采风活动常态化、不断线，走一地、采一地、写一地，凭借多种期刊、官网及时发布，展示交流采风作品，提升知名度和影响力。

《永远跟党走——喜庆建党百年华诞》一书中最为显著的特点是故事氛围浓厚。作者讲好钢铁业故事，关乎到钢铁业生存发展的大事，肩负责任和担当使命。文学作品创作坚持做到从文化自觉到文化自信，讲好“钢铁人”故事有看点。塑造作品主人公力求注重“从细节、情节、小事”着手，讲故事，写故事。细节见人品，小事见人心，细节最能看清一个人。作者跨越写作领域立足钢铁业，辐射多行业，力求作品集知识性、文学性、趣味性、可读性于一体。衷心祝愿《永远跟党走——喜庆建党百年华诞》一书能成为广大钢铁业界朋友、旅游者、文学爱好者的挚友。

（作者：川石，原载于政商参考网，2021年12月27日）

捧读《永远跟党走》有感

“书写建党百年，永远跟党走”，12月初，我怀着激动的心情，接过郑洁、谢吉恒、张忠浩所著《永远跟党走》打印书稿，用手掂量沉甸甸的份量，足有一公斤多重，即将由冶金工业出版社出版。欣喜祝贺相融，谢吉恒老师特约我为此书写“跋”，更是喜出望外，尊重老师的厚爱，心领神会，高兴应允。翻开书稿近70篇文章，30余万字，细心品赏每篇文章，感触颇多，读后归纳印象最深有五点：

一是读了这本书，共一心情。纸短意长，细读下去，萦绕在心头的是满满的感动。在纪念伟大的中国共产党成立百年之际，书中一篇篇文章，是钢铁行业的人们以心为笔，讲述自己的亲身经历或者身边故事，尽抒建功立业的报国豪情，尽情讴歌城市和国家发生的巨大变化。字里行间无不散发着对祖国和中国共产党的热爱，与国家的发展同步，我们安居乐业，与时俱进，无不为自己是个中国人而感到自豪扬眉吐气。

二是读了这本书，知一行业。书中故事，佐证发展。新中国成立以来，钢铁业建设可谓一马当先，从解放前钢铁产量基本可以忽略不计，成为世界钢铁大国正向钢铁强国跨越发展，其非凡的发展成就举世瞩目。仅在冀东大地，钢铁业可谓是主力行业，聚集了众多国营或民营的龙头钢企。而冶建人作为钢铁业的建设者投身其中，几十年如一日，打磨技术，追赶世界先进。当前，一个国际一流的钢企基地已崛起在冀东大地。

三是读了这本书，识一群人。墨香袭人，温故知新，我相信会让你改变一些对钢铁业的固有看法，比如乍一听那条件反射般冒出来的钢铁业皆是“傻大黑粗”的感觉。因为从事这个行业的人们同样胸有丘壑，心有珠玑，因为书中篇篇故事虽然朴实却又精彩。记录着他们所在城市和所在企业发生的变化，书写着他们的身边、他们的家庭、他们的个人发生的变化。承载信仰，印证初心，继往开来，向往光明。

四是读了这本书，懂一传承。书拾遗珍，可溯其源，可以了解冀东这片沃土上的诸多文化记忆。丰润堪称文化之乡，除了评剧、皮影，还有棋子烧饼、葫芦雕刻、蓼花、画扇等，它们如珍珠般散落在民间，历尽岁月沧桑而不湮灭。这些非遗文化，星罗棋布，被这一方水土养育的人们代代学习、珍藏、传承，伴随新时代的到来，它们显得更加耀目而珍贵。

五是读了这本书，遇一良师。得逢谢老，受益身心。谢老醉心于文学创作40余年来，一直在钢铁业，20世纪七八十年代曾在中国二十二冶集团金结公司从事宣传工作，后来晋升为《中国冶金报》资深记者，身为作家，为时代画像，为时代明德，笔耕不辍，著作等身，德艺双馨。初认识他，便深深被他的人格魅力所影响，更受他的学习精神和奋斗精神而吸引。老骥伏枥，志在千里，不得不让人感概，年龄仿佛在他身上不是问题，谈笑风生，文笔犀利，思想深遂，诲人不倦。

人生数十年交友看书皆是缘分。读完《永远跟党走》这本书，你就和钢铁行业的人们还有这些非遗文化都成为了挚友，更会让你深深了解冀东这片土地上人们的家国情怀，感谢谢老，是引路人。

一本好书，可以启迪、明智、悦身心，由衷希望每位读者阅读此书，同我一样读有所感，学有所获。

中国二十二冶集团金结公司书记助理、纪委副书记 王晓勇

2021年12月18日

后　　记

2021年12月20日，完成《永远跟党走》校样稿，快递发往出版社，如释重负。书中三大部分内容相互衔接，从传承红色基因、汇聚奋进力量、打造文化精品，层层递进，步步深入折射出两大看点：

看点一、搭建作家采风平台有看点。人生需要机遇，奋斗需要伯乐，事业需要平台。近三年来，我与中国冶金作协副主席兼秘书长郑洁加强沟通和联系，常态化组织作家采风活动。从2018年至2021年，每次组织有中国作协会员、中国冶金作协会员、河北省作协会员3～5人参与的作家采风活动。三年间，作家采风组满环激情到河北、河南、天津、江苏、北京、上海、内蒙古等地规模不等组织20余次采风活动，走一地，采一地，写一地，长流水不断线。通过作家采风平台，经常相约中国散文学会会员、诗歌学会会员、书画家等友人一同采风，并凭借多种期刊官网发布、展示采风作品，进行广泛交流，效果显著。

看点二、讲好“钢铁人”故事有看点。作品主人公力求注重“从细节、情节、小事”着手，讲故事，写故事。细节见人品，小事见人心，细节最能看清一个人。我和郑洁、张忠浩共同努力，为向读者奉献异彩纷呈文化大餐，尽心尽力写作，每篇作品几经修改定稿，努力讲好中国故事、讲好钢铁人的故事。全书主旋律突出“文化弘业，文化兴元，文化立德，文化铸魂”。以文化是源、魂、根，文化要自信增强自觉的理念，作品以文化感染人、熏陶人。写作过程，立足钢铁业，辐射多行业，将“钢铁元素+文学元素”融为一体，全方位、多角度、多层次力求作品集知识性、文学性、趣味性、可读性于一体。

经过半年多辛苦编校工作，《永远跟党走》就要跟读者见面。衷心祝愿《永远跟党走》能成为旅游者、文学爱好者及钢铁业朋友们的挚友。

《永远跟党走》面世之时，衷心感谢成书过程中，给与指导、关心与支持的相关领导和专家；感谢《中国冶金报》和冶金工业出版社领导的关心指导；感谢85岁高龄的中华全国新闻工作者协会国内部兼学术部原主任阮观荣先生、河北省冶金行业协会原副会长兼秘书长王大勇先生为本书题字；感谢作家任宝亭、王金保先生为本书作序；感谢中国二十二冶集团王晓勇先生为本书做跋；感谢书法家侯宪台为本书题写书名；感谢徐晓慧为本书设计封面；感谢网媒友人唐小勇为《永远跟党走》面世提供帮助与合作；感谢吴杰、冀玉花等文友整理书稿的协作；深情感谢在本书采编过程中给予大力支持的韩敬远、高扬、刘武成、田延通、孙小平、张立刚等企业家；感谢所有给与支持与关心的各界人士。此书因成书时间短促，本人能力水平有限，书稿中会存在这样或那样的瑕疵和疏漏，敬请广大读者批评指正。

谢吉恒

2021年12月21日